陶士凯先生

梁春云女士

马林先生

张荣先生

倪少芬女士

柳燕梁女士

黄显德先生

周智华先生

孙淑香女士

刘启艳女士

柳兆义先生

李结实先生和夫人

张鹤良先生

程秀华先生

人生在世活的就是一种心境，浮云吹作雪，世味煮成茶，这是生命最真的底色，是世间至味的清欢

『当代影响力』诗人作家文选

第二卷

陶士凯◎主编

九州出版社
JIUZHOUPRESS

图书在版编目（CIP）数据

“当代影响力”诗人作家文选．第二卷 / 陶士凯主编．— 北京：九州出版社，2022.6

ISBN 978-7-5225-1032-3

Ⅰ．①当… Ⅱ．①陶… Ⅲ．①诗集－中国－当代②散文集－中国－当代 Ⅳ．① I217.1

中国版本图书馆 CIP 数据核字（2022）第 114426 号

“当代影响力”诗人作家文选．第二卷

作　　者　陶士凯 主编
责任编辑　沧　桑
出版发行　九州出版社
地　　址　北京市西城区阜外大街甲 35 号（100037）
发行电话　（010）68992190/3/5/6
网　　址　www.jiuzhoupress.com
印　　刷　廊坊市海涛印刷有限公司
开　　本　880 毫米 ×1230 毫米　32 开
印　　张　18.875
字　　数　424 千字
版　　次　2022 年 6 月第 1 版
印　　次　2022 年 6 月第 1 次印刷
书　　号　ISBN 978-7-5225-1032-3
定　　价　198.00 元

《“当代影响力”诗人作家文选 . 第二卷》编委会

序　言

淡墨凝香，一路生花

刘　清

每一个人的心性属于不同的季节，我穿越春夏秋，只为你而来。陌上冬深，于岁月无声中静待雪落花开。心有期许，彼岸花开，踏雪寻梅，一场灵魂的相约在纯粹的世界重逢。研雪为墨，折梅为笔，淡墨轻落，一纸清欢醉流年。世间冷暖，与季节无染，只和内心相连。心中有爱，眸中有善，天地万物皆为美，岁岁年年皆是春，人生何处不花开？心的方向，梦的远方,你的那抹微笑温暖了整个冬天。让我们循着淡墨凝香的文字，走进暗香浮动的醉人诗篇。

老时光如一壶陈年老酒，愈久弥香，愈浓弥醉。那些雕刻着陈年气息的老物，如同从未离去的故人，记录着从青丝到暮雪白头的幸福时光和点点滴滴。这世间,我能想到的最浪漫的事，就是坐在摇椅上陪你慢慢变老，你亲手泡制的茶香仍然在屋内萦绕，暖在心头，醉在心间。缺了牙的桃木梳，梳理着我们相濡以沫的时光，银簪子簪着苦乐与共的无悔陪伴，你我是心中夜夜升起的白月光，照亮着我余生的岁月。让我们循着深情款款的文字，走进上海诗人邓厚石的《老物件》，在时光不老，爱亦永恒中去感受这份感人至深的真情。

“桌面的刻痕像一张旧唱片 / 一把咳嗽多年的摇椅 / 喝醉了，它扶着我摇晃 / 女人从月光下走来 / 继续把氤氲的茶香放在它身上 / 缺了牙的桃木梳 / 弥补着我们生活的缝隙 / 银篦子篦着青春，风雪，俗世的温暖 / 慢慢地梳，慢过她发际的飘雪 / 头发都白了还爱着，真好 /”

上天虽赐予荒漠无边，寸草不生，生命的给养殆尽，但不屈的根基从没放弃向下的探寻，只要有一丝希望就不轻言放弃，哪怕是一滴水也能绽放生命的奇迹，带刺的手掌撑起高昂的灵魂，点点青翠葳蕤出生命的绿洲。让我们循着戈壁上的那片绿，走进江苏诗人余镇淅的《仙人掌》，去感受那颗不论处在何种境遇里，都不向命运低头，向死而生的草木之心，令人动容而折服。

“沙海无边，天地不仁 / 难寻生命体征。有仙则灵 / 何惧给养断路 / 水，表面上蒸发殆尽，根 / 锲而不舍的向地下勘探，再勘探 / 那里有天上没有的境界 / 荒丘深处隐瞒不会枯竭的底蕴 / 呵护每一滴水的分量 / 仙人落户戈壁滩，绽放奇迹 / 带刺的手掌 / 为奄奄一息的风景撑腰 /”

一个身影穿梭于各条战线，聆听民声，抚慰心灵，讨伐邪恶；一架相机，捕捉万象，记录真实，定格感动；有一种信仰，不畏强权，不图名利，震撼发声；有一种职业，肩挑正义，心怀民生，危难关头冲锋而上，逆风而行，他有一个响彻天地的名字——记者。你，用高瞻远瞩的目光书写着巍峨；用奔腾不息的热血捍卫着人间正道；用朴实无华谱写着生命的赞歌。让我们循着正义的足迹，走进浙江诗人郑杰的《你朴实无冕——写给第 22 个记者节》，去认识这群奔赴在没有硝烟的战场为民请命的无冕英雄，向辛苦奋战在一线的记者致以节日的问候和崇高的敬礼！

“你不是军人 / 却赴汤蹈火心系和平 / 硝烟弥漫的战地里 / 有你的英勇无惧 / 你不是医生 / 却用你的仁厚抚平创伤的心灵 / 在大灾大难来临时 / 有你的连线勉励 / 你不是高山 / 却有高瞻远瞩的视野 / 镜头所到之

处 / 有你的思想景深 / 你不是江河 / 却有川流不息的血脉 / 流淌的血液里 / 有你的期盼深情 / 你是大地的儿子 / 虽然朴实无冕 / 却铁肩担道义 / 纵有刀山火海毅然勇往直前 /”

风雨飘摇浪涛急，弄潮舵手聚南湖；革命声传画舫内，星火燎原彻夜空；旌旗高举引航向，百万工农浩荡随；红船精神代代传，踏浪逐梦，勇立潮头御风行，扬帆启航新征程。让我们循着红色印记，走进四川诗人黄显德气贯长虹的诗词，在“一橹摇桨开天地，一叶红船变巨轮”中，回顾党的波澜壮阔的发展历程，誓言犹在，初心不改，矢志跟党走。让我们一起欣赏红色经典《浪淘沙令 · 南湖红船》：

长夜照无眠。问道宣言。一如星火待燎原。
百万工农齐上阵，浩荡风帆。
往事至今传。不负当年。何曾画舫老湖边。
自是旌旗红宇内，处处人间。

世间有一种情，纵然天涯相隔，千山万水却隔不断心的距离；世间有一种爱，水墨相遇，风雨相知，执手无悔到白首；世间有一种思，帆影望尽，寒灯孤枕，朝也思君，暮也思君，人比黄花瘦。让我们循着柔情百转的文字，走进天津诗人孙淑香的字里行间，在情真真、意切切、思殷殷、爱浓浓中，去感受这份“衣带渐宽终不悔”的女儿情。让我们一起欣赏经典诗词《十赋诉衷情令》：

夜闻风暖雪初融，寒枝点点红。
暗香浮动冰姿，袅袅透帘栊。
情未了，思无穷，盼相逢。
烛摇只影，钟漏空枕，梦与君同。

每一个人心中都有一片热土，不论贫瘠和富裕，都是你深深热爱的地方；每一个人心中都有一个守护，不论岁月沧桑，我把自己的青春和命运与您休戚相关地系在一起，一生陪伴；每一个人心中都有一片无法替代的风景，那就是家乡的一山一水，一草一木。家乡，生我养我的地方，无论您长什么模样，我都不离不弃，用自己的双手去建设改造您，让您露出日新月异的面貌，挺起脊梁，扬眉吐气地走向更加灿烂的明天和远方。让我们循着昂首而坚定的步伐，走进黑龙江作家王文松的《美丽的兴隆林业局，可爱的家乡》，在这边风景独好和家乡七十多年的巨变中，去感受一颗颗对这片黑土地爱的赤诚的心。

“深秋的太阳，越来越光亮了，比往年的更加灿烂辉煌。蓝天上飘动的白云，更显得轻柔。白石山上，青松苍翠，岔林河水潺潺，浪花朵朵；夕阳下，炊烟袅袅，小火车道旁，山丁子树硕果累累；五角枫叶，如火如荼；兴隆镇上，一片艳阳天。”

“美丽的兴隆林业局啊，可爱的家乡，正以崭新的姿态，昂首阔步，走向伟大的新时代！”

一个真正有内涵的生命，不是华而不实的炫耀，而是不动声色的丰盈，如同这世间的无花果树：没有参天的身姿，外在亦没有夺人眼目的花朵，在与世无争中静悄悄做着自己，在低调内敛中饱满着生命的果实。让我们循着草木如人的文字，走进福建作家张荣的《赞美无花果树》，去感受一颗平凡而让人充满无限敬佩的生命和一颗谦卑而高贵的灵魂。

“姐姐微微一笑，胸有成竹地说：‘无花果树有顽强的生命力，极易生长，很好栽。另外，其果实香甜可口，营养丰富，又有药用价值，深受大人小孩的青睐。更重要的原因是，无花果树的性格内敛，从不在他人面前炫耀自己开花的绚烂。这对学生有一定的教育意义。’听了姐姐的这番话，我对无花果树的敬意油然而生，只要有机会，就会跟姐姐到那劳动基地，欣赏它们的风采。”

“生活处处有学问。在姐姐那里，无花果树不仅让我品尝了美味的果实，而且还给我以智慧的启迪。我要高声赞美无花果树！”

生命中有一种颜色，不会随着时间的推移而褪色，那抹青葱岁月的橄榄绿成为生命中永恒的印记，那抹绚丽的中国红，是心中永远燃烧的信念；生命中有一种情，天南地北齐相聚，保家卫国为己任，朝夕相处如兄弟，不是亲人胜似亲人；生命中有一种念，铭于心，刻于骨，散落天涯情不变，魂牵梦绕回军营，微信群里思念诉，相约明年再度逢！让我们循着再遥远的时空也无法隔断的情义，走进安徽作家杨平的《重逢在微信》，在微信群里重温部队大家庭的温暖和情深似海的战友情，让永不失联的爱在心心相印中传递，永恒！

“进了群，就可以寻回记忆，寻回情义，寻回峥嵘岁月，寻回火红的青春。小小的微信群，成了我们心灵的家园，精神的归宿。有人说，‘群里乾坤大，虚幻不如无。’而我们的老战友，在按下键的瞬间，找到了群，找到了老连队的群体，好像回到了家里，觉得一下子年轻了好多岁，觉得大半辈子的思念之情得到了释放，得到了生根发芽的土壤，得到了升华生息的空间。现在若几天不上网，在群里没有动静，就会有不少远远地记挂你的战友呼唤你了！真个是，一日不见，如隔三秋啊！”

“饮水思源，我们总是想回去看看院中的那口井，再品尝一次那解渴的甘泉。我们相约在明年春季，桃花盛开的时候，相聚在曾经朝夕相处的老军营。到那时，就不用隔空抒豪情，邀月畅饮一杯酒，延时高歌半生情了。”

红尘是一个道场，人生是一场修行，修的就是一颗心。心生万物，心态决定一切，欲修其身，必先正其心。心，是生命之本；善，是生命之根；爱，是灵魂的供养。人生在世活的就是一种心境，浮云吹作雪，世味煮成茶，这是生命最真的底色，是世间至味的清欢。人生的冷暖取决于心灵的温度，心有繁花似锦，何惧世事荒凉，让生命在一路生花中芬芳，在不断超越中遇到更好的自己。山河有爱，草木有情，微笑向暖，在薄情的世界深情地活着，所有的心心念念在冬的枝头开出一树幸福的花，缓缓待春归！

是为序。

目　录

第一部　现代诗歌

第三部分　散文随笔

第一部　现代诗歌

当代诗人孙淑香

【作者简介】

孙淑香，女，笔名香儿，天津人，著名诗人、作家、文学评论家。中国诗歌学会会员，中华诗词学会会员，中国楹联学会会员。

曾任《新时代诗人作家文选》《“当代影响力”诗人作家文选》《实力派诗人作家文选》《“蝶恋花杯”国际华人文学大赛获奖作品精选》《“华语杯”国际华人文学大赛获奖作品精选》等 18 本书籍主编及《当代文学人物大典》《当代文学先锋人物大典》《当代影响力诗人作家文选》《中国当代知名诗人诗选》《中国当代知名作家文选》《中国诗歌名家》《中国诗词名家》《中国散文名家》等 100 多本书籍副主编。

情愫（外 2 首）

很想在夕阳下
写一首诗寄给你
装进所有的期盼与祝福
可惜装不下
月华如水，远山连绵

很想在梦醒后
画下你的身影
挂在床头

一次次拿起笔
却只是重复着
你的名字

红烛泪

花开花落，雁字南北
几度轮回之后
只剩下日月星云

西风萧萧
卷走，萧瑟的落叶
卷走，飘零的青春
却卷不走
一弯残月如钩

指间韶华
恰便似红烛垂泪
心长焰短

青春感怀

暮雨敲窗，斑竹摇曳
帘角的西风，摇撼
风尘仆仆的岁月

风沙漫天
你已厌倦百花争艳

平淡一如秋水
喧杂终归宁静

残缺的不是梦
是年轻的风景
憔悴的不是容颜
是亘古的心

青雾中
看你的眼睛
如中秋明月
路灯下
读你的笑容
如一首伤感的长诗

青葱的岁月
已翻到了末页
心已不再潮湿
重温你逝去的痕迹
一如，青涩的梦

当代诗人徐正秀

【作者简介】

徐正秀，70后，辽宁宽甸人，挚爱笔墨文字。入编《当代文学先锋人物大典》《云天外的光芒》《天津诗人》等30余部诗文集。

一片玉米，浴着风（外1首）

从不介意
迎合一支骄傲的风
山雨欲来的渡口
高悬一桅坚韧的旌旗

张开排云的翅膀
虚拟扶摇九万的豪情
攥紧陶土的封印
翡翠质的脊骨
早已学会宠辱不惊

随风飘摇的只是肉身
一次次挺直的
是不屈的魂灵

顺风而呼的号子
澎湃着，乔木的心声

蝉

蝉声如弦
经年累月的枯禅
渐起，深奥的梵唱
突破幽暗，涅槃而生
普度众生的夙念
从来不敢遗忘

蜕去厚重的铠甲
垂绥饮清露
羽化攘臂而呼的力量
每一粒高挑的音符
言犹在耳，醍醐灌顶
都试图穿透世俗的幻象

色即是空的偈语
不必然唤醒
千人千面的着相
一人不度，终不闭口
即使，堕入红尘
终生流浪

当代诗人武丽娜

【作者简介】

武丽娜，笔名幸福，1981年出生于山西太原，现居江苏省连云港市灌云县四队。喜爱写作、读书，系经典文学网、中华文艺微刊、中国乡村杂志签约作家，作品散见于报纸杂志和网络媒体，并被选入《当代文学百家》《当代文学作品精选》等书籍。

诗观：胸藏文墨怀若谷，腹有诗书气自华。

夜归

夜风嚣张地敲打着我
满身疲惫
奔跑在回家的路上
路灯被一个个抛在身后
小镇的夜尽现妩媚

若隐若现的星星
在夜中闪烁
灯光中
偶尔有几片云
在小镇的上空飘过

眼前是小镇繁荣的景象
这迷人的夜
映衬着村镇独特的静和美
让我忘记一天的劳累

沉浸在夜色斑斓
呼吸着没有任何污染的空气
想与这璀璨的夜
来一场深情的邂逅

清凉的夜
代替了白日的秋老虎
耳畔的风悄悄地告诉我
它就是纸老虎
经不住夜晚的风

夜晚如此沉静
小镇如躺在大地怀抱里的孩子
它正酣然入眠
而我，只是这夜的聆听者

当代诗人杨庆丰

【作者简介】

杨庆丰，女，笔名墨雨，河北省赤城县人。

短诗 21 首

1. 雨

在爱人的风景里滑落
我撑伞走过
在深邃的目光里
经历了悲欢离合
羞涩
正在长满泪水的眸子里晃动着

2. 流星

没有语言的流浪
漂泊在世间的明亮
我亲吻着月色
星，一闪而过

3. 远方

我想到了你
因为寒夜的凄凉
我梦见了你
正在黑色的天空里徜徉
一滴泪水的明亮
装满了我破碎的诗行

4. 目光

孤独的时刻
思念是一份珍藏
悲观的时刻
填满希望
目光在我恍惚的记忆里
流淌着灿烂和明亮

5. 风

叫喊声没有温情
恐惧塞满我的骨骼
我看见
你痛苦的心正在跋涉

6. 夕阳

靠岸了
向你告别

留住山头的风景
我即将燃烧
天空一片血红
逃离正在粉碎金色的年轮

7. 枫叶

红色的信笺
染了季节的浓霜
在摇曳的梦里缠绵
红色的信笺
经不住诱惑
秋风扫落了一枚枚思念

8. 雪

落在屋顶
我看着你融化
落在远方
像一枚思念
无论世界多么遥远
踩在脚下
立刻变成温暖的家园

9. 农民

埋没足迹的泥土
是一路风景
佝偻的身躯

曾经为苦难而生
坚硬的骨骼
炫耀着力量
弯曲的脊背
驮着一轮金黄

10. 落花

飘舞若蝶
瞬间的无奈
演绎着美丽或者悲哀
最安静的时刻
给予誓言一种绚丽

11. 火

是冬炉的烈焰
融化钢铁的温暖
是被太阳烤焦的明亮
在大地的边缘飞翔
我挣脱天空的光芒
奔向远方

12. 玫瑰花

挂满了晨露
一滴绿色的雨
已经成熟
玫瑰花

在爱人的掌心里怒放

13. 红烛

烧毁黑暗的人
是一位负伤的女子
你红色的身躯
噙不住滚烫的泪
我只是错过风景的人
在绝望里忧伤

14. 落叶

像母亲一样温柔
潮湿的思念
停在荒凉的海岸
我的心开始呜咽
最后一枚落叶
凋零在含霜的秋夜

15. 坟墓

掩埋骨骼的地方
吞噬世间的明亮
黑暗里的血液
和以后说告别
踏进泥土的寂寞
永远走不出心和世界

16. 橘子灯

在夜里开花
照亮窗外的黑暗
你昏黄的火焰
开始弥漫
在我居住的地方
也曾温暖

17. 门

那扇破旧的门
落满灰尘
像此刻的心微微战栗
埋葬了幸福
流亡的命运
背负一生遗憾

18. 黄昏

追着黄昏
来到落日的山冈
思念藏在泥土里
像美丽的秋天
住进金色的小屋

19. 叶子

装饰生命的绿色

在风中吟诗
我在纸上画满了叶子
那是一颗悲悯的心
在呢喃

20. 小河

一路喧闹
映照我的哀愁
一滴水的笑容
渗透悲欢离合
奔流不息的命运
洗涤尘世和肮脏

21. 思念

装进目光
是一种温暖
写进诗行
并不遥远
思念是陷入沉默的双眼
彻夜不眠

当代诗人钱金声

【作者简介】

钱金声，男，汉族，江苏滨海人，中共党员，大学文化，高级政工师。1981 年入伍，1991 年转地方从政管理工程。在纷繁琐碎的职场中，用灵感书写人生，有数百篇作品散见于报刊网络。

心中永远的庄严

——庆祝中国共产党成立 100 周年

燕山深处，坝上高原
十八岁的我
投笔从戎，来到了你的脚下
一头系着家乡平原，一头系着坝上高原
南腔北调"交响曲"
五湖四海战友情
军号为我带节奏
燕山回荡"一二一"

练兵场上洒汗水
大熔炉里淬意志
守望哨所快三年

小白杨长成了参天树
五月十八这一天
入党喜讯传高原
全连支部大会上
激动的心情我难言说
思绪飞扬热血涌
多年的企盼今实现

面对党旗我宣誓
铿锵誓言暗暗心牢记
先烈壮举一件件
忽如电影在我脑海浮现
江姐狱中绣红旗
绣出了一片新天地
夏明翰“只要主义真”
坚信真理从未变
方志敏慷慨赴义气凛然
信仰托起未来中国光明一片

党旗啊
烈士鲜血染红了你
前赴后继只为今天更鲜艳
百年苦难与辉煌
深刻铭记莫能忘

党旗啊你是光荣的旗
党旗你是英雄的旗

党旗你是军队的旗
党旗你是人民的旗
党旗你是指路的灯啊
党旗你是民族的魂

庆祝建党一百年
党旗底下我再誓言
不同的地方
一样的崇高与庄严

当代诗人杨柱

【作者简介】

杨柱，男，笔名遥远的雷声，经典文学网会员。早年执教，现任项目工程师。

江神

历史的年轮印在沉沙港上
足迹失落
于火烧云下
闪耀着粼粼波光

船影瘦长

一排排，一声声
《天问》怨恨惆怅
鼓槌过去
搅动心房

江畔的遇见
停留短暂
不世之情
终以忧伤了结
逢入祠堂

三行诗（3首）

1. 开桨

一双锃亮的船桨
欸乃
来自历史的声音

2. 解粽

一叶新绿饱满
有清香
是无数春秋的味道

3. 汨罗情

吃粽子，扒龙舟
千古长情
献汨罗

当代诗人杨成志

【作者简介】

杨成志，笔名瑶朔，男，1973 年生，广西隆林人。百色市作家协会会员，2000 年开始发表作品，作品散见于《三峡》等诗刊，自从嫦娥一号开始成功绕月球之后，开始在《素质教育》《南风》《经济视野》《作家选刊》等刊物发表有关探索月球的文学作品。

月球的探索，如同在那一张洁白的纸上画画

如同，在一张洁白的纸上
画上一座自己想要的房子
房后绿树成荫，门前小河流淌

浪漫地美化那月球的世界啊
我们也可以作这样想
那里的天空，飘着微微的云
那里的土地，绿草茵茵

神州大地，我们所生活的故土
我们为什么就不能这样的构想
去美化那个月球的荒漠山川

借着故乡的绿色美丽
结合心中美化月球世界的念想
我们会找到更新的方向
明确了心中的开拓

在那个月球世界的山川和原野
我们可以做一些美美的遐想
我们可以和家人
在那里幸福美满地生活

回头过来看一看故乡的河山
手牵手的美
绿色地美化那个月球的世界

那个月球世界的山川和原野
经过你的美化
那里的天空，飘着微微的云
那里的土地，房后绿树成荫
门前小河流淌

当代诗人郑书晓

【作者简介】

郑书晓，女，中国诗歌学会会员、中华诗词学会会员、中国楹联学会会员，已出版《我的花园》《时光吟》《时光诗册》等诗文集，作品收录于《参花》《当代文学精选》《当代实力派作家文选》《新时代文学人物作品精选》《当代华语诗歌精华》《当代文学百家》《"蝶恋花杯"（国际）华人文学大赛获奖作品精选》《"精英杯"文学大赛获奖作品精选》《"华语杯"国际华人文学大赛获奖作品精选》等。

诗歌7首

1. 深秋的诗

此刻，一场细雨也会成为
深秋的绳索

朦胧的尘世
成为被墨渲染的灰墙
窗外，沁凉的温度
没有透明的界限

如果还记得飞鸟的翅膀

就让雨伞的缤纷填满视野
让它飞过雨季的屋檐

风吹过的路
满是落叶的痕迹
树叶的飘零
与寒冬的积雪等同
不必再问
一朵梅花的芳踪

2. 一种心境

树叶，从时间的掌心溜走
一棵树，满是心事

黄昏，静静地覆盖时空
我从影子中
看到纵横的纹路

心境，瘦成一首诗
从夜空升起
每一行，都想存放
记忆的月光

3. 大暑

夏天在时光的琴上
弹一曲蝉声给我听

那快速的节奏
让我想起
远方起伏的海浪

风，也仿佛被蝉声点燃
正以极速的节拍
狂扫窗沿

这是季节里最热的时刻
记忆里，也有无数个大暑
燃烧我的时光

我想起童年
想起竹席、蒲扇
老人们讲述的传说
屋外，星辰满天

如今，我站在天平的一端
回忆，在另一端
岁月的流逝，身处的当下
也是一种平衡
正如每一寸光阴的消失处
都会有记忆缓缓升起

4. 静

心的空旷

与时间平行
我，听到了
夜半古寺的钟声
仿佛置身于
唐诗中
那只漂流的船

5. 风，吹落一季冰雪

季节的尾声里
冬，瘦得像纷飞的纸片
从风的掌心，被一一吹散

6. 在雨天里想起一缕阳光

在雨天里想起一缕阳光
思绪，就越过了一座
隐形的桥

昼与夜，暖阳与细雨
挂在时光的墙面
心情，在舞蹈

就让音符的穿梭
编织成网
在每一个点上
连接记忆

如此，往事的波光
就会为大海
让一阵风
陪伴远行的船

7. 秋凉

深秋的凉意，我已品尝
一些事物，正在缓缓消失
比如：晚风点亮的荷塘
摇曳的星辰，流云奔跑的印记
落入掌心诗意的水珠

光阴拂过眼角
秋天的雾气模糊小屋的轩窗
心路，是否已是荒草
等风成为尖锐的刀

沁凉的意境
是落叶被遗忘在街角时的叹息
是一杯酒，替代闪电
划破尘世的天空
微醺的夜，似一只摇晃的小船
目光里，隔一片缥缈的云

当代诗人柳燕梁

【作者简介】

柳燕梁，女，中学教师。出生于湖北通城，上海师范大学汉语言文学本科毕业，现居上海。从事教育事业多年，爱文学，爱诗词，尤喜现代诗。不追名逐利，书写生活中感受到的诗的意境。

诗歌7首

1. 春日之光

站在春日的阳光里
迎着温柔的春风
微笑着轻轻闭上眼
用心感受春天的气息

河边泛着新绿的杨柳
刚钻出地面的小草
映入我的脑海
树林里声声清脆的鸣叫
唱着我心里的歌

那些美丽的记忆

遥远而又清晰
就像这富有生命力的春天
美丽之上又赋予了力量

古老的故事，文学的魅力
以及这大自然的生机
在我心底升腾
升腾起朵朵的美丽

2. 生命之初

沐着冬日的阳光
走在时间的长廊里
我在记忆里找寻
生命之初，温暖
最本真的颜色

那时的早晨，我望见
红红的太阳从大山上升起
阳光穿过树丛，放射万丈光芒
傍晚，我站在家门前
惊喜于天边晚霞奇幻的色彩

童年的春天
是那各树的花开
鸟儿欢快地飞
我在阳光里蹦跳

夏天在满天星光里
在爸爸辽远的故事中
在姐姐嘹亮的歌声里
在萤火虫追逐的光影里

童年的秋天啊
是上学路上的喜悦
那个潇洒英俊的年轻老师
眼里满含神秘与威严
他在讲台上，在我的课桌边
那富含情趣的幽默
启示了我对未来美丽的遐想

童年的冬天在火炉边
一家人围坐的温馨
母亲热切的话语，眼里的期盼
伴着我盖好温暖的被子
听着窗外的风声入眠

这就是我的童年
永远温暖的记忆
它像冬日的暖阳
催你在风雨中前行

3. 怀念母亲

一次次从睡梦中惊醒

因为我，梦见了我的母亲
而她，已去世多年
我只能在往事中追怀

我敬爱的母亲
是您给了我最原始的温暖
因此，我对人世保有希望
是您给了我最本真的爱
为此，我的生命不会枯竭

犹记得
我七岁那年的冬天
日复一日
我伏在您的背上
您粗重的呼吸声声传来
在崎岖的山路上
您背着我艰难跋涉
一步步向前
只因前方有希望的存在
医生的家就在山的那边

在我童年的记忆里
您高大的身影，亲切的呼唤
伴着天边的晚霞
在家门前，在竹林边，在小路上
您忙碌的身影，响亮热情的声音
启迪了我最初对生命的热爱

犹记得
我与您最后的相见
您异样的眼神
有着不舍的留恋与执着
因为您知道
以后可能不会再见
而不经世事的我
竟不知道那是最后的永别

隔着遥远的空间
您在电话里用心传话
那样的关切
而我从来不知道
您已濒临生命的终点

我敬爱的母亲
如今，我在泪眼蒙眬中
为您写下诗的纪念
我愿
是您生命的延续
我要为您
感受世间美好的一切

4. 缘

若是没有遇见
你不会懂得

那是一种怎样的缘

每一次相见
眼睛的对视
幸福在你我之间流转

静默
无声胜有声
因为有
你我会说话的眼

5. 等待

我的心已等待了千年
像冰封的湖面
如沉寂的雪山
静寂无声
你来了
像春天的风
苏醒我的世界

6. 初遇

那一天初次相遇
在如梦似幻的晚霞中
她伫立窗前，微微睁开眼
人群中有个身影在向她回眸
频频回头望，牵引着她的目光

是谁的声音，那样的熟悉
她似乎看见了高远的天空

轻叩他办公室的门扉
循着他的声音，望向他
目光相遇的刹那
她读到了他的欣赏与疑惑
凝视他的双眸，才发现
她今生的找寻终于有了答案

似宝玉初见黛玉
那般熟悉
她与他应曾见过
在前世与今生里

他起身站立，样子是那样美好
她似乎看见了一个美丽的世界

他端坐书桌前
在窗前的阳光里
转头，向她望
那般宁静温和

她轻轻走向他
坐下，在他的身边
那么安心而喜悦

像是少年天子与董鄂妃
初次的对坐交谈

起身，回首，挥手告别
微笑还绽放在她心间

7. 我愿

我愿
是你窗前的一只小鸟
在每一个清晨
让你听到第一声悦耳的鸣叫
看你第一个会心的微笑

我愿
是你路口的一株小草
迎着你潇洒走来的身影
跳起欢快的舞蹈
带给你一天的喜悦

我愿
是你窗外蓝天里的一缕流云
等待你讶异的凝望
消解你工作的疲乏
看你嘴角微笑的弧度

我愿
是你夜静时手中的一杯清茶

亲近你温暖的手掌
感受你关切的目光
静享有你在身边的喜悦

我愿
是你门前的那一树繁华
为你，如云霞般艳丽绽放
散发淡雅的清香
向你展现春天的希望

当代诗人李结实

【作者简介】

李结实，笔名油城之春，男，黑龙江大庆人，油气田开发高级工程师，中国石油学会会员，中国科学技术协会会员，中华诗词学会会员、中国楹联学会会员、经典文学网会员、中国散文网会员。经典文学网签约诗人、作家，经典文学网 2020 年度十佳经典诗人。共取得省部级等各种科技奖 28 项，省市局管理现代化成果奖 8 项，国家发明专利 1 项，国家级 QC 成果一等奖 1 项。发表论文 20 余篇，任副主编、编委并参与写作的专著 5 部。作品发表在《羲之书画报》《大庆日报》等报刊及多种网络媒体，入编《当代文学百家》《“盛世中华杯”国际文学创作邀请赛作品精选》《全国文学艺术精品集》《全国诗歌散文作品选集》《中外诗歌散文精品集》等 10 多部文集。

诗歌 16 首

1. 练

寂静的院落
桂子弄香
月影里
描鹤舞，引蛇狂
手起处
青锋剑万丈寒光

马奔腾，雷行空
飒飒风儿起
流萤数点，虎啸一声

2. 出嫁

霞光满天
杨柳染绿了二月二
桃花染红了三月三

村庄，炊烟
鸡鸣犬吠
迎亲的花轿已到
少女笑靥如花，头戴凤冠
吹吹打打，红绸红福挂满院

莫非是大唐？不
她就是她，现在还是现在
只是，一梦越千年

3. 故乡的河

宛如娉婷的少女
摇曳着自己的风姿
岸柳似迷人的睫毛
水草像肩头的青丝
明眸里碧波清澈
如佳酿，似瑶池

我踏青而至
漫入红尘故里

鱼儿跃，虫儿鸣，鸟儿飞
淡淡烟霞
氤氲着两岸古老的村落
茫茫平野
蜿蜒着田园稻香十里
啊，一幅温婉的丹青水墨
净化我积尘埃的心灵
抚平我浮躁的心绪

苇影轻轻摇动
流泻细碎的银光
时而叮咚的节奏
仿佛呢喃的细语
乍凝神，又好像儿时的摇篮曲
那通往桃林的小路
遗落过童年稚嫩的记忆
故土的气息啊，已然进驻我的心里

故乡的河，我心中的歌
一步三回头
带着欢笑，奔流远去
一路述说思乡人成长的故事
霞光璀璨，我在孤独的风里
种下一束相思

浪花像挥动的手
作别一个回乡陪伴她的游子

4. 四季

春雷行空，冰消雪融
等待了一个季节
枝头探出点点绿，点点白，点点红
长风万里
小草手拉着手，唱着歌
盖满河堤，田埂，山岗

骄阳似火，白云如絮
阵阵蝉鸣在院子里回响
凉席上，歇晌的人又进入梦乡
荷塘里，莲花仙子舞
花下，缠绵着一对鸳鸯

大豆摇铃，稻菽飘香
玉米秆背起金色的娃娃
高粱穗露出红红的脸膛
桂对明窗，菊绽篱墙
柿子熟了，在旭日下闪光
蛙声里，水已经变凉

寒风呼啸，昼短夜长
带着生命气息的花谢了
经过了漫长的洗礼

雪花纷纷扬扬
水长出骨头，绿叶完成了使命
虫儿也在家里躲藏

几十个四季轮回
又站在了新的起点上
一点点荧光，在诗的星河里飘荡
不见光芒

5. 桃园

艳阳，蝉鸣
路旁桃林，点点泛红
一树树
枝头挂满灯笼
香风，轻轻
飘来桃农笑语声
摘下，包装
一箱箱
装满农家致富的梦
转眼间，这梦
已带着希望启程

6. 乡愁

小时候
日子像一条奔腾的河
蜿蜒曲折流

我年少不知愁

长大后
乡愁是一弯升起的月
家人披星忙
我求学在外头

工作后
乡愁是油城的除夕
我手捧家书
愿家人健康无忧

成家后
乡愁是元宵的灯
我伴着妻儿
在灯下遥望中州

而现在
乡愁是七千里山水
儿子已成家
母亲在鹏程

7. 夜听《二泉映月》

寂静的夜，星光点点
曲韵里
泪像露珠在寒风中滴落

明月渐渐淡了，仿佛悲伤
我好像在梦里
听见了阿炳跳动的心

8. 一双筷子

像夫妻
苦辣酸甜一起尝
直到地老天荒

9. 瀑布

大地铸就的巨人
何时狂饮了天上水
吼声里，口若悬河

10. 老师

像红烛，奉献光热
像雨露，滋润心田
育禾苗茁壮，带胜者凯旋

11. 重复

钟表的指针，总是回到起点
然而，人生像江河
从源头奔向大海，不能彩排

12. 老友

一壶老酒
提到多年以后
有几人，还是老友

13. 风筝

像鸟一样
背负青天，驾长风
愿岁岁，醉舞碧霄中

14. 心中的小树林

像月光下的小院
清新，静谧。心灵在此歇息
树影好浓，月光好暖

15. 失恋

淘浪拍沙滩，呐喊
恋人结婚了，丈夫不是我
上帝啊，赐我恩典

16. 人生（散文诗）

如一颗浮萍，随波逐流；像一粒尘埃，随风飘荡。

十万步，人生迷棋，几人参透？行走，摸索着路径；过河，还要摸着石头。你若到了忘神河畔，只是多一份寻家的迷蒙。三生石，缘定后的回首。

枕边，点点清泪，模糊了明眸;窗外，几声虫鸣，细数更漏。谁的倩影，梦里如风？哪般缘由，在月光下行走？奔向哪里？去向何方？看不透，波光夜景荡春水，锁清秋。

向南向北，向东向西，一场虚无缥缈的博弈。输，一时的心灰意冷；赢，一时的心满意足。温暖的人当是谁？温暖的记忆知何处？奋斗，诗和远方皆可有。

得之尔幸，失之尔命。悦己愉人美衣食，车子房子附属品。风霜雪雨，阳光，滑过内心，将指尖穿透。过往缺憾亦是美，天人合一，方无忧。

人生路漫漫，时空里，尽情舞。

当代诗人万会花

【作者简介】

万会花，女，山东省济南人。系中国散文网会员，中国诗歌网会员，中国作家网会员。自 1983 年开始在《济南日报》发表短诗。有作品曾经获奖。

诗歌 83 首

1. 大雁

一字形，人字形
归去来兮枫叶红

雨一场，犹似梦
长亭残云酒意浓

月圆月缺悄无声

2. 八月

秋收忙，种麦忙
收豆收瓜笑一筐

苹果山楂满山滚
喜气洋洋接新娘

3. 月是故乡明

幽月积攒了凡人的惆怅
游子是磨难
眼泪咽到肚子里，把汗磨亮
捧着当作故乡

4. 雨停了

它足足下了四个时辰
路像小河一样滚滚流淌

我骑着电瓶车走在小河旁
像生在沙漠的人感受着波涛

这大自然的馈赠
久违的重逢

5. 秋日采风

我问苍穹
云儿却忽高忽矮

我问秋稻
她羞答答低着头

6. 赏菊

洁白的菊花勾勒了画家的灵魂
我踮起脚尖
还大自然一个美丽的邀约

7. 雨韵

春雨苏醒，踏上了人世
电闪雷鸣像夏雨突如其来
秋雨稀释了树的血液
把花瓣零落成泥
只有香如故

冬雨把树叶掰下
让落叶归根
我站在雨里，淅淅沥沥

8. 荷塘吟

无边无际的花儿叶儿
飘走了多少不经意的灵魂

有多少面镜子翻了
谁的肉身。烟袋锅儿，绣花鞋
支离破碎的蒲扇
昏黄一片

9. 荷魂

飘落的是花瓣
不是花魂

画荷的手染了芬芳
不管天青色的烟雨

只愿骨傲暗香

10. 悲荷

我的花瓣落在水上
无情的夏天

空心藕举着莲蓬
渡谁的苦心

11. 拾起希望

在没有头的日子里
浑浑噩噩
在沉睡的梦里
魔魔咒咒
在睁不开眼的昏暗里
你是否明白

我的天已经迷失了幻境
我的地已经不由我做主
我的云是淤泥的陷阱

风儿唧唧复唧唧
没有季节的蜡烛
点燃了几千年
盲目的石榴树结了盲目的籽
还是回到原点
把希望重点

12. 梅花

是谁点亮了蜡烛
一根两根三四根
厚厚的雪踩到脚腕
已经下了三天三夜了
一颗真诚的“心”字
摆在了梅花园的中间

白皑皑的天，没有黑暗
积雪堆满满枝芽，没有风

瑟瑟的雪花摇摇摆摆
跟梅花说：我看见了你的心
梅花说：那是蕊
雪花说：没有骨头吗
梅花回答说：这不是风把
我们俩穿在了一起吗
松鼠哈哈大笑：我给你们涂上胭脂
松针说：我给你们穿上了线

和天对比
“心”太小了
和雪对比
“心”的燃烧太亮了
红红的血蔓延了白色的地毯

13. 立秋

寸草结种，雁南飞
割舍了花的艳美
铸就了果的丰厚
凉风习习
天高云淡
唯有悠悠南山
青松不老

14. 垂柳

不经意的耷拉着肩膀
在大河小河旁
看惯了街舞交谊舞

15. 一棵椰子树

傍晚在海边散步
走在一棵椰子树下
澎湃的波浪
尝尽了酸甜苦辣

16. 随想曲

站在飘雨的街头
雨水淋湿了我的忧愁
望着零乱的愁云惨淡
夕阳溜走了
掉进了万丈深渊

17. 天

黑也是它白也是它
没有心脏
还把太阳月亮揉碎

星星不惹它
冷眼看世界

你有多高
你有多深
装的人模人样

18. 随想

澎湃的心失去了平衡
失落的情再也不会复还
忧愁什么
一切无所谓

糜烂的心造就了幻彩
摩天轮天天转
你敢上去吗
吆喝什么
不就是死了生
生了死吗

我真没记性
把葫芦当成了瓢
死在一棵树上
还装聪明
真没骨头

人说今年胜去年
我还在幻想
有一天彩虹来了
我呐喊着

上去了

19. 天色越来越瘦

立秋了
风儿摇晃着树叶说
该回家了，该回家了

天很亮
点点滴滴的记忆
像霜降吞噬着
草的芬芳

20. 蝶翼

缠绕在花丛的芬芳
仿佛春衫。爱人
我正接近自由若风

21. 流星

黑暗的天空亮出脊梁
这绚丽之境等不及呐喊
像卖地瓜的老人
捧着鲜艳的皱纹

22. 远方

看一眼天上的云

抓一把身边清风
家乡在模糊的儿时

我的娘亲啊
白发苍苍

23. 目光

黑与白。遮住了光彩
谁的深渊，痴缠
一双眼

24. 风

吹绿了枝头翠绒
金黄的迎春花洒满大地

娇滴滴的荷花年年来访
戏蝶舞翩翩

风，跳跃着欢呼着
雪就来了。梅瓣圣洁如爱

25. 夕阳

火红的太阳从山巅
溜走了俊俏
夜，静下来

26. 枫叶

荡漾在山坡的浪漫
衬托着松柏威严
一片片一片片
什么样的情
红透了大江南北

27. 雨

没有妩媚
静静的滋润着贫瘠的大地
春雨诚如珍惜

而我的夏电闪雷鸣
仿佛为了倾泻几万年的冤屈

秋色
空空

28. 雪

从天边飘落的花瓣
每朵都荡漾着一个独有的灵魂
如果用几何解读
哪一次旋转，是你的幽怨

29. 农民

你是秋天的黄土
而我将成为
灰尘

30. 落花

暴雨砸碎了花瓣的梦
一声叹息
入土

31. 火

黑暗被戳了无数个洞
大小不一
点醒迷路人

32. 玫瑰花

谁能把爱酿得如此鲜艳
火一样的女子
烟花般的少年

33. 红烛

它捂住胸口缓缓摇曳
让高高的火焰
揉碎人生

34. 菊花

庆幸秋色，如花瓣叠复
我可以手捧明镜
寂静，欢喜

35. 忆屈原

龙舟，香粽
悠悠汨罗荡着谁的魂魄
一浪漫过一浪

36. 秋雨落花

那年，我也曾在芭蕉叶下
任淤泥生出皱纹
沉于秋雨

37. 钉子

如果在家的墙上，故人就是慈祥音容
如果，在村头的田里
一抔黄土隆起个包
它是时光的疤痕

38. 叶

露珠摇晃着它的肩膀
晨曦就在枝丫间长成了
春之声

39. 思念

儿子说：妈妈你看着
他便在单杠上飞了十几圈

还有他惹眼的军装
让我的睡眠，一直眩晕

40. 片刻宁静

想到老家的院子
夏末满枝青绿的枣子
那误入眼底的蜻蜓
似醒非醒

41. 一只放下天空的鸽子

需要小河流淌，映着天边的云
需要光卸下翅膀

亲爱的，春风尽处
乳燕在呢喃

42. 春风

绽放了花的芳香
摇曳着绿色欢畅
漫步在无垠的大地上
翻唱着年复一年的金曲

轻轻地浮在湖面
在温暖的阳光里
碧波荡漾

43. 早春的街头

万物复苏
没有言语的季节
驮着和谐的音符
漫步在碧云间

44. 陌上花开

伸手接一滴露珠
飘荡的音符留住记忆
还有风扯着衣襟奔走

45. 镜子是凝固的时间

隔着大海却听见了心跳
支离破碎的梦见证了无畏的风

纵然是两面
撬开了心的伤疤

46. 独木桥

横亘于两座山之间

云飞霞浦

两涧之间
心扉漫步
云端有思绪
叩问青天

47. 你需要一面镜子

知了，叫了几万年
还是那个调，仿佛世界崩裂

芝麻，开了几万年的花
还是那样明亮，仿佛世界醉了

玫瑰，仍然那么漂亮
迷惑了几万年的情人
仿佛日月颠倒

48. 纸上阳光

是谁明白了道理
没有忧愁

青山扶着蓝天
大地任风摇摆

49. 落在水里的雁鸣

大雁南迁
带着浓浓的乡情
不愿离去的背影
仿佛是天上的虹
倒映着七彩的湖
没有分别的惆怅
只因为北方的温暖
把羽毛留下

50. 棋

分开了是汉界
走在一起是楚河
天与地的分界线
洁白

51. 你是忘却

冬天丢下了厚厚的皮毛
惆怅是忘却的书页
你是分分秒秒
一去不复返

52. 岁末

没有了鞭炮声声
天空依然美丽

劳累了一年的人们
该歇歇了

置办了新衣
添了新家具
装着满满的收获
迎着 2022 的除夕

压不弯的腰
磨不平的背
汗珠子砸脚面
算算一年的收成
过大年

53. 韵

心是一道横线
穿透了脊梁

心是一道竖线
穿透了筋骨

54. 树

摇曳了日月
涂抹了星辰

55. 兔子

太善良了
就没有脾气

56. 风筝

泡沫做了个花轿
是接新娘的
梦幻做了个风筝
掉了下来
没有人捡
因为挂在了飞机的翅膀上
不知道又飞到哪里
我哈哈大笑
真无知真无知
死了什么都不知
我哭了
来年还当风筝
飘吧

57. 问

青山不墨画
绿水无弦琴

58. 桑

织出了彩虹

把地球划了个天
不服气
在月亮上喝了个酒
死在了蚕簸箕里
埋在了地下
成了桑的肥料
掉了两滴眼泪
天啊
这是我的家

59．老师

像太阳把温暖送给了
春夏秋冬，照亮贫瘠的大地
像月亮抚慰着迷失了方向的
游子。几千年的智慧海洋
创造了人类的翅膀

60．石榴

当它咧着嘴笑的时候
已经是中秋了
仿佛月亮的裙摆铺满小院

61．韵梅

白雪皑皑放清香
不堪人间素颜妆
寂寞了云的衣裳

鸟的翅膀

不知浑天有一梦
镜里月亮水里花
笑也痴狂

62. 竹溪

流淌着千年的传说
不寂寞
仙鹤拍打着翅膀

四季潺潺抚岸青
胜过富春山

63. 桃园

蝴蝶，盛开般
铺满少男少女的
面颊

64. 模糊

风没能记住童年的事
我们眼里是模糊的你我
仿佛夜雨绵绵

潮湿的是错处的秧歌步
模糊了月光

65. 蕊香

我看见你的心
是一根蜡烛
洁白里流着泪

一根、两根、三根
完成两滴泪的火海

66. 捂

是谁束缚了你的肩膀
捂住我的远方

厚厚的云
仿佛人间大幕

67. 诗殇

望着南飞的大雁
我期盼月亮
像天上的云痴了再痴

留在人间的还有什么
摇晃在天边

68. 摆动

野草守着泥土

流水从身边络过

谁的白发
三千丈

69. 雷

谁的悲愤
击破三千里夜空

70. 电

瓦特并不知道
一个公式可以成为
返青的心

71. 她

再接近一粒尘埃就会被压垮
一整片秋天突然沉默

72. 大地

日渐衰老
多像
被数着银发的母亲

73. 手相

我的手我的相

走在刀刃上
骨骼清奇

劫掠河流给鱼儿
穿上彩云的衣裳

我的天，风儿不扰
低头抚摸着尘埃

74. 赞七夕

瑶池里的仙花
弥漫了天上人间
仙鸟山的仙鹤
搭起了彩虹

少年郎正攀着云梯
翩翩而飞

无心人看着红尘
倏然回首就是思念的味道

75. 四季歌

春
没有脚印的风来去匆匆
光芒娶了露水

夏
我问苍天，人为何物
而暴雨倾盆

秋
装饰人间画卷
小村庄随了流云

冬
松柏的远方
万里江山披锦绣

76. 秋思之痛

认定了天的边缘是尽头
看清了海的两岸
凉了的风会永远凉下去
没留下脚印

七彩湖的彩虹
没有春夏秋冬
长天一色

你的心仿佛燃烧
走失的雨已无迹可寻

77. 醒眼看醉人

口是心非是酒肴
谁弃？弃谁

78. 思

大脑一片洁白
心说了然
黑夜和白天一样

79. 念

远方的鹤
顶着红帽子
那是明亮的光辉

80. 大

一个巴掌
和天一样大
打着人生的伞

81. 小

一粒小米
把鸟儿养大
抛起了尘烟

82. 红

紫气东来
透霸一切颜色
独占鳌头

83. 游戏

站在另一个舞台上
品尝着香烟里的
百草人生

当代诗人余镇淅

【作者简介】

余镇淅，男，汉族，江苏省镇江市人，1956年10月出生。大学文化，工程师，职工教师（中级），中国诗歌学会会员，中华诗词学会会员，中国楹联学会会员，中国诗歌网会员，中国诗歌报会员。诗歌入编《当代文学精选》《当代实力派作家文选》《蝶恋花杯（国际）华人文学大赛获奖作品精选》《当代文学人物大典》《当代知名诗人诗选》，诗歌和古体诗入编《新时代文学人物作品精选》《华语杯（国际）华人文学大赛获奖作品精选》《当代文学百家》《盛世中华杯国际文学创作邀请赛作品精选》《当代影响力诗人作家作品精选》。作品还散见于经典文学网、中国诗歌网、中国诗歌报、现代诗歌等报刊和网络平台媒体。

诗歌8首

1. 空瓶子

工匠，雕琢透明圆滑的回旋体
智慧与肚量成正比
让出一个神秘的空间
任君进出口贸易

赚得盆满钵满的品牌
丢下失去利用价值的包装物

一个任人取舍的孤独者

厨娘拿来装作料
患者当化验尿样的容器

可以去废品回收站
也可以进垃圾箱

作品的命运是一个变量

2. 人世的秘密

可怕，什么样的家底敢举世张扬
魔鬼在天上喝酒
他的杯子是个无底洞，而且
专门对秘密的财富感兴趣

掠夺的荷尔蒙瞄准性感的猎物
因为，魔鬼也有致命的弱点
拼死吞没一切诱惑。也许
人是灵长类逃出来的幸存者

懂得用秘密储蓄繁衍不灭的族群
人世间，尝尽了苦难的滋味
书本只是一份参考资料
没有应对变异的抗体
期待进化的种子会见机行事

3. 粽香

五月，刺槐花叠
端午榴红
忽繁夏日树色

此处不比叶碧
自有箬竹味传十里

谁持彩线？闻风舞
以叶缠糯，小脚尖尖
立一个粽香芭蕾

4. 无名小草

小草，不计较名利的基因
只顾埋头生长
探测到有水土的地盘，就是老家

看见大树被歌功颂德
并不妒忌。遥感孤傲的呻吟
不屈服，为高大形象付出的代价

饱经几世风霜雨雪的折磨
登上千年不倒的 T 型台
聚光灯下，伤痕累累，斑迹重重
说不出万古长青的苦滋味

俯视无名之类，羡慕小草的逍遥
风吹二面倒，以屈求伸
把根留住。只懂一句简单的俗语
与世无争地蔓延

5. 千里共婵娟

中秋赏月，清影独舞天宫
圆于现，成全一时欢
缺于隐，自省苦难言

何顾谁先启齿？
皆吟同梦一怀不尽之心声

来吧，上有吴刚桂花酒
下有人间万醇酿
彼此今宵对饮，千里忘多愁

6. 春江花月夜

春来，鸭先知
风雨相约首候节，芽初露

江流，暖潮涌
鱼游浅滩听鸟语，雁归来

花开，群芳艳
阳光醉人贪枕眠，梦难醒

月影，廊桥边
小河淌水送秋波，逐浪漫

夜色，星空远
箫声悠悠寄相思，诉衷肠

红尘多迷惑，玄妙高深
情景皆浮云，随笔几言聊趣

7. 寓言

吹捧的动机欲得抢不来的猎物
狐狸，狡猾地左甜言右蜜语
恭维口叼肥肉的老树昏鸦

动心的气氛渐渐升温，诱发
欲唱难忍的歌喉，开口
肥肉自由落地

谁会真的欣赏鸦鸣破音
眼睁睁看着骗子叼走了战利品
失从口出，得从口入
坏智慧钻了虚荣心的空子

8. 仙人掌

沙海无边，天地不仁

难寻生命体征。有仙则灵
何惧给养断路

水，表面上蒸发殆尽，根
锲而不舍的向地下勘探，再勘探
那里有天上没有的境界

荒丘深处隐瞒不会枯竭的底蕴
呵护每一滴水的分量

仙人落户戈壁滩，绽放奇迹
带刺的手掌
为奄奄一息的风景撑腰

当代诗人王利田

【作者简介】

王利田，内蒙古旗下营人，系中华诗词学会会员，内蒙古诗词学会副会长，博物馆建造师、影视编导、制片人、撰稿人，毕业于中国地质大学，在山西任教5年后，入西北大学攻读硕士学位，于2000年回呼市创办文化公司，任总经理、总设计、总编辑。他善于用细腻的文笔记录真实的生活，表达真挚的情感，并能从中挖掘出深刻的文化内涵。文风朴实，视角独特，思想深刻，内容贴近生活。其作品多次在全国获奖并被收入书刊。

拥抱明天的太阳

——中国地质大学70华诞颂歌

（1）

雨中山巅红旗飘扬，
那是地院乘风破浪的航向。

南迁路上激情飞扬，
创业的志向是您引导翱翔。

走遍崇山峻岭，

阅尽神州地层。

艰苦朴素求真务实，
传统在发扬！

啊！亲爱的母校，
地球科学的脊梁！

以献身地质的精神，
探索祖国的宝藏！

（2）

南望山下实现梦想，
那是您七十年谱写的华章！

科学硕果桃李芬芳，
地大的名字和着中国畅响！

登上世界高峰，
投入探月工程，

上天入地下海登极，
凯歌在高唱。

啊！亲爱的母校，
地大学子的骄傲！

用我们幸福的微笑，
拥抱您明天的太阳！

啊！亲爱的母校，
永远年轻的母亲！

以昂扬奋进的英姿，
再创您新时代的辉煌！

再创您新时代的辉煌！

当代诗人杨君

【作者简介】

杨君，男，海伦人，主任医师，黑龙江省作家协会会员，北大荒作家协会会员，作品散见于《星星》《北方文学》《鸭绿江》《青年文学家》《参花》《唐山文学》《中国好诗》《北极光》《大西北诗人》《北方诗人》等二十多种报纸杂志，有诗歌入选《新诗百年·中国当代诗人佳作选》《中国当代诗歌典籍》《中国新锐华语诗歌经典》《中国当代诗词精选》《新时代诗典》《新时代微诗经典》《新时代诗歌大观》《世纪风采·诗人诗选》《经典文学·诗歌精选》《2018 诗歌年鉴·中国当代诗人佳作选》《风华正茂·“精英杯”文学大赛获奖作品精选》等二十多种文选。

声音（外6首）

鸟鸣挂在树上
像钟声藏匿在庙宇里
我站着的仰望，很累
风一吹，那清脆的时光
就落下来
我在草丛中阅读声音的色彩
那枯黄的凋零
和碧绿的生长
谁才是它潜移默化的棋子

在小巷的宽阔里
一抹妩媚的黄纱巾
推着岁月不紧不慢的黄昏
沿街的吆喝声，盛开成
一朵菊花的芬芳
在目光的河流里飘荡

有时候，我真羡慕小雨
想念故乡的时候
可以不用提着小橘灯
跑过去，轻轻敲打
虚掩的房门

眺望

倚着中秋的栏杆
用眸子抚摸月光下的远方
村口的一棵老槐树
失眠着爷爷皱纹般的眺望
几次把飘零的落叶
当成山娃子返乡身影的光芒

夜色的篱笆里，并不缺少
器乐的喧响，怪异的风
会捉弄豆角和辣椒的音符
谱成一曲河流的星光
就像角落里的一朵茉莉花

爬满藤蔓萌动的思想

被岁月碰弯的山路
穿越青纱帐里起伏的故乡
谁家的屋顶，还蹲着
炊烟缥缈的张望
此时，尽管我张大瞳仁
但还是有些迷茫——
栏杆对面窄窄的条椅上
是坐着一片月光的快乐
还是一层秋霜的忧伤

面对

面对你
就像面对一棵
还没有开花的树
叶子被枝条谨慎地托在手中
沉默不语
鸟鸣的种子，也躺在葳蕤里
沉睡
我想象着它的未来
坠满密密麻麻果实的样子
会羞涩地低下头

我伸出手，试图摸一摸
那青翠欲滴的情绪
然而一阵风却跑来，推开它

让我甜蜜的梦昙花一现

嗔怪

你嗔怪的素描
总像芳草里的花朵
被风扭过画板的馨香
你说我是一阵风
燕子一样穿越小巷
即使在窄窄的晨曦里
也没有敲打你梦的时光

其实，我只是一只小船
总会奔赴河流的牧场
用并不嘹亮的桨声
打捞琐碎生活的阳光
偶尔也会变成一块礁石
坐在月光下的海边
眺望梦开始的地方

一株杨树

像一个人的影子
站在村口的路边
眺望了多少岁月

当落叶彩蝶般追着秋风
这棵树像一位历经磨难的老人

一下子清瘦了许多

一场初雪在夜里降临
黎明时我的心一颤
仿佛满头白发的亲人
在寒风中颤抖

命运

仿佛熬过一个寒冷的冬季
那么漫长
佝偻的身躯，是一座旧桥
已经撑过了太多的风雪
即将拿回的病理报告
如同法院的文书
那判词会不会像一辆车
又从脆弱的桥上碾过

童年

站在草地上放风筝的女孩
仿佛一只帆船，在大海上
摇晃

站在草地上放无人机的男孩
仿佛一只鸽子，在广场上
盘旋

我却像一截木桩
蹲在草地边
阅读他们

当代诗人杨启伟

【作者简介】

杨启伟，字乾缘，号陇扬居士，曾任学院星艺苑文学社社长，甘肃省诗词学会会员。偏爱诗、词、赋、骈文。2016年11月，作品纳入《当代诗文百家》。

青春路上（外1首）

太阳东升河流入海
斜阳的余晖照耀恋人的眼颊
相拥在一起的山峦
你心中可还有一份执着

拉着手的绿柳是我成长的玩伴
我以微弱的月光看着你
心中的爱意化作春雨，淋湿
一杯清茶凉了炽热
天际的蔚蓝放出了太阳的光芒
农田里老农背天朝地有父亲的身影

苍白的双鬓有我的青春
我摘一片祝福
挂在你的天空
天色早已暗了，暗了
而明天的太阳还会有笑容
停不下的记忆
越来越多越深的脚印
调皮的星星早已泛滥
我在青春里睡去

谁牵走了树叶的心

在星空下
低吟
晚风拂过树梢的脸庞
倾诉着缕缕情殇
泪痕啜泣着流年的凄怆

谁吹皱了池塘的水
远方的渔船微亮
寻觅着归家的灯塔
迷惘奔走着的岁月痕迹
我心回荡

田间弯曲的小径
熟悉而又渐淡的身影
消逝在漆黑中
夜静了

在蝉鸣声后
乍凉

拾几片黄叶
在秋风里
与明月迷恋大地
别放飞飘零的黄叶
请宽恕爱情的童话

荡漾的池水相拥
弹奏着季节变化的旋律
吹不去心灵的尘埃

思绪穿越了时空
演绎着生死轮回的定数
抹不去脑海的思念

是秋
伤了我执着的心
是风
动了我自由的情

当代诗人杨先德

【作者简介】

杨先德，男，70后，汉族，籍贯四川巴中。自少爱好文学，曾在《巴中广播电视晚报》、上海《青青与健康》、中国青年诗人学会杂志等纸刊发表过作品。

寻爱（外1首）

音响声嘶力竭
句句都是悲伤
假如爱是那么痛苦
何必双双轻易出场
如果爱要饱受折磨
那就不要做多情模样
问天问地问自己
也弱弱地问你
爱可不可以顺顺当当
人生本就要经历风雨
爱就是一份遮挡
苦难一起去闯
不是绝不是
互相受伤

寻爱寻你
是找一份阳光
一份心头宽敞

梦幻与果敢

一场场春雨一场场暖
一阵阵思念一阵阵盼
春风带来你的消息吗
春花上可是千万双眼

一弯弯眉眼一弯弯爱
一串串风铃一串串酸
春风吹来你的消息吗
春雨淅沥是你的哀怨

一树树桃花一树树艳
一只只蝴蝶一只只欢
春风捎来你的消息吗
春水中有你迷人的脸

一堂堂哄笑一堂堂言
一个个讥讽一个个幻
春风传来你的消息吗
春梦又醒还想要缠绵

走过一村又一村
在湿漉漉的路上跌跌撞撞

寻寻觅觅呼呼唤唤
停停走走转水转山
你是躲起来的理想
你是藏起来的爱恋
你是遥相望的真情
你是我骨子里抹不去的追求
这一生我都将在路上在行程
只有你能让我浮想联翩
只有你能让我坚定勇毅与果敢

当代诗人李晋

【作者简介】

李晋，笔名晋闲，2001 年出生，内蒙古乌兰察布市兴和县人。文学诗歌爱好者，作品散见于报纸杂志和网络媒体。

离了家，才知道家的重要

当走出离家的门口，望着满眼是泪的亲人
隔着汽车的玻璃挥挥手，无限的思念涌上心头

小时候的你总是期盼着走出家门，奔向四海
小时候的你总是听腻家人的唠叨，满脸抱怨
小时候的你总是说人生志在四方，励志闯荡

当这一天真正来临的时候，心里却在思念着家人

亲人在你离家的时候，背过身默默抽泣
亲人在你离家的时候，笑着说孩子要勇敢坚强
亲人在你离家的时候，已经帮你打好行囊
当你迈过离家的门口，亲人用泪水思念着你

你是一个浪迹天涯的游子，走向未来的日子
陌生城市的人们，陌生的游子们在奔跑
时间无法带你回到童年，也没有那么多幻想
陌生城市里的你想念亲人的叮咛
这时候的你才知道家是温暖的港湾

游子们梦中回到生养的故乡去见思念着的亲人
游子们在逢年过节的时候望着家的方向哭泣
家才是人生中温暖幸福的港湾
亲人的唠叨是游子们走向远方的嘱托

离了家，离了亲人，离了家乡
离家的路有千万条，回家的路只有一条
离了家是我走出人生的第一步
离了亲人是我迈出呵护的坚定
离了家乡我是走向浪迹天涯的游子

当代诗人周寸心

【作者简介】

周寸心，性情烂漫，一个粗粝的人，一个简陋的作家。少时起喜爱读诗词，热爱写作。

芙蓉雨（外5首）

流连于三月的花开
忘却六月的尘俗
风声带过悦耳的银玲
醒了船儿遥远的梦

黑色的夜中密密的星
恰似握不住的无迹浮萍
掬一捧天上最清的泉
赏满隅梨花雪落

殷勤三更鼓响
惊碎半池梧桐影
提壶远饷采薇客
不醉不归，不醉不归

寒食随野祭
鸦啼荒蔓上颓垣
冷落秦淮河畔的芙蓉雨
终究模糊了纵马踏花的背影

致爱人

最后一滴流沙
结束了所有的过往
这个悲伤的日子
将是我们生命中彻底的转折

从此
春去秋来
再没有人与你并肩而立
而我将含着泪微笑
开始未知的旅途
手脚上冰冷的铁链
感知不了血肉躯体的似火深情

我的爱人
从此
亲昵的话语只能藏于心底
梦中相会
依稀可见一个清冷的身影
有谁来哀悼我们的爱情
除了旷野凛冽的北风

我的爱人
今生，我们注定遥遥相望
可我多想成为自由的鸟儿
满脸幸福地扑进你怀里
永远不离不弃

雨夜

三月的夜晚
惆怅与影相随
任凭白日里的万丈光芒
顿时也不见了踪迹
静悄悄的湖面
犹如辨识真伪的镜子
华丽外衣下的恍惚开始赤裸
丝丝小雨洒在脸上
汇成的水流渗入全身的经脉
枯萎的心渐渐苏醒
莫非黑暗深处
真实地存在着另一个世界
梦幻与现实交错
疾风呼啸而至
是谁在尽头放声高歌
是谁在泥潭苦苦挣扎
又是谁牢牢地抓住那一缕微光
潦倒的诗人沾着血写下
——雨是夜的魂

你是漫天飞舞的蝴蝶

你是漫天飞舞的蝴蝶
触角细细拨动我的心弦
微风舒展你的翅
垂帘软纱在梦中浮动
你似那香炉中散不尽的芬芳
烛光在夜中摇曳
月影倾洒在窗前
你是千万颗念珠
化成江南渔舟不老的绵绵
你是入冬时落寞的蝉翼
你是枯叶身后的疲倦
你在柳梢尖上的张望
空谷里响起你魂牵梦绕的回音
你是浓浓的酒醉
是不绝如缕的曲调
和着辗转难寐的低吟

不必

才刚入夏，秋意却不时泛起
青黄的叶子随风在半空中打着旋
姿势优美，飘逸
几个回合后纷纷坠落
绚烂，天真过早地夭折
我掩盖不了那一瞬间的惊慌失措
试图倾听那深埋地底的孤独

一生何其短促
等到悔恨时，却无法延伸
命运几多轮回
我们饱经折磨，又奈何不得
单薄的身躯怎经得起山盟海誓
一句不必挽留绝了故人心
留待白首相逢
藕榭深处再寻梦
东风不减笑语依旧

木头人

岩缝里嫩芽悄悄舒展
向上，向上
我听见了它的声音
如果说我是木头人
我哪里来的能力感知生命的气息
可是我的确是一块朽木呀
木头做的身子
没有耳朵，眼睛，嘴巴
更没有心

那为何繁霜晓露让我战栗
远远而来的麦香让我陶醉
寒冬一缕暖阳让我欣喜不已
我可以感受到
异乡游子悠悠心绪
水中野鸭戏耍时的欢乐

残花悬挂枝头的哀怨
我会笑，会流泪
我是一个有感情的木头人
卑微处也存有思想

当代诗人王建红

【作者简介】

王建红，笔名梧桐，福建人。三明市作协会员，三明诗群滴水村落成员。热爱诗歌，爱生活，有诗文散见于《三明日报》《三明侨报》《诗歌月刊》《作家新视野》等报纸杂志和江山文学网、中国爱情诗刊等网络平台。

三明明溪好风光（组诗）

1. 三明明溪好风光

闽西北之归化
流水、岩溶、火山地貌
渔塘溪贯穿山地丘陵
肉脯干名扬海外
风味独特，回味悠长
红豆杉之乡美誉响彻神州大地
紫杉醇加工产业
促进明溪工业腾飞
八十年代末远跨大洋外出务工经商

不怕挫折困难，以敢闯敢拼精神
开拓富裕之路，改变家乡旧貌
推动侨乡建设
成为八闽大地旅欧第一县
欧侨文化广场，独具匠心
溪岸河滨公园，环境优美
早起晨练，一招一式入心入境
奏响山区小城生活曼妙节奏

2. 红军路上，勇往向前

一首红军的赞歌
在旦上村山谷回荡
时而黄腹角雉、白鹇飞过
翠绿群山，古树参天
清澈溪流，涓涓流淌
崎岖陡峭，跋涉前行
一幕幕，英勇无畏，不畏强敌
浴血奋战场景，在眼前浮现
行于归化之役红军战道
八角军帽上红五星闪耀
英雄事迹牢记在心
不忘嘱托叮咛，奋勇向前
一针一线细细缝织的军民鱼水情

3. 杨时故里，龟山书院

仰慕的已久的银杏树

矗立龙湖村道路两旁
秋天，银杏叶子金黄
灯光下，璀璨闪耀
一群现代诗人走在其间
穿越时空印迹
款款叙述论道杨中立之佳话，程门立雪
杨时展馆闽学鼻祖，传承着历史文化
龟山书院门前那修补过的大酒缸
令人惊叹，蕴藏陈年往事
酝酿杨时文化深厚底蕴
盛着朴实乡情与情怀
龙池清泉，丝丝清甜，清澈见底
鱼儿成群好客，水上长廊亭台
弯弯曲曲，游人倩影水中
书院琅琅读书声，悠远传来
炊烟袅袅升起
客秋包飘着香
每逢元宵传统佳节
舞龙赛场热闹沸腾

4. 御帘，你是钦赐的村

映入眼帘是宋端宗钦赐“御帘”村
御帘村历史文化长廊在村的右侧
张氏祖训家训、张载之后古今名人
鲤鱼溪沿岸，木屋瓦房谷仓
古朴风貌依在，小桥横架溪岸
桥下溪边农妇浣衣，鲤鱼悠然嬉戏

涓涓溪流，清澈如镜
老叟闲坐溪边石栏，与友叙谈
幸福洋溢脸上，乐开花
脚踩鹅卵石小径
春雨过后，树木格外绿意
好客的蝴蝶飞舞着引路
神奇的古紫薇花，绿叶已满枝
田螺形布局的传说，预示繁荣兴旺前景
空气清新，浓浓的乡情萦绕
寻觅着农家土产鸡蛋鸭蛋菌菇
带回些许乡土气息
二百亩荷塘，荷藕已种下
期待荷花盛开时节
吸引各方游客慕名观赏
人们跟随村书记的脚步
观看红色教育基地，革命英雄人物纪念展厅
峥嵘岁月，明溪儿女积极参军参战
血肉之躯谱写一曲又一曲可歌可泣的红色战歌
老一辈革命家在御帘的红色记忆
深切缅怀先辈丰功伟绩
激励自己不忘初心，砥砺奋进
乡愁馆里，一件件民俗生活用具
回放御帘悠久的历史文化
以及红军战斗的武器
历经岁月，久积的尘埃附着表面
却掩盖不了其散发的革命光辉

5. 说道明溪

一讲到明溪诗歌
人们就会想到毛泽东《如梦令·元旦》
“宁化、清流、归化，路隘林深苔滑。
今日向何方，直指武夷山下。
山下山下，风展红旗如画。”
一讲到红色文化
夏阳御帘彭德怀、杨尚昆等故居
东方军御帘司令部遗址
铜铁岭的旧战壕，重走红军路
滴水岩红军战地医院
历经战火纷飞，依旧伫立
一讲到古文化
明溪南山古人类文化遗址
打开考古研究新纪元
一讲到明溪生态旅游
就会想到深山护鸟老人
还有那黄腹角雉、白鹇
锌硒土矿物质丰富，中国淮山之乡
滴水岩洞内岩溶地貌，蓬莱仙境来风
山清水秀，人杰地灵
明溪处处好风光
生态宜居长寿乡

注：归化，即现在的明溪。1933 年 4 月归化县改名为明溪县。

当代诗人邓厚石

【作者简介】

邓厚石，上海市人，文学学士，金融学硕士。中国诗歌学会会员，中华诗词学会会员，中国网络作家协会会员。作品散见在网络媒体和报纸杂志。著有诗集《深秋》《500色铅笔》。

老物件（外2首）

桃面的刻痕像一张旧唱片
一把咳嗽多年的摇椅
喝醉了，它扶着我摇晃
女人从月光下走来
继续把氤氲的茶香放在它身上

结婚时买的双人床
坐下去就咯吱咯吱地笑
我们用脚趾勾住了花床单
窗外的一轮落日
还有那些远去的睡眠和欢爱

缺了牙的桃木梳
弥补着我们生活的缝隙

银篦子篦着青春，风雪，俗世的温暖
慢慢地梳，慢过她发际的飘雪
头发都白了还爱着，真好

童年的老宅

记忆中的街灯
总是亮在童年的老宅
父亲漆的天蓝色墙壁
母亲挂的“喜上梅梢”窗帘
下雪天，爷爷曾经用手指
在哈汽的窗玻璃上
为我画一只奔跑的小鹿

如今，老宅已然拆除
留下一大片芳草萋萋的绿茵
含泪凝眸，似仍能看到
蓝的墙红的梅雪地上的小鹿
风中静谛，似仍能听到
全家人围炉夜谈的声音
那话语中蕴含的亲热
如沐再一次冬去春来的温煦

梦中的家

当我拎一袋母亲爱吃的红枣
走进狭窄弄堂时，独自暖心地微笑
想到久别的母亲，她的健康

落日下，站在村口焦虑的呼唤
我又止不住偷偷地落泪

当朋友们聊到了家乡
就像翻开一本书，大家都在读
书本里熟悉的词语
坐在客居的窗口，窗外飘来
栀子花的味道，转身不见了那一本书
只有落在玻璃窗上的几行雨滴
痕迹湮没另一条痕迹

当代诗人许海龙

【作者简介】

许海龙，山西大同人，国企职工，爱好文学，偶有发表获奖。现为中华诗词学会会员、中国楹联学会会员、四川省散文诗学会会员。

石雕（外2首）

精美、繁华
高门大院的城府
只有我，未曾陷落
我眼前飘过的风雨
总有些恩怨，在与他纠缠

结实、公正
大院里的善恶
除了我，谁还在乎
我身上迸溅的鲜血
谁来述说，他的冤屈

本色、初心
和墓主人一起成眠
给梦留个房间
梦里，故乡的山水来接我

诗与海的爱情

诗与海的爱情
在沙滩上修成正果
蓝天裁剪着白云
赶一袭婚纱，见证

阳光不请自来
用太阳，镶嵌永恒
倘有椰风响起
那是诗的表白
在海的心里许下浪漫
礁石见证，镌刻

女性之美

女性之美
区别于男人
柔美
一个不能复刻的名词
柔得彻底
绝不屈服于中性
如流水，曲出婀娜
柔尽滋润与呵护

女性之美
不假手于他人
爱美
自带的属性
好似向阳花开落
开则竞逐阳光之美
落而守护子嗣传承

女性将美传递
传于儿孙
藏入血脉深处
民族延续
独有的印记

当代诗人甄军祥

【作者简介】

甄军祥，男，甘肃省镇原人，文学爱好者，经典文学网、中华文艺微刊签约诗人。作品散见于《陇东报》《中华少年》等报纸杂志及部分网络平台，诗歌《赶路》被《新时代诗人作家文选》收藏。

寒冷是一份考卷

寒风肆意抽打北方的晚秋
无情撕开枝叶紧攥的手臂
将绿色扼死在季节的深巷
然后，唤来一场大雪
掩埋罪证

生命的脚步
迎来一段艰难而又漫长的跋涉
岁月在煎熬中拖出一道血痕
柔弱的灯火
执着成弯曲飘动的火炬
心魂在寒夜的狞笑中
锻淬成金

待春风扒开冰雪
信念已破茧成蝶
新绿在烟雨蒙蒙中
谈论新的农事
年轮依旧在生长中噌噌作响

其实
绿色从来就不会被掐死
何况
寒风揪下叶子的一刹那
有一树饱满的籽粒摇落

于是我才明白
冬天原是一场阴谋
寒冷是一份残忍的考卷
时间是执着而从容的赶考书生
它用漫长的笔触
书写着温暖的答案
即使风雪交加
也不会划上冰冷的句号

当代诗人柳兆义

【作者简介】

柳兆义，笔名冷言，男，回族，1985年出生，宁夏海原县人。本科学历。热爱阿拉伯哲学，喜欢读书、写作、音乐、翻译等。作品散见于报纸杂志和网络媒体。

柳树洼，我的故乡（外1首）

柳树洼，是我的故乡
它的名字是源自山坡上的柳树
柳，也是山坡上一户人家的姓氏

柳树洼，是我的故乡
我是柳树洼的人
吃着柳树洼的水长大的
柳树洼的水养育了我的祖辈
也养育了我

柳树洼啊，我的故乡
今天的雪让我想起了你
那里的积雪
是否也掩盖了你

柳姓人家的围墙早已破损不堪
花园中间孤立着一棵苹果树
围栏的砖梯上落满了厚厚的积雪
柳树洼，今天的雪使我想起了你

肥沃的土地
养育了柳树洼的祖祖辈辈
一行行柳树
陪伴着一代代的柳树洼人

柳树洼啊，我的故乡
为了柳树洼的人
你默默地奉献着
你的山山水水孕育出
大大小小的柳树洼人

当我远洋在外重回故土
在山域间，在巷道里
兄弟姊妹们相遇
亲得像一家人
这是柳树洼世代的兄弟姊妹啊

柳树洼，我的故乡
我是你养育的柳树洼人
今天，我在遥远的伊拉克
为你献上一首赞美诗

献给你，献给你养育的人
献给我的兄弟姊妹们
也献给柳树洼的一行行柳树

柳树洼
无论走到天涯海角
我都是在你的山域间长大的
你的子民

凄凉的院子

看着眼前白茫茫的山群
望着天空雪茫茫的白云
他，我思念的那个人在哪里
他的背影若隐若现

看着山顶凄凉的小院
望着院里孤独的花园
花园里只剩下裸露的枝干
清晨我慢腾腾地爬起
拉开沉睡的窗帘
看到的却不是冷清
看到的是祥和的背影

屋檐下的麻雀成群结队
叽叽喳喳的声音
仿佛传达着各自的指令

只有我和他是独身
这是生命与灵魂的交集

我对着他的影子诉说
世间万物都有宿命
它们在各自的领域
寻觅生命中的快乐

背影，那熟悉的背影
这是多么熟悉的时刻
这是朝暮思念的一刻
凄凉的院子
死一般的沉寂

他，我珍爱的
去了哪里
那厚大的手曾经抚摸我的头顶
如今去了哪里
那柔和的目光曾经温暖着我
如今去了哪里
那祥和的背影曾经无数次在我眼前
如今去了哪里
他，是否已进入我的灵魂

你我交融的灵魂
脑海里挥之不去的身影
让我记起那痛苦与悲伤的日子

记起曾经的点点滴滴
可是，你在哪里

我的心依旧向往着你的呵护
梦里，你依旧抚摸我的头顶
我的夙愿回响在天地间
我的心一直在呐喊

当代诗人吕云

【作者简介】

吕云，笔名云开日出，生于1964年10月，籍贯内蒙古包头市。热爱文学，勤于创作，创作格律诗、现代诗、散文诗1000多首，作品散见于报纸杂志和网络媒体，并入编部分书籍。

旅途（外2首）

路走了很远很久
累，渐渐成了全部
不经意间
光芒被溶入雨露
成熟里，尽享收获和辛苦

看淡的岁月

停止了冲动的脚步
疲惫吗
剩下的路那么长
丢掉包袱
还有风景
等在未来旅途

无论欣喜
还是苦忧
别把岁月再次弄丢
起程吧
收拾行囊
再赏晚霜朝露

冬天的日子

冬天，在冰冷的空气中
艰难地走到了大寒
心情，也在飘忽不定的雪花里
走到了冬天的尽头

日子，在悲与喜的交织中
消耗着有限的能量
因为淡若止水
就没有了微笑的理由
因为心境麻木
也没有了挣扎的呼喊

日子，只剩下空白的痛苦
和苍凉的眼泪
年复一年
身后是被风吹过的沙漠
留不下一丝丝的印迹

冬天
长长的旅途
浅浅的生命
心中的焰火
哪里能找得到燃烧的空间

只是一粒种子
蜷缩在灵魂的一角
在半梦半醒里
奄奄一息

夏

夏，很慢
像不愿枯萎的花瓣
人，很酣
像轮回的四季一般
淋漓的夏
敢在天空作画
云端呐喊
夏是蓬勃的基石
硕果的期盼

夏，没有隐瞒
是钟爱的韵与幻
它是一只种热烈
是一只种灼痛
是一只种清香
也是一只种酣畅
如果挣脱了光阴
还能做些什么
唯夏是生长摇篮

夏，坚韧执着
催促火热
摒弃懒散
充实是代价
丰富才坦然
请看整个的季节
为生长恋战
顽固的理由
顽固的追赶
只求真诚的赤裸
熔化与热烈

夏，烘烤吧
再猛烈一些
把虚无荡尽
把无味灭绝

当代诗人童业斌

【作者简介】

童业斌，湖南平江人，笔名好个秋，县纪委退休干部。中国诗歌学会会员，中华诗词学会会员，中国楹联学会会员，湖南诗歌学会会员，中国诗歌报会员。被一些诗社和平台聘为签约诗人、作家，有1500多首诗歌、诗词散见于报纸杂志和网络平台，并被多本诗歌专集收录，多次在全国诗赛中获奖。

护路人（外1首）

晨露，为他洗尘
晚风，为他凉身
路是一卷胶卷
录下他由青丝到白发的身影

他说，路就像肚子里的肠子
牵扯着他的心
陡处的一个小石子不丢开
梦里惊魂

雷大雨猛
巡路

拼人命
护路命

酷暑严寒
巡路
路畅
车顺

过路的车无不鸣笛，山鸣谷应
致敬—致敬—致敬
五十里路途，五十个年头
五十张奖状亮眼神

路，爬上了额头
路，缠上了腰身
竹梢把粘上了下巴
老何惧，心灵无尘路无尘

切萝卜

老婆切萝卜
“突、突、突，突、突、突”
眼睛不用看
全凭手，动作熟
切着切着，慢了下来
直到“唉”的一声叹
声息全无

“老婆子，怎么啦”
“人这辈子，就像个萝卜
过一年，就切去一个箍
都快切完了
心里有点酸楚”

“光阴这把刀
服得服，不服也得服
萝卜没切完，证明还有光阴可用
快炒菜吧，全家人等着享口福”

当代诗人刘启艳

【作者简介】

刘启艳，笔名叶子，湖北五峰人，曾任中学英语教师，后入行政机关工作。简简单单，平平实实。喜爱诗歌、散文，作品散见于报纸杂志和网络平台。热爱生活，勤奋上进，立志将自己的余生献于笔耕。

诗歌12首

1. 有缘

带着一分欣喜
带着一分欣赏

仰着头，在树下转了很久
时而东，时而西
好香，好美
好厚实，好密集，好圆满
一朵朵，一串串，一枝枝
花蛋蛋黄，叶绿绿青
花中有叶，叶中有花
花绕着枝，枝撑着叶
枝繁叶茂，花叶相间
俨是一个繁星点点的绣花大阳伞
更有趣的是
你看那四片环绕如星的小碎花
紧紧地围在一起
组成一簇簇花团
犹如百十兄弟姐妹
他们手拉着手，肩并着肩
绕着树枝，直登树的枝头
与叶一起绽放美丽
与叶一起迎接阳光
与叶一起展示朝气

2. 茶杯

你晶莹剔透
你纯洁无瑕
你总是虚怀若谷
你从不夜郎自大

别看你个儿微小
你的心胸却如海量博大
不论红汤绿水
也不论粗茗细茶
你都来之不拒，一应笑纳

你送来的是元气
你送走的是困乏
你送来的是旭日东升
你送走的是夕阳西下

你见证悠悠岁月
你相伴漫漫年华
你虽普通平凡
但你异常伟大

3. 大地妈妈和孩子小草

小草说，大地妈妈
是上帝赐予我的福气
让我来到你的肚里
久经怀胎将我孕育

外面的世界真美丽
我左顾右盼兴奋不已
你怕我摔倒
稳稳扶着我小小的身体

亲爱的妈妈
你爱我胜过你自己
我不知怎样才能报答你
我的身体流着你的血液
我无以为报
只能天天陪着你
寸步不离

亲爱的孩子，小草
你不要有愧意
我能拥有你
同样是我的福气

将你养大本不容易
但我却因有你而骄傲不已
你陪我朝朝夕夕
形影不离
烈日射来给我当帽
寒冬来临给我当被
风来帮我挡风
雨来帮我挡雨
还给我穿上我心爱的绿衣
一年四季

4. 别样遗嘱

二〇一七年严冬
一个北风呼啸的黎明

您历经了八十多天的煎熬后
无奈放弃了与病魔的艰难拼搏
您让母亲把我们儿女叫到床前
与我们作庄重的永别辞行
我们肃立在您的面前
心如刀绞，泪如雨淋
满以为您要作遗产分配、丧事安排
抑或对我们作临终的谆谆教诲
但我们万万没能想到
您只是慢慢地从枕下拿出一个包了又包裹了又裹的小本本
轻轻递给我们，千叮万咛
这是我的党费证
里面还夹着我多年积攒的五百元现金

啊，这就是我的父亲
一个地地道道的三零后农民
八十五岁的人生
六十多年的党龄
几十年的小队长
一辈子的老标兵
别样的遗嘱，永葆的初心

5. 老翁与绣女

女子坐台边
秀发垂耳边
玉指翻飞如美舞

专心致志不问天

老翁观已久
不由生感叹
笑问
何时方能完

绣女曰
看似简单
小幅二三月
大则上千天

老翁不解摇头叹
这般苦干为哪般
绣女抬头凝眸笑
只奔那繁花似锦
只向圆圆满月挂天边

6. 作家与农民

冬天，农民开始备肥储种
作家开始酝酿文章
春天，农民忙着播撒种子
作家忙着琢磨文字
夏天，农民挥汗锄草施肥
作家废寝打磨精修
秋天，农民把收获的白玉黄珠堆放到仓库里

作家把精制的秀美文字排列在纸张内
精选后，农民把金珠白玉送到国家粮库
作家把黑黝铅字送到报纸杂志
汗水强固了基础
文萃升华了精神

7. 致一位师者

滚滚爬爬，跌跌撞撞
在黑暗中找寻方向
是您，带我走出泥塘
慢慢奔向曙光

感恩有您
诗和远方
您像航标灯
为我引航

8. 门前秋景

鸟儿喳喳叫
树上来回跳
不是唤伴侣
就是觅佳肴

白蝴蝶黄蝴蝶花蝴蝶
追着花儿跑
庭院花卉盆景

扭腰欢笑
一切好像在说
秋天真好

9. 背影

手牵一头牛
肩扛一张犁
泥涂一双鞋
汗湿一身衣

10. 二季花

园边一杜鹃
长年少管它
风刮烈日烤
始如松挺拔

清晨步园庭
眼前现惊讶
艳红透全身
竟开二季花
谁言秋是菊天下
还看我家杜鹃侠

11. 心中有你（1）

早晨雨雾蒙蒙
天黑地暗

天涯飞来的玫瑰
海角传来的问安
似盏盏明灯
让我看到遥远的地方

你好，我的远方
你好，我的爱人

12. 心中有你（2）

雾霾像战场上的狼烟
挡住了我的视线
对面雄伟的群山
不见一岭一巅
河岸的美丽乡村
不见一星半点
溪边的迎春花树
不见一枝一叶

眼不见远方
心中有远方
眼不见你
心中有你

当代诗人杜玉周

【作者简介】

杜玉周，笔名玉坚，男，49 岁，诗歌爱好者，作品散见于报纸杂志和网络媒体。

现实（外 3 首）

有多少曾经的海誓山盟
都变成了匆匆邂逅

有多少的冠冕堂皇
都被现实俘获

有多少的柔情依依
都成为昨日的绕指柔

我多想把人生的所有缺陷
都永远打上封条

让黑更黑
让白更白

北风呼啸

北风呼啸而来，为天空又添一缕愁云
那时，月亮似乎也寒透了心
冷冷的，把心情一再放低

这风，是冬天的奏鸣曲
尽管琴音一再凌乱，却铿锵有力
每一次经过，都有回声
它一路追着、喊着、打着、撕着、咬着
万物开始必学会避让，不争不抢

所有经过未经过的
都在我的诗意里醒来
而我，还是那个曾经的我
包括我的前世今生
都无惧这萧萧的北风

从白雪中寻找白

一片白茫茫
在脚还没踩过去之前
还是一片白
让人头晕目眩的白

当一双双脚踏进
白雪就不是白了
我不忍玷污白雪

就那样瞅着、等着、寻找着

等大雪过后
还是在等别人的足迹
先污其白
寻找着白雪的白
寻找着白雪的宿命

忧伤的山茶花

在福建泉州的一个小山环儿里
竟埋伏着簇簇蓬蓬的山茶花
连素来对花不感冒的我深为震撼
那些粉白的她们竟似乎怀揣了整个世界

山茶花，您这娇弱的柔体
把闽南的所有暖全给你们
也不为过
您倾尽前世的哀怨
莫非让全部忧伤染尽粉白
您才如此明艳动人

我愿用尽我的全部
若不够
那就再加上我全部的似水柔情
来疗您今世的忧伤

当代诗人李鹏

【作者简介】

李鹏，1995 年出生，山东济南人。爱好文学，作品散见于报纸杂志和网络媒体，并入选部分书籍。

诗歌 15 首

1. 星河

仿佛置身于蓝色海洋之中
冉冉星光包裹着向往
飘向童话的村庄
每一颗是希望
每一盏是方向
跨越千山万水的思念
掠过四季交替的忧伤
默默守护
黎明的瞬间

2. 立冬

秋色褪了衣裳
白了枝头

置若罔闻的脚印
匆忙中
留下痕迹

3. 好好生活

记得儿时
妈妈亲手织的毛衣
斑驳的袖口
一针一线
缝缝补补
好多年

4. 未来星

我记得
我爱过
相遇拉萨星河
依偎肩膀
执手相望
说说笑笑
寻找
属于我们的那一颗

5. 抬头

如果
人生是一座桥梁
中途跌落的悲伤

也许
顺着溪流
抵达意外的世外桃源

6. 知足

人类
所需土地
不过一具尸体
大小

7. 尘枫

这些年
独自拥抱山河的纷乱
偶尔习得
苦中作乐
回头
何时
丢了喧闹

8. 往

每次旅行
都是一份悄无声息的离别
习惯夜里
挥送青春
想念时
望着影子

说说话

9. 听说

雨
哭泣着
破碎的春天

10. 微

青草
在屋顶
寻找种子

11. 痕迹

曾去
无人区
那是
接近光的天堂

12. 或许

小时候
不爱读书
时常和伙伴在夕阳下
摘槐花
捉迷藏
放风筝

二十年后才懂得
原来
童年是成长
独有的记忆
物是人非的场景
悄然发生着

13. 盼

如果
你是一场
遥不可及的梦
我希望
永不醒来

14. 随遇而安

慢慢地
将时光偷走
不留痕迹

15. 再见

幻想中
一块小小橡皮
擦拭青春的无奈
与月亮一起
渐渐变老
说再见

当代诗人郑杰

【作者简介】

郑杰，笔名清河，浙江省乐清市融媒体中心资深记者、播音员。《有一股力量》《入冬》《你朴实无冕》3 首诗作在 2021 年《人民日报》客户端上发表。

有一股力量（外 2 首）

有一股力量
他来自世界的东方
从盘古开天的洪荒
到苍梧巢居的苍茫
钻木取火将人类文明的火种点亮
伏羲与女娲将禁果品尝
神农拓荒
轩辕称皇
这股神秘的力量
他来自古老的东方

有一股力量
他来自世界的东方
从后羿射日鲧治水荒

到帝喾之子探寻日照的冬夏短长
三皇五帝有了治理天下的思想
三过家门而不入的铁石心肠
尧舜崇良
夏禹顽强
这股神奇的力量
他来自远古的夏商

有一股力量
他来自世界的东方
从鲍叔牙庇护下的诸儿替代了荒淫的齐襄
到东征西伐的诸侯之长
吕氏春秋开启了争霸的战场
割股熬汤
薪卧胆尝
坚韧的力量
成就了五大霸王

有一股力量
他来自世界的东方
从诸子周游列国开创百家争鸣的新篇章
到与古希腊文明同时闪耀的哲学思想
辅佐了战火纷飞的帝王将相
斩膝流亡
问天何方
爱国的力量
来自赤热的家乡

有一股力量
来自世界的东方
从商鞅变法嬴政称始皇
到统一文字迁都咸阳
横亘万里筑起了坚固的城墙
匈奴被攘
百越投降
统一的血液
在华夏儿女的血脉里流淌

有一股力量
他来自世界的东方
从破釜沉舟楚汉争强
到楚歌声声垓下埋葬
强盛的西汉用抵御侵略拓土保疆
张骞出塞
苏武牧羊
豪迈的气场
用方块字的形式记载珍藏

有一股力量
他来自世界的东方
从绿林赤眉揭竿打仗
到光武中兴聚才洛阳
刘秀的锦囊袋里用人才替代兵强马壮
麦粥米饭
孔融礼让

谦逊的品质
留在青瓷碗里品尝

有一股力量
他来自世界的东方
从三顾茅庐桃园结义煮酒论英雄
到孙皓反绑双手举城投降
三足鼎立中的侠义忠肝荡气回肠
鞠躬尽瘁
死而无憾
英雄的惆怅
酿成醇酒回味绵长

有一股力量
他来自世界的东方
从张文君炼丹成仙王羲之追寻未尝
到八王乱世五胡动荡
两晋南北朝的桃花只在陶潜的世外绽放
建安风骨
慷慨清风
仙人的清幽
在民间的传说里流传滋长

有一股力量
他来自世界的东方
从北周覆亡杨坚称帝
到开凿运河科举纳良

春天的大运河在展子虔的山水画卷中流淌
蓬莱方丈
天堂苏杭
春江的明月
在杨广的诗句里荡漾

有一股力量
他来自世界的东方
从四杰歌行辞赋的气宇轩昂
到李杜文章的光焰万丈
一个鼎盛王朝的辉煌用万千诗篇软装
贞观之治
开元盛世
羡慕的目光
寄托着世界对繁荣昌盛的向往

有一股力量
他来自世界的东方
从安史之乱黄巢起义藩镇割据
到大唐覆灭五代十国的消亡
饱受战乱之苦的华夏儿女不知家在何方
雕版印刷
澄心纸堂
生活的苦难印在纸上
在李后主的花间词里吟唱

有一股力量

他来自世界的东方
从陈桥兵变杯酒释兵权
到金匮之盟变法改良
家国的兴衰在谱曲的词牌里弹唱
北宋苏家
南宋永嘉
文化教育的兴旺
谱写了一曲科技发展的新乐章

有一股力量
他来自世界的东方
从成吉思汗弯弓射大雕忽必烈骑兵狂放
到多民族大融合的扩张
广阔的大草原给人无尽的遐想
宫调散曲
杂剧演唱
窦娥的冤屈
唤起人民对等级压迫的反抗

有一股力量
他来自世界的东方
从红巾军起义朱元璋投与郭子兴征战沙场
到紫荆城灯火辉煌
戚继光战倭寇平海疆
洪武之治
永乐盛世
英雄的榜样

激励后人永放光芒

有一股力量
他来自世界的东方
从努尔哈赤树八旗清军入关
到爱新觉罗·溥仪清政消亡
鸦片战争的硝烟中帝国主义的铁蹄践踏在沉睡的巨龙身上
甲午惨烈
八国烧抢
壮烈的国殇
铭记在遍体鳞伤的血泪簿上

有一股力量
他来自世界的东方
从十月革命一声炮响
到热血青年开始传递马克思主义的新思想
三座大山压迫下的人们苦苦寻找民族革命的方向
辛亥革命
五四运动
激情的火焰
在白色恐怖和命运的挣扎中将希望点亮

有一股力量
他来自世界的东方
从南湖红船上发出第一束红色火光
到国共合作北伐炮响
铁锤和镰刀的光芒焕发出黎明的曙光

大地苍茫
谁主沉浮
革命的力量
在大浪淘沙中迅速成长

有一股力量
他来自世界的东方
从南昌起义向国民党反动派打响第一枪
到西安事变的和平圆场
长征的路上把革命的意志磨砺得坚毅顽强
鼓角争鸣
军旗在望
革命的斗志
在经历暴风雪后更加昂扬

有一股力量
他来自世界的东方
从卢沟桥石狮子发出的怒吼
到日本军国主义的无条件投降
十四年抗战在血与火的考验中战果辉煌
持久打仗
整风思想
党的智慧
在血雨腥风中发扬

有一股力量
他来自世界的东方

从团结一切可以团结的力量
到三大战役取得一个又一个胜仗
压在人民头上的三座大山终被彻底推翻
人民的力量
毛泽东思想
中华人民共和国成立了
嘹亮的声音在全世界回荡

你朴实无冕

——写给第 22 个记者节

你不是农民
却对这土地爱得深沉
烈日暴晒的田埂上
有你的笔墨耕耘

你不是工人
却倾注了钢水般滚烫的赤诚
高温炙烤的锅炉旁
有你的炽热身影

你不是军人
却赴汤蹈火心系和平
硝烟弥漫的战地里
有你的英勇无惧

你不是医生

却用你的仁厚抚平创伤的心灵
在大灾大难来临时
有你的连线勉励

你不是高山
却有高瞻远瞩的视野
镜头所到之处
有你的思想景深

你不是江河
却有川流不息的血脉
流淌的血液里
有你的期盼深情

你不是草原
却有生生不息的供氧
地球的生命中
有你的倾注护养

你不是大海
却有宽阔无垠的胸怀
汹涌的浪尖上
有你的启航引领

你是大地的儿子
虽然朴实无冕
却铁肩担道义

纵有刀山火海毅然勇往直前

入冬

换了秋衣的故乡已然习惯了寒冷的风
一场秋雨即将入冬
曾经失足的孩子可能懵懂
不认娘的孩子不知道娘的心里该有多痛

那座古桥多少年了依然倒映着你童年时的彩虹
还有那盏挂在桥头的红灯笼
照着母亲的嘱托和你的冲动
不认娘的孩子不知道娘的心里该有多痛

没你想象的那样不堪回首老态龙钟
多少次用宽阔的臂膀将你护拥
而你却一次次将母亲的心刺痛
不认娘的孩子不知道娘的心里该有多痛

原本可以一家人团聚共享繁荣
而你偏偏像个流浪汉
在别人的脸色里装着你的瞳孔
不认娘的孩子不知道娘的心里该有多痛

不舍得打你
只因你也是母亲身上的一块肉
可你却引狼入室还想与毒蛇同宗
不认娘的孩子不要幻想着一而再再而三的迁就

当代诗人曹文卫

【作者简介】

曹文卫，1965年8月生，河北唐山人，系唐山诗词协会会员，中华诗词学会会员，河北省文学艺术研究会会员，唐山作家协会会员。现为新国风图腾诗派唐山分社社长、仓央诗社唐山分社社长。生活余暇，偶尔写些现代诗，作品散见地方刊物、报纸和各网络媒体。

梦回红楼

翻开斑驳的岁月
回放百年传承的红楼奇书
在三千丈的红尘深处
凝望历史的辛酸和沉重
刻画
一梦传世
一梦传奇
一梦传情

翻开斑驳的岁月
在沧桑的年轮深处取暖
有一株转世的莲花开花落
那是五百年后再续红楼的女子

填词补令
忆唐风宋雨
看三教众生
佛来佛去
听豪放与婉约的和鸣

翻开斑驳的岁月
而你一个在红尘与盛世中修为的女子
把玩着历史传承下来的那块石头
谈笑愚嗔的佛事
摆渡风干的故事情节
握玉入梦
演绎今生的执念与参禅悟道
雕琢情海里植埋的新芽
微笑向暖如花，如溪流而来

翻开斑驳的岁月
你如水的微笑仿佛在昨夜轻叩我的心扉
也牵动了多少忆情的路人
人人入梦、猜梦、解梦、续梦、圆梦
阅不尽大观园里的繁华
那万般风情随你寻觅着高山流水的对白
红尘痴情情何处
楼阁影瘦惜君忧
八百里情愁忆红楼
梦回红楼

当代诗人于成艳

【作者简介】

于成艳，笔名米薇蓉，湖南人。喜爱文学，善于创作，作品散见于报刊和网络媒体，并入编多本书籍。

破茧（外1首）

仿如春风
一扫入骨的寒冷
阳光照进每一个角落
灵魂净化
满心喜悦
轻盈的脚步踩过尘土

混沌的世界变得清澈
开始爱一朵花的惊艳
爱苏醒的稻田
爱每一个清晨打开的日子
爱无数伤痕拥抱生命赠予的不息

也许，我是个无名小卒

流过泪，也绝望过

从一次又一次的严霜中
迎向希望

这个挣扎的生命
对一株兰草倾心交谈
也会惊叹一树桃花之美
并随之爱这人间
完全忽略自己
只是一个无名小卒

当代诗人唐冬云

【作者简介】

唐冬云，笔名少侠，网名柒月奇迹，江西吉安人，银行工作人员。聆听清风折叠的诗篇，追逐心中梦想的微笑，生活不能没有诗和远方，既然选择了远方，便只顾风雨兼程。诗歌源于生活，爱上了诗歌，就会热爱生活，热爱工作，喜欢用诗歌解读生活，激励自己。作品发表于《丝路金融文学》《金融作协》《井冈山报》《吉安金融》《银行界》等报纸、杂志和网络媒体。

聆听玉笥山的声音（外2首）

走过陪伴的时光
依然看见熟悉的影子
习惯于用一生的时光改变

就像某些不可言明的想象
在岁月轮回的路上
机会与财富
始终与你如影随形
用心去聆听
这不变的熟悉的声音
从玉笥山上传来
于心灵深处的温暖
即使身在寒冬
拥有一份嘱咐
才能更好地持有

那一场雨

那一场雨
远在彩云之巅
翩若惊鸿
纵然一瞬的变幻
却如烟花坠落
那一场雨
眸情似水
无法淹没的思念
又浮现你衣袂翩翩
那一场雨
留下了爱的印记
在洪水卸妆的征途上
开满了绚烂的夏日之花
那一场雨

晶莹剔透的飘落
荡涤了尘世间的污泥
哺育了一切生灵

黑夜里的歌声

夜幕降临
长江对岸的灯火
为黑夜里赶路的人
架起了一座彩虹桥
浔阳江畔轻柔的杨柳
抚慰着这座城市里
奋力奔跑追梦的人
航船上吉他手的弹唱
在黑夜里美得无处可藏
月光从云层
透出一缕歌声
闪耀着璀璨的光芒
此刻，黑夜里的
一个赞赏
一束鲜花
丰满了城市的想象

第二部　古体诗词

当代诗人孙淑香

【作者简介】

孙淑香，女，笔名香儿，天津人，著名诗人、作家、文学评论家。中国诗歌学会会员，中华诗词学会会员，中国楹联学会会员，经典文学网副总编。

曾任《新时代诗人作家文选》《“当代影响力”诗人作家文选》《实力派诗人作家文选》《“蝶恋花杯”国际华人文学大赛获奖作品精选》《“华语杯”国际华人文学大赛获奖作品精选》等18本书籍主编及《当代文学人物大典》《当代文学先锋人物大典》《当代影响力诗人作家文选》《中国当代知名诗人诗选》《中国当代知名作家文选》《中国诗歌名家》《中国诗词名家》《中国散文名家》等100余本书籍副主编。

诉衷情令10首

（1）

晓来江岸海棠红，水暖漾晴空。
小楼画帘高卷，紫燕剪东风。

梳翠鬟，淡眉峰，粉香融。
蜂飞蝶舞，闲步桥畔，帆影重重。

（2）

月华如水洗苍穹，星波一重重。
风过桃红满地，云淡暗香浓。

春梦短，影朦胧，剪灯红。
不堪凝望，几多零落，幻影无穷。

（3）

前山梅雨树溟蒙，绿竹摇清风。
浮萍翠点小荷，墙外石榴红。

飘玉笛，过帘栊，冷笺中。
聆音心远，雨歇梦断，朗月当空。

（4）

与君相约赏花容，煮酒柳塘中。
蛙鸣香蒲叶下，波静锁鱼踪。

挥醉笔，绘芙蓉，墨香浓。
鸳鸯对对，蛱蝶双双，画绢融融。

（5）

轻云如雾月如弓，空阶转梧桐。
谁怜寒蝉声短，黄菊舞秋风。

枫叶暗，雁声空，蓼花红。
情长笺短，青灯对影，泪满双瞳。

（6）

寒鸦声断苇花丛。日落天水红。
远山雁横云际，帆影渺无踪。

思两地，锁眉峰，梦相逢。
秋声满院，衰草连天，叶落匆匆。

（7）

怀君几度梦重逢，相望一笑中。
醒来人隔云山，唯有雾丛丛。

寻锦线，绣盘龙，为君缝。
夜阑人静，烛影点点，岁月匆匆。

（8）

盈盈飞雪掩长空，河畔静无踪。
万千鹅毛如剪，玉树透玲珑。

银世界，秀严冬，待春风。
夜窗如昼，冷月如冰，心事谁同。

（9）

夜闻风暖雪初融，寒枝点点红。
暗香浮动冰姿，袅袅透帘栊。

情未了，思无穷，盼相逢。

烛摇只影，钟漏空枕，梦与君同。

（10）

劝君宦海几春冬。天地一飘蓬。
人间功名权贵，回首岁华空。

身世外，驾船篷，作渔翁。
与亲相伴，人月双圆，白首融融。

当代诗人章晓红

【作者简介】

章晓红，女，笔名天香百合，江苏南通人，当代知名诗人，诗词评论家，经典文学网行政总监，经典文学网诗词学院院长，中华诗词学会会员，中国楹联学会会员。《当代文学人物大典》《新时代文学人物作品精选》书籍副主编。

鹊桥仙5首

1. 鹊桥仙·芙蓉渐老

芙蓉渐老，烟波如旧，忍听啼莺南浦。
云开醉眼尽行人，可怜便、焦桐相顾。

残音和梦，轻舟邀月，应是当年同渡。
蝶衣犹在舞香莲，谁知道、朝朝暮暮。

2. 鹊桥仙 · 翠眉无倦

翠眉无倦，斜阳已照，目断孤鸿千里。
梧桐瑟瑟送秋音，怎晓得、将春欢喜。

曾逢花老，相邀柳绿，可恨西风妒忌。
纵然无力送青枝，且任我、看成天意。

3. 鹊桥仙 · 星桥未有

星桥未有，风灯独舞，良夜深深无倦。
朱丝捻出一枝香，便看作、花开款款。

忽惊燕影，犹听凤笛，欲去桃林怕晚。
刘郎若惜似当时，又何惧、三千银汉。

4. 鹊桥仙 · 瑶琴独对

朱帘半卷，瑶琴独对，一曲清音如旧。
声随舒袖舞花溪，最难忘、枫桥折柳。

频追棹影，空成月底，休问霜寒知否。
两情若是与天长，怎管那、绿肥红瘦。

5. 鹊桥仙·西风渐紧

西风渐紧，孤帆复起。落叶满阶缥缈。
恨随流水几回头，更无奈、枯枝残照。

三春清影，十年薄宦，总是凭栏烦恼。
苍穹一笑问谁同？莫辜负、故园青鸟。

当代诗人马林

【作者简介】

马林，男，网名了了，山东省寿光市人，本科学历，高级政工师。中华诗词学会会员，中国楹联学会会员，经典文学网诗词学院副院长。

诗词20首

太常引·羁旅

遥程一日酒千杯。空自影相陪。
霜鬓弄余晖。只可叹、情迷梦随。

离烟漠漠，流英点点，粉蝶带香飞。
借醉破愁眉。君不见、秋鸿忘归。

玉蝴蝶·岁月感怀

离离春绿秋黄，那堪几度伤。
蝶暖舞时光，鸿哀怨夕阳。

闻声愁客路，看景已沧桑。
多少梦难忘，晚风樽影长。

思越人·寄友人

晚烟飞，衰草乱，蛩声几度秋凉。
别后无心亭外月，长叹尘路沧桑。

天涯漫道情思老。樽前愁影多少。
空自寒阶风缥缈。殊怜奔梦难了。

临江仙·远寄

籍向长云开远路，依依醉影难休。
尘催旅思伴君游。看蝉情欲尽，闻雁鬓惊秋。

何处借吟天地共，不堪高韵低留。
故枝挂月乱风收。花前无数梦，灯下一人愁。

五绝·秋夜（2首）

（1）
门孤谁与共，月夜镜前霜。
对酒诗无味，翻书泪两行。

（2）
蛩吟秋一地，烛夜坐愁城。
寂寞书山路，遥闻晓鼓声。

五绝·愁旅

山高枫树老，路远暮晖斜。
鸿雁传秋信，频频致我家。

五绝·无题

春醒花满树，秋醉叶归根。
风雨千重梦，谁将岁月存?

五律·毛主席126周年诞辰日作（2首）

（1）
生来何所惧，炮火问天公。
云压千章暗，秋收一片红。
江河流血泪，旗帜卷西东，
苦海期无尽，狂涛势不穷。

（2）
风雨井冈山，依稀往日颜。
初心留远号，鲜血染雄关。
芳烈从今过，诗愁去又还。
回望花一路，泪眼向云间。

五律·秋旅

秋思催白发，道别酒千壶。
岁月情中老，江山梦里殊。
平凡皆实有，显贵每虚无。
进退谁能解，天涯一野夫。

五律·己亥六月独旅

情高临胜地，心醉叙离违。
大雨无边落，长河彻底飞。
花残风不住，鸟去韵何归。
峰顶云烟过，巡天一望几？

五律·知归

离合常相许，迷烟独未休。
云横遮远径，柳暗逐清流。
大野三竿影，长天一叶秋。
山高无所处，水曲隐乡楼。

七绝·醉别

梦醉昆仑百鸟催，离筵野饮一无回。
瀑飞云接悬天落，更带江河入我杯。

七绝·秋归（3首）

（1）
归雁声声别异乡，残山寒叶断人肠。

依稀记得童年梦，不尽秋风鬓上霜。

（2）

丹枫坠叶动乡思，愁客纷纷道别离。
最是带霜孤雁影，寒烟野火入望时。

（3）

千重醉梦万重风，秋动乡愁孰与同。
断雨残山曾约酒，几回惊得鸟穿空。

七律·春日回乡

登阶不识夜明苔，大得无形未可猜。
燕递新声愁歇去，春眠故里忘醒来。
每逢村径千枝折，始觉桃花一夕开。
堂外迁莺传柳信，和风漫与梦徘徊。

七律·乡友偕童孙野游别寄

俗书寒舍小郎君，方外清风少与闻。
山寺枯松烟漠漠，天涯愁客雨纷纷。
情迷碧水千秋镜，目断悬峰五色云。
不独寻香花有意，蜂飞蝶舞正殷勤。

七律·穷旅残秋

日薄云昏野色朦，悲秋何忍岁光匆。
愁烟漠漠侵归径，孤雁凄凄逐落红。
取醉几时寒月满，别来一枕碧楼空。
青霜长夜知多少，流水飘尘孰与同。

当代诗人张鹤良

【作者简介】

张鹤良，笔名老窗，山东东营人。中华诗词学会会员，天津诗词学会会员，草帽诗社社员，东营市诗词学会会员，垦利区诗词学会常务理事。作品散见于报纸杂志及网络媒体。作品传略入编《当代文摘百强作家经典文集》一书。

诗词73首

1. 七绝 · 春寒相思

垂柳鹅黄剪剪风，西楼独立望归鸿。
谁知游客相思苦，竹笛横吹细雨中。

2. 七绝 · 过南宋大殿

昔日充庭夜亮灯，今朝游客气场兴。
青苔唯有攀危砌，若上金铺万不能。

3. 七绝 · 庐居

一轮霜影转庭园，独卧罗衾欲睡昏。
我与朔风无怨怼，为何此夕乱推门。

4. 七绝 · 送君出游

夕阳西下送君去，飞镜高悬柳色新。
欲揽月轮赊与尔，恐来招惹夜游人。

5. 七绝 · 初秋

鸿雁充寒欲启征，疏蝉木叶动秋声。
寒山霁后冷烟起，画出西风满邑城。

6. 七绝 · 夜寝

千缕细丝悬邑城，斜风入夜到天明。
门窗弄响宵酣睡，梦作孙儿点炮声。

7. 七绝 · 蝉

饮露垂緌满树头，抱枝弄响不知愁。
任凭风雨高歌进，哪管存亡一夏秋。

8. 七绝 · 秋思

西风万里雁鸿稀，遥望故乡念将归。
凝眼斜钗偏枕冷，不知妻妪可添衣。

9. 七绝 · 送别

客轮海上翻飞浪，垂柳津头挂夕晖。
临别韡韡娇殢问，为言夫婿几时归？

10. 七绝 · 春梦

剪剪东风吹皱水，来惊梦里赏花人。
绿波不解相思苦，春酎三杯梦又新。

11. 七绝 · 相思

倚槛西楼望残月，晓风鸿雁过无痕。
如今折柳闻横笛，一曲相思忆断魂。

12. 七绝 · 春日寻芳

杨柳轻柔黄未半，寻芳之意在今朝。
春风识得桃花面，引我东园吹玉箫。

13. 七绝 · 春愁

踏青挑菜无心绪，独饮花间客即醺。
久病新愁思往事，东风吹皱一池纹。

14. 七绝 · 迁居

划却遗居置暖房，高楼度曲喜飞觞。
新来归燕长啼叫，旧宇难寻起渺茫。

15. 七绝 · 别君

落晖燕饯欲南游，故友杯倾酒不休。
今晓离君愁别绪，春风牵袖替人留。

16. 七绝·别乡

今夜樽前弟送兄，离人梦里泪盈盈。
朝来凄怅别乡去，回首孤村鸟一声。

17. 七绝·仳离

墙角栽梅花未红，仳离倚槛对疏枫。
纵饶浇得相侔水，两处梅花各不同。

18. 七绝·送小孙母子赴皖

母子遐征万里长，炎蒸云气日苍苍。
不赊明月赊风雨，南去途中时送凉。

19. 七绝·长孙赴皖送其至济高铁西站暮归

初伏天如雁夜寒，归来路柳两枝残。
推门呼尔无人语，不见诙咍隔代欢。

20. 七绝·回归故里前夜与诸子共饮大醉

回归故里整衣冠，好友陪醲不用餐。
酒醉依稀梦中见，乡村又起大楼盘。

21. 七绝·送别

忆起送君摧肺肝，荧屏尺素百回看。
天涯何处不思故，得以霜头衣带宽。

22. 七绝·夏日中庭烹茶待客

遇友中庭夏暮天，烹茶并坐汲清泉。
茗杯涵泳浴明月，添水高看一碎圆。

23. 七绝·霁夜夏郊外驾车回家

霁月朦胧挂树梢，湿风自驾走城郊。
飞虫扑扑残生灭，窗绿撞头新柳抛。

24. 七绝·回家

一面槐林三面花，摇烟荷叶谇喧蛙。
飞禽影断木荫处，越过河桥是我家。

25. 七绝·柳林居舍

浓雾茫茫隐柳林，西窗独坐抱长琴。
但闻千啭黄鹂鸟，那只此时知我心？

26. 七绝·夏日湖上晓景

棹动轻舟压烟柳，流莺千啭瞰残星。
两三白鹭翻高下，点破平湖入画屏。

27. 七绝·中秋思乡

中庭秋夜柳生凉，此夕羁人思故乡。
载酒携壶谁与饮，一轮明月下西方。

28. 七绝·夏蝉

烈日炎炎暑云炽，抱枝饮露夏蝉鸣。
纵然急雨潇潇下，难掩树林流远声。

29. 七绝·初夏即事

柳雪飞绵夏气新，芳菲满地欲成尘。
池塘菡萏花燃日，此处风光胜似春。

30. 七绝·观翁垂钓

爽气清新风满楼，残荷绿水下垂钩。
俯看老叟频抛饵，凝目丝纶独钓秋。

31. 七绝·春雨

天幕裂开无罅隙，屋巅碌礴走雷声。
未缝偏漏如丝雨，最是农家好备耕。

32. 七绝·春游民丰湖 *

如酥小雨浥轻尘，盛绽花苞处处春。
习习微风揉皱水，民丰内外景光新。

注：民丰，此指民丰湖。

33. 五律·秋雨乡愁

秋眠晓梦惊，斜雨打窗鸣。

排闼入凉气，连檐散鸟声。
云寒阴积水，丝细挂都城。
噎噎时难忘，萧萧故国情。

34. 五律 · 秋蝉

鸿雁画遥天，缘槐聚墨蝉。
疏枝动残韵，鬓影接寒烟。
垂死长流响，已衰还曲连。
岂知鸣噪意，嘒嘒待明年。

35. 五律 · 秋

律变商飙至，木枝多为疏。
开门风暗送，欹枕暑消除。
老去须防冷，天凉不隐庐。
暖寒当独好，庭外读诗书。

36. 五律 · 秋景

秋风排闼入，寒露湿衣裳。
叶落枯枝竦，雨过清水凉。
高天生霁月，倒影入华塘。
节运气时醉，途中洒素光。

37. 五律 · 夏日与家人游张北草原

张北起浮烟，草原无际边。
驾言如下土，途兮又登天。

云断青山碎，雾浓溪谷玄。
影留霞晚照，迷醉咏诗篇。

38. 七律・初冬值风雪大作

飘风卷水浪滔天，橐籥吹嘘雪似烟。
忽见玉沙游旷野，又听严飓虐平川。
疏疏林樾无飞鸟，滚滚江河绝渡船。
唯有钓翁涯涘坐，一壶老酒赛神仙。

39. 七律・初秋拾句

充寒鸿雁欲南征，凉爽商飙晓已惊。
烟薄天高收夏色，花残叶淡动秋声。
洪荒蒿艾终枝茂，大海鱼龟觉水清。
更有玄蝉拼死唱，桐林夜半律吟成。

40. 七律・暴风骤雨盼归人

黑云墨染苍穹泄，巨浪滔天水竞流。
霶霈横摧三夏草，飘风斜荡万枝头。
惊蝉折柳锦书去，残叶飞花羁客愁。
颗颗盛珠鲛帕重，携琴独自上高楼。

41. 七律・七夕寄友人

异乡异梦更悠悠，绮节华居如旧游。
竹笛几声花落尽，酒杯三弄客生愁。
玉床夜醉思亲故，簟席晨醒觉浅秋。

乍起商飙春不远，溪流风皱荡轻舟。

42. 七律·夏日荷塘

微风细浪拍池边，侧畔町畦坼藕田。
浅浅皱波藏玉节，团团圆叶叠青钱。
日清双影翻鸥鹭，柳绿多塘笼雾烟。
劳作农家无别想，丰歌醉唱亦醺然。

43. 七律·情爱荷塘

点溪菡萏叠青钱，蛙坐青盘面向天。
叶伞浓荫鱼戏闹，岸头垂柳鸟飞旋。
采莲小妹池中唱，摇棹阿哥荷底穿。
带日芙蓉映双照，须臾云雨共缠绵。

44. 七律·向晚复游民丰湖

土岛华亭入翠微，清空斜日洒金晖。
嵚崟假岫接天宇，波浪拍涯摇水衣。
照眼红鳞淘气跃，悬湖白鹭轻欺飞。
残云拂掠夕阳下，淡荡逍遥人不稀。

45. 七律·黄河口湿地秋景

大河水脉走西东，奔荡如龙入海中。
黄席赤红铺地毯，绿梢稀阔接天穹。
蒹葭絮动肥狸鼬，素律汀晴落雁鸿。
眺望游轮千次过，焉知车外带秋风。

46. 七律·萤

微末小虫长触角，玄宵展翼绿灯营。
任凭走石狂飙起，依旧流光动邑城。
酷暑炎炎人不耐，景天熠熠体无声。
谁言萤烛半张纸，黑夜征途一点明。

47. 七律·夏初

夏初斗指西南角，万物时令欲长成。
葫子蔓藤爬壁去。麦粮颖果涨皮盈。
荷花绽放红如火。蝼蝈欢歌夜正鸣。
吹入农家风渐暖，丰收伴着作劳生。

48. 七律·慢行黄河口湿地

河水东流常不倦，白云外抱小亭西。
蒹葭絮似漫天雪，柽柳根埋满地泥。
渔叟摇船乘兴唱，雉鸡寻偶傲声啼。
引来仙女凡间看，落户河边丽色迷。

49. 七律·残梅

窗闲春锁画堂幽，不觉晴空挂玉钩。
花朵登楼天更好，江梅临水雨狂揉。
莫嫌香雪消颓去，还有竹箫减淡仇。
信道无踪情义在，良宵疏影尚风流。

50. 七律 · 海上渔者

红叶兰香落日圆，炊烟半缕上青天。
归巢双雀钻檐下，出穴孤鸮寻木前。
村妇遥祈求萨埵，渔家渴望满舟舷。
晓来入海无风起，明月鱼虾映照船。

51. 七律 · 末伏感怀

立秋后面三日辰，天上晴云杂雨云。
后土丝悬湿疏木，西风露滴暑微熏。
千荷擎酒迷人眼，万里霁空过雁群。
虽说景光无限好，满怀愁绪乱纷纷。

52. 花心动 · 幽梦捕蝉（谢逸体）

清月辉辉荫影泄，林木声声流响。
居穴幽生，衣褪桠干，风疾抱枝摇荡。
轻纨鬓影娇妖媚，惊客曲、万林鸣唱。
声声透，游人幽梦，少年情状。

似雪玄晖皎亮。乃戏笑呼灯，趣谈声朗。
翠影盈身，逐树送痕，稚子捕蝉神爽。
露清湿袖夜将终，乡心动，金兰难忘。
蝶梦尽，翠幕蝉声流宕。

53. 风入松 · 端午

榴花喷吐散炎红，时遇天中。

堆盘角黍倾盃醉，垂髫戏、夏木之丛。
门外艾枝高挂，孤鸿鸣舞苍穹。

龙舟飞破横烟重，岸柳摇风。
几人能解骚人祭，眺征舟、谁个称雄。
哀曲孤鸿凄断，祭声又约醺翁。

54. 唐多令·夏

红鲤戏莲塘，蝉音深木藏。绿荷邀、露透珠凉。
晒粉蝶衣嬉戏舞，五月到、若榴芳。

甘碧冷泉凉，清荫夏日长。细雨中、红漏清香。
独倚高楼观美景。怎抵得、梦家乡。

55. 蝶恋花·雨夜游西湖

雨洗山光杨柳岸，红萼天真，芳尽荷花颤。
蛙坐绿盘寻偶唤，湖中隐隐灯光见。

玉手弹筝芳舞伞，面似荷红，一曲高山缓。
弥望烟山湖色暗，雨中隐约闻箫管。

56. 满庭芳·秋夜思

月堕杯尊，星悬河汉，筚门对饮飞光。
草簪云鬓，晓镜点新妆。
莲藕湖中弄棹，三尺鲤，动浪吹香。
悠闲得，鸾歌凤舞，欢唱透轩窗。

寒霜，如玉雪，秋风瑟瑟，群雁辞翔。
见君知何日，契阔难忘。
坐久无言寂寞，赋诗韵，离调心伤。
凭栏饮，沾衾独醉，一枕梦愁肠。

57. 沁园春 · 七夕相思

小院闲窗，甘碧刀破，细雨不休。
看断云收雨，星悬银汉，翠枝疏影，人倚西楼。
枉度年华，雁翎何寄，一种相思两处忧。
忆初识，恰定昏邂逅，明月如钩。

西风又袭凉秋，见月照窗前人影留。
喜郎君旋里，慵妆划袜，柳条折尽，望断街头。
鹊驾星桥，又逢七夕，等得楼前河断流。
梦难再，弹阳关离曲，几度新愁。

58. 念奴娇 · 中秋夜想家

初闻征雁，又差池其羽，天悬星斗。
蝴蝶梦中追月夜，风味回乡依旧。
萤火清寒，闲听蛩语，湖水微风皱。
月明遥望，桂香薰客梦透。

去岁今夕团栾，室欢同坐，共饮黄金瓿。
笑语丰年谈麦种，不觉月高翘首。
风雨江湖，人生五十，桑梓翻然守。

几时归日，倚轩南望垂柳。

59. 鹧鸪天・除夕

爆竹声中岁欲除，荧屏独对自倾酤。
春逢佳节千般好，酒未沾唇泪似珠。

思别后，忆开初。梦中相见梦醒无。
小梅门外花枝俏，欲等斜枝归客扶。

60. 踏莎行・思君

风入营寒，床空闺冷。六经寒暑辞芳影。
离多见少梦沾巾，寂寥消瘦慵妆镜。

戍客遥望，伊人思胜。苦长昼夜相思命。
化风疾去入君怀，断鸿哀叫西山顶。

61. 定风波・顶风冒雨接夫君

细雨颠风折木声，杖黎车站把夫迎。
飞雨射颜狂风荡。惆怅。云胡风雨此时生。

记得那年风雨夜，无话。一杯醲酒送君行。
几度依稀香暗度。忧虑。光阴似箭鬓如星。

62. 临江仙・春夜思

柳树牵风青带舞，占枝黄鸟鸣愁。

西楼独上月如钩。历经离别苦，几度袭心头。

昨夜相思成梦境，与君笑弄扁舟。
初春料峭赠绒裘。红花生羡妒，鸥鹭曼声羞。

63. 采桑子·春夜鸳鸯

细风吹雨春湖皱，夜似中秋。
柳影幽幽，霁雾消除月似钩。

花丛浅酌新醅醉，与友酣游。
嬉戏划舟，相爱鸳鸯伴白头。

64. 采桑子·人去楼空

细风吹雨闲窗湿，人去楼空。
人去楼空，院外长鸣为断鸿。

倚楼无语空寥落，愿驾东风。
愿驾东风，化作桃花可识侬？

65. 虞美人·梦愁肠

梦回孤枕愁肠断，爱恨声声怨。
夜长浓雾断鸿鸣，春雨细敲窗竹、几时停。

良人一去无情语，思慕朝还暮。
晓来烦闷鬓斜簪，泪水任凭滴滴、湿衣襟。

66. 西江月·网春

细雨网春润物，群花炫巧争妍。
占枝黄雀昼啼欢。谷雨灯枝红烂。

老酒一壶饮罢，狂歌白眼望天。
奈何难禁醉醺眠。布谷催耕声唤。

67. 摊破浣溪沙·春梦思君

细雨浓阴敲树枝，桃花欲谢劲风吹。
竹响横侵惊寝梦，泪悲凄。

独卧床空人未返，透窗竹影梦无期。
楼阁何当同赏雨，饮新醅。

68. 长相思·恨断弦

东城边，西城边。
晓露彤阳金盏寒，愁人熏透眠。

思绵绵，恨绵绵。
可恨良人夜不还，抚琴听断弦。

69. 长相思·爱恨交织

情也痴，爱也痴。
树下花前热泪垂，回头未有期。

愁还思，恨还思。
恨寄朱弦痛也悲，不知心恨谁。

70. 清平乐·春耕

熏风暖细。陌柳青丝坠。
布谷声声春暮至。始话田家农事。

耕犁机器隆隆。挽衣赤脚颜红。
斜日功成归第，贤妻热好醇醲。

71. 相见欢·春

春来梅绽归鸿，雪云浓。
天降白衣仙蝶、去无踪。

柳烟袅，花儿俏，日融融。
何不邀朋同坐、醉醇醲。

72. 眼儿媚·秋思

萧萧绿色转征鸿。蜜语柳林中。
树丛暗处，雨云幽影，雾杳朦胧。

密林君去今萧索，独恨梦相逢。
香楼望远，芳心撩乱，淡月斜风。

73. 采桑子·七夕思君

寒床深夜灯前卧，已是初秋，
斜月如钩，孤雁长鸣云雨收。

每怀七夕伤离日，望断回头，
两处同愁，玉笛横吹雨未休。

当代诗人孟秀英

【作者简介】

孟秀英，笔名子皿，1963年11月8日出生于山东省济南市章丘贺套村。中华诗词学会会员，中国楹联学会会员。出版个人诗词集《子皿诗词集》。

诗词8首

1. 七绝·相思

整夜相思未入眠，红阳慢行可迟延？
谁曾豪放诗词乐？唤醒情舒墨笔连。

2. 七绝·迟来秋雨也欢喜

一场秋雨赶来迟，三更天空缀瑞姿。
不悦金钱囊中贵，只望盛世国强时。

3. 七绝·正月初三下春雨

淅淅叮叮雨润田，潇潇洒洒育春妍。
江河璀璨推波美，空气清凉绘福年。

4. 七绝·七月七日赏银河

织女牛郎挚爱风，玉皇王母画苍穹。
银河难跨天天望，日月轮回七七逢。

5. 钗头凤·八一夜赏星月

观明月，银河烨。满天云露星光折。
花丛洁，路辛阅。四面环绕，纵横交辙。
阔，阔，阔。

山峰绝，蝉啼曰。绿妍新幕欢歌列。
风吹叶，树音活。蟾宫嫦娥，碧光缠蝶。
悦，悦，悦。

6. 长相思·心结

进也难，退也难。
长久三思鹤发缠，胸襟泪湿全。

别时难，绝时难。
诀别人间思女贤，对天叹心安。

7. 一剪梅・江山如画

白絮如山上帝登，缠绕牵连，万里飞腾。
谁言玉殿人间远，入目心中热血升。

只有众神意相诚，东西南北，风雨雷鸣。
山川绿海巨楼屏，如画江山，贵在忠诚。

8. 定风波・思路

万道霞光育彩虹。几支白鹭进凌空。
春意隐归清闲去。寻路。夏迎破土壮苗丛。

盘古开天仁为地。神气。羿公博爱世间丰。
不计人生含磨难。奉献。良知无愧愿谦躬。

当代诗人魏炎城

【作者简介】

魏炎城，男，现年72岁。1968年毕业于武汉第一师范学校。1969年至1982年在湖北恩施县教书。1982年至2009年在武汉市服装工业公司工作。2009年退休。现旅居滇西古镇喜洲。

古风3组

一. 紫园冬趣（7首）

紫园，乃我家屋顶花园，约九十平方米，2010年春入住。因新居位于老居屋之东，所以屋顶花园戏称"紫园"，含"紫气东来"之吉意。

——题记

1. 紫园冬趣（1）

朔风吹，天地寒，路人瑟瑟著新棉。
我有紫园花草绿，冬趣执壶细赏观。

2. 紫园冬趣（2）

冬至数九方七日，银龙御风北国来。

江城忽现雾朦胧，远近高低雪花开。
紫园有幸披素装，果蔬花枝玉洁白。
寒凉尤可消病痛，冰清在心无尘埃。

3. 紫园冬趣（3）

时令三九中，寒天正隆冬。
暖阳一抹迟，紫园冬趣浓。
霜欺菜花黄，雪压枝叶红。
梅儿尚含苞，传香待春风。

4. 鸟儿谣

自立冬，数九歌。朔风吹，身哆嗦。
窠巢冷，肚囊饿。欲振翅，觅食果。
四下里，怎不见：青草地，稻粟稞？
车如蚁，楼如林。雾霾浓，长空遮。
哎呀呀！何处觅食解饥渴？
老魏家，有紫园。虽隆冬，仍青色。
红菜薹，白菜叶。嫩而甜，解饥渴。
梅苞黄，火棘红。小而圆，啄啄啄！
碗莲缸，残荷衰。水清澈，喝喝喝！
哎呀呀！紫园美食乐呵呵！
美食足，水喝够。待稍息，屎尿屙。
我鸟粪，留紫园。有机肥，果蔬乐。
哎呀呀！此方净土无饥饿。

5. 梅之韵

紫园数株梅，已然次第开。
腊梅似金珠，浓香扑鼻来。
绿萼展仙姿，醉人赏半开。
红苞曰胭脂，含羞慢舒怀。
老梅不争艳，鸟肌有花胎。
虬枝送冬去，笑靥迎春来。

6. 腊月廿八下雪

昨夜寒风狂，今朝银蛇飞。
紫园展素颜，花枝衣洁白。
赏雪心欢喜，折枝一剪梅。
瓶中细细看，大地春又回。

7. 腊梅

腊梅花作泥，海棠叶催花。
谁言春尚远？花香接嫩芽！

二. 赴世侄婚宴喜逢诸多老同事（4 首）

1.

世侄今大喜，宴尔在酒店。
近在龙王庙，咫尺两江边。
汉口源此处，至今留古泉。
树碑记历史，拍照存纪念。

2.

父母忙急急，新人喜盈盈。
一众宾朋至，贺声出云间。
吉时行婚礼，新潮且浪漫。
子谢父母恩，感慨泪涟涟。

3.

礼毕酒宴开，满斟白云边。
诸多老同事，不见逾十年。
当年皆精英，鸠来各离散。
如今频举杯，殷殷互祝愿！

4.

聚散两依依，故朋情深深。
握手道尊重，相见再言欢。
醉眼蒙眬时，席终酒亦酣。
老伴相携归，醉卧入洞天。

三．太阳花咏（4首）

1．种子

微如尘泥细如沙，万千生命谁能查？
道是阳光雨露至，一派生机蓬勃发！

2．茎叶

金枝玉叶状如针，柔若无骨乃仙家。
历经风雨摧打过，依然葱翠孕丽华。

3. 鲜花

含苞只待向阳开，花分五色浓且雅。
妩媚娇羞赛仙子，尤胜梅李与兰茶。
莫道凡种身卑微，此生虽短少荣华。
蜂蝶采之亦成蜜，众香国里尤爱她！

4. 老枝

一年一度花几发，姹紫嫣红乐万家。
花落且留老枝叶，可入药汤作用大。

当代诗人钟清海

【作者简介】

钟清海，笔名笑天，1976 年生，广东蕉岭人，中华文艺学会会员，居深圳。2014 年开始诗词创作。作品散见于报刊和网络，并入编诸多书籍。

诗观：诗词不仅是爱好，更应是责任。

诗词 1 组

水调歌头 · 庚子清明

春回大地醒，依旧浸轻寒。
声声鸣笛，哀咽惊鹏鸟俄传。
长记百年如许，今思同胞亦复，悲慨不能闲。

每怀英雄士，要与共危艰。

东风吹，晓星落，北风残。
江潮万里，东去入海卷飞澜。
日绕神州奋进，香共花容烂漫，春色要人看。
极目风云气，鸿鹄下翩翩。

水调歌头·初冬

夕阳无限好，沙岸集寒乌。
云霞金彩渐散，残月上霜梧。
世态眼前如水，千载悠悠不尽，功利似虫鱼。
年华亦如水，何意杳先徂？

旧时客，新丰主，剩诗书。
由来觉悟已晚，年少恨当初。
暗想明年丽日，潋滟风生满眼，老笔画新图。
人在春光里，行走不泥污。

水调歌头·大雪

南国今大雪，雁下碧云端。
低洼闲地，树梢新月挂银弯。
过往风光飞处，春际草茵生发，秋至绿凋残。
细数同飞鸟，近远一般般。

身寄远，算休歇，望星翻。

伤神嘹唳，只怕凄怨入寒烟。
空想灰沙雪舞，声出激扬清曲，响彻夺钧天。
屈指从前意，此路费心肝。

浣溪沙・偶感

无限斜阳落满身，云开云合眼中魂。
海潮归去雁来频。

一叶烟涛谁寄远？新梳白发怯青春。
来年风雨打行人。

虞美人・秋感

秋来旅雁南飞路，一一争高举。
天寒风急不彷徨，翻越千山万水好春光。

云浮八际天然画，雨雪随风下。
未将春色等闲抛，化作滔滔江水付春潮。

渡江云・辛丑百花里夜望深圳湾

夕阳秋更好，满天霞色，潮退涨金沙。
盛世惊在眼，四十年前，此地是渔家。
群楼拔势，向天横、一派繁华。
光射处、绿红交会，人语夜纷哗。

堪嗟。古来万事，逝水东流，日落明月挂。
怎奈向、云中雁叫，栖影汀葭。

人怀奇志寻高阁，乘风处、八月浮槎。
嚣市里、丸泥门户兰芽。

秋兴八首追和杜老

（1）
孤鹤安枝枳棘林，天高星炯冷森森。
大江出海声汹涌，乔木摩空叶茂阴。
向日红葵花雨泪，啼鹃望帝蜀魂心。
重城巢鹊啾寻尺，飞瞰猴冠坐铁砧。

（2）
风舞柔条满眼斜，东园桃李熟京华。
军都识得临歧泪，津径接成犯斗槎。
美睡北窗难卧枕，偶登墙垛似闻笳。
九州气象古明月，影遍千山万树花。

（3）
春容岫里起玄晖，年少何曾识隐微。
红树湾舟虚稳泛，白苹洲鸟各惊飞。
鲛人惜泪恩非薄，织女停梭名竟违。
银鹿庭柯分贵贱，当家堂屋口偏肥。

（4）
人事纵横走活棋，未尝欢喜反成悲。
东风一放春为主，山鸟频寻食有时。
铩羽云鸿何处振，悬科卷牍几回迟。

每听秋雨敲窗冷，北望花城动客思。

（5）

望云渺渺向家山，爱日春晖车脚间。
烦数秋辞堂上母，不胜风入九重关。
犹来苦恋黄香扇，每念难逢玉雪颜。
寂寂桑榆垂景晚，几回刀梦紫宸班。

（6）

伍胥踏浪咽潮头，城压寒涛白马秋。
匣剑夜冲牛斗气，水云雾结兔乌愁。
改弦琴瑟忘庭鹤，招手渔翁看海鸥。
西母献图开益地，枉然入梦到瀛洲。

（7）

滩涂建业一时功，辟地明珠冷眼中。
枝影香消三弄月，弦胶声续五更风。
徒攀云路离离黑，漫赏灵花灼灼红。
白发世情公有道，癫狂桃李杜陵翁。

（8）

百花烂漫舞逶迤，龙竹到家投葛陂。
未许天台窥绝粒，便登庾岭摘传枝。
西风蓬转津难问，南海陆沉情默移。
日出东方春万象，流光星月满空垂。

当代诗人周智

【作者简介】

周智，中国社科院研究生院毕业，湖北大学特聘兼职研究员，中国诗歌学会会员，中华诗词学会会员，中国楹联学会会员。周智淡名利、好读书、爱思考，以个人敏锐的诗写触角，感知日常事物的诗意，用灵魂写诗，诗作饱含激情，富于哲理与家国情怀。诗集《闲庭旧梦》由中国国际广播出版社出版，被中国国家图书馆、中国科学院图书馆、北京大学图书馆等收藏。

诗词6首

念奴娇·大江东去

大江东逝，奔腾急，污水泥沙同涤。
筑坝治江，降水怪，精斧神工绝壁。
长峡平湖，纤夫隐退，盛世游船织。
虹桥飞架，往来千里朝夕 。

翘首三峡工程，巨轮戏碧水，高歌飞翼。
大坝巍巍 ，天宇下，唯有神州魔力。
达海通江，诚休戚与共，五洲共识。
中华英杰，探星潜海奇迹。

采桑子 · 岳阳楼

岳阳楼记扬天下，魔性冲天。
宠辱超然，面壁吟诗天地宽。

先忧后乐成共识，天淡云闲。
道义担肩，福祉苍生在眼前。

鹧鸪天 · 黄鹤楼

黄鹤远去恨悠悠，命途多舛雨飕飕。
诗仙青睐龟蛇地，崔颢钟情鹦鹉洲。

孤帆远，彩云流，言离大醉不消愁。
江山无限千秋在，骚客诗蕴黄鹤楼。

七律 · 滕王阁

千古骈文耀子安 *，鳌头独占滕王阁。
飞舟唱晚意苍茫，画栋雕梁怅寥廓。
气度高深境界宏，声传远近乾坤博。
长天秋水自风流，孤鹜落霞不寂寞。

注：子安，《滕王阁序》作者王勃的字。

鹊桥仙 · 七夕相逢

离愁千载，回头万里，相拥鹊桥夺秒。
波光月冷恨悠悠，忆耕织、欢娱多少？

相逢七夕，尘缘一点，唯盼白头偕老。
佳期即逝搏迢迢，长相守、了无烦恼。

纱窗恨・诉衷肠

更深续酒人兴奋，诉衷肠。
十年离别愁思恨，当疯狂。

改朝一别又多载，隔洋思念电波长。
独酌当歌，复凄凉。

当代诗人李东仁

【作者简介】

李东仁，笔名阿仁，中华诗词学会会员、中国楹联学会会员、东营诗词学会常务理事、东营市作协会员、垦利区诗词学会会长。多次在国际国内文学大赛中获奖，作品散见于报纸杂志和网络媒体，并入编多部书籍。

词9首

1. 忆江南・梵音

秋风尽，万物欲凋零。
壁立有痕禅影立，天开无际梵音生。

红叶一衫情。

2. 忆江南·梨花深处

梨花雨，乱石欲生烟。
冬去素袍随客路，春来寒袖化慈颜。
山雀手中牵。

3. 武陵春·一任袈裟

心底无尘香满路，雨过翠烟徊。
一任袈裟岁月垂，净地话慈悲。

朝夕风霜梅作伴，白鹤意相随。
望断层峦落日归，付碧水，野云飞。

4. 武陵春·清凉世界

微雨天涯千里绕，故地伴清斋。
竹影婆娑有幸栽，寂静待渔来。

山远清凉无尽处，草木映青台。
百岁修行佛手开，涉万水，逐尘埃。

5. 武陵春·路漫漫

尘外苍茫行欲尽，满目柳萧萧。
依杖平生着素袍，疏雨惹凄寥。

惊觉钟声渐自远，千仞胜云霄。
一去山川拂碧涛，路漫漫，任逍遥。

6. 诉衷情·修道

天公尘意落云松，秋色更葱茏。
溪桥竹坞流水，暮尽晚生风。

何处去，此山中，乐无穷。
月随孤影，静揽乾坤，独秀从容。

7. 诉衷情·天地共风情

苍茫幽谷溢云烟，缥缈绕群峦。
屏中入画难觅，纵目起缠绵。

依竹影，沐清泉，醉江天。
傲然芳草，素目凌空，俊美山川。

8. 诉衷情·和合二圣

天台清寺寄云波，幽窟任穿梭。
山斋不羁褴褛，树帽苦蹉跎。

容貌悴，怪言多，又如何。
弃林诗偈，笑傲寒岩，绝世离歌。

9. 诉衷情·秋林醉吟

闲来秋趣乐无涯，朱影似烟霞。
飘然不觉风雨，俯石满枝桠。

遮望眼，舞轻斜，落成纱。
醉吟霜叶，梦里柔情，一枕春花。

当代诗人王忠森

【作者简介】

王忠森，号山水逸翁，大学学历，中华诗词学会会员。曾任江西省安福县人大常委会委员、县人大教科文卫工委主任、副县级等职务。退休后在报纸杂志及中国诗歌网、经典文学网发表了五百多首诗词。

诗词8首

1. 七律·白露吟

露白天凉已仲秋，斑斓景色入双眸。
风摇菊桂清香远，雨润田园硕果稠。
山野花凋招蝶怨，云空雁叫惹人愁。
心生怜爱如何了，趁早观光切莫休。

2. 七律·恋秋

云淡天高好出游，入瞳皆是景观优。
岚烟缭绕遮峰岭，江水清澄泛棹舟。
红遍山坡枫叶艳，香飘壑谷菊花稠。
夕阳鸿雁鸣声远，人不思归欲锁秋。

3. 七律·游赏老街闲吟

徘徊城北老街①游，愉悦闲心醉了眸。
晋宋风情遗福地，洞渊②文化满茶楼。
感叨青史皆收载，慨叹时光可止留。
古迹依然多魅力，引来骚客几回头。

注：①城北老街，位于安福县城。②洞渊阁，由后晋刘悟真所建，宋时章盛弃官来此修真。

4. 七律·美人奇峰（题图诗）

传说终生不苟从，两情愉悦喜相逢。
抗违神旨圆香梦，奔走天涯化秀峰。
风雨急摧心未变，浪涛频袭爱犹钟。
永恒亲吻迎星月，感动游人久驻踪。

5. 七律·贺安福诗词学会喜迁新居

躬逢盛世置新家，学会兴隆气象华。
安坐雅居研李杜，闲吟好句品春茶。
费心提炼文工妙，着力推敲意境遐。

窗外风云收眼底，情牵社稷泛诗花。

6. 水调歌头 · 中秋节感吟（苏轼体）

今夜众星灿，皓月挂青天。
九州同庆佳节，歌舞伴丝弦。
且看人民欢笑，更赞江山美好，无尽爱缠绵。
桂阙①素娥②羡，不若在人间。

设香案，斟美酒，庆团圆。
庶民有幸，家国安好共婵娟。
何惧瘟神凶暴，岂怕豺狼狂叫，利剑已高悬。
永保金瓯固，红帜竖千年。

注：①桂阙，指月宫。②素娥，是嫦娥的别称。

7. 江城子 · 缅怀毛主席（苏轼体）

伟人乘鹤去苍穹，化仙翁，杳无踪。
恍若天倾、大地亦迷蒙。
黎庶含悲泉泪涌，添忧郁，现哀容。

今临忌日起西风，菊愁慵，桂伤忡。
满目凄凉、九域祭毛公。
采撷山花捎敬意，铭恩德，颂丰功。

8. 满江红 · 暮秋吟（柳永体）

萧瑟西风，飘凉雨，侵欺弱柳。

黄叶落，草衰荷萎，菊容消瘦。
彩蝶犹悲香蕊坠，庸人亦叹光阴负。
莫伤感，秋色韵无穷，来消受。

苍林寂，银霜覆。红枫艳，芙蓉秀。
看晚秋清景，岂能怀旧？
花落花开空怨怅，云舒云卷须操守。
人淡然，诗酒伴余生，休回首。

当代诗人倪少芬

【作者简介】

倪少芬，中华诗词学会会员，作品发表于《中国诗歌报》《放歌春天》《潍坊诗词》等报纸杂志和网络媒体，并入编诗坛巨著《上海滩诗叶》《当代文学百家》《九州十八贤》《第四届“中原杯”全国诗词大赛作品集》等多部书籍。多次在全国性诗词大赛中获奖。

诗观：徜徉诗海是此生不懈的执着追求。

诗词 15 首

1. 五绝 · 浦江唱晚

夕阳云朵后，祥彩满天飞。
紫气盈黄浦，轻舟载月归。

2. 五绝 · 诗意人生

清词熏岁月，提笔抒馨香。
倾注灵中墨，诗坛尽徜徉。

3. 七绝 · 七夕遐想

晨曦倩影东窗烙，紫燕穿枝越院墙。
旖旎风光心已醉，红罗婉约逸华堂。

4. 七绝·别梦（新韵）

千诗难尽凡尘苦，月影圆缺百味全。
骚客纷纷齐咏赞，唯君却步泪红颜。

5. 七绝·醉秋

鱼米之乡收获季，秋风荡漾恋西窗。
碧空如洗尘烟绝，湖映冰姿照影双。

6. 七绝·秋夜（新韵）

弯月含羞藏树后，白云星瀚舞妖娆。
忽儿一阵秋风起，弄影飞花竞赛骚。

7. 七律·岁月（新韵）

荏苒时光非几夜，今朝明月照曾经。
跻身瀚海蹒跚度，跌宕江湖砥砺行。
弱弱展笺涂雅韵，轻轻执笔绘丹青。
抚琴扬洒酸甜故，书伴年华慢慢征。

8. 七律·金秋曲

泛黄枝叶又迎秋，候鸟南飞诉别愁。
新月如钩痕不觅，繁星似织迹难绸。
茫茫浩宇风操乐，漫漫田园谷弄筷。
文案飘香云墨染，曾经岁岁搏无休。

9. 七律 · 七夕吟

莲花沐雨柳梳妆，喜鹊修桥日夜忙。
岁月无痕经砥砺，桑榆有意记韶光。
红尘一滴相思泪，瀚海千描仕路殇。
圆缺阴晴皆已去，唯涂词赋史留香。

10. 七律 · 启航

化雨和风润讲台，青苗浇灌稚童开。
操场逐鹿争先进，学海扬帆搏未来。
校训恳言培立志，园丁倾力育英才。
今天汗水融成墨，文曲星君点将裁。

11. 西江月 · 上海植物园

绿地蓝天云淡，奇花异草盈栏。
垂丝棠蕊蝶翩跹，溪水叮咚敲键。

香樟琼花争艳，藿香荆芥熏园。
佳荷广玉秀缠绵，此乃园林罕见。

12. 卜算子 · 八一军旗红

猎猎军旗威，隐闻冲锋号。
魔弄天空起风云，亮剑雄狮啸。

八一军旗红，华夏祥光绕。
今夕强军卫家园，起舞天宫闹。

13. 西江月·金秋

云淡风清月朗，山川美景相遥。
湖中舢板踏浪礁，紫燕穿枝嬉闹。

诗意浅秋静好，蛙鸣蝉叫逍遥。
欢歌一曲跃凌霄，唱响田园情调。

14. 浣溪沙·中秋寄语

月到中秋亮百川，依窗运笔墨书传。
神州十亿话团圆。

托意绵绵萦耳畔，含情脉脉坐身边。
举杯对酌夜无眠。

15. 蝶恋花·醉梦秋

白絮飘飘缠皎月。美酒飘香，香染层林叶。
南水北疆情思叠。朦胧月下青丝结。

几句知音甜暖绝。一阙清词，唱赞中秋节。
樽落冰轮醇若雪。举杯对酌倾心悦。

当代诗人卓开荣

【作者简介】

卓开荣，男，笔名草木皆春，四川富顺人。中华诗词学会会员，中国楹联学会会员，四川省、宜宾诗词协会会员。宜宾职业技术学院教师，四川云辰园林科技有限公司顾问。

诗词8首

1. 七绝 · 牛年立秋

夏往秋来渐不同，金沙江畔草花红。
人皆盼得平安度，战胜邪魔再记功。

2. 七绝 · 石壁流泉

滂沱大雨震相连，路遇金秋冒涌泉。
石壁砂岩原始洞，飞流直下汇成渊。

3. 七绝 · 辛丑牛年中秋赏月

中秋四顾夜呈祥，万里无云观景忙。
玉镜起身拼靓女，含情奔放溢流光。

4. 五律·纪念毛公

时节又寒秋，回眸橘子洲。
坐池成虎踞，惊蛰吐音收。
烽火连三月，干戈遣百愁。
民安享君福，后世续筹谋。

5. 七律·夏至

北纬时辰昼最长，晴天日出欲归藏。
人间自古祭神祖，世上从来奉酒香。
夏至雨淋三伏热，朝浮云覆万峰凉。
轮回节律安能变，故事平生皆如常。

6. 望仙门·何惧汗如泉

乱云飞渡碧波连。立秋天。
清风探访怕孤单。欲缠绵。

鏖战三秋热，繁忙苦乐难言。
志存胸内度流年。度流年。何惧汗如泉。

7. 纱窗恨·夹镜楼怀古

金岷汇合长江首。月当头。
两江清浊波光抖。映名楼。

古诗赏、有登高眺，载酒陪、柔橹烟舟。
荡漾波涟，向东流。

8. 凤凰阁·情意难泊

初心怀善，是否回恩不薄？白云轻雾晨邀约。
江水行舟陶醉，技高尤乐。果不会、云迁浪谑？

安然无恙，只是苍生寄托。相生相克且斟酌。
天地变故常事，情意难泊。怎忍得、凄然撼落！

当代诗人林英法

【作者简介】

林英法，网名 Linbaogui，出生于山东寿张，中华诗词学会会员、中国楹联学会会员，1975 年从河南台前入伍，1982 年大学毕业后，任陆院教员，继而在后勤部队工作。工作之余，发表论文 30 多篇。爱好格律诗词，现已创作百余首，书刊发表 60 余首。

格律诗 24 首

1. 五绝·朝天门（新韵）

泾渭两江汇，清浊一目收。
仙云亲万物，敢问画中游？

2. 五绝·野钓万峰湖（新韵）

一水分黔桂，双钩聚海鲜。

身心随钓净，昼夜两香甜。

3. 七绝·赏秋太公山（新韵）

众友重阳登顶坐，太公山脊叹沧桑。
春风纵使剪刀快，绿媚何如菊笑黄。

4. 七绝·登山小悟（新韵）

胸有阳光天地亮，宅心仁厚万方慈。
朝泼甘露一瓢去，夕见彩霞山顶依。

5. 七绝·洛阳牡丹

洛阳四月满天香，富贵乘风漫远方。
绝代西施千古艳，芳魁绽放万民狂。

6. 七绝·南湖

南宁南湖妆古府，绿山绿水衬蓝天。
昼监宝日巡城过，夜映星辰伴月眠。

7. 七绝·观滇池

阳光入眼乾坤亮，乐善加身万物慈。
圣海能容烦恼少，神山寡欲有刚姿。

8. 七绝·蒙自秋甜

金秋蒙自刮甜风，云巧天高亮碧空。

黍稻弯腰迎远客，香榴抿嘴送绯红。

9. 七绝·延安

宝塔逢时放睿光，炎黄夜暗盼朝阳。
红旗舞处风雷动，润展民心笑脸扬。

10. 七绝·壶口瀑布

千涓汇聚见洪流，万马狂奔碾壑沟。
勇往前冲飞瀑下，随他是否宝壶收。

11. 七绝·少林寺

高僧名刹立嵩山，净地幽林向碧天。
佛助心灵真善美，功强五体脚拳坚。

12. 七绝·韶关（新韵）

朝启滇中夕粤北，汽锅无影满生鲜。
岭南堪比思茅翠，浈水犹如洱海蓝。

13. 七绝·策马芙蓉国（新韵）

细雨蒙蒙山渐远，寒风阵阵近身来。
精忠汗水频繁冒，汇聚天汁洗垢埃。

14. 七律·秋醉（新韵）

风清气爽朝霞近，霾遁空晴落日圆。

菽稻弯腰一脸笑，苹榴晃脑遍身甜。
花开花谢黄金地，云卷云舒碧玉天。
春种秋收挥汗定，拼搏闯入乐康年。

15. 七律·昆明

四季常如三二月，寒冬遍布夏秋花。
鸥飞大坝追游客，鱼闹滇池戏小虾。
日照西山仙女睡，风撩翠海圣湖麻。
迷人景色通身靓，美誉春城满世夸。

16. 七律·雪（新韵）

雪花漫舞大如席，片刻甘区罩素衣。
涤荡雾霾烦恼散，容留清净顺心依。
麦苗暖润生而壮，瘟疫寒饥死可期。
脂玉长城祥瑞显，年丰世泰有人疑？

17. 七律·秋歌（新韵）

时值白露天高远，昼夜均分地阔长。
乐见风吹菽稻舞，欣闻汗润土泥香。
桂芳布场群蜂戏，菊彩登堂众蕊藏。
春种秋实成硕果，民殷国富话兴邦。

18. 七律·退休（新韵）

战场鸣金收宝马，尽忠退让孝居先。
鱼竿两把八方水，单反一尊四面山。

五六银杯尝古井，俩仨玉碗品毛尖。
附身热量如需要，奉献余温固阵盘。

19. 七律 · 黔岭金秋

冷雨蒙蒙百草黄，红枫片片换浓妆。
动车呼啸穿函易，重卡轰鸣过寨忙。
恶水穷山成画景，贫家困户入安康。
城乡热气蒸腾涌，军训风寒士不凉。

20. 七律 · 大观楼（新韵）

眼底滇池八百里，心头往事几千年。
联长不胫全球走，楼矮无言遍地传。
锦鲤闲评男女俏，金香较劲牡丹颜。
鱼观翠柳拂清水，鸟瞰嫣红丽满园。

21. 七律 · 兰州（新韵）

甘肃明珠荣大漠，丝绸要纽补需营。
黄河南北一同润，铁道东西两面行。
可见飞天出莫洞，犹闻思汗过砂鸣。
金城处处呈祥瑞，烤串时时诱视听。

22. 七律 · 狮子楼怀古（新韵）

山东阳谷世闻名，显位狮楼霸相生。
奢侈不输青岛府，繁华堪比济南城。
西门仗势施威院，武二行侠除暴庭。

人善人欺天会报，依规正道夜谁惊？

23. 七律·梅花

暑去寒来雨雪狂，芳华褪下百花藏。
银装松叶无明翠，素裹枝头有暗香。
笑脸迎风颜若火，娇姿傲世气如钢。
隆冬丽影增心暖，俏引潮流向日光。

24. 七律·拉萨新唱（新韵）

跃上苍穹奔亮走，夕霞引到日光城。
风清气净拂身土，山圣湖名养善灵。
林卡宫凉祛暑院，布达殿暖御寒厅。
容云纳月羊卓措，立地擎天朗玛峰。

当代诗人梁春云

【作者简介】

梁春云，湖北省作家协会会员，中华诗词学会会员，中国楹联学会会员，担任《当代文学百家》《"当代影响力"诗人作家文选》《中国作家文选》等书籍副主编，以上书籍分别由国家级出版社出版。获得经典文学网授予的2020年度"每周一文"金牌教练光荣称号。出版有散文集《惟孜》《楷瑞》《岩·臻锦》《清风荷韵》。有数10篇（首）散文、诗歌、诗词入编书籍，有诗歌在《学习强国》上线刊发，有多篇散文发表在省、市报纸杂志。

诗词 11 首

1. 眼儿媚·秋赏幽园鸟儿欢

——观摄影师陈小聪先生一组飞鸟图有感

秋赏幽园鸟儿欢，林茂自怡竿。
那河 * 滋息，雨濡润泽，桃靥诸般。

长伊专捡佳肴吃，排险总能干。
空中演练，翩翩飞落，猎猎莺翻。

注：那河，为那考河。

2. 满江红·咏鸟

——观摄影师陈小聪先生一组飞鸟图有感

秋爽田黄，鸟缥缈、左旋右蹈。
摇山巅、吞牛吐焰，赫兹金套。
电掣云蟠鸿万里，风翻鹤立磐群岛。
遂振岳、欲野燕嬉颃，苍穹浩。

成荫铺，东栏倒。潮鸣吟，圆融稿。
绕九天江滩，凤翥龙昊。
莲幕翩翩盈律降，枫宸叠叠幽禅报。
一飞冲，扑扇势如弓，恒星照。

3. 惜黄花·秋景感怀

秋蝉嘶咔，夜阑凄断。
谷暄尊，玉麟园、贮藏盈满。
光景胜簪霁，霜露濡毫惮。睇盼着、国朝安晏。

瑰姿雅练，傲然争绽。
撷芳哉，翠帘哉、酒樽何干。
笑我素芳心，问讯香魂散。只祈愿、九州繁翰。

4. 如梦令·赞枝江市树香樟

欣载尊天亲地，美报纵横赋以。
俗古做箱妆，今选一城犹是。
紧系，紧系，环境人文地理。

5. 红窗听 · 雨后彩虹

秋雨频繁来驻顾。
一瞬间、满街河渡。
轰雷霆电狂飙虐，树枝蹁跹舞。

隐去奇身灵显露。
登高望、飞虹架宇，琼楼砌户。
绘摹名画，妙人收囊处。

6. 凤凰阁 · 忆同学

曾芳何日，我俩通宵畅利。忽闻惊愕人垂涕。
感悟香卿常态，彼此珍秘。想只想、同携不弃。

相怜良久，情重根深植礼。思怀终在月光里。
山美水美人美，惟尔涵意。细咂味、甘泉涌地。

7. 采桑子 · 南湖晚景

晚霞红透天边聚，湖里相亲。
酿造萍根。鹤鹭翩翩竞舞裀。

莲花初绽杯盘状，魔戏观文。
浓郁仙樽。逸远悠悠魂梦存。

8. 采桑子 · 橘子熟了

柑园黄绿枝头俏，闪耀星光。

摘剪繁忙。火热萦情直迸芳。

南屏嘉树恩荣处，靓丽贞坊。
俊逸甘棠。适控年华其理妆。

9. 江城子·游南津关大峡谷

仲春欣往下牢溪，陡悬崖，险天梯。
六瀑相宜，声影各称奇。
龙卧虎蹯阽履壑，孤峭壁，泡湍池。

独峰铁刃得知兮，友躬圭，鸟惊祈。
红石怪神、屡见冷香墀。
山水滋荣人朗爽，鱼虾蟹，众芳怡。

10. 忆秦娥·散文气象

灵动议，行云流水情思理。
情思理，朴素洁净，联想佳艺。

清源返璞感知记，三叹一咏神工意。
神工意，天和忧乐，百花奇丽。

11. 七律·柳絮

风轻日暖飘绒絮，袅绕身姿宛若云。
浮玉仙姝成礼乐，散花天女染衣裙。
白鸥点点穿花影，黄雀盈盈贴水纹。
岁岁年年难阻隔，凡尘净地少功勋。

当代诗人周智华

【作者简介】

周智华，男，大学毕业，国家高级教师，文学爱好者，工农兵出身。在工厂，业余创作，出黑板报、宣传栏，办小报刊。在农村，利用农闲时间，练习写作。在解放军部队，曾是专职新闻战士，采集、采访好人好事，突出案例，典型事例，向解放军报、原北京军区战友报以及地方报刊投稿，常常被采用发表。在全国各级报刊、广播电台、电视台发表文学作品100多篇（首），有著作和文章获省级一等奖、地级市一等奖。合著书籍《中国教育管理精览》，由警官教育出版社出版。

七律·赠百岁舅舅汪家和（外2首）

题记：舅舅汪家和系湖南省永州市祁阳县文富市镇柿山湾村人，生于1918年6月23日（农历五月十五）。而今他耳聪目明，头脑清醒，身体硬朗，戒烟限酒，日行一万步，每天乐融融。曾任大队（村）党支部书记、村长，人民公社（乡镇）园林场场长，两袖清风，德高望重。今年百岁大庆，欣逢盛世福如东海长流水，喜享遐龄寿比南山松不老。特为舅舅赋诗，以示祝福。

翩翩风度是斯人，德厚年高日又新。
不羡蓬莱长命酒，但求膝下自相亲。
瑶池果熟三千岁，海屋筹添一百春。

四世同堂真桡武，心香数瓣享天伦。

鹧鸪天·老教师抒怀

（1）

愚公移山七十载，耕耘教坛百花开。
朔风素彩双鬓雪，劲柏苍松半岭岩。

神愈盛，志犹坚，风雨兼程醉讲台。
更幸当今逢盛世，神州美景壮胸怀。

（2）

妙笔一支赢美名，书写人生教育梦。
名校最忆二分月，教痴越恋一生情。

学老骥，驻青春，与时俱进犹年轻。
桃李满天腾飞意，拂遍中华万象新。

当代诗人文光清

【作者简介】

文光清，现年65岁，原宜昌市新闻出版广播电视局副局长，副研究员职称。长期从事思想宣传工作，撰编出版多部专著，多次在全国性古诗词征文中获奖。

七律8首（新韵）

1. 七律·秭归脐橙

诗魂橘颂蕴深情，享誉芳名冠卫星①。
沐浴三峡云与露，歆吞万谷雨和风。
红橙②错季先结果，伦晚接茬后吐英。
网购遨游行四海，逢春嘉树③启新程。

注：

① 芳名冠卫星：国家主管部门把2020年1月15日发射的"人民一号"遥感卫星，冠名为"秭归脐橙一号"。

② 红橙：脐橙早熟品种。

③ 嘉树：化用《橘颂》中"后皇嘉树"，这里指秭归脐橙。

2. 七律·瓦仓新米[①]香

横亘丘陵沮水[②]长，山冲垄亩泛娇黄。
农机稻海腾金浪，谷物尖山坐晒场。
扫码溯源诚客户，含香售米惠良商。
名牌土产新装点，老汉开颜写脸庞。

注：

① 瓦仓米：湖北省远安县特产，历史悠久。2011 年 9 月 13 日，国家农业部批准对“瓦仓大米”实施农产品地理标志登记保护。

② 沮水：沮水河。瓦仓是沮水河的发源地。

3. 七律·晒秋[①]人家

竹簟圆箩晾满楼，古村神韵续乡愁。
窗含绿水梯田壮，门对青山果木稠。
秋晒高粱酦酽酒，冬干茶籽榨楂油[②]。
手机蝶变新农具，带货直播火九州。

注：

① 晒秋：是农耕文明的象征符号，是秋收冬藏生产过程中的一个小环节。晒秋的“秋”字，并非指秋天，是以“丰收之秋”借代“农作物”。

② 楂油：即茶油。

4. 七律·参访土家民宿村

翻山越岭偶一坪，路阔林阴水榭横。
几位丽人柳岸走，一排白鹭拱桥停。

茶梯高耸摘星月，古寨空悬瞰壁峰。
晾晒黄花金灿灿，天然土蜜似冰晶。

5. 七律·闲居村舍

两鬓苍华不再狂，书斋电脑置南庄。
挥毫细品兰亭序，下地低吟玉簟凉*。
听雨观山描锦绣，撷芳挹翠入诗囊。
忽闻犬吠来儒客，陋室沏茶笑满堂。

注：玉簟凉，词牌名，宋代词人史达祖填词创调。

6. 七律·桂园杂兴

锄头做伴镐为俦，山舍溪流野径幽。
桂下鸡鸭频鼓噪，林间燕雀屡鸣啾。
清晨露气涤心肺，月夜花香透壑丘。
现采果蔬鲜又嫩，村醪几盏梦乡游。

7. 七律·金满圆[①]桂花

传说来自广寒宫，武帝林园更受崇。
冠似菇云姿富贵，花如瑞雪馨香浓。
长江水岸连天碧，玛瑙河畔分外葱。
夙愿归田随桂月，徐家[②]酩酊梦陶翁。

注：

① 金满圆：荆楚良种桂花品牌名称。《西京杂记》记载汉武帝初修上林苑时，“群臣，远方各所献名果异树有桂十株”。

②徐家：枝江市安福寺镇徐家嘴村。

8. 七律·西陵峡移民村

峡山高处变家乡，大坝湖边种稻粱。
橘树千园连墅院，茶梯百级衣云裳。
农家野蔌山肴美，民宿巴风楚韵香。
窗外砧声[①]闻早晚，山坡遍地是白羊[②]。

注：

①砧声：捣衣声。有些三峡移民还保留用棒槌捶衣洗衣的传统习惯。

②白羊：即宜昌白山羊。湖北省宜昌市特产，被毛白色。2012年5月2日，国家农业部正式批准对“宜昌白山羊”实施农产品地理标志登记保护。

当代诗人黄显德

【作者简介】

黄显德，男，笔名青山依旧、青山古韵风，四川富顺人，生于1963年，研究生毕业，中共党员，供职于西南石油大学。系中华诗词学会会员、中国楹联学会会员，经典文学网签约诗人、签约作家。在全国性文学大赛中，诗词作品曾获特等奖、一等奖、三等奖，散文作品曾获一等奖、二等奖；在全国性文学评选中，曾获百强诗人、当代知名诗人、当代影响力诗人等多种荣誉称号。作品入编20余部书籍。任《中国汉语诗歌典藏》副主编，任《当代实力派作家文选》《“蝶恋花杯”（国际）华人文学大赛获奖作品精选》《“精英杯”文学大赛获奖作品精选》编委。著有《旅行的幽思》游记专著1部。

词11首（新韵）

1. 临江仙·初秋寄月

堪叹这般千里月，忽觉多少愁情。薄衾小枕梦难成。
半窗遮冷雾，残夜照孤灯。

回首老怀君莫笑，如今还转飘蓬。二峨山 * 下问何曾。
心随桃李愿，肠断雁秋声。

注：二峨山，横亘在成都与仁寿之间，是成都天府新区发展区域。目前，多所大学交汇于此，一片欣欣向荣之景象。

2. 临江仙·教师节感怀

小小方台天地敬，因由接续青蓝。成蹊结影不曾言。
梦回何处寂，业授几秋寒。

作尽人梯犹未悔，一如抽缕春蚕。穷经到老乐陶然。
仰峰拥雪景，望海济云帆。

3. 临江仙·二峨寺 *

日落苍山深又古，霞飞翠影重重。楼台出绕半云空。
炷香浮岁月，向晚起禅钟。

劫后曾悲人迹少，忽觉尘事匆匆。如今已是景无穷。
高林心缱绻，净土梦峥嵘。

注：二峨寺位于四川仁寿县二峨山顶，始建于唐朝。

4. 临江仙·中秋对月

明镜一轮高挂处，依稀娥影翩翩。孤光曾作几回圆。
露滴秋色老，斗转夜空寒。

忽地愁来谁与诉，幽襟独自凄然。黉门往事慰尊前。
桂香峰下客，酒醉月中仙。

5. 临江仙 · 二峨山感怀

路断半空飘落照，嵯峨翠影浮云。满山风月载红尘。
气横千壑古，霞映九秋深。

莫道万般如幻影，办学兴业纷纷。几听钟鼓晓新村。
梦从峰下起，景向梦中寻。

6. 浪淘沙令 · 南湖红船

长夜照无眠。问道宣言。一如星火待燎原。
百万工农齐上阵，浩荡风帆。

往事至今传。不负当年。何曾画舫老湖边。
自是旌旗红宇内，处处人间。

7. 浪淘沙令 · 南昌起义

鼓角夜惊寒。旗帜翩翩。钢枪紧握志如磐。
驰马嘶风何处去，漠漠征帆。

遥望古城关。月冷云残。滕王阁里话风烟。
赣水苍茫曾几渡，铁血江山。

8. 浪淘沙令 · 秋收起义

霹雳彻云天。几度声残。气横秋宇水犹寒。
行色征途无尽处，风雨凄然。

旗号斧和镰。渺渺烽烟。只今如梦寄千端。
借问风流何处仰，万里关山。

9. 浪淘沙令·井冈山

敌遁我岿然。月照雄关。犹听多少炮声残。
一路凯歌烽火里，红色摇篮。

鼓角肃深山。分地分田。峥嵘草木复新颜。
眺望旌旗高奋处，知向人寰。

10. 浪淘沙令·遵义会址

征路苦无端，血染江天。长空雁叫北娄关。
遥望孤城空对月，几许茫然。

重任靠谁肩，舵手撑船。何曾惧怕斗狂澜。
一扫风云归去处，圣地延安。

11. 浪淘沙令·泸定桥

何处浪滔天，声震千年。几曾茶马断魂关。
两岸深深君莫问，往事如烟。

悲壮战敌顽，铁索惊寒。穷峡浩气彻云间。
载酒高歌风雨里，红色赓传。

当代诗人刘国存

【作者简介】

刘国存，男，汉族，1958 年 9 月生，河南省漯河市源汇人。大学文化，中共党员。1974 年入伍，1978 年提干，1995 年转业到漯河市公安局工作，2015 年底退休。长期从事政治教育领导工作，从部队到地方，多次立功受奖。爱好诗、词，10 件作品两次在全国诗会上获得一等奖。

诗词 24 首

1. 七绝 · 池莲若闺秀

娇羞静谧荷园景，绿衣红裙护紫蓬。
犹抱琵琶莎掩面，濯清污渍善正风。

2. 七绝 · 雨后吉祥

徜徉堤岸草花香，垂柳扬须澧水长。
暴雨漂移三伏重，欢声笑语享安康。

3. 七绝 · 荷塘漫步思友

仙萼灵根出水香，蜻蜓雨住恋其傍。
犹思云影波光换，欲借荷风惠远方。

4. 七绝·荷塘雨前之见

云矮楼高日影关，雷鸣炽暗绿波攀。
蓑翁塘角轻舟固，笑念蓬深玉臂弯。

5. 七绝·秋思

秋摧末暑雨阴连，雁去蝉鸣起思绵。
枫叶染金盘玉碎，蟾宫曲酒待来年。

6. 七绝·忠魂

——第八批志愿军遗骸归来

抗美英雄松竹采，扬威震世胜旗开。
秋江静穆戈矛影，瞻敬忠魂化鹤来。

7. 七绝·孟晚舟归来

无端囹圄过千天，侠骨忠贞护国肩。
狮吼荡醒全世界，美加狼狈晚舟贤。

8. 七绝·红叶

州前水岸缀花繁，远去轻舟入碧端。
石凳柳烟斜日照，霜林寒气透朱团。

9. 五绝·蛩声

秋凉催夜雨，断续芰荷香。
谁使窗蕉卷，哀哀草木黄。

10. 七律·阔步新程

祖国昌盛导向明，太空豪迈引征程。
风流千古涛声怒，世纪蹉跎血泪情。
鸦辱中华颠蹂躏，列强瓜分恶豺生。
纵然凌恨飘摇去，党挎丹心固长城。

11. 七律·驿城乐山商场

百货乐山商物奉，芳园极品聚新城。
两千儿女耕耘处，三万灵机创业明。
皎洁流云天色美，暗梯狐媚彩桥呈。
龙门跳鲤扬盛世，国富民强景愿宏。

12. 七律·建军节抒怀

周公贺总豫章戎，八一挥成旷世功。
铁马金戈豪士泪，英雄血肉铸长弓。
忠魂壮抚强民路，鬼怪无形助滥风。
淬炼百年华夏志，神州无恙众心通。

13. 七律·白鹭

为谁搀梦过塘坳，鹭歇鸥眠折叶茭。
抬望层空秋气爽，坐听阶竹曳风敲。
梧桐栖老认前路，芦荻消衰不自嘲。
宫阙天高归已晚，犹看白羽上林梢。

14. 七律・赏秋

归鸿背日晚霞中，谁把胭脂染井桐。
露重堪为洗黄菊，霜馀正好赏丹枫。
浣花溪下苔如绣，濯锦江边桥若虹。
但得数人成雅集，福星指点聚城东。

15. 七律・晚舟归来

枫湾海渚晚舟中，丹志如花斗日红。
魔掌处心都是梦，美加积虑旋成空。
破云蟾影照初醒，沾露桂华香自融。
银燕飘摇高阙下，谁骑鲸背揽长虹。

16. 七律・尊老至善

人生首记感恩典，尊老帮扶莫失贤。
善念夜行萤火至，德馨昼止烛光悬。
昔从尧舜安民道，今兴龙华废帝专。
绿鬓向皤栖凤府，轮回归望命由天。

17. 七律・白露

白露凋伤树叶黄，秋风送爽雨真凉。
年年北岭枝藤老，岁岁南洼月桂香。
田野菽粱盈穗产，碧挪瓜果空漕仓。
神州一派丰盛象，雁叫金秋唱紫阳。

18. 七律·喜迎建国72周年

眉月正秋迎国庆，龙吟万宇洛滨笙。
七旬两载艰辛路，百折千回奋逸程。
富丽兴邦钢铁固，美联衰落禁垣倾。
空间量子多神器，弘道清晖尽太平。

19. 七律·登深圳塘朗山

菊月神怡朔日班，驱车急泊朗山湾。
陟遐花翠清秋顺，蜑秃梧鸡*雾笼蛮。
罗福三区东眼底，海空九域北西间。
麓巅万米和珠汗，露冷星移举步还。

注：梧鸡，梧桐山、鸡公山。海，珠江口海域。九域，大小铲岛、新安、西乡、宝安机场、羊台山、西丽水库、铁冈水库等。

20. 五律·蛩声

天高云气爽，风过稻花香。
飞雁连翩去，秋蝉嘶调僵。
樽空愁作酒，夜永梦为裳。
衰草蛩声响，远汀芦叶黄。

21. 五律·秋分

暑寒南吕分，雁阵入云深。
香自桂花散，凉来碧露侵。

忽如诗思溢，还许醉魂吟。
衣食堪丰足，偏多故里心。

22. 点绛唇·蛩声

苇起秋黄，犹闻风岸扬清响。
灶鸡谁养？堪比天然嗓。

农野荣望，稻菽千重浪。
心气壮，亲朋互往，难却丰盛飨。

23. 渔歌子·白鹭

清晨河湾起微风，白鹭拳立水石中。
雪翼展，唳声冲，路人声惊入碧空。

24. 采桑子·红叶

香枫火伞浓秋发，疑是丹霞。
胜似丹霞，旖旎曦光挑素纱。

流金万里铺朱绣，极目繁华。
尽是繁华，霜叶侵春红胜花。

当代诗人龚旭

【作者简介】

龚旭，笔名朴素方正，浙江省宁波市人，大学学历，中华诗词学会会员、中国楹联学会会员。有格律诗词作品在网络平台和纸媒发表。喜欢登高远足写了不少山温水软之诗词，在乎并钟情于山水之间也。醉翁曰：山水之乐，得之心而寓之酒也。

词8首

1. 唐多令・桂子落云悠

桂子落云悠。天香飘碧羞。
霁虹桥，斜跨江楼。
夜泊横塘芦荻乱，中秋节、故乡舟。

白鹭歇汀头。冰轮满渚洲。
寺边泉、石漱溪流。
陈酿逸馨飞菊苑，西厢寂、北轩幽。

2. 玉京秋・冷清秋

霜柳拂。寒鸦宿枯树，夕阳天阔。
万点吹残，九重熠闪，千枫涂洁。

蝉驻溪桐冷寂，落飘黄、鸣唱凄切。
叹红叶。一江流水，五湖漂物。

棹短行舟方别。赋长歌、冰壶酒绝。
桂子馨疏，霓裳橙褪，轩窗香歇。
绿蚁红炉，煮正熟、帘透西厢蟾月。
诵秋雪。斜倚阑干望阙。

3. 曲江秋·残荷鸟歇

残荷鸟歇。渐露白滴珠，烟迷遮月。
丹桂逸馨，黄华卷蕊，小园秋风烈。
斜阁觅去物。旗旌荡，樯帆拂。
夜色阑珊，星光暗淡，牖帘垂缺。

天阔。香飘道樾。闪萤火、虫声透阙。
颜红难掩醉，箫音云远，溪口游凫没。
竹下宴归来，轻纨翠袂身寒绝。
落桐叶，东篱曙明，玉树又添霜雪。

4. 画屏秋色·屏镜帏帘侧

屏镜帏帘侧。落叶枯、花藕雾中留迹。
风卷蕊残，雨潇莲没，烟锁池积。
赏丹桂云深、醉翁难诉旧事秩。梦杏园、思井石。
念八角楼高，牖窗轩户，漏永夜流红处，烛明灯白。

秋夕。阑珊暗寂。故里行、晓月阡陌。

满笼馨逸。蛙鸣声乱，斗移空画。
渐海曙霓裳露红，看彩霞紫日。曲径掩、芳草逆。
瘦马过东隅，篱前[illegible]绿菊索。路近衡阳雁国。

5. 秋色横空 · 烟树摇初

烟树摇初。正琼枝蕾绝，墨菊苞疏。
莲蓬月映塘池寂，残花落藕风徐。
寒蝉切，白鹭舒。水染碧、蛙声塍下嘘。
雨沐林溪闹杂，小径金铺。

茅舍竹篱木瓤。问琅琊冈翠，斗宿云居。
一封雁信天涯寄，愁盼梦里音书。
乡关远，隘涧岖。峻岭矗、征鸿飞麓湖。
觅墨馆熏香，郊驿陋庐。

6. 月下笛 · 重九抒怀

华艳东篱，桂馨南舍，水乡悠窈。
寒烟袅袅，冷蝉凄切音小。
遥岑远目清霜掩，红柿垂枝俏了。
樵歌凤曲吟低，惊散琼树莺鸟。

茅岭登高远望，见茱珮斜攲，对联横表。
西厢蟾映，剡溪舟泊人笑。
醉翁一梦凭天旅，穿越元嘉草草。
箫吹廿四桥边，星熠九九空晓。

7. 声声慢·立秋

迟迟紫日。冷冷清溪，汀洲臯臯雾积。
末伏将临，花藕绿红留迹。
横塘曲径水阔，燕子飞、暮归阡陌。
问雁信，落衡阳、翠减叶枯还识。

遍野芙蕖香逸。明月朗、风摇蒂双莲色。
烛暗轩窗，酌酒几樽蕊摘。
南枝挂丝鹊绕，且蝉鸣、壁角陋室。
白满地，洁漱玉、星熠露习。

8. 雨霖铃·潇潇雨歇

潇潇雨歇。恰斜阳落，泽漫云拂。
通途寒径无序，沿宁海道，樯帆将发。
泪眼凝看影远，送孤舟漂筏。
望去处、千里涛横，紫燕翔翱越天阔。

长亭暮霭芳华郁。茗香熏、雾掩遮荫樾。
汀洲锁烟舞榭，浪激涌，雪飞残泼。
夕拾桐花，晨诵书田，洞府春没。
酹酒祭、红烛光摇，透映窗前月。

当代诗人葛宗社

【作者简介】

葛宗社，笔名山川悠远，四川省青神县人，大学毕业，高中教师。长期从事周易象数研究，著有易学文集《六爻通惠》一部，现为中国易经研究学会讲师。2015 年起从事诗词创作，已发表诗词 400 余首。作品散见于当地报刊，曾入选《上海滩诗叶》和《当代影响力诗人》等书籍。

诗词 19 首

1. 五绝 · 秋意

天气近新凉，松针带露香。
蝉声犹未绝，入眼菊花黄。

2. 七绝 · 访友（新韵）

岭上醺风送暖频，梨花开后菜花新。
云庵寂寂空无主，时有浮香轻叩门。

3. 七绝 · 行游（新韵）

春时郊外踏青忙，花色无端染彩裳。
归去还随蝶弄影，路人相告满身香。

4. 七律·从教 30 年有寄

三十年来岁月稠，杏坛传道未曾休。
墨池渐染书笺色，秃笔频摧白鬓秋。
街市蜗名随梦散，窗前桃李满江州。
蓦然回首云天外，夕照青山自可留。

5. 七律·纪念中华民族抗日战争胜利 75 周年

守土平疆十四年，中华儿女勇担肩。
丹心共赴危邦难，浩气长存碧水泉。
血染沙场驱日寇，魂归故里裹尸眠。
双江滚滚波澜壮，百万英雄下夕烟。

6. 七律·剑门关怀古（新韵）

蜀道高危立剑关，天然屏障镇西川。
三分国力扬云旆，百路曹兵竖降幡。
沃野萋萋凭自保，阿禅喏喏苟偷安。
分合毕竟循天意，北望中原泪几潸。

7. 七律·致易友邹兴万（新韵）

瑞草桥边结草庐，先生灯下静观书。
江南烟雨笺中现，塞外风霜案上铺。
卧榻半生随水去，盈胸万卷任萍浮。
推盘论道穷通事，指点人生气象殊。

8. 七律 · 网缘（新韵）

方寸之间一彩屏，大千具象幻无形。
谷歌翻晒名媛照，百度搜传玉女情。
胡侃南韩三角剧，闲听北美落花声。
天涯相望毗邻坐，风月山川共鸟鸣。

9. 渔歌子 · 忆别

长忆当年小桥湾，华灯初上夜斑阑。
执子手，对青山。相看不语倚栏杆。

10. 捣练子 · 闺思

新雨后，小桥东，一对鸳鸯戏水中。
楼外车喧人伫立，夕山遥对水流空。

11. 眼儿媚 · 牵手天涯

云淡风轻夕阳斜，陌上采新茶。
翻空燕子，交飞蝴蝶，醉赏烟霞。

山歌回荡云河绕，摘朵小蔷花。
几分羞涩，满心欢喜，牵手天涯。

12. 凤凰阁 · 斜阳似昨

花开山上，窗外芭蕉雨落。妆楼又忆旧时约。
双鬓青丝白发，时光斑驳。叹只叹、情思难托。

登高凭远，彩蝶翩翩细数。转弦声里飞云鹊。
蒲酒两杯三盏，伤痛忘却。再回首、斜阳似昨。

13. 西江月·易占之光

大道自然宽广，阴阳气象万千。
包容荫复自无偏，君子居中行健。

元运四时造化，载生万物无言。
存亡进退筮于先，变化飞腾久远。

14. 鹧鸪天·青神老八景之仙池夜月

玉殿丹炉生紫烟，一轮冰鑑挂中天。
清辉洒满江湾浦，蟾影徘徊神木圆。

涛声起，浪花翻，片帆载梦过家山。
推窗望见江心月，满目相思落枕前。

15. 鹧鸪天·青神老八景之蓉岸涛声

碧水粼粼波浪宽，清风摇梦棹歌还。
临江酒肆灯初上，夹岸芙蓉花更妍。

心相忆，梦相牵，峨眉山月正清圆。
举杯对影遥相望，一枕涛声夜不眠。

16. 鹧鸪天·青神老八景之三山牧笛

龙凤三山气象新，桃花潭水两相匀。
七分娇艳三分翠，半入江天半入云。

金兴酒，稻香村，郊原牧笛醉黄昏。
松涛叠起千重浪，梦入蓬山幻亦真。

17. 鹧鸪天·青神老八景之麒麟瑞井

造化生成一井天，孕奇蓄秀出长泉。
连通地脉产灵异，返照天光映月圆。

寻伯乐，访名贤，弹铗不复怨冯谖。
江山代有才人出，各领风骚数百年。

18. 鹧鸪天·青神老八景之虎渡横舟

月色朦胧挂柳梢，青峰岭上暗云飘。
风吹落叶萧萧下，雁断云边水梦遥。

滩声急，浪花高，犹闻野渡虎吟嗥。
谁人识得沧波趣，策杖深山问老樵。

19. 鹧鸪天·青神老八景之古阁清风

伫立雕楼望远空，神州大地彩旗红。
蚕从故里开生面，慈母溪边月色浓。

千帆过，百业通，滔滔江水卷潮东。
风清气正天心顺，国泰民安世代功。

当代诗人白桂琴

【作者简介】

白桂琴，笔名莹洁，女，中共党员，家居古城西安市，西安市诗词学会会员。性格开朗，爱好广泛，简单自持，喜欢古诗词。著有《碧水盈盈》《花朝月夕》《寻幽览胜》诗词集 3 部。

词 10 首

1. 鹧鸪天·小诗妹

银屏相伴快乐天，唱酬不断小诗传。
春风欲醉兴明致，细雨闲吟心逸然。

题落叶，赏流泉，常随伊妹作云笺。
迢迢千里敲清句，脉脉三更送雅篇。

2. 鹧鸪天·窗外朝来鸟颂声

窗外朝来鸟颂声，时闻此至不须惊。
其如紫燕从容寄，竟是黄鹂婉转鸣。

盈醉景，绕归程，精灵妙趣倍关情。
蓝天远意歌喉脆，碧树凉阴暑气清。

3. 鹧鸪天·童年旧事

一抹相思只自温，童年旧事独长存。
家乡明月吟千古，故里清风醉万分。

流梦影，绕心魂，儿时记忆夙诚珍。
苍苍落日题诗远，袅袅炊烟写意真。

4. 鹧鸪天·秋意浓

小院风轻日初晴，清香绿满鸟和鸣。
每嗟笑我寒烟度，忽觉相看秋意生。

况无际，幸承明，寻幽览胜历行程。
层楼倚杖望圆月，静夜裁诗在古城。

5. 鹧鸪天·小院菊花开

小院丽菊盈东篱，芬馨独秀景尤奇。
鸟声放逐传清韵，花气芳心寄傲姿。

香冷艳，露华滋，经霜薄暮静依持。
佳人一笑含颦处，词客相望恰入时。

6. 诉衷情令·忆小芳（1）

梨花飞舞满庭芳，触目动心房。
旧情并概迷魂，痛饮乱人肠。

嘘许事，立轩廊，忆伊乡。
桃溪云岭，相邀月下，生别离觞。

7. 诉衷情令·忆小芳（2）

梨花飞谢落成霜，香沁透书窗。
吟魂触景遥念，无计奈何常。

生别泪，赋愁肠，暗悲伤。
小桥堤柳，曲岸初心，软语绵长。

8. 临江仙·中秋感怀

送客凉风轻拂面，今宵月色阑珊。
中秋佳节度成欢。裁诗念旧，作赋惜时宽。

骨肉挂牵情意长，家乡语报平安。
义高恩重互流连。感怀深处，回首复千千。

9. 撷芳词·相约一日游

烟中柳，湖边走，久违欣遇知心友。
常寄托，共欢诺，醉伴秋色，日游邀约。
乐，乐，乐。

情依旧，几经后，蓦然回首三年又。
登香阁，细斟酌，幽怀舒聊，夜来辞却。
略，略，略。

10. 行香子 · 香艳流辉

香艳流辉，掩映红嫣。见月季、宛若花仙。
娇羞妩媚，婀娜萦牵。
逸气清雅，姿清丽，影清妍。

淡描入画，幽吟欲醉。妙矣乎、卓尔悠然。
鸟飞目极，莺过燕穿。
蝶舞成赏，迷成乐，转成欢。

当代诗人罗雨笙

【作者简介】

罗雨笙，图书馆学专业毕业，在国家博物馆资料室工作。系中国博物馆学学会会员，北京市东城区作家协会会员，北京市写作学会会员，北京市楹联学会会员，孔子诗歌协会骨干会员。作品散见于报纸杂志，并被选入《中国诗词名家新编》《中国作家文选》等书籍。著有个人文集《梦的追求》。

诗词20首

1. 七绝·喜雨

温回大地惜桑乾，好雨当春乃自然。
润世无声滋万物，人生天意果盈船。

2. 七绝·日出

绝顶众山皆静处，东方一逸太阳呼。
苍茫四海天连水，万物欣然布紫殊。

3. 七绝·游举人村

感灵悟水进京西，瑞气祥光挺翠姿。
天籁禅音参举子，文星高照圣仙怡。

4. 七绝·枫赞

秋风瑟瑟丹枫宿，残月无声古木殊。
质朴精魂心韵致，青山诚道万林苏。

5. 七绝·谷雨

廉纤谷雨洒轻丝，清露滋萍龙润施。
灵泽花仙玄液瑞，祥风左右遍吹宜。

6. 七绝·立冬

秋风度尽立冬安，岁暮阴阳日月天。
锦绣山河添肃晏，东来紫气宇清然。

7. 七绝·天涯寄思

三旬磨剑度寒窗，沉默经年鹤啸腔。
交友梅松无败絮，不思羡慕燕成双。

8. 七律·中秋感怀

玉宇三清贯气虹，环山皎夜愈明空。
婵娟今古思相似，琴瑟中西爱共通。
白鹤秋风君赏月，丹枫晚节德铭功。
暗香扑鼻红尘度，一路高歌遇势融。

9. 七律·蝉悟

西陆蝉声白发吟，崖山瀑水骆王音。

秋风阵阵涌衷曲，高洁萋萋表世心。
醒众雄文由此诞，呼神佳句至今箴。
禅通悟道原通体，佛祖如来紫佩金。

10. 七律·迎春花

破寒乘暖早春阶，翠蔓金英串串佳。
细雨无声滋万物，微风有信爽幽涯。
凝听百籁资深语，漫看群峰叠嶂谐。
独领众芳眠唤醒，博山遍野宝葱茏。

11. 七律·夏

杏蕾初凝锦绣枝，莲根半吐藕知时。
小桥碧水荷花美，细柳柔风鸟语诗。
日朗鸿飞松伴瀑，渊深龙舞雨醒芝。
参天古木拥高志，遍岭奇葩促道为。

12. 七律·秋

果实盈盈丰且获，人生得意夕阳长。
登高博览山川秀，济物方知德善良。
法雨滋根清玉宇，慈风扫叶净贤疆。
无言极目秋江远，历尽沉浮佳境彰。

13. 七律·冬

凛冽霜风酷竹松，隆冬应辨栋梁珰。
寒苏瑞白修禅静，玉洁冰清显圣容。

锦绣山河添肃晏，阴阳海陆理神宗。
仰天极目星空望，琴曲笙歌度众龙。

14. 鹊桥仙 · 忆敏

孟秋晓月，月波瀚海，银汉迢迢冥渡。
修真悟道越千年，众生渡，如来我父。

敏君情盛，怀情思故，花甲人生多铸。
孑然沧海一孤舟，平生愿，同心共塑。

15. 鹧鸪天 · 幽迹感怀

月殿龙翔越海堤，群仙鹤迹看山低。
天机妙道主心骨，古律深情依佛携。

追以往，道东西，畅游黄岭迹幽题，
施生济世修丹果，运掌安邦见彩霓。

16. 水调歌头 · 游霞云岭

群山叠翠黛，万树栋根隆。
幽岚秋韵，霞云峦上赏秋容。
携友招朋览胜，极目楚天舒爽，颢气梵清通。
沁人心脾意，山岳紫光中。

峯承云，溪水绕，鸟鸣空。
奇葩隐秀，道观林立伫山宫。
待问红尘情种，欲晓世间道贵，留影庙前同。

一路风光妙，吾辈也昭融。

17. 西江月·浪淘沙

水滴石穿默运，鸟吟林蔚怡栖。
轮回代代拜高师，陋室辛辛顺此。

大浪淘沙物竞，真金炼自君随。
内安天择迹清持，岁月丹诚道始。

18. 行香子·纳百川

烟海蒙蒙，溪水潺潺，纳百川而溯江源。
云龙渐隐，玉凤随洹。掌瓶中柳，指中印，露中缘。

观音檀杏，园中雅趣，潜才情复履天元。
运筹帷幄，释卷平冤。聚民声期，钟声吉，梵声援。

19. 诉衷情·心游太玄

乾坤万象气清澄，玉宇漫和恒。
终光朗耀归乘，细雨洒京城。

仙鹤翥，紫威征，皓苍凌。
茫茫天海，涵蕴清基，荫福初鹏。

20. 浪淘沙·天演

天演论乾穹，雨润江容，紫金万象皓苍龙。

赤子仰如来佛祖，震启鹏踪。

万漉浪淘锺，尽现金宗，心声孚众望归从。
不忘初心彰正道，寰宇清通。

当代诗人许建雄

【作者简介】

许建雄，笔名些许阳光，1965 年生，福建省明溪县人，本科学历，做过教师、职员。三明市诗词学会会员、明溪县诗词学会会员、读书诗社会员。爱好文学，作品散见于《三明诗刊》《诗天子》《伊诺文化》《国学诗海》《闽南诗刊》《流年诗韵》《竹韵宁甘》《天湖山诗苑》等刊物诗集。

七绝 33 首

1. 七绝 · 逍遥游

烟雨朦胧连秀境，闲云碧水荡悠悠。
扁舟一叶桃源去，从此逍遥绕九州。

2. 七绝 · 咏秋

门前一道翠池湾，秋菊霜摧涧水潺。
夜露晨曦留不住，群鸥飞过数重山。

3. 七绝·夏韵

一湖碧水映蓝天，四面青山景万千。
拂过微风红菡萏，轻歌曼舞赛如仙。

4. 七绝·秋韵

袅袅炊烟天近晚，凭栏远眺雪峰亭。
近观五彩铺山岭，放牧姑娘入画屏。

5. 七绝·中秋望月怀远

熠熠清辉胜往年，中秋月夜梦团圆。
与君策马金山下，如水银光洒满天。

6. 七绝·晚舟归航

沧海横流长数载，祥云万里晚归舟。
心存一抹中华色，从此芳名誉九州。

7. 七绝·东北秋景有吟

清溪一曲抱村流，雨后秋天景色稠。
枫叶深红苔藓绿，潺潺涧水荡悠悠。

8. 七绝·仙境

一溪秋水绕村赊，烟气氤氲映晚霞。
幻景真颜幽处隐，小桥疏影诧诗家。

9. 七绝 · 问苍天

世上人人皆过客，金樽把酒问苍天。
为何只许花重放，却不容余再少年。

10. 七绝 · 礼赞祖国华诞（1）

红旗招展庆华诞，国富民安沐曙光。
如画江山披锦绣，中华盛世美名扬。

11. 七绝 · 礼赞祖国华诞（2）

七十二春披彩锦，赞歌一曲献中华。
江山鼎盛昭天下，盛世中华举世夸。

12. 七绝 · 绝美永泰有吟（1）

山外有山山不朽，千峰万壑遍溪滨。
深闺藏着人难识，撩起面纱惊八闽。

13. 七绝 · 绝美永泰有吟（2）

永泰群山峰竞秀，苍茫云海万壶岩。
翱翔鹭鸟栖林上，水阔波平挂锦帆。

14. 七绝 · 绝美永泰有吟（3）

青山如黛藏名刹，村落桃源古色香。
秀水千峰有雅韵，金秋十月换红装。

15. 七绝·读儒道佛有感

人生一世匆匆过，遇事何须都较真。
少欲无为空妙有，佛儒道说必相因。

16. 七绝·寒潮袭归化

寒潮昨日临归化，一夜西风瑟瑟秋。
百姓急忙添厚服，衣裳多彩醉双眸。

17. 七绝·重阳寄怀

九月重阳今又到，风华正茂已成秋。
宽心遣兴身强壮，颐养天年不必愁。

18. 七绝·咏重阳

满城风雨重阳至，篱菊谁家色最黄？
一地秋诗秋雨赋，文人骚客笔耕忙。

19. 七绝·秋韵

寒露到时天渐冷，一湖碧水草凄凄。
成群鸿雁追红日，且看芦花满玉梯。

20. 七绝·赏菊

夏家芳菊居篱北，百态千姿馥郁香。
花蕊含羞迎客笑，惹吾乘兴赋诗章。

21. 七绝 · 人生感怀

人生好似一程旅，踏雪飞鸿藜杖耽。
世事无常难预料，皆须尽兴酒醺酣。

22. 七绝 · 新诗创作有感

自喜新诗已出闱，微圈卖弄韵依依。
恩师赠以言斟酌，斧正诸多足矣归。

23. 七绝 · 垂年乐

昼短深秋霜露重，菊黄香溢满庭园。
扁舟一叶垂纶去，遣兴开心晚辈尊。

24. 七绝 · 贺神舟十三发射成功

激动三更银汉望，神舟再次向苍穹。
巡天胜似闲庭走，往返空间天地通。

25. 七绝 · 师颂

芬芳桃李满天下，粉笔无言写古今。
黑发积霜披日月，讲台三尺守初心。

26. 七绝 · 美丽明溪

天高云淡孤鸿雁，美丽明溪映晚霞。
且看稻禾波浪漾，小桥流水是吾家。

27. 七绝 · 乡村换届

瓦溪换届英才聚，百姓双推众举贤。
年富力强能者上，乡村振兴谱新篇。

28. 七绝 · 聚龙禅寺（藏头诗）

聚观相约到枫溪，龙虎盘江奇胜景。
禅韵犹存千百年，寺幽清静环山岭。

29. 七绝 · 赠儿

秋冬耕种夏秋收，四季一年勤撒播。
丹桂飘香添后昆，人生最美青春过。

30. 七绝 · 贺生日有吟

今日心怡*方幼学，天生聪慧又伶俐。
精灵习武胜须眉，假以时光必成器。

注：心怡，人名。

31. 七绝 · 庆生

九秋廿七庆生日，风韵犹存正岁华。
落雁沉鱼曜秋菊，聪明伶俐擅持家。

32. 七绝 · 逢君

平台微信寻常见，堂上树荣*几度闻。

待到深秋枫叶赤，桂香时节喜逢君。

注：树荣，友名。

33. 七绝·友家偶遇新朋

今日友家忠志*遇，有如一见就相缘。
油诗数首论平仄，韵律清欢已忘年。

注：忠志，人名，新朋友。

当代诗人陈雪梅

【作者简介】

陈雪梅，学名陈莹，笔名思伊，四川成都人，原籍重庆，现在北京工作。中国纪实文学研究会会员，经典文学网15期诗词高研班学员，16期诗歌高研班学员，北京红楼梦博物馆书画藏品微拍、文案主管，竹山书画院事务部主任，东方作家（北京）文化出版传媒编辑总部副主编，《中华情新诗汇·新时代共和国文学精英智库》副主编，《中华情新诗汇·新时代共和国文学精英智库》最佳诗人。

崇尚和敬畏中国古典文化，作品散见于全国、省、市各级报纸、杂志和中国诗歌网、文学网、作家网、都市头条等网络媒体。

诗词29首

1. 五绝·红楼梦蝶

红楼梦蝶香，月下复萧郎。
桠蛹春来晃，寒枝岁末芳。

2. 五绝·不舍（1）

庭前绿意茏，清院墨香浓。
儿朕承欢笑，举樽双膝恭。

3. 五绝·不舍（2）

晨曦清梦里，慈爱泪襟流。
不舍儿郎去，霜华解别愁。

4. 五绝·莘莘学子

掌灯思古鉴，采露洒书香。
云志经磨砺，花翎笑玉堂。

5. 七绝·醉

陌路无言雕酒醉，蹒跚溪影俯身描。
姣情柔意如流水，鬓颊拈花惹岸猫。

6. 七绝·月下远思

樽前月皎影依行，回首嫣然醉意茫。

春去时来可情待，惘怀秋夕墨痕伤。

7. 七绝 · 仲夏夜弦月

夜色流离弦月挂，仙螺海上冷辉幽。
微涟寂影远空隐，岁去何从放我忧。

8. 七绝 · 醉了

夜露秋凉醉酒雕，镜鞶疏影对窗描。
问君何意清愁恋，墙映回眸九尾猫。

9. 七绝 · 墨染烟雨

墨染红尘烟雨梦，藏情关外影朦胧。
琵琶声叹琴音去，珠落庭蕉伤我衷。

10. 七绝 · 镜中月

衿香环拥浓情醉，君别难携与意随。
对镜花斜灯剪影，纱帘欲阻月儿窥。

11. 七绝 · 春早

一窗纱暖摇孤起，点绿羞羞站满枝。
两雀俏寒催羽珮，金花袅袅到庭池。

12. 七绝 · 远游

铁骑卷尘群岭远，采黄摘绿满红鸢。
君行千里诗情待，种愿修篱梦已圆。

13. 七绝·松涛书院

棇云烟雨京华路，涛韵吟风几渡舟。
书撰千秋豪气概，院耕万卷墨香幽。

14. 七绝·七夕

庭威武断人间意，檐泣伶仃两地燕。
目尽雨穹无鹊影，银舟震殿渡良缘。

15. 七绝·雪竹

满庭迷意还无影，雪竹霜寒目更绵。
疫毒阻情时不见，搁笺忆墨烛花怜。

16. 七绝·忆屈原

烟雨飞帆寻道祖，青山低首见先贤。
九怀仰叹无知己，殉志湘流做上仙。

17. 七绝·诗心

疏听一帘春夜雨，丝绵万缕不言孤。
画描雅谷添乡梦，诗记迦陵 * 迹海隅。

注：感动于叶嘉莹先生爱心和贡献精神。叶嘉莹先生，字迦陵，中国最后一个穿裙子的先生，95 岁再捐 1711 万给南开大学迦陵基金，只为中国诗心生生不息，支持中国传统文化的传承和研究。

18. 七绝·无题

他时明月伊人笑，今夕清辉梦影遥。
此岁难全叹拥别，花容年事惜妖娆。

19. 七绝·盼春

雪夜莺莺倾已念，良人眷眷寄缠绵。
柳芽细细催新岁，寒雀喳喳送旧年。

20. 七绝·大帅府仰记

大帅威名镇四方，青楼镌刻写英迹。
烽烟尽处涛声寒，兵谏谈和载史册。

21. 七绝·牧歌

涧露袅烟湘竹翠，粼波摇寐小农家。
牧歌犬吠垂流影，清拂尘间雾作袈。

22. 七绝·一诗一愿

一处茶山一座观，一支清曲一炉烟。
一诗倦写一坡绿，一片明霞一谷嫣。

23. 七绝·偶宿黄龙溪

远雪含烟山拥黛，风尘不易牧琴弦。
喜游香雨饮泉酒，偶宿黄龙似作仙。

24. 七绝·薛涛记感

万里桥边女校惆，朝飞共暮断江州。
浣花溪唱红笺短，旧韵蒙尘半世幽。

25. 七律·槐香剪雨

槐香剪雨瑶池酒，绣月吟风赋落燕。
板鹞轻飞言未尽，蔷薇新绽翠无边。
看花漫树落裙袖，临镜掀帘对席前。
素影心妍携步柳，与君一醉一陶然。

26. 七律·纪念“一大”

浦江涛涌风云变，红舫群雄重启航。
一大方针千古载，十三先驱万年扬。
波澜壮阔谱青史，烽火狼烟写华章。
使命不忘鸿鹄志，为民幸福赤心藏。

27. 卜算子·红笺赋

客居京城边，千结心无渡。
已是芳空杯自愁，纵饮花雕露。

无意浮烟迷，但惘花乡住。
零落无知苦作尘，洗字红笺赋。

28. 天仙子·此夜

月落素轩心未了，索烦抄词无眠早。

薄凉青院透纱衣，心悄悄，馥郁绕。
此夜寐萦君难晓。

29. 夜游宫 · 月下听潮仙螺岛 *

人去轻舟夜姣，叙别梦、堆沙一觉。
云淡星疏寂寥晓，听潮落，立沙滩，话未了。

冷月依仙岛，洞箫情、长空旋绕。
说与流沙未知道，向天涯，对明月，何处讨？

注：仙螺岛，南戴河著名景区，根据一个美丽传说而建。

当代诗人张存国

【作者简介】

张存国，1969 年应征入伍，1976 年转业，就职于国企。自 1972 年始，在浙江《平湖文学》、安徽《巢湖文艺》等刊物发表诗歌多首。在《工人日报》《中国妇女》《经济日报》《安徽日报》《新民晚报》等报刊发表广告词语多条，并屡次获奖。近年创作楹联 2000 多幅。

诗词 20 首

1. 五律·秋野

旷野暖阳牵，寒凉拂晓前。
鹰来风扫地，雁过月巡天。
杈蔓书狂草，梨橙亮醉拳。
横秋无老气，律动胜春妍。

2. 五律·巢湖水

浩渺巢湖水，波迎众县风。
包容鱼蟹密，承补藕菱葱。
坦腹调禾困，开怀载渡穷。
由来多善举，大梦向江东。

3. 五律 · 雨巷行

缠绵秋雨里，我在巷中行。
玉桂多花候，金樟大伞撑。
梢头鸦失意，笼内鸽谈情。
缓步寻餐店，厨娘笑语迎。

4. 五律 · 战友群

空间战友营，集合往时兵。
苦乐当年事，沧桑不老名。
隔屏寻雅趣，转帖引高评。
数载同锅饭，终身手足情。

5. 五律 · 电脑

天机神策运，网络畅通查。
液幕音容美，方箱俏影嘉。
能消堆案苦，可改算筹麻。
智慧人工妙，希求福万家。

6. 五律 · 土

亿万经年淬，荒原黑土成。
千苗依此育，万兽靠斯生。
始祖抟人造，江山保命耕。
皆言天下贱，实是最连城。

7. 五律·插秧

育种整田墒，筛株理翠妆。
苗抛青水地，稻插土禾床。
嫩叶浮波泽，舒条照野阳。
直腰偷掩汗，终愿饱饥肠。

8. 五律·赞张连印将军 *

将军暮老龄，病体盼山青
放手开荒土，躬身育秀灵。
常人多念贵，志士尽忠庭。
绿树千畦翠，红心展画屏。

注：曾任河北省军区副司令员的张连印将军退休后，放弃优厚生活，回到家乡，一边同“癌魔”战斗，一边自费在家乡种树，18年里种树200多万株，1.8万亩，被国家授予“时代楷模”。

9. 七律·延安怀古

黄河滚滚波涛涌，浩气干云宝塔端。
革命牺牲从赣省，长征沥血至延安。
抗倭伟业惊天地，解放奇勋镇鬼奸。
主席将军民众力，江山红色万方欢。

10. 七律·叶

孕自严冬雪酷寒，追求革命志心坚。
鹅黄新叶惹人爱，碧绿圆穹招鸟怜。

誓给根枝输地露，勤帮干果送龙涎。
一生奉献辛劳后，飘落枯身护树眠。

11. 七律·蝼蚁

命如埃土进红尘，形似针尖毫末身。
无禄名微勤奋品，有功位贱善良贞。
缘何此世迷蒙陷，许是前生混沌沦。
长念入凡之谓所，为家为国为亲人。

12. 七律·苹果

人尝苹果味儿美，谁晓仙珍生长艰。
锄地育苗如护崽，守园看树似巡山。
除虫松土加传粉，灌溉施肥又剪删。
收得殷红香脆品，为君口福乐民颜。

13. 七律·手机

砖型扁块如方墨，珠泽迷睛赛玉盘。
万水千山弹指会，天涯海角立时观。
顺风耳又千张眼，知命仙加百事官。
五帝三皇多显赫，何曾用此惠民欢。

14. 七律·鹰

挺胸矫首露张扬，神采凛然成鸟王。
壮志翱翔巡领地，野心呼啸震穹苍。
天生强悍黎民恐，命属衰残整日惶。

试问造玄何是许，有人豪势有人殇。

15. 七律・蜜蜂

如豆身材贱若尘，起晨贪黑岂辞辛。
百花采集方甜蜜，万户分尝可润津。
祸害蚊蝇谁不恨，勤劳蜂宝众皆亲。
做人当以此为范，莫只靡奢成鼠民 *。

注：鼠民，硕鼠之意。

16. 七律・太阳

亿道红霞吐赤芒，银龙火凤跃腾忙。
高山原野披新彩，湖海河洋翻碧光。
百类孕珠需日暖，万灵生长靠金阳。
人言盛夏如汤热，我却燃情为一狂。

17. 七律・逍遥津怀古

三国千秋淝水畔，张辽威震古庐城。
小师桥上吴君辱，青史册中贤将荣。
教弩台高佛香袅，逍遥津阔鸟鸣清。
而今昔日风流地，嘉客悠游赞古兵。

18. 七律・中秋

茫远星河飞白璧，斯年亿万自孤清。
广寒宫里嫦娥冷，浊世人间后羿惊。

我欲相亲寄愁爱，你能闺独阅深情。
且抛圆缺恩和怨，月到中秋分外明。

19. 七律·芦乡情

绿芽如芥生湖泽，摇曳风姿展渺茫。
碧水蓝天相照映，白鸥褐鸭比翱翔。
苍颜渔者垂纶乐，垂髫儿童割草忙。
转眼芦飞三十载，夕阳愁起盼乡肠。

20. 七律·芦泽

绿芽如芥生湖泽，摇曳风姿展浩茫。
碧水蓝天相照映，沙鸥栖鸭比翱翔。
偶逢渔者垂纶乐，常见儿童割草忙。
转眼芦飞三十载，夕阳愁起盼乡肠。

当代诗人勾文静

【作者简介】

勾文静，四川盐亭人，中国诗歌网注册诗人，经典文学网、中华文艺微刊签约诗人、作家，作品散见于《中华诗词》《中华诗词报》《四川诗词》《诗刊》等报刊及网络媒体。

诗词1组

七律·微雨怡湖园（辘轳体）

题记：来游青白江，吟诗兴若狂。

（1）

莲开柳苑雨丝斜，细雨蒙蒙似白纱。
袅袅娉娉摇伞盖，停停走走望云涯。
凌波仙子怀诗意，长发峨眉览物华。
最是江南风景秀，怡湖园里雨中花。

（2）

兀坐池前望白纱，莲开柳苑雨丝斜。
因耽温婉来湖畔，喜爱娇柔看雨芽。
一袭清新舒窈窕，两情曼妙做瑜伽。

终朝脉脉池亭恋，花吐幽香柳拂花。

（3）

迷离烟霭似闻笳，伫立湖边望远鸦。
步向池堤仙子静，莲开柳苑雨丝斜。
婷婷默立怀愁绪，郁郁沉思忆故家。
安土难迁终别矣，怡湖傍柳再开花。

（4）

曲曲行来到水涯，峡深森怖暮飞鸦。
崒岩断岸悬藤蔓，窄路连峰拄树椏。
路转湖陂仙子艳，莲开柳苑雨丝斜。
欲将倩影留心底，回望亭亭圣洁花。

（5）

小桥流水绕人家，烟雨怡湖静处嘉。
淡淡花香闻细细，幽幽溪涧听哗哗。
柳郎风袖鸣琴瑟，玉女情怀动汉槎。
一轴城中风景画，莲开柳苑雨丝斜。

（6）

莲开柳苑雨丝斜，翠色裙裾似碧纱。
摇曳风姿呈浪漫，横吹玉笛在仙家。
柳垂青眼抛罗袖，花递幽香当木瓜。
阆苑相随情缱绻，怡湖景美意无涯

七律·题嫘语轩（回文诗）（新韵）

旋鸥野阔地天宽，兴来诗后看波烟。
鲜花美句妙吟喜，净径幽亭雅步闲。
圆岛景观游客渺，扁舟渔晚钓波弯。
前山唳鹤遥云淡，山与江奇嫘语轩。

七律·往后余生

往后余生静不争，琴音日日涤心清。
白云芳草林间客，绿蚁新醅阁上卿。
御景园中观自在，江堤柳下赏波莹。
偶来逸兴拈佳句，吟向清辉明月听。

七律·文同（新韵）

（1）
曾是穷居一芥男，千秋以学不平凡。
观摩悟得龙蛇字，泼洒流传锦绣篇。
墨竹高标开独派，诗文清澈集丹渊。
鸿毛骥足情豪迈，励志穷通启后贤！

（2）
太元观岭祭何人？大蜡高香庙宇森。
博学鸿词登殿阙，晴云秋月赞胸襟。
三苏额手称翰墨，四绝芳名贯古今。
学子考前纷沓至，祈文一举动乾坤。

虞美人·野望（回文藏4首诗词）*

清江一曲波浮岸，秀岭青山远。
碧峰晴照晓云红，淡淡雾飘溪鹤白蒙蒙。

惊魂梦觉行遥路，白鬓冰寒驻。
冷风亭外野鸣虫，隐隐月边楼叠影重重。

注：此篇小词，内藏4首诗词。

西江月·神舟飞船

题记：试以神舟飞船，赞美中华民族之磅礴豪气、高超技术之迅猛发展，世界遥望。

默默深山寂寂，身高不及楼盘。
冲天一跃绝尘寰，万物何曾在眼。

我自巡天万里，飘飘羽化成仙。
人间亿万仰头看，都被浮云遮断！

行香子·游文同诗竹园

才过清明，雨霁农耕，得闲来、蹑谒同陵。
园林雅致，像耸苍冥。
揽山来秀，风来软，水来清。

青山路绕，文铭绿映。细梯长、斜接廊亭。
竹波楹语，笔砚瞠睛。

更诗儿佳，景儿美，鸟儿轻。

行香子·述怀

坠地呱呱，山野篱笆。渐长成、思想无涯。
也曾痴妄，梦笔生花。
更研诗词，学辞赋，访名家。

白驹飞隙，流沙漏指。只须臾、大把年华。
老来情味，种草修椏。
对一溪云，一窗月，一瓯茶。

当代诗人瞿翔翅

【作者简介】

瞿翔翅，男，汉族，现年64岁，中共党员，安徽省铜陵市人。曾任中学高级教师、会计师等职，从事教育工作42年。2017年2月退休后，热衷于诗词、楹联等方面的学习研究。作品散见于省市有关报刊，著有诗词集《悠竹临风》。现为铜陵市诗词学会会员、中华诗词学会会员。

诗词20首

1. 七绝·秋思

日晒稻黄草也枯，萧风吹醒客迷途。

人逢绝境开天眼，梦断哀魂笑自愚。

2. 七绝 · 感遇

兴寄秋光艳紫薇，黉门立雪笑梅绯。
世人缘解春风意，化作诗魂柳上归。

3. 七绝 · 缘学

历事多愁腹内空，得来纸上隔千重。
落霞时济初心梦，笔卷青云剑指峰。

4. 七绝 · 静心致学

韵修风雅性情陶，曲径攀峰仰学高。
闻道清流师李杜，怀才唯有拜苏豪。

5. 七绝 · 吟秋

桂白香风清野欢，菊黄钦点紫光澜。
斜阳依醉三秋色，缱绻诗情汇笔端。

6. 七绝 · 出梅迎伏

欲放晴光夏韵磨，龙颜爆表雨繁沱。
出梅续接庚申日，直教禾床铺绿多。

7. 七绝 · 伏天多事

豫州逐水战犹酣，禄口无端疫欲惭。

生猛烟花呼海出，挟风裹雨爆东南。

8. 七绝·花客

冷花何苦待春期，自报孤芳莫吝迟。
冰骨山崖妆瘦韵，洛阳纸贵写相知。

9. 七绝·望痛生愁

劳顿奔波苦乐同，利人关己不虚空。
消寒枕上黄粱夜，痛隐天明望顺风。

10. 七绝·风雪迷情（1）

风卷飞沙刺骨柔，浑成一色雾花楼。
怨天灰脸迷人眼，岁月情堪我白头。

11. 七绝·风雪迷情（2）

公主寒宫抛素球，脱贫彩礼照单收。
称心蜜月破冰日，来抱梅姿揭盖头。

12. 七绝·风雪迷情（3）

寒气骤来任雪投，大千奥秘赖科修。
嫦娥舞袖娘家探，月土凡尘上热搜。

13. 七绝·侈谈

少年不解时光苒，老大何来锦帐深。

盈月绵怀缠弱水，高山流韵惠芳心。

14. 七绝 · 结缘

立愿为民谱教歌，韶光学养两相和。
双溪击浪清帆影，一笑霜花对镜磨。

15. 七绝 · 重逢期冀

两岸一江三地人，寻缘意合满修身。
梦生别忍相思泪，流落君前始见真。

16. 五律 · 盛夏途陈

迎暑晓风微，班乘沐路辉。
账单如数解，诗册偶神飞。
汗彻青衫透，心穷暮影稀。
突来梅雨注，跳伞湿鞋衣。

17. 七律 · 同学情缘

一江春色染双溪，感遇秋蝉脱壳迟。
缘贵寒窗珍教爱，学尊圣典效知奇。
韶光两整温情日，劲道三行慧业师。
尚老人生几圆月，相逢酣醉是佳期。

18. 七律 · 禅趣

佛典藏经涉世深，修行寡欲解烦音。
六根清净遥空籁，五味和弦抚素琴。

不以兴衰论得失，奈何因果定浮沉。
参禅九复四更鼓，苦海三重半寸心。

19. 蝶恋花·枞川来相会

故地新光深蕴雅。荡漾湖波，曾渡江帆挂。
焕发旗山风景画。将军馆阅金戈马。

忆往耕春忙播夏。翘首回眸，相笑无言假。
梦里寻真缘泪洒。欢歌约醉今宵罢。

20. 踏莎行·醉美池州

浦水秋波，杏花丝雨。遥闻牧笛思童趣。
九华香火渡缘人，众生参透逍遥悟。

生态池州，文明市署。太平湖漾青烟煮。
穿行雾海听松涛，神峰脚下腾云旅。

当代诗人陈福金

【作者简介】

陈福金，笔名清扬婉，中学高级教师。爱好文学，散文、现代诗和古体诗词散见于《三明日报》《三明侨报》《三明诗词报》等报刊和网络平台。

诗词20首

1. 五绝·远游

野径无人过，幽林有鸟鸣。
但悲长路远，游子别乡情。

2. 五绝·咏云

长空袖舞台，万象共徘徊。
暮挡寒宫缺，晨曦织女裁。

3. 七绝·月食有感

望日星空别样妍，嫦娥探访慰无眠。
三星一线奇观放，红月清辉梦里边。

4. 七绝·偶感

浮躁之年诗味淡，喧嚣一角有清新。
斟词酌句相同趣，喜乐年华觅我音。

5. 七绝·学生毕业偶感（新韵）

三年似水匆匆过，毕业今朝万事牵。
桃李成熟经孕育，耕耘不苦慰苍颜。

6. 七绝·国庆厦门灯光秀

双塔光芒耀眼眸，星辰失色隐高楼。
百年华诞辉煌铸，鹭岛奇观创一流。

7. 七绝·夕阳吟（新韵）

暮色天光一片红，小桥流水映其中。
千山不怨夕阳短，闲放烟霞慰老翁。

8. 七绝·夜游麒麟山

麒麟夜色奇观景，栈道逶迤绕远峰。
火树银花天坠落，山城锦绣醉阿侬。

9. 七绝·古琴雅集有感

古琴雅韵招贤客，指上丝弦起浪花。
勾挑吟揉多技巧，悠悠情愫诉于霞。

10. 七绝·咏云

缥缈九霄凝视谁，忽悠万化见神奇。
雷声一震随风走，雨后清高野鹤驰。

11. 七绝·感全红婵跳水夺冠

嬉戏将笄 * 本应该，年华尽付跳高台。
心怀孝母平凡意，一纵风姿旷世才。

注：将笄，指十四五岁的少女。

12. 七绝·赞神舟十二号载人飞行（1）

神舟十二阅天宫，问候嫦娥大国风。
小住太空常作客，环球尽付笑谈中。

13. 七绝·赞神舟十二号载人飞行（2）

东坡把酒青天问，十二神舟代讯传。
探秘太空居数月，中秋回返庆骈阗。

14. 五律·盛夏诗教培训有感（新韵）

培训沙溪畔，群贤虎岭盈。
空中红日照，窗外小蝉鸣。
古韵声声入，心神渐渐宁。
铁肩担教育，使命我先行。

15. 七律・感明溪龟山书院吟诗会

八方贤者聚龙湖，小院生辉气象殊。
古韵新词追义理，穷根究底辩诗途。
情筝浅笑荷塘味，玉笛高吟艺海珠。
故里杨时今焕彩，程门喜看有新儒。

16. 十六字令・琴

琴，拨挑丝弦奏乐音。
轻流淌，婉转扣人心。

17. 忆江南・家乡美

家乡美，万物竞争妍。
桃李无言花自语，鸭鹅争唱鸟寒暄。
能不醉田园。

18. 渔歌子・三明

虎岭山头绿道蜒，沙溪河畔语声喧。
灵宝地，美家园，慕名远客约桃源。

19. 浣溪沙・龟山书院吟诗会

菡萏送香香满池，蝶蜂轻舞舞高枝。
龟山书院喜吟诗。

古韵悠悠承理趣，新词缓缓弄情怡。
骚人汇聚更无期。

20. 采桑子 · 执教人生

杏坛舌播春秋度，鬓发如霜。
纵使如霜，桃李芳菲透小窗。

微收硕果园丁汗，不畏辛忙。
岁岁辛忙，待看神州万里香。

当代诗人李希汤

【作者简介】

李希汤，笔名契文斋，山东省博兴县人。爱好文学，尤爱诗词，作品散见于报纸杂志和网络媒体。

诗词30首

1. 七律 · 静夜

独坐凉斋夜已深，世尘萦脑院愔愔。
苍苍明月知幽韵，冷冷青灯照素襟。
浊酒难消身上乏，香烟不扰体凡心。
残阳落下愁烦去，旭日东升又起今。

2. 七律 · 老照片

框存照片已经黄，今下寻看泪眼睚。

在昔青丝呈岁月，此时粉面靠梳妆。
高驰有物留疑影，进驻沧桑耀炫煌。
倘若谁能寰宙扭，乾坤怎去转时光。

3. 七律·老伴

少壮修身几日时，儿孙养育尽全孜。
稚童跌撞前头闹，荆室无烦面带慈。
风雪雨霜争岁月，光阴荏苒齿衰姿。
齐眉举案宾之敬，精数票银慎兑支。

4. 七律·踏青

帅哥靓妹着春衫，湖岸游芳荫下咸。
紫燕穿梭林上转，杜鹃声脆竹边諴。
柳枝剥段吹村笛，捋把榆钱解口馋。
老朽自身阡陌走，耳聋竞听鸟语喃。

5. 七律·题材

饭后安闲沐习风，如钩新月挂晴空。
路边灯亮行人马，墙角昏沉跳小虫。
几户时人勤慧业，百年世士笑文穷。
写诗随处题材是，枝杪蜂鸣树草丛。

6. 七律·晚霞红

青年意气若飞鸿，深晓家贫志不穷。
齿历泄云多变幻，心随尘世少清空。

明知道路非平坦，却赴征程搏击通。
雨雪冰霜熬白发，今生只剩晚霞红。

7. 七律 · 习填词

填词研探情宜久，选韵依声屡犯愁。
胸次千回今古鉴，世间百度往来修。
一年四季帆樯驶，尽日三春宅院头。
势利江湖休去念，红尘未了怎胡求。

8. 七律 · 望乡

望乡日暮秋山静，萧瑟西风逐渐凉。
霄汉一行归雁远，关原千里羽书茫。
凌晨愁鬓叹时短，傍晚寒天宿夜恾。
抬首举眸穹宇处，期求明月问爹娘。

9. 七律 · 午梦

午梦又回童幼少，小时往事再添加。
村西树上弄蝉鸟，庄北河边逮蟹虾。
干常垛丛迷乱玩，野田园里驰娱爬。
醒来无奈轻声笑，煮沸山泉品茗茶。

10. 七律 · 思家

连日霜风能鉴许，叶黄草败见秋容。
芦花照水别情近，雁影浮空去意浓。
久客惯愁相望日，思乡须上最高峰。

凄心一片孤云动，哪处烟霜识旧踪。

11. 七律·农家院

深知普俗农家院，历代居安矮陋房。
世祖清贫延久住，今时素志鬓生霜。
楼高可把回云逮，户小依然岁月装。
寒暑往来风动急，牡丹花放又春阳。

12. 七律·茶

清明三月采新茶，天地精华选嫩芽。
朝露山坡萦紫气，夜珠岭下送朱霞。
多年妙技诚心做，数世功夫学术嘉。
味异宗土存洞悟，神州古典有章查。

13. 七律·遐思

清浊旋回流入海，浪头送走古今舟。
接天水绕寒波渺，开日云舒暖气柔。
寥廓江山能适兴，壶中韵味可消愁。
风狂雪舞人难寂，坎坷征途度百秋。

14. 七律·自囚

伏案探寻韵律篇，起身问典册书笺。
烟霾细滴敲窗苦，瑟瑟寒风过隙怜。
不屑冰天墙透气，那堪梦碎合身眠。
众人笑语巷街闹，吾自清斋书内专。

15. 七律·怀俗事

岁至悬车怀俗事，红尘杂冗费寻痴。
荷塘酷夏眸堪喜，破屋寒冬体自知。
万卷文章三寸笔，双肩日月百篇诗。
生机莫去求神定，换得新茶品味宜。

16. 解佩令·山村人家

大街远眺，胡同串遍。农家户，多见锁伴。
欲问无人，院舍旁，犬鸡声懒。偶然遇，妪翁门转。

青年没有，儿童不见，默休言炊烟飘散。
古树残槐，守护着，荒村冷院。好荒凉，叫人心颤。

17. 满江红·江山新颜

川岫嘉臻，墨客颂，沿堤景色。
登舟观，山光水色，草柔林碧。
竞逐渔舟倾目睹，鹭鸥群舞船徐疾。
意飞扬，疲惫尽忘怀，消踪迹。

情心切，看今日，歌咏叹，招挥笔。
盛赞大自然，社稷颁策。
返璞归真山再绿，碧波痴醉风骚客。
换人间，整顿大江山，新颜溢。

18. 江城子·朝枝变乖张

书生弱冠易生狂。不趋常，不矡偾。
乡土府门，执笔敢呈详。
坦荡无私牛幼犊，谈时局，诉黎殇。

朝枝之际变乖张。首堆霜。体肢僵。
生活难料，终日在深房。
无力案前书稿校，房门口，沐阳光。

19. 忆秦娥·老街道

老街道，时逢做饭炊烟袅。
炊烟袅，草房低小鸡飞鹅叫。

果儿满树香甜好，桃花人面村姑俏。
村姑俏。老街忆古，方知存照。

20. 太常引·多磨

年高难以把身挪。银少事繁多。
忙得似陀螺。事临局，瞪眸脚搓。

世风浑浊，红尘撕捋，身直变腰跎。
凡事尽多趖。熬白首，劳心孰何？

21. 忆秦娥·古村落

古村落，粉墙黛瓦砖雕厦。

砖雕厦，窄窄小巷，肩挑商者。

瓦松蓬乱长堂厦舍，葡萄宅院爬棚架。
爬棚架。世家代代，闲居冬夏。

22．宴清都・须领悟

日月行天路。川溪海，依附寰域成旅。
茫茫宇宙，浩瀚无垠，冥然存序。
侪居世界人曹，本应可，和平一处。
丛林魔，众众芸芸，还存杀戮危怖。

滋生亿岁于今，几经湮灭，仍有妖舞。
潜移进化，殊途命运，竞争驰赴。
自然滋殖开析，顺天律，覆翻无预。
观未来浩瀚鸿蒙，待须领悟。

23．诉衷情令・寄思

诚祈明月寄相仪。遥念丽人姿。
谁人此夜是？拜玉兔，快捎回。

求皓月，莫讥痴。谒情持。
似麻心乱，即景情浓，夜静深时。

24．西江月・身在异乡

举目晚霞云散，扬眉残月西沉。
伫看夜幕沈阴森。碌碌奔波性禀。

常常异乡无奈，独坏悲叹孤斟。
亲人挂念在忧心。颠沛疲劳欲甚。

25. 南乡子·退休老官

府内位高优。公禄充余手不抽。
休务隐居乡下住，休休。忙碌身心获得幽。

粗酒伺时谋。淡饭粗茶釜可留。
老友乐心来会聚，谄谄。一笑呵呵解病愁。

26. 最高楼·别奢求

淹岁月，黑发变苍头。青岁付东流。
年高天帝无征去，蹒跚徐步慢悠悠。
老人星，朋与友，别奢求。

慢着走，人人都会有。少需索，莫多来缭纠。
心无愧，把身修。抽时自把专工做，世尘规律自存筹。
夕阳途，安步走，别忧愁。

27. 疏影·静读

推车慢步，行野田小陌，嫩绿新楚。
柔柳依依，隙植花株，晶莹欲滴晨露。
仲阳和煦春风暖，催百花，娇妍芳吐。
喜迎来，大地春回，洗净尘心清贮。

原是年高路熟，约知已旧旅，尘事倾诉。
舞燕飞天，喜鹊枝喧，花艳惹来蜂舞。
闲云舒卷形千态，细思顾，人生醒素。
已杖围，难再争拼，斋静读诗词赋。

28. 武陵春 · 盼康健

荆室身尤时已久，住进院中楼。
忘我修家乳子庥。不用也常愁。

楼上望邻春景好，伫看有人游。
只要身康体健求。盼着你，到家休。

29. 摸鱼儿 · 老伴病愈

病初痊，花田徐步，赏那桃蕊新吐。
暖阳光照风徐煦，熏沐春风中旅。
杨柳树，粉杏李，香花开叶其无语。
蓝天燕舞。看喜鹊登枝，身心舒畅，面又显新愫。

年高后，老伴常常挂肚。今生相敬常故。
朝来忙至朱阳落，天下尘烦倾诉。
身体护。知寒暑，常年辛苦无停步。
白头相助。虽步履蹒跚，儿孙绕膝，年老勿多怚。

30. 摸鱼儿 · 愁

露丹颜，胭脂初浴，春风添煦花聚。
几轮风雨花开早，匆促落红春去。

春不住。柔冶冶，蜜言甜语无归路。
恨春不觑。只悄悄孤吟，枝缠蛛网，不断惹飞絮。

通宵泪，人冷佳期又误。还遭蜂蝶争妒。
花芳凝目望明月，艳蕊红唇谁诉?
风莫舞，君不见，风摧瓣落栖尘土。
无边凄楚。叹芳泽香消，斜阳觑晚，残蕊断肠处。

当代诗人祝建华

【作者简介】

祝建华，网名佳人如画，浙江省龙游县人，执业中药师。现为中国诗歌学会会员，中华诗词学会会员，中国楹联学会会员，中国文化艺术人才库入库人员。2018年，在新时代诗典“新时代杯”比赛上被评为新时代中国优秀诗人，在第七届中国文学艺术家年会上获新时代文学奖和新时代中国十佳诗人称号。经典文学网特聘签约诗人，获经典文学网百强诗人和2018十佳文学精英称号。2019年，歌词《中国刑警》获公安部刑侦局、《人民公安报》联合举办的全国征歌优秀奖。同年被中国文化艺术人才库评为2018年度杰出文艺工作者和2018年度艺术作品最具创作价值奖。

词7首

1. 水调歌头·中秋怀远

白露刚过去，转眼又中秋。

倚窗遥望夜空，明月挂枝头。
千载阴晴圆缺，万丈清辉洒落，今夜愈温柔。
轻声问秋月，思念几时休？

忆往昔，峥嵘岁，正风流。
青春悄逝，只惜年少不知愁。
丹桂飘香季节，游子想家时候，思绪任漂游。
但愿双亲健，百岁少烦忧。

2. 鹧鸪天·八月桂花香

临近中秋天转凉，人间八月桂花香。
金风玉露皆无色，碧树琼枝尽泛黄。

别夏日，赏秋光，玲珑小院满庭芳。
骚人墨客闲无事，把酒吟诗醉夕阳。

3. 鹧鸪天·家乡柿子红

残叶飘零秋渐浓，高高枝上挂灯笼。
红红火火千秋岁，岁岁年年一树红。

冬未至，夏无踪。漂漂游子步匆匆。
山高路远家何处？夜夜思亲在梦中。

4. 临江仙·深秋

又是一年收获季，飘香橘柚连绵。
深秋红叶舞翩跹，海天成一色，山水紧相连。

岁月斑驳儿时梦，时光苍老容颜。
几番沉淀几番闲。人生多淡泊，宁静度华年。

5. 阮郎归・晚秋

酒酣独自上高楼，倚栏眺晚秋。
长烟落日大江流，红枫醉眼眸。

家万里，念无休。归心点点愁。
梦中常忆少年游，风霜染白头。

6. 浣溪沙・深秋

一阵秋风一树黄，一场秋雨一山凉。
依稀往日好时光。

瑟瑟风吹常挂念，飘飘叶落总牵肠。
小楼昨夜又彷徨。

7. 蝶恋花・秋思

陌上秋风吹几度，黄叶飘飘，难觅来时路。
大雁孤鸣将日暮，满怀惆怅归何处?

飞逝青春留不住，寂寞黄花，长叹开无主。
欢乐时光君记否?心中思念千千缕!

当代诗人黄玉明

【作者简介】

黄玉明，笔名遥想天涯，1963年11月出生，福建省泉州市惠安县螺城镇霞东社区人，长期从事农村基层一线工作，1999年9月至2021年10月任社区党总支书记，现任惠安县人民调解员协会副会长，惠安县孝文化交流协会副秘书长。爱好旅游，喜欢古体诗词，现为惠安县作家协会会员、惠安县莲馨诗社社员、惠安县崇武诗社社员，2015年以来，在《伊人文学古风》《惠安文化》《海韵》等发表诗作，10首诗上榜《人间诗词·2021年度优秀诗人》。

格律诗10首

1. 七绝·清明

蒙蒙细雨又清明，草色青青旧客行。
柳眼花须休剪却，翠微留点染荒城。

2. 七绝·山里农家小聚

雷鸣夏雨聚壶天，十里田田鱼戏莲。
初绿荒山方有色，谁家坡上点轻烟。

3. 七绝·谷雨

几番雨润万家新，归暮起晨耕作人。
紫燕寻巢春不见，樱桃已挂杏红身。

4. 七绝·华山

今乘索道通无阻，不复当年论剑苦。
举目天功雄与奇，秦川谈笑成今古。

5. 七绝·路过秦岭

骊山渭水两偎依，沉睡始皇馀落晖。
叱咤风云平六国，尘烟覆没旧征衣。

6. 七绝·洞庭湖

洞庭浩瀚尽烟云，竞渡千舟帆影纷。
遥望君山水断路，难逢风韵暮氤氲。

7. 七绝·黄果树瀑布

当初霞客遗踪迹，泼墨留香胜一筹。
且看苍茫飞练下，烟波依旧共沉浮。

8. 七绝·恒山悬空寺

沧桑几度尤神秘，一寺凌空甚壮奇。
塞上名山天作画，胜游渐近自成诗。

9. 五律・滕王阁

嵯峨立临江，奔流赣水忙。
风沙供岁月，曲折历沧桑。
眺览添新意，流连感盛强。
山川似诗画，夕鹜伴斜阳。

10. 七律・怀屈原

粽香四溢又端午，思绪飘摇寄楚周。
一曲离骚迁客泪，九歌忠愤汨罗忧。
龙舟竞渡勇先越，鼓号凌波奋上游。
地覆天翻今巨变，何人尚著旧时愁。

当代诗人周荣华

【作者简介】

周荣华，男，笔名随风，江苏淮安人，退伍军人，中国诗歌学会会员，中华诗词学会会员，中国楹联学会会员，慈爱张家港助学团队发起人。作品被多本书籍收录。

格律诗39首

1. 五绝·慈爱张家港（1）

靓丽妆沙宾，服务更温馨。
虽是打工妹，未妨菩萨心。

2. 五绝·慈爱张家港（2）

搬砖因为啥？多育两个娃。
非亲又非故，遥远在天涯。

3. 五绝·慈爱张家港（3）

朝忙暮也忙，提笔见华章。
无悔育桃李，一生恋课堂。

4. 五绝 · 慈爱张家港（4）

善恶是非明，贤奸真伪清。
曾经惟橄榄，从此一生兵。

5. 五绝 · 慈爱张家港（5）

不愿留名姓，深山少足印。
喜好皆免谈，善爱无穷尽。

6. 五绝 · 慈爱张家港（6）

娇艳胜梅花，行处飘彩霞。
虽居仙福地，未忘助天涯。

7. 五绝 · 慈爱张家港（7）

琴韵伴诗韵，汉服滋雅情。
芳心惟橄榄，往事念军营。

8. 五绝 · 慈爱张家港（8）

已有双娇儿，依然助苗寨。
柔肩勇担当，两地都疼爱。

9. 五绝 · 义工大姐刘建荣

能有好心态，源于送关爱。
任它雨洗风，寒暑无妨碍。

10. 七绝·义工大姐刘建荣

已近七旬使命肩，不辞劳苦上山巅。
送达协会挚诚意，助力学童返校园。

11. 七绝·慈爱张家港（1）

不恋瑶池福似天，偏来世上化青莲。
若言如此因何故，道是人间需善缘。

12. 七绝·慈爱张家港（2）

湖畔山边做讲堂，唐风宋韵醉心房。
笔尖追赶文学梦，花鸟伴读诗赋尝。

13. 七绝·慈爱张家港（3）

天生丽质似仙姿，心地善良常布施。
网遇山乡学童苦，视如己出助求知。

14. 七绝·慈爱张家港（4）

云贵江南一线牵，善援转眼到山巅。
不图名利不求报，只愿学童笑靥甜。

15. 七绝·慈爱张家港（5）

周六离家别爹娘，独驰忙碌去何方？
深知父辈文盲苦，甘舍天伦助希望。

16. 七绝·慈爱张家港（6）

沉鱼落雁赛西施，网络无私捐物资。
更有如花好儿女，令人羡慕惹人痴。

17. 七绝·慈爱张家港（7）

想让童欢钱紧张，老师无奈问他乡。
文银转账壹千两，不管天涯各一方。

18. 七绝·慈爱张家港（8）

冬季来临天转凉，校园幸有您常帮。
孩童从此笑眉展，不惧风寒不畏霜。

19. 七绝·慈爱张家港（9）

雾锁青山绕鼓楼，宛如仙境忘回收。
聆听善友群中约，喜赏云乡解百愁。

20. 七绝·慈爱张家港（10）

无私付出有担当，善爱深情向远方。
助力山花千万朵，吸收雨露沐阳光。

21. 七绝·慈爱张家港（11）

新词旧律写文章，喜表风情与感伤。
我幸有缘成另类，笔耕善爱助他乡。

22. 七绝·赞张家港市慈善总会宣传部

风花雪月懒言表，专给善缘写报道。
编校伤神更苦辛，初心不变不烦恼。

23. 七绝·一片兵心

浴血杀敌死不退，换来胜利送吾辈。
如今年迈需关怀，须用深情久久慰。

24. 七绝·爱心之旅（1）

寒冬来访正发愁，突见毛衣向鼓楼。
定是江南织女姐，山民冷暖记心头。

25. 七绝·爱心之旅（2）

金针银线穿梭忙，未忘天涯助学堂。
不惧险途驰万里，山娃冬日遇春阳。

26. 五律·中国好人王明华

善爱廿多年，初心从未变。
登临棚户辉，行处寒窗暖。
关卡不辞劳，山川常挂念。
但闻童叟欢，最是解疲倦。

27. 五律·爱心之旅

奔赴千千里，任它山万重。
宵眠依绝壁，晨起越连峰。
四海常留影，八方皆有踪。
无心天地景，助学慰灾农。

28. 五律·赞张家港市慈善总会宣传部

才情思路佳，下笔就生花。
字字巧排序，篇篇读者夸。
书中留客梦，图里说天涯。
弘扬真善美，温暖千万家。

29. 五律·慈爱张家港

爸妈讲你愁，名字叫留守。
村远壮夫别，山空贤士走。
田荒活计艰，屋破风霜透。
我愿来帮扶，互学互问候。

30. 五律·爱心义工协会国庆活动

片片中国红，声声情意浓。
众人湖畔聚，群鸟秀天空。
歌舞神州好，欢呼盛世雄。
祝福千里共，心愿万民同。

31. 七律·义工大姐刘建荣

义工伙伴尽皆知，倡导文明举大旗。
山野征程何所惧，乡关慰问不言疲。
退休未恋天伦乐，耳顺奔忙因布施。
尝遍其中千万苦，初心依旧惹人痴。

32. 七律·爱心义工协会梁丰生态园活动

鸿雁本该云弄影，梁丰园里为何停?
特殊人士赏花喜，又见义工陪伴行。
枫叶添妆敬诚意，桂香飘溢谢真情。
鸟儿歌舞颂仁爱，呼唤红衣留美名。

33. 七律·中国好人王明华

父母仁慈又自强，耳濡目染也柔肠。
虽然生活有愁苦，还是常将邻里帮。
喜遇春风吹满地，投身商海织帆扬。
大江南北施恩义，行遍天涯助学堂。

34. 七律·赠港城慈善楷模陈舒

恩施孩子莫惆怅，织女遇知都保障。
送暖未曾图报答，慰寒最喜助希望。
羞花闭月已无敌，善举成风又榜样。
若问丽人何处来，文明城市张家港。

35. 七律·爱心之旅（1）

侗苗孩子乐翻天，笑靥如花分外甜。
身冷新装别旧貌，家贫喜遇爱心捐。
几年梦想在云上，今日降临来眼前。
欢快声声越千里，谢您温暖送山巅。

36. 七律·爱心之旅（2）

青壮辞家去打工，山乡教育少成功。
谷深路陡重重险，父困儿贫代代同。
风雨常来毁田寨，寒潮直过陋庐空。
爱心之旅频频至，助力孩童慰老翁。

37. 七律·慈爱张家港（1）

喜爱健身厨艺强，不需打扮靓苏杭。
相逢一笑波光亮，回首舒眉客梦香。
心比青丝还细密，情如春浪送寒凉。
无私付出千峰里，慰藉山民与学堂。

38. 七律·慈爱张家港（2）

往事清晰在眼前，善行抗疫又一年。
自从知道山区苦，都是网约携手援。
也想假期如愿去，奈何路上检查严。
当然防控最为重，遥祝学童笑靥甜。

39. 七律·张家港市金秋慈善晚会（2021）

月伴霓虹送晚霞，众人欢聚似一家。
共商千里百年计，情暖八方万朵花。
誓让乡村愁无影，力争城市景更嘉。
山河处处春光好，携手同心建中华。

当代诗人何龙

【作者简介】

何龙，男，1988年出生。毕业于广西民大相思湖学院，上海《古韵新风》编委会成员，《上海诗潮》副主编。喜好青史，研读诗词。

七绝7首（新韵）

1. 七绝·相思湖

湖面印出山美色，岸边红绿满青丝。
春风向柳吹来客，水上弯腰弄舞姿。

2. 七绝·盛夏来院

玉竹莲叶水中绿，心爱暖风来院堂。
桃李万千花满地，路途归去有芳香。

3. 七绝 · 三娘湾

清闲卸下寻常事，欲静心神念远方。
定是秋凉风海岸，吹来好友看娇娘。

4. 七绝 · 夏雨晚风

落花离乱向萍岸，流水扰惊飞鸟陵。
天上冷清风雨静，世间晴暖月星明。

5. 七绝 · 公园赏猴

樊笼坐等投瓜果，信手张皇躲世俗。
要怪如来伸五指，唐僧路过忘高徒。

6. 七绝 · 八寨沟

江山靓丽有仙境，道友停留问路长。
涧谷重峰难涉水，瑶池哪处送清凉。

7. 七绝 · 六峰山

莲塘泉水鲤鱼欢，陡壁洞深出道仙。
喜爱林崖张望远，江楼错落绿环山。

当代诗人王威

【作者简介】

王威，笔名知否，1999 年出生，江苏省淮安市博里镇人士，内蒙古科技大学马克思主义学院思想政治教育专业学生，渌水诗社社员。2018 年 4 月，在省级期刊《内蒙古科技大学学报》上发表诗歌《清明颂》；2018 年 12 月，在内蒙古科技大学党委宣传部发起的以“礼敬英雄”为主题的诗歌创作比赛中荣获三等奖；2021 年 8 月，在中国报告文学核心期刊、河南省一级期刊《时代报告》上发表学术论文《论实践能力的构成要素、养成机制和时代价值》；2021 年 9 月，在省级期刊《齐鲁文学》上发表诗词《蝶恋花·灰白》。

诗词 24 首

1. 五绝·自嘲

破履乾坤在，枯衣马上松。
游人凭壁望，斜日老黄钟。

2. 五绝·秋夜独思寄李君治信

春花开有信，秋叶落无源。
明岁南风起，残霞映满天。

3. 五绝 · 贺秦汉文韵文学社创社两周年

前岁集仙客，孜孜追古风。
汉秦多俊杰，今社与君同。

4. 七绝 · 秋日感怀

风吹叶落花如雨，点点晨光一苇轻。
根断柳条相接续，或为前世念今生。

5. 七绝 · 重阳歌

伏羲一画开天地，太极因缘万象生。
今会重阳游菊日，雄鸡乘气泰风盈。

6. 七绝 · 诗寄内蒙古

蒙水清清蒙草黄，秋风携疫踏春廊。
北原儿女多英士，敕勒川间铁道长。

7. 七绝 · 题《大宅门》

大清宅院多奇士，好扮英雄作异端。
是是非非都说遍，水低石透使人安。

8. 七绝 · 百世歌

百世青春百世梦，当年繁盛远成空。
畅怀数载兰亭事，挥墨尽书千古风。

9. 七绝·清晨说梦

雾霭沉沉暗楚天，寒风瑟瑟几回绵。
南花不解冬霜意，凭信传音把福延。

10. 七绝·客旅夜馆寄李君金维

长安城上霓虹闪，杨柳灯前把酒欢。
莫道红尘辛苦事，且随轻雨倚危栏。

11. 七绝·秋日感怀

风吹叶落花如雨，点点晨光一苇轻。
根断柳条相接续，或为前世念今生。

12. 五律·戒毒诗

——为学院毒品预防教育活动而作

年少多失意，驱车阔故乡。
冷风侵劲草，热火炼残阳。
易入香花店，难逃苦海房。
劝君传正业，莫负好时光。

13. 七律·颂新时代

五年成就古今瞩，和气乾坤民乐红。
幸遇两平除重弊，喜迎十九现雄风。
须知旦夕辛劳力，莫忘沧桑改革功。
上下同心圆共产，齐培华夏赫煌空。

14. 七律·咏子弟兵郭豪

战士军魂何处寻？长空万里雪阴阴。
从戎岂为封侯意，阔故因怀报国心。
世事无情埋白骨，人间有爱寄红音。
浮沉千载随风转，气染乾坤照古今。

15. 七律·雄狮腾飞

清风邈邈水茫茫，起点偏逢拦路狼。
黑月求知明大道，红灯启悟正迷航。
闭关初为迂人固，开放终由创者强。
莫怨松山无鸟语，且听曲径五星扬。

16. 渔歌子·塞上曲

塞上江南不可归，地阔天蓝百马追。
风呼啸，鸟偕飞，山里清泉酒一杯。

17. 卜算子·题钵池山

柳暗春时光，墙角花偏傲。
不懂尘凡暗低头，抬首强欢笑。

说也不知名，痛更无人晓。
暂将心猿搁身后，钵地乾坤好。

18. 雨中花令·怀杨士卿（新韵）

那是青春春气候，雨常淋、香风青柳。

驰骋棋坛，挥情商场，谈笑清颜瘦。

莫道流年如老酒，君应知、平心常透。
皓月当空，两方相望，此境今安否？

19. 水调歌头 · 元旦感怀寄平民诗人李员钢大叔

佳节又元日，红彩照当头。
几层凝傲霜雪，祥瑞满危楼。
邀得亲朋三两，千载衷肠诉尽，笑意洒江秋。
蒹葭虽仙逝，余韵亦风流。

说古道，谈新语，念苏欧。
畅怀往昔，数载潦倒又何愁。
峻岭巍峨高耸，流水浮沉浅唱，喃语岂能休？
梦广寒金桂，再会满觥筹。

20. 临江仙 · 赠友人（新韵）

自古荆楚多才俊，伊人气染书香。
兰亭清酒意悠扬。小舟风夜起，帆正引新航。

一载光阴忽又逝，更期来岁安康。
诗坛科大韵绵长。戊戌今日去，己亥续华章。

21. 临江仙 · 兰亭诗社社歌（新韵）

自古荆楚多才俊，伊人气染书香。
兰亭清酒意悠扬。晓舟风夜起，帆正引新航。

十载光阴忽又逝，更期来岁安康。
诗坛科大韵绵长。黑龙今日去，舞风续华章。

22. 踏莎行·晚春

雾雨关山，路遥天远，神州踏遍风云暖。
不消残酒醉斜阳，树摇花落声声缓。

流水良宵，月明江浅，梦中戏入香林观。
梁前燕子欲何如？试擒苍狗随仙散。

23. 蝶恋花·灰白（新韵）

雨踏三春春似谷。燕子抬头，觅迹元深处。
杨柳不知琼露故，枝头偏向清琴住。

岁近中秋秋已暮。海鸟伊人，巧作芙蓉舞。
雪瑞风祥栖曲树，霜过天鹤逐星路。

24. 满江红·思乡（新韵）

散忆当年，恰正是、神州突变。
抬眼望、虎狼四起，烽烟如电。
学子常因忧厄勉，丹心岂畏熔炉炼？
踏曲途、洒热血青春，擎天剑。

峥嵘史，随云远。崛兴梦，徐趋现。
顺长风百里，勇夺华灿。

野草逢冬摧愈笃，青松尽是如花倩。
看前头、建业正当时，旌旗展。

当代诗人李振唐

【作者简介】

李振唐，笔名大雅春风，辽宁建平人，1949年出生，大学文化，中学高级教师，朝阳市优秀教育工作者，建平县优秀共产党员。中国楹联学会会员，朝阳市诗词学会会员，朝阳市楹联家协会会员。曾历任中学教师、团委书记、教导主任、总校长兼支部书记。退休后任建平县老年大学讲师、文学班班长。曾为建平县人民法院编撰审判志，为建平县实验高中编制校志档案。有多篇著作、诗词和论文在国家、省市、县级报纸杂志发表，并入编《枫叶集》《盛德颂》《梦之歌》《改革颂》《关工雅韵》《创业足迹》《党恩颂》《百年颂歌》等文集，多次获奖。已有《大雅春风》诗词集一书出版，第二部诗词集《风采依然》正在出版准备中。

格律诗4首（新韵）

1. 七律·牛河梁秋色

金龙玉鸟映珠光，枫叶松枝掩庙堂。
山舞罗裙舒广袖，水拥祖脉载华章。
神坛仙女飞天美，禹甸琼楼弥酒香。
宝马犀牛情缱绻，阆中福地恋秋阳。

2. 七律·建平北山公园荷花赞

淤泥不染酿清香，紫珮丹环绽碧塘。
冷艳娇柔辉古驿，洁白淡雅傲群芳。
虽植逆境丰姿纵，但释温馨美韵扬。
敢与梅花相媲美，引人入胜寄诗章。

3. 七律·咏建平牤牛河湿地秋景

银杏接天紫气扬，牛河潋滟绕龙冈。
一湾花树蜂蝶舞，百顷蒹葭鹊鸟翔。
故道园林臻异秀，新篱水草润沉香。
诗乡喜纳风骚客，醉赏金源诵锦章。

4. 七绝·喜游乌拉盖大草原

花香拂面上高台，草碧天蓝任剪裁。
郁郁兴安舒倦眼，一川烟雨入怀来。

当代诗人林时勇

【作者简介】

林时勇，笔名林中兴，1972年出生，企业经理人。中华诗词学会会员、中国楹联学会会员，作品散见于报纸杂志和网络媒体，著有《邬川诗文集》。

诗词13首

1. 七绝·步陈友中老师韵

雨霁漫游雾蒙幻，转弯又见叠青山。
棘途白发何须惧，坦荡心怀自世间。

2. 七绝·旅途中

雨余霞绮映春花，新柳如烟又别家。
紫燕喃喃檐下屋，长亭芳草夕天涯。

3. 七绝·贺林阿旺兄书法展

仙骨兰亭最难是，惰心一起便中止
谁知妙笔墨山衿，木刻竟追晋唐美

4. 七绝·对饮

——步韵和林阿旺

秋菊飘香夜已凉，相逢斗酒互疏狂。
陶然雅室箫笙喜，宵影街灯醉倒郎。

附：林阿旺原玉《对饮》

晒秋节后夜微凉，高举酒杯相饮狂。
醉卧棕床君莫笑，情真更显自家郎。

5. 五律·下厂厨房

霞残入伙房，洗手做羹汤。
春色留冰柜，青虾落烤箱。
清蒸真美味，红烧慰愁肠。
犹问桐庐客？倦程还故乡。

6. 五排·水库牛角湾晨跑

晨霁淡溪雾，青山墨画图。
烟岚怜汗唤，云雨喘歌呼。
夏叶藏鸣雉，桐花披雪途。
林泉倾太白，风月醉茶壶。
要得新陈谢，须当苦脚夫。
平生闲岁月，一笑傲江湖。

7. 五古·贺五星混凝土公司成立十周年

一水绝胜处，东隅卧虹图。
雁荡月白璧，清江晚霞蒲。
十载游商海，五星灿连珠。
大厦耸云汉，隧道跨海湖。
砼梁肩重担，钢筋筑通途。
笔尖才思涌，书案文华腴。
作协掌门人，率真雅文儒。
历程奏凯歌，大业今欢呼。
效绩节节攀，贺乐数行书。

8. 七律·万东溪

群山万翠逍遥座，碧水东溪柯枕流。
花发盈香神洞府，鸟飞棺郭望乡州。
开窗月影古樟植，筑梦童心画景悠。
岭上白云离尘客，农家民宿暇时留。

9. 七律·硐垟即景

冬至晨趋万嶂东，层峦缥缈雁横空。
一湖明镜漱寒玉，几树野梅涧水红。
丹嘴蓝裙啼翠麓，黄髯松鼠眄霜枫。
未寻仙境今朝遇，醉此乡山得失同。

10. 七律·端午

春归临夏又端阳，初醉雄黄艾叶香。

逆水龙舟迎杏雨，沿河锣鼓挤遥望。
无言离骚传千古，莫怨楚歌伤独肠。
粽美清芬新世代，独吟屈子赋篇章。

11. 七律 · 龙潭

龙山苍翠淡溪东，曲转丹梯架碧空。
一瀑飞流声戛玉，两岩突兀雁来红。
古桥石涧青螺现，樟树清潭紫气蒙。
风调雨肥谁护佑？呼嘘太子水晶宫。

12. 七律 · 观音期同厂工友出游

菩萨日期相伴走，群山叠翠入双眸。
朝霞万朵碧空远，湖畔九弯风景幽。
面迎海潮心亦阔，府观畴野岁时悠。
状元故里酒家好，飒爽秋风人漫游。

13. 清平乐 · 双节

亘古明月，星宇莹如雪。
曾照秦房宫汉阙，疏牖清辉高洁。

银河迢递相遥，天地澄净今朝。
玉兔嫦娥喜迎，飞舟碧海丹霄。

当代诗人杨章英

【作者简介】

杨章英，贵州省剑河县人，黔东南州诗词家协会会员。闲暇之余，喜欢写诗。诗歌、通讯作品等发表于《中国林业》《贵州林业》《黔东南日报》《黔东南诗词》等报纸杂志。

诗观：绘之心曲，净之灵魂。

诗词30首

1. 五绝·风（新韵）

二月草茵茵，江边漫步巡。
忽然风戏柳，帘幕荡无存。

2. 七绝·春花

和风一夜醒春花，五彩浓浓挂树丫。
岂信寥寥三两日，芬芳满岭醉天涯。

3. 七绝·秋采松树菇

谁将彩布翠峦铺，嫩绿松林冒玉珠。
信手拈来枫叶串，半篮秋色半篮菇。

4. 七绝 · 秋

落叶纷飞遍地黄，西风瑟瑟桂飘香。
莫言霜降无风景，似火红枫醉画郎。

5. 七绝 · 立冬有感

未见秋霜已立冬，秋书待发一封封。
徘徊叶片惊魂叹，怒放秋花顿失容。

6. 七绝 · 初冬漫步（新韵）

清晨漫步观山湖，满道金黄树影枯。
芦尾随风摇雪舞，细波倒映贵都屋。

7. 七绝 · 雪

琼花飞舞影匆匆，雾锁攀缘路不通。
疑是天仙钱币撒，青山秒变白头翁。

8. 七绝 · 圆月（新韵）

中秋皓月挂苍穹，仰望星空泪眼红。
恰是团圆爹不在，偏偏美酒少一盅。

9. 七绝 · 难

岁月悠悠指上弹，奔波劳碌尚无闲。
酸甜苦辣心中饮，轻解罗裳泪已然。

10. 七绝·咏杨梅

翠岭梅林点点红，犹如玛瑙挂怀中。
谁人摘得酸甜果，汁染香唇黛玉同。

11. 七律·荷塘感怀

风邀细雨入荷塘，孰撒珍珠叶面藏。
蝶凤比飞花蕊舞，青蛙结伴水波忙。
黄牛垄上叼鲜草，钓客池边醉画廊。
身立污泥心不染，粉红仙子暗留芳。

12. 七律·建党百年颂

建党之初国有殃，英雄血泪染山岗。
凝心聚力扬帆闯，救国忧民立党章。
北战南征驱日寇，披荆斩棘创辉煌。
欣逢百岁今回首，盛世民安国富强。

13. 七律·八一感怀（平水韵）

纪念碑前独凭栏，凝眸远望步蹒跚。
英雄铁骨埋山野，壮士丹心挂玉盘。
倘若军旗无血染，哪来盛世万民安。
年年八一怀先烈，艳帜飘飘举国欢。

14. 七律·侄女出阁寄语（新韵）

杨家有女傲妍春，饱览京师识圣文。
博古通今耕事业，善良仁义孝亲人。

常言大女该当嫁，更待贤郎与配婚。
宠爱千般难弃舍，但期琴瑟把诗吟。

15. 七律 · 垂梅（新韵）

一树垂梅迎雪开，牵纱掩面露香腮。
柔情万种芳心许，醉眼千姿春信揣。
不与百花争斗艳，但同群玉抢妆台。
寒冬腊月添诗韵，傲骨随风任剪裁。

16. 七律 · 春节（新韵）

鞭炮声声旧岁除，腊梅含笑草芽苏。
烟花绽放春潮涌，歌舞升平瑞气浮。
户户门前灯远挂，村村寨里毯轻铺。
城城貌似瑶池景，处处喜迎天地福。

17. 七律 · 故乡

古树盘根绕寨边，幽林雀鸟枕枝眠。
凉亭早起迎宾客，霞彩迟归送袅烟。
最喜同学溪戏水，尤欢玩伴校吟篇。
祖家若有三分地，远距喧嚣度晚年。

18. 七律 · 广州求医（新韵）

羊城日景胜春容，夜幕缤纷耀眼瞳。
探病寻医心切切，穿江过巷影匆匆。
忧思压在愁肠里，厚望期于妙术中。

若往他乡无要事，堪将丽色负之侬。

19. 七律·话新愁

秋风瑟瑟长新愁，细雨蒙蒙诉闷忧。
泪水涟涟缘敌故，痴心冷冷悔难休。
一腔怨气时时忍，满腹真情日日丢。
短短人生将几久，何将以沫付东流。

20. 七律·汨罗江怀古

临湘恰巧遇端阳，汨渚环游粽子香。
细雨丝丝疑落泪，乌云滚滚似奔丧。
山河啜泣哀英烈，社稷沉伤吊脊梁。
一跃骚魂名万古，长歌短叹尽悲凉。

21. 七律·新年感怀（新韵）

岁月匆匆又过年，无言酌酒对朱颜。
孩童最喜宾朋至，巧妇犹思父子圆。
虎啸神州春色早，牛辞华夏落梅安。
难寻雅韵迎新禧，空把眉梢褶皱添。

22. 七律·雪（新韵）

瑞雪纷飞何太急，乌云密布路人稀。
琼英为叶织绒裤，玉朵帮梅做嫁衣。
沸沸扬扬心未改，飘飘洒洒意难离。
冰天冻地长相守，敢叫花魁情不移。

23. 七律 · 雪抱春归（新韵）

万树琼花一夜开，纷纷扰扰落窗台。
犹如玉帝宫廷往，宛若天仙世上来。
耿耿忠心培嫩蕊，殚精竭虑孕芽胎。
轻抛绢袖随风舞，勿抱春归怎释怀。

24. 七律 · 重聚首（新韵）

同窗之季正芳龄，岁月匆匆向晚行。
历尽沧桑重聚首，归来风雨泪盈盈。
相寻母校昔年影，互诉今生姊妹情。
把酒问神当允许，拜天还借四十庚。

25. 七律 · 梅花

皑皑白雪裹梅枝，凛冽西风扫砚池。
傲骨冰肌疏影秀，多情笑蕊暗香奇。
凌寒独放牵君梦，过眼偏能惹客痴。
欲绘早春嫌笔笨，偷来几瓣捻成诗。

26. 行香子 · 梦忆成伤

梦忆家乡，鱼满池塘。见春节喜气洋洋。
男孩放炮，女子涂香。爱穿新鞋，穿新裤，换新装。

悠悠岁月，堪能遗忘。想当初泪眼神伤。
童颜已老，故态如常。叹事无成，人无用，叙无章。

27. 沁园春 · 剑河新城

一座新城，三周靠山，一面临江。
看清江水岸，神雕溢彩，新城街上，飞瀑流光。
曲径幽幽，小桥座座，水抱油杉古画廊。
空闲日，听芦笙吹起，苗侗歌昂。

剑河奇丽苗疆，温泉水、美名中外扬。
更虹桥飞渡，桃红柳绿，群峦滴翠，鸟语花香。
神赐家园，民欢寿域，此命平平似若皇。
心当醉，喜今生有幸，坐地安详。

28. 西江月 · 雪

雪染千山褪绿，风临万树摇红。
斑斓秋色去无踪，飞絮飘然如梦。

天挂琼枝冷月，地披雾凇佳绒。
梨花曼舞影朦胧，且待春光相送。

29. 长相思 · 华润游（1）

曲悠悠，水悠悠，同学相邀华润游。
同居吊脚楼。
意悠悠，醉悠悠，共忆沧桑言未休。
共生离别愁。

30. 长相思·华润游（2）

聚亦匆，别亦匆，欢笑频频耳欲聋。
声声醉绿丛。

夜朦胧，忆朦胧，焰火参歌天映红。
醉翁如舞童。

当代诗人张晓明

【作者简介】

张晓明，男，山东人。中共党员，研究生学历，剑桥大学博士后。北京大学汉语言文学学士、优秀毕业生，中国传媒大学文化产业管理双学位。北京交通大学MBA，工商管理硕士学位。中央党校在职法学博士学位。北京师范大学书法学毕业，中国人民大学金融学硕士。高级经济师，国际注册金融分析师（CFA），国际注册高级项目管理师（PMP）。中国管理科学研究院学术委员会特约研究员，智库专家，特聘客座教授，中国科协未来研究会产学研分会理事，北大元培智库专家，世界艺术家协会理事。

诗词1组

五古·文曲星

张门得玉女，云殿炫华光。
熙阳舒泰景，福气焕吉祥。

七绝·思秋（3首）

（1）
彩蝶双飞逐银杏，平生相许寄离情。
语言不解反生隙，千古奇缘错铸成。

（2）
鹅湖之会陆朱争，唯物唯心宋哲成。
格物致知心即理，冰清研墨藏獒情。

（3）
赏花赏月赏秋妆，月隐花残遗梦长。
本是登高重九日，菊黄尽显万年霜。

蝶恋花·曼绕

娇润蔷薇青刺小，婕子飞时，轻水明湖绕。
莲子苦时风料峭，怎知蝶恋思春早。

梦里千年情未老，梦外魂牵，梦里鸳鸯笑。
多少春思山水绕，逝年回首逃不掉。

鹧鸪天

醉卧蔷薇伴花香，情人离索断柔肠。
年年只雁秋霜冷，月月孤楼残照殇。

云郁郁，水茫茫，伊人归路发丝长。
相思未尽书芳锦，暗向花笺抛泪章。

阳春曲·秋寒

月晕浅黄染柳梢，云影黯淡遮妖娆。
蝉虫浅草鸣萧萧，白露后，霜冷看明朝。

当代诗人刘昌平

【作者简历】

刘昌平，笔名原禾，男，汉族，1957年2月出生，湖南华容人，中学高级教师，退休教师。曾数十首诗入编《中外诗歌散文精品集》《夕雅文集》《人生几味》《全国诗歌散文作品选集中华情》《当代文学百家》《新时代诗人作家文选》等。

七律2首

七律·黄鹤楼

搂抱长江千里近，根植紫岭*众山低。
晨岚暮霭撩薄袖，紫燕黄莺缱锦衣。
楼外通幽花草馥，亭旁曲径鸟蝉啼。
沧桑阅尽嵬昂首，霜雪尝经仡挺脊。

注：紫岭，指紫竹岭即蛇山。

七律·岳阳楼

沉浮锦鲤眼帘收，坐揽湖山笑雨稠。
正气盈怀书伟业，清风满袖铸鸿猷。
撼天壮志星辰抱，动地丹心日月酬。
墨客诗文誊百首，精魂忧乐耀千秋。

当代诗人李宁

【作者简介】

李宁，男，生于1962年，重庆梁平人。本科毕业，高级工程师，中华诗词学会会员，中国楹联学会会员。

词12首

1. 临江仙·雪宝鼎

蜿蜒曲折山间错，金山忽现深沟。
长绸舒展众峰幽。卷卷云上过，缕缕梦中留。

斜阳晚照涛声起，霞光沉醉衣羞！
蒸腾气势撼神州，黄龙祈雨驻，万里竞风流。

2. 临江仙·重游黄龙

祥云迷幻山隐出，真龙藏洞仙泉。

忽来一角彩帘掀。绿池玉树缭，碧水彩虹迁。

黄沙疾驰铺满地，狂卷涛急天悬。
磐岩仍在月光还？树空问有语，浪涌听无边。

3. 临江仙·五花海

婀娜多姿娇少女，迷离变幻空灵。
霓裳飘羽悄然行，未知红叶落，几许翠枝停？

枯木横竖深水卧，静观云卷涛平。
斑斓沧海有人听？千年遗古树，万载馈风铃。

4. 临江仙·剑门怀古

风雨潇潇千里挚，燃并多少豪情。
夜深辗转梦难成。紫薇凝远客，迷雾掩孤灯。

回首沧桑人生路，若明渔火飘萌。
诗仙天堑有来声。云端漫步重，蜀汉听风轻。

5. 临江仙·重游阆中

秋风瑟瑟川北顾，嘉陵再起涛情。
青云五载问闲庭，锦屏与友聚，故旧有谁听？

梦怀红裙江边舞，浪高王子穿行。
髯翁命笔慰苍生。寒江题晚照，暖日寄晨冰。

6. 临江仙·光雾遐思

迷雾遮掩南江彩，林高交错根茎。
白蛇狂舞激流平，卷卷红叶落，缕缕晚霞擎。

娥泪幻作风雨渡，魂依秋水舟行。
仓山月夜桂花听，三千里壑远，十八只潭清。

7. 蓦山溪·怪树林

丛林枯袅，望叶残无数。
蹒跚烂泥潭，听一只、寒鸦空鼓。
昏黄霭厚，迷路向谁寻？
探前方，思后赘，孤雁单枪处？

悄然雨下，漾起眉前雾。
老马识途漫，几声嘶、似神凝注。
苍凉雾起，难阻怪林游。
行万里，越千年，独享天涯步！

8. 太常引·望星空

夜来寂语小湖听，捻手数繁星。
醉意渐朦生，一池水，权当酒蒸。

蓬门风紧，窗绳石滚，似在诉心声？
穹海满天晶，问一句，谁如月明。

9. 满江红·登望江楼

江水奔流，向东逝、烟云离幻。
探悲鸿，仰望一瞬，眼寒心乱。
雷震犹催孤苦语，雨狂更敲痴情怨。
水无边，魂寄万重山，行逾难！

蝉声起，枯叶倦。长亭别，西风漫。
望江帆影去，泪追南雁。
满目旧尘知冷热，半壶老酒分离散。
霜华练、明月照前窗，秋思颤！

10. 满江红·生日感怀

鬓发霜斑，忽已觉、繁华秋暮。
回首望、蜂驰蝶舞，草萌芽吐。
莫做江南春国忆，休怀漠北垂杨伫。
怅寥廓、辗转踏青人，天涯堵。

含热血，凭谁诉？风华寄，蹉跎误。
闻山间铃响，云涌峰聚。
倚景作诗虚赞与，对花饮酒真情顾。
问落红、向晚步声轻，飘何处？

11. 纱窗恨·别绪

丝丝雨巷幽深路，挚情殊！
远望荷舞花如故，小船无！

断肠水，载舟中怅，江上愁，
淡淡晨鸣！长路漫漫，白云孤！

12. 望远行·思亲

漫步天街路万迢。推窗邀月诉清寥。
愁肠别绪凭谁捎？霜浓舟隐荡心潮。

听风起，望江撩。白云深处空帆飘。
南飞孤雁梦归巢。衔来春水化冬熬！

当代诗人程德凯

【作者简介】

程德凯，达州万源人，系四川诗词协会会员，达州市作协会员，达州市老促会副会长。

故乡达州美如画（组诗）

我的故乡达州地处川东北，辖7个县市区，均为革命老区，幅员1.66万平方公里，总人口700万，这里山清水秀、人杰地灵。是一片厚重的红土地、美丽的黄土地、希望的金土地。今以拙作颂之！

——题记

1. 七绝·龙潭烟雨八台云

龙潭烟雨八台云，戏水登高紫气熏。
欲问绝佳何以解？龙潭烟雨八台云。

2. 七绝·入达川帝源农庄

鸡鸣阵阵鸭声连，移步棚中果菜鲜。
塘里灯光生好景，晚餐美食最怡然。

3. 七绝·巴山峡谷红豆杉

红豆高悬峡谷间，王维妙笔画骄颜。
相思此物今难摘，栈道停看不欲还。

4. 七绝·大竹竹海行

冬阳一抹暖周身，竹海穿行恍若神。
氧钙今时兼吸补，感恩昨日造林人。

5. 七绝·游渠县农家

层层绿带绕山旋，犬吠鸡鸣见夕烟。
频举手机余自问，莫非此处有神仙。

6. 七绝·万源老腊肉

猪肉深冬切小条，盐巴腌制抹花椒。
柏丫引得浓烟起，半月熏成美味飘。

7. 七绝·故乡牵牛花开

朝颜院内向阳开，一抹红蓝酷暑陪。
莫道此君生日短，年年绽放未徘徊。

8. 七绝·让水坝牧牛偶成

山边幽静草青青，云淡风柔响铁铃。
忽见小牛忙躲闪，误将摄友认庖丁。

9. 七绝·观巴山大峡谷玻璃桥 *

天桥横卧跨长空，行者惊奇好拉风。
一揽秋山颜色绝，绵延千里翠间红。

注：此桥主跨及悬空均居世界首位。

10. 七律·达州塔沱湿地公园

忆想陈年炼铁忙，浓烟腾跃粉尘扬。
眼前银杏遮新径，耳畔歌声响广场。
花草缠绵心畅达，情人缱绻意痴狂。
州河东逝添风景，旧貌消除向暖阳。

11. 七律·开江行

今日开江尽兴游，田城大美眼前收。
莲花朵朵斜阳照，稻浪层层旷野流。
橄榄摆摇怡两目，鱼虾跳跃醉心头。
无边风景书何绝，欲学陶潜韵不休。

12. 七律·莲花湖游感

莲湖水上秀灯光，亭榭依栏纳夏凉。
荷叶田田添瑞气，竹林浅浅送清香。
村头老酒高朋品，农舍山珍远客尝。
何恨飘零孤影苦？堪呼异域做家乡。

13. 忆江南・故乡好

铜城美，雀舌吐清香。
旧院黑鸡销异地，巴山皮橘售他乡。无处不风光。

14. 忆江南・石桥列宁街

常仰慕，最是列宁街。
皇帝仅书贞洁匾，红军方刻救民牌。驱雾见云开。

15. 忆江南・开江观荷

荷塘畔，放眼步无休。
阔叶密生高洁在，粉花初绽淡香流。能不尽情游。

16. 忆江南・行吟宣汉“夜游巴山”景

观夜景，虎啸又泉鸣。
百兽森林花绽放，古岩萤火鸟飞行。游得好心惊。

17. 忆江南・饮渠县咂酒

持咂酒，笑语满危楼。
双手徐开温水进，九瓶豪饮醉言流。谁个不低头。

18. 忆江南・八台山独秀峰

高峰秀，独耸指云天。
春日翠薇图顶上，冬时霜雪裹周边。昂首一年年。

19. 忆江南·漂流龙潭河

龙潭好，夏日泛轻舟。
四面暖风陪尔醉，一泓清水伴吾游。惊喜在心头。

20. 忆江南·见大竹乡村机收稻谷

秋风拂，吹皱稻金黄。
机器频鸣奔旷野，农人欢笑割新粮。谁不喜洋洋。

当代诗人黄素珪

【作者简介】

黄素珪，字金印，笔名黄石、易艺轩主人，自号“痴情兰君子”，实力派诗人，书画家，诗、联、书、画、易均有研究。

国画师从岭东多位书画大家，得到李开麟、王兰若等多位老师指导。国画尤精画兰，构图多变，飘逸妙曼，技艺精湛，独树一帜，被誉为“当代画兰一秀”，作品有《百兰图》《百兰诗》等。国画兰花作品内容丰富，形式多样，有长卷、册页、中堂、立轴、横批、扇面、斗方、圆光等，《墨宣金漆兰花》更为行家视为珍品。兰花作品分别被香港大学饶宗颐学术馆、广州市饶宗颐学术艺术馆、潮州市博物馆等单位收藏，画兰事迹得到潮安电视台专访，《揭阳日报》报道，《汕头收藏》刊发，众多书画行家予以盛赞！

文学擅长诗、联，诗作入篇《当代文学作品选》《中国诗词名家》。有《雄鹰诗 100 首》发表于中国作家网，长联《潮贤三英饶宗颐陈伟南李嘉诚冠首长联及摘字集句300联》发表于《神州》杂志，《江夏始祖黄香公（东汉）冠首长联》《晋宁冠首长联》《詹显哲将军冠首长联》《蔡纪昭冠首长联》也分别入书入典，入馆收藏。

兰花诗20首

1

雅度春晖碧玉园，风华正茂毓兰荪。
馨香满眼当庭秀，应教祥光拥吉门。

2

九畹晴芳紫气盈，一枝凝露醉琼英。
不容俗语吟风骨，岂逐时花钓美名？
空谷深深甘寂寞，云峰淡淡乐无争。
生逢故友四君会，如水知交证誓盟。

3

萧茅杜若自葳蕤，紫气晴光簇翠薇。
笔底心宜兰蕙好，幽香一缕胜芳菲。

4

幽兰本是楚辞章，屈子吟来带异香。
可叹灵钧悲浊世，离骚一卷度潇湘。

5

兰心不系利名场，空谷山深我自香。
纵入堂阶无俗气，馨芳一缕即文章。

6

笔底芳兰发一枝，莫嫌春尽更开迟。
幽香不与群芳斗，空谷立根过四时。

7

隐谷芗兰笔底栽，东风践约一齐开。
当年夫子空山过，天引圣人从此来。

8

心地芝兰馥异香，未央午夜月朗朗。
满天甘露清如许，润我书田晋我章。

9

山高地僻有知音，秀色未堪蜂蝶侵。
清芬不为何人发，空谷悠然自在心。

10

笔床飘落叶，窗影动秋阳。
纸上栽兰蕙，书田泛墨香。

11

梦里东风开一枝，兴来忘却画中诗。
匆匆举笔寻佳句，自笑吟兰性最痴。

12

习习幽兰纸上栽，徐徐清韵暗香来。
一轮红日临轩照，满室祥光映砚台。

13

丛兰滴露菁，风日正和明。
蜂蝶无相扰，幽禽一二声。

14

出谷居人境，随心一缕香。
不争花富贵，却是好文章。

15

高隐白云深，清芬入素琴。
荣枯原淡泊，只作平常心。

16

日间烦恼未消除，却写芳兰几笔疏。
陋室清寒无别物，一床笔墨一床书。

17

千百联诗半写兰，茅斋有伴不孤单。
匆匆岁月怜虚度，淡泊华年且自安。

18

空山甘寂寞，花落复花开。
石畔清风引，人中君子来。

19

幽兰一笔一文章，毓秀馨香家道昌。
寄语儿孙明圣训，当亲君子作贤良。

20

人人心地种芝兰，礼尚平交世不奸。
纵居陋室还高雅，即过深冬犹未寒。

当代诗人姜笃彦

【作者简介】

姜笃彦，山东烟台开发区古现人，大专文化。中华诗词学会会员，中国楹联学会会员，经典文学网、中华文艺微刊签约诗人。作品入选《“盛世中华杯”国际文学创作邀请赛作品精选》《“蝶恋花杯”国际华人文学大赛获奖作品精选》《新时代诗人作家文选》等书籍。其他作品发表于《胶东文艺》、烟台日报新闻客户端及网络平台。

诗词7首

1. 七绝·太空授课（新韵）

神舟日益领风骚，寰宇凝神竞聚焦。
授课太空宣奥秘，世人热议赞英豪。

2. 七绝·北京冬奥会畅想

群英荟萃莅京张，虎跃龙腾气宇昂。
白雪皑皑风凛凛，激情似火载荣光。

3. 七绝·红梅载雪报春归（新韵）

乾坤一色雪纷飞，累累鹅毛树上堆。
琼蕊傲然争绽放，凌寒踊跃报春归。

4. 七绝 · 民族英雄戚继光

钟灵毓秀甲蓬瀛，为有戚公赫赫名。
驱遣鞑靼关隘晏，荡除倭寇海波平。

5. 踏莎行 · 备战冬奥会之短道速滑中国公开赛（新韵）

头戴坚盔，脚蹬锐甲，宛如利箭脱缰马。
争先恐后紧相随，穿插躲闪寻人罅。

弯道超车，群雄争霸，摩擦掣肘何曾怕。
一番鏖战破重围，蟾宫折桂忒潇洒！

6. 减字木兰花 · 时节大雪（新韵）

时节大雪，万里晴空风不冽。
曾几何时，厚厚银装裹满枝。

环球变暖，气候乖张滋祸患。
除却阴霾，碧落澄清消弭灾。

7. 西江月 · 沧海赞歌（新韵）

擎起一轮红日，衬托七彩霞光。
波涛汹涌漫苍茫，鸥鸟翔集逐浪。

吸纳百川归附，听凭千舸徜徉。
包容万物惠诸方，襟抱素来坦荡。

当代诗人杨强

【作者简介】

杨强，男，甘肃陇南人，笔名楠莘，现年30岁。甘肃省陇南市武都区作家协会会员，陇南市作家协会会员，甘肃公安文联作协理事，中国西部散文学会会员，全国公安文联会员，中国纪实文学研究会会员。自创作以来，有近4万字诗歌、散文作品发表，作品散见于县、市、省、国家级刊物。

诗词20首

1. 临江仙·戊寅月走阶州

戊夜春归阶北，酒酣友学齐宣。
经年春到故人园。
草香花自赏，清露燕双还。

立志出乡儿稚，归程心重今年。
酌觥杯杓寄思贤。
芳年谈笑醒，至日聚乡团。

2. 殿前欢·半生

望金城，道途漫漫雪飘零。

书途两地风波远，一片坚贞。

银花钓月亭，沙绿黄河岸，水落长江尾。
叹悲晚为，坎坷今生。

3. 山坡羊 · 怀往

五凤高悬，碧水急流，阶北锦绣如盛世。
百花葱，独留红。

春游山色似如同，旧庄前路几许开？
树，暗自芳；花，独无家。

4. 人月圆 · 见友人

历年晴日春花艳，乐在碧山头。
桃花别叙，杯觞话别，相敬难休。

喳喳啼叫，微风徐沁，暖意长流。
落云西下，离愁何在，还问今秋？

5. 好事近 · 三月春

樱花雨纷纷，路人情深深。
行到是三月春，桓水鸭嬉戏。

遥想风发当年时，要赛春来知。
相醉南山脚下，未卜前路北。

6. 卜算子·离阶州

水是长江流，峰是秦川土。
欲问游人去那边？安所悠悠处。

樱花送春归，绿列陪君去。
赶到黄河是两乡，总把春留住。

7. 渔家傲·春行

阶州春日烟柳起，水滨凫雁时来戏。
晨起啁啾连苑里，花月美，薄雾斜风千门闭。

欲寄难行乡愈炽，悲情未解都无计。
鸟语呢喃春满地，思如水，征人未到艰难泪。

8. 如梦令

夜梦闲潭花日，半醒不知天一。
追讨贵公时，原是日间失色。
叹息，叹息，自是庸人俗易。

9. 抛毬乐·警花

彩服映山红，藏蓝衬玉容。
相夫还教子，伏案更追凶。
自与男儿行，英姿倾陇东。

10. 卜算子

春是风来迎，雨是多云齐。
欲看佳人那边好，遥望那知她。

战斗在前沿，红遍长江下。
十里花香碧水漾，每每犹如她。

11. 五古・女警咏

朝不搽脂粉，气质惠如兰。
翠髻如云光，眼波横春水。
伊人岂殊众，贵在藏蓝袖。
桃李华年入，徐老半娘出。
娇态姿颜红，坚守忠诚柱。
回首岁月情，飒爽暗垂泪。
只愿君知心，来世还从警。

12. 七古・雪乡

昨宵春雪落山头，树木不言桃李羞。
鸟禽何日百家谷，暖燕他时得故州？
雪寒峰道难疏缓，苦难人心路未休。
待到春来花开日，鸟鸣莺歌满九州！

13. 五古・思归

岁秋才廿九，别家已十旬。
人归除夕日，思牵在山贫。

14. 七古・河外思乡

岁岁旦时还他乡，举头灯夕望兰窗。
回首向来方兴处，思愁袅袅空肝肠。

15. 七古・回乡

弱冠离家而立归，乡音年改润身胚。
邻里相逢仍如故，欢浓情怯满村飞。

16. 七绝・忆年

曾是身名徂两乡，年来游子聚华堂。
思母念父再几中，深夜多忧何可望。

17. 七绝・雨水

金城春雨冷如麻，绿水清时也念家。
且看田园无地挖，欲求春水又何加?

18. 五古・静夜思

灯火市喧繁，路人心相难。
左边营生奔，西盼志如山。

19. 七绝・忆旧时游

南上交游十六年，春山如笑物华年。
不知古庙径恬静，但使钟声意豁然。

20. 七绝 · 春游

斜日青丝零曼姬，繁花碧草缘春归。
独依山水听风雨，不可风尘寄语卑。

当代诗人张友虎

【作者简介】

张友虎，江西九江人，中华诗词学会会员，中国楹联学会会员，著有《张友虎诗集》。

绝句26首

1. 五绝 · 登庐赏雾（新韵）

浓雾似潮涌，随风情万种。
漫山浴岭来，亲脸人生懂。

2. 五绝 · 双减见闻（新韵）

为孩学海通，双减动真功。
校内课时见，涉培风雨中。

3. 七绝 · 赠舞蹈老师谢凤珊（新韵）

秋阳似火午开屏，凤眼柳眉身透灵。

执教倾情君爱看，舞随神韵众人评。

4. 七绝·见月思人（新韵）

览云生浪彩光同，月朗星稀思绪浓。
不忍话别分两地，中秋最盼是相逢。

5. 七绝·中秋赛球（新韵）

秋高气爽人登场，赴沪团圆身渐长。
孙女拾球兴趣来，纯真笑脸常回想。

6. 七绝·赠陈虎

脚背红苍肿似伤，出行不便痛难当。
就医来去愿陪伴，世上深情胜健康。

7. 七绝·走进南康（新韵）

寒风挟雨满山野，入赣观光难见雪。
家具满街亮眼前，精心细选结兄姐。

8. 七绝·凭证入山（新韵）

军地时常回老籍，家人避暑偶庐集。
昌来乘缆拒山外，不辨乡音财入迷。

9. 七绝·党课启示（新韵）

古往今来谁最久，为民能把职责守。

家国同在敢担当，坚定信心跟党走。

10. 七绝·石城之行（新韵）

青山环抱眼开阔，黑色天鹅寻偶过。
夜晚歌声比热情，骨湖似海数收获。

11. 七绝·岚山赏景（新韵）

登峰远望岭连岭，览尽青山人似醒。
江水湘绵入贡流，人生留恋会昌景。

12. 七绝·览江赏景（新韵）

青山白鹭水平堤，波浪声声楼影移。
独舞女郎晨展体，不知君入似着迷。

13. 七绝·兴国之行（新韵）

夜览潋江楼映亭，露身玉女眼含情。
轻波似笑平如镜，随舞欢歌步态灵。

14. 七绝·读散文赠赞诗（新韵）

似花红叶庐秋景，浮想联翩如梦醒。
一片收藏在宋屋，时常回味那层岭。

15. 七绝·万载返昌

览云成线映天苍，拂晓透红正远方。

一路青山秋也绿，让人陶醉那风光。

16. 七绝·送母回籍（新韵）

小雪时节霜满地，趁晴送母晚来戏。
浔阳歌舞使人迷，融入柔情凭耐力。

17. 七绝·吴城之旅（新韵）

鄱湖芦苇藏谁腿，如雪含情时对嘴。
放眼无边天正蓝，游人展翅夕阳美。

18. 七绝·营商见闻

为民创办赣服通，申报便捷握手中。
不论何时何地作，爽心悦目浴春风。

19. 七绝·探访新平中学（新韵）

浮梁放眼少年新，歌舞声升动我心。
会笑脸颊神态灿，师生勤奋胜黄金。

20. 七绝·夜访峡江

午后驱车督导来，夜寻机构问前台。
核实证照看资质，培训时间未见孩。

21. 七绝·游嘉定郊北公园

节日游园郊野长，蹬车绕水稻金黄。

林中草地闲人乐，连片帐篷男女藏。

22. 七绝·赠胡诗妍（新韵）

夜来细谈送吉祥，语暖映心想启航。
酒妹开明言入味，访其福地胜天堂。

23. 七绝·赠周超（新韵）

日夜当差情可储，风华相望诺言补。
攀谈歌舞道心声，欣赏临川一女主。

24. 七绝·沪上野生动物园一游

天蓝入眼鸟飞翔，水陆两栖似往常。
随岸穿林人取悦，儿童好问话时长。

25. 七绝·宜黄相会（新韵）

三九天蓝云数朵，中川军旅似星火。
生涯留恋那真情，酒后脸颊红你我。

26. 七绝·入选十佳诗人感言（新韵）

登高望远几多秋，回味人生时创优。
感受诗魂民宠信，天寒心暖又一周。

当代诗人于卫

【作者简介】

于卫，中学历史老师，山东诗词学会会员，酷爱历史，痴迷诗词。他用历史课唤醒孩子们对过往的记忆，他用古诗词记录生命中的点点滴滴。

七律 15首

1. 七律·追梦

内忧外患久彷徨，沉睡雄狮当自强。
洋务兴邦邦未固，改良救国国难昌。
舍生忘死江山易，勠力同心旗帜扬。
笃定前行追梦去，巍巍华夏立东方。

2. 七律·荣光（新韵）

南昌打响第一枪，高举红旗上井冈。
万里长征气犹壮，多年抗战势更强。
冲锋陷阵君应赞，抢险救灾谁敢当？
不忘初心跟党走，人民军队续荣光。

3. 七律·观《长津湖》有感

天寒地冻又何妨，化作丰碑望故乡。

紧握钢枪驱虎豹，高擎炸药向豺狼。
舍生忘死守家国，勠力同心挺脊梁。
盛世中华如君愿，红旗艳艳诉辉煌。

4. 七律 · 清贫

革命先驱方志敏，光明磊落性情真。
为民奔走不言苦，与敌斗争常省身。
牢记初心抛富贵，坚持正道守清贫。
舍生取义忠魂在，可爱中华遍地春。

5. 七律 · 雷锋赞

春回大地唤真情，举国追思念赤诚。
听党指挥能忘我，为民服务不留名。
心如红日神州暖，品若惠风枯木荣。
莫道世间无正气，平凡亦可济苍生。

6. 七律 · 百年风华（新韵）

一腔热血聚红船，风雨兼程已百年。
漫漫征途多励志，微微星火可燎原。
并肩战斗硝烟尽，俯首耕耘春色还。
旭日东升天地阔，扬鞭策马谱新篇。

7. 七律 · 母亲（新韵）

起早贪黑不得闲，省吃俭用为哪般？
衔泥燕子筑巢暖，采粉蜂儿酿蜜甜。

沐雨栉风常带笑，含辛茹苦总无言。
一生心系儿孙事，脉脉此情难报还。

8. 七律・伴侣（新韵）

年去年来十九春，光阴飞逝似流云。
岁增常念从前事，身健多陪同路人。
默默无声顾家苦，津津有味写诗勤。
相濡以沫终生伴，何必豪言表寸心。

9. 七律・人到中年（新韵）

四季如流冬复春，花开花谢不饶人。
观书常恨才学浅，对镜方知褶皱深。
壮岁未酬高远志，余生犹抱赤诚心。
诗词相伴且为乐，莫恋虚名失本真。

10. 七律・老黄牛

勤勤恳恳老黄牛，吃苦耐劳无所求。
早出晚归衔日月，深耕细作走田畴。
岁增亦有柔肠在，力减仍将傲骨留。
陌上花开春正暖，风吹碧浪乐悠悠。

11. 七律・夏日抒怀

蝉声阵阵入高云，久处喧嚣难静心。
闭目且将杂念弃，抬头唯与旧书亲。
王朝更替诉荣辱，四季轮回成古今。

盛夏时节花似海，争奇斗艳长精神。

12. 七律 · 秋夜寄语（新韵）

花谢花开十六春，光阴飞逝似流云。
儿时学步总牵手，年少下厨真暖心。
九载拼搏成往事，三秋磨砺盼佳音。
人生有志莫虚度，不负韶华常省身。

13. 七律 · 劝学

花季少年寻宝刀，浅尝辄止恨徒劳。
鲲鹏展翅胸怀广，松柏参天志向高。
万里征途凭跬步，百层大厦起微毫。
涓涓溪水亦勤勉，日夜奔流化碧涛。

14. 七律 · 家乡赞

背靠黄河稻谷香，民风淳朴美名扬。
百年古渡涛声远，十里雄关故事长。
手擀面中藏大爱，水煎包上闪金光。
日新月异容颜改，展翅腾飞似凤凰。

15. 七律 · 远游

春回大地草青青，人若远游须早行。
腹有诗书皆美景，心无杂念满豪情。
跋山涉水心犹乐，返璞归真梦亦诚。
无限风光看不尽，寄身苍翠度余生。

当代诗人耿汝侠

【作者简介】

耿汝侠，女，笔名暗香盈袖，北京房山人，1964 年出生。喜欢文学，尤爱古诗词。作品散见于报纸杂志及网络媒体，并入编部分书籍。

诗词 23 首

1. 采桑子·花怨

曲桥斜卧平湖浅，一簇独栽。
兀自花开，孤寂情怀烟雨猜。

春光不再随心意，未遣蜂来。
懒守青苔，枉负新颜娇若哀。

2. 采桑子·那年

别来又是西风起，霜点祥云。
几渡黄昏，犹记妖娆风摆裙。

满山秋木皆飘落，笑靥何询。
一瓣红唇，尽惹相思恍若君。

3. 采桑子·落叶

凉风乍起穿林去，黄韵悠悠。
黄韵悠悠，欲去飘零逐梦洲。

忽闻远处箫声起，若诉离愁。
若诉离愁，落木天涯心似秋。

4. 行香子·夕阳

日落苍山，霞漫成韶，凌波微乱皱孤桥。
寒鸦游戏，暮草扶摇。
似仙之景，诗之意，画之瑶。

登高回首，时光已晚，只留残红映西郊。
人生易逝，困苦难逃。
享花前影，窗前月，酒前箫。

5. 点绛唇·花园

几树春花，粉枝漫展携风舞。
落红飘处，婉转凄凉诉。

恰似人生，回首青春暮。
莫虚度。若修禅悟，微笑花丛驻。

6. 思帝乡·秋意浓

秋意浓，满庭新落红。

不忍斜阳闲踏，恨清风。
暂享今朝美景，在心中。
他日随云散，莫寻踪。

7. 西江月·思秋

归雁分飞故土，残阳眷染晴空。
百花凋落不闻踪，月影何时与共？

庭院蔓生枯草，绵歌又惹秋虫，
梦中欲诉却惊容，檐下雨声谁懂？

8. 相见欢·晚景

粉墙黛瓦西楼，落清幽。
啼鸟林间呼唤惹闲愁。

竹影乱，空庭晚，盼回眸。
怕见一轮圆月挂枝头。

9. 相见欢·春意

天青云淡风悠，柳丝柔。
旷野无言春意荡神州。

花草畔，香气远，蓦回眸。
墙角粉桃迁惹旧时愁。

10. 相见欢 · 晚霞残照

山边秋水连天，落霞残。
又见清风如故忆堪怜。

荷香散，石桥晚，未回还，
那瞥轻愁依旧印眉间。

11. 南歌子 · 相守

碧草苍山远，悠然逐梦询。
痴痴俏倚醉流云，万绿丛中一点淡黄裙。

最爱江南美，莺啼满目春。
海棠花下再逢君，唯愿长思相守点朱唇。

12. 渔歌子 · 相恋

谁借西风点秋霜，时光偏爱黛花墙。
丹叶俏，绿怜香，灵犀起舞伴斜阳。

13. 渔歌子 · 花伤

窗外青荷减半塘，鸣蛙声懒韵悠长。
花瓣落，逆风伤，唯将清雅伴书香。

14. 渔歌子 · 思归

湖映青天画意浓，无心斜顾对苍穹。
秋草岸，木栏东，孤舟静待雁行踪。

15. 渔歌子・新竹

雨后青竹怯探窗，浅舒枝叶露新妆。
灰月瓦，粉山墙。风移花动院中香。

16. 渔歌子・别恋

绿叶独怜粉色瑶，微风环绕柳丝飘。
呼雨露，把蜂邀。花香却予月中箫。

17. 渔歌子・雁南飞

风过河塘草映黄，流连新雁理秋装。
天地阔，路苍茫。远方何处是家乡。

18. 渔歌子・伤秋

感叹西风醉爱秋，却将金色赋离愁。
枫树下，缓抬眸，飘飘落叶上心头。

19. 如梦令・相识

窗外偎红倚翠，淡酒盈杯相对。
抬眼两钟情，笑意眉梢轻汇。
明媚，明媚，小盏绿瓷微醉。

20. 七绝・初春（新韵）

京城初现柳芽弯，嫩草才青绿似烟。
已有疏枝斜巷尾，桃花新绽试春天。

21. 七绝 · 花（新韵）

夜散幽香兀自闲，细藤唯把旧篱攀。
夕颜不惹凡尘物，只借清辉看世间。

22. 七绝 · 月（新韵）

曾伴诗仙墨韵挥，又怜花影九廊随。
贴心最是当空月，复照孤舟暗夜归。

23. 七律 · 三生恋（新韵）

路远峰高一梦遥，三生眷恋未曾抛。
痴情不改山崖立，离怨已随花朵凋。
松树为凭十载暮，顽石且伴万晨宵。
而今回首相思处，笑对东风笑对娇。

当代诗人彭运国

【作者简介】

彭运国，笔名老树着花，得名于宋代梅尧臣诗句“野凫眠岸有闲意，老树着花无丑枝”。曾经商海沉浮，现赋闲于山野之间。走山访水，玩文弄字，怡情养性，悠度余生。诗词27首入编《黄浦江诗潮》《上海滩诗叶》等书籍。

绝句1组

1. 七绝·游鸣翠谷（3首）

（1）

陌上红罗三四影，飞琼取次笑相迎。
东君如约春风至，遍地丛花唱揖声。

（2）

满目青山幽谷翠，桃红樱白苦争春。
繁花竞宠为谁俏，只有风清夕近人。

（3）

绰约丰姿多逸态，东风也怕落花瞋。
横波睇眄婷婷意，静好禅心不染尘。

2. 七绝·向野辞秋（8首）

（1）

西风昨夜东窗过，催我枫林赏晚秋。
天露凝香沽一醉，青幡老舍恋朋游。

（2）

葭苍露白风萧瑟，秋意蹒跚踱九阡。
疲客盈情徘浦溆，斜阳因故起羞烟。

（3）

霜催白雁云天静，殢酒黄花诱蝶来。
最怕徐娘眸底水，眼波一动费人猜。

（4）

入定垂杆向野塘，尺鱼三寸水花扬。
浮标未动斜阳堕，收拾烟霞载一囊。

（5）

蒙茸萎谢知寒近，正好橙黄间淡红。
阆苑娥娘偷秀色，桃云两朵戏秋风。

（6）

最爱癫狂拼一笑，登高何以问年龄。
村姑乱拍宫商调，唱与秋山并立听。

（7）

半掩柴门烟共雨，帘开一角看田畴。

今朝聚首还青眼，明日相逢已白头。

（8）

向野辞秋云鹤趣，放飞自我一天歌。
西风吹老丹青树，题叶相思可寄么？

3. 七绝·江南醉（5首）

（1）

三竿日隐愁烟剪，酒肆飘幡淡淡风。
五月城中花已尽，江南晻霭始青葱。

（2）

红巾玉靥千霞醉，一袖芳华万缕风。
数尽繁花将谢幕，青葱只在笑谈中。

（3）

沉疴欲破天王殿，未许长吁三五声。
劫后江南重聚首，歌升燕舞庆余生。

（4）

暑气黏人闻杜宇，荒蒿误入板桥斜。
寻芳不管流霞碎，心事随风付落花。

（5）

相逢最喜竹间泉，一驿偏隅说旧缘。
独看炊烟谁做伴，举樽投箸待来年。

4. 七绝·中秋闲韵（6首）

（1）

风惊霁月清凉夜，梦里贪欢戏广寒。
君与娥仙都逸懒，相邀三五共瓢箪。

（2）

多情赋客浑无奈，月证山盟总是赊。
企盼娥妃羁绁断，瞻盘些放照私家。

（3）

旧月忘机情相狎，方辞三五又秋分。
别愁满纸相思字，把桂临风欲寄君。

（4）

醉卧烟笼十里坡，问天可否见裳娥。
年年三五不逢月，记得凡间老树幺？

（5）

隅许天开三五月，八荒野水庳星潢。
蟾光喜忝青云客，凭任清凉洗陌殇。

（6）

婵娥未必不惆怅，贝阙珠宫月兔孤。
九道重门潜弃锁，蟾光偷入罄欢娱。

5. 七绝·重阳踏歌（9首）

（1）

清商应律秋风至，一夜轻衫换纩衣。
又插茱萸霜发染，不因辛苦怨斜辉。

（2）

衰槐败柳登高晚，落日霜天一笛风。
欲效陶公南岭卧，心殇有语寄归鸿。

（3）

松云好拾登高句，鹤舞宜陈祝寿词。
七秩人间存大爱，三亲六友颂秋祺。

（4）

芳期已过秋还管，败叶纷飞缥缈间。
掇拾落英思远客，有情总是没些闲。

（5）

好约寒英图一醉，登高还记往年时。
枯枝抱叶花魂在，但染东坡几点姿。

（6）

踏笳霢霂炊桑野，雨润千峰泼黛浓。
恋却黄花和酒拜，暮年多事策孤筇。

（7）

细雨江滨烟火袅，炊藜秋草作时蔬。
百家凑饷重阳饭，将却青山当野庐。

（8）

渌酒尊前重九宴，阳关叠里雁鸿声。
伊人难见思秋水，但向南岗醉玉笙。

（9）

夕阳晚照横空练，旧草丛中一地英。
淡水三千真有意，飞花乱舞却无情。

6. 七绝・再游平善坝（4首）

（1）

旧地重游千尺翠，春桑润雨更青葱。
草堂水榭多骚客，好趁花间一箭风。

（2）

淡墨疏花烟袅袅，野蔬泉洗瓦盆羹。
莫嗔土灶温薪火，香气农筵满座惊。

（3）

烟波欲放因禅寂，白鹭收声候浪声。
弱水扶舟桃叶渡，潮头风雨笑人生。

（4）

朗咏长川波飐滟，风花絮坠夏三分。
流莺解语何相问，应借芳华谢柳君。

7. 七绝·探幽情人泉（5首）

（1）

遂愿情人泉水约，寻源石濑彻琤淙。
碧光有忝秋风客，剩点心思冷处浓。

（2）

芒鞋蹒跚寻幽境，蹑足清泉石上流。
古洞烟笼无月到，绿苔岐径亦踟蹰。

（3）

洞隐烟岚藏秀气，岩传珠玉落盘声。
湍泉百尺悬淙泻，浪击飞虹五彩生。

（4）

瑶泉懂得山人意，安放浮身似我乡。
不羡凡间风月地，拥香枕水胜羲皇。

（5）

万壑烟云难入槛，一泓清味润心田。
风霆尽扫鸾翔翥，陌离阴泉上九泉。

8. 七绝·西行记（4首）

（1）

大漠烟尘横紫塞，胡风欲裂断虬枝。
西行客路三千里，无一秋山有画眉。

（2）

孅婉若风红袖翥，后庭宫曲玉为姿。
兴高不要君流眄，三笑嫣然作一痴。

（3）

舞破楼兰肠断处，歌飞如磬意还悠。
疏狂一把胡杨醉，绣腿挑翻万古愁。

（4）

裙飘荡练胡杨瘦，语弄莺簧软玉声。
天幕搭台原上戏，塞风洌洌似箫笙。

9. 七绝·咏梅（4首）

（1）

虬龙翦影风催晓，舞嫚琼妃入梦来。
陌上游郎曾记否，花间许我一枝梅。

（2）

墙头潋滟香波溢，白发观花花亦嗔。
疑似邻梅丢媚意，和羞一笑为谁春。

（3）

唯有梅花知我意，陶然晚景落琼杯。
闲敲棋子评风月，笑赋新诗品旧醅。

（4）

庚楼月隐辜梅约，一念幽思叹梦中。
户径三更天欲雪，相逢择日待东风。

10. 七绝·龙池冬声（6首）

（1）

眺远龙池天拍地，冬霜已识渡云飞。
半峰野气欺褂袷，放入山风惹客衣。

注：褂袷，指夹衣。

（2）

因思上野山林寂，大隐龙池绝世喧。
堪笑市城名利客，千年长宅恋烟村。

（3）

龙池八景催风信，舞嫚仙姑入画中。
秀靥红唇曾记否，花间许我一枝红。

（4）

爱走偏村寻百味，青烟几处一家炊。
冬霜细嚼人生苦，宁负衰躯事玉卮。

（5）

数点山花妆野缀，弱姿暝色路人怜。
香魂已逝云霞里，一许芳心没晚烟。

（6）

山茶百态含晖净，盗得天光作一芳。
惹砌群娇香粉妒，低眉问道种花郎。

当代诗人宋双元

【作者简介】

宋双元，北京西城人，现已退休。热爱文学创作，北京楹联学会会员，北京写作学会会员，中国诗人档案库认证诗人，诗词入编多本书籍。

诗词20首

1. 七绝·秋景

杏黄枫赤空虹霓，霜满叶飞铺锦床。
靓女俊男倩影留，金秋盛景美时光。

2. 七绝·春鸟

春观戴胜已无踪，月季园中树穴鸫。

稚鸟嗷嗷窝待哺，食归展笑乐融融

3. 七绝 · 北京四季

鹊哺鸭欢鸳戏水，蝉鸣蟀唱蝶游园。
燕归鹬跃蜂储蜜，猬匿蛇眠雀躲阁。

4. 七绝 · 雪梅

冰肌玉骨几多俏，曼舞天台雪若狂。
绽放梅兄迷雪岭，众君笑待报春芳。

5. 七绝 · 春游

妩媚清新笑靥开，枝枝花束伴娥来。
春归不忍轻折柳，婀娜多姿赏景来。

6. 七绝 · 秋景

秋风秋雨意添凉，秋实累累染露霜。
秋叶斑斓奇遍野，秋高气爽喜痴狂。

7. 七绝 · 清明节祭屈原

落日余晖天灿烂，端阳九宇祭灵均。
独清独醒前无有，忧国亲民永世珍。

8. 七绝 · 春游

风和日丽艳阳天，嫩柳低垂湖岸边。

鱼跃鸢飞偕鸟唱，倾家而动赏春妍。

9. 七绝 · 四影友原阳梯田拍摄

一架轰鸣上穹宇，四朋携伴落原田。
蛛丝层叠似明镜，天湛地斓仙境篇。

10. 七绝 · 郊游南苑

半冬家宅少开机，今日郊游南苑到。
喜鹊欢歌松鼠跳，地球同住迎冬奥。

11. 七律 · 四次驱车进藏

千岭之巅万水源，藏区四入变心宽。
珠峰巍峨连天耸，墨脱艰难失路寒。
阿里神奇消古格，林芝秀美赏花冠。
多仙此地聚何故，不染纤尘修道安。

12. 七律 · 鲁迅故居怀古

鲁公故宅西城馆，五四烽烟似眼前。
执笔代诛投匕首，弃医从教为民权。
清风傲骨垂青史，醒世雄文昭历年。
运动浪潮撼天地，甘抛热血谱新篇。

13. 七律 · 雪

万树梨花林素裹，孤鸿寒日饿遥啼。
临风有意冰魂绽，踏雪寻梅食物栖。

此景无诗缺骚客，名家展画露端倪。
久知苍挺属松柏，今见银装头始低。

14. 七律・梅花

飞舞玉龙风啸叫，猩红点点味馨芳。
冷香傲骨赋诗赏，幽艳丹心看客忙。
俯瞰神州京奥运，远观雪岭冀兵扬。
腊梅绽放冠军献，手捧金牌斗志扬。

15. 七律・奥运

艳阳巧饰海坨山，丰采轮回滑道宽。
冬至寒天迎奥运，风清皓月佑全团。
新年旭日辉千古，恬夜繁星耀万端。
雪岭壮怀铺锦绣，精英比艺冠登坛。

16. 沁园春・人生

僻径人茫，青柏鸟鸣，欣喜若狂。
望绿波荡漾，峰峦耸翠，莺啼燕语，霞蔚云祥。
世外桃源，山清水秀，景醉陶陶游兴长。
展歌舞，乃兴高采烈，乐不思乡。

闲时拍摄观光，片无数，初时冲洗忙。
有机将十部，博刊百件，画猫似虎，冗笔词荒。
退益诗联，改头换面，学有佳篇劳逸常。
身长健，看昼行衣锦，福寿安康。

17. 行香子・春游

水绕皇园，竹满丘郊，漾微风，心旷神尧。
奇思妙想，万象收梢。
赏杏花粉，梨花白，枣花妖。

龙楼凤鋆，神工鬼斧，赛龙舟，碧水廊桥。
天高云淡，重友欢瞧。
有鱼儿跃，蝶而舞，柳而飘。

18. 西江月・雪梅

疏雪倚窗收效，苍松飞燕粘胶。
朔风寒峭鸟归巢，雾散腊梅香俏。

粉面红妆观赏，有诗美景逍遥。
暖归春近节良宵，共庆举杯同好。

19. 五律・古都助奥运

一万卷青史，三千年古都。
铁肩襄奥运，妙手筑洪炉。
京冀承冬岭，精英落汗珠。
同心描滑道，争取建新图。

20. 鹧鸪天・吟秋

枫赤银黄铺锦床，白云湖水映霞光。
孩童耄耋共陶醉，风景山川美若狂。

风沥沥，雨茫茫，秋风霜降叶枯荒。
梢头俯瞰悲凉寂，来季新衣必盛妆。

当代诗人王国连

【作者简介】

王国连，笔名芸兮，女，山西吕梁人。酷爱文学，坚持读写，擅长诗词曲赋、散文小说，寄情笔墨，一生无悔。

七律·暮春杂咏（8首）

1

骀荡晴丝倚暮空，伤春皤鬓古今同。
杜鹃啼血青山外，柳笛衔幽紫陌中。
决眦浮云依旧碧，荡胸逝水可怜红。
瑶卮缓举鸥盟在，浣却陶潜袖底风。

2

今兹捧袂谒兰台，浩荡沧溟翳未开。
长羡烂柯乘骥逝，忽瞻合璧载欣来。
三生夙愿修三世，九畹高情眇九垓。
芬馥清风惟素影，佩纫歌啸复徘徊。

3

荼蘼素雪馥长门，运蹇时乖苦恨吞。
半斝琼浆浇块垒，一川烟雨葬花魂。
蹊哉桃李鸿泥迹，隙也骢驹逝水痕。
向晚不堪鹈鴂语，谁人夤夜又吹埙。

4

风扫残红奈若何，清泠洗耳赖沉疴。
昌黎继晷闲耽少，靖节携觞况味多。
饮露蟪蛄难隐昧，摇旌鹦鹉易传讹。
陈抟卧榻鼾声断，击缶沉吟薤露歌。

5

南山归卧万般空，绿蚁莼鲈美味同。
鸡犬相闻阡陌里，桑麻互植陇畦中。
连天草甸迟迟碧，漫野芳丛故故红。
幸甚倚筇林苑踱，轻拈桃蕾笑春风。

6

深信春潮淑气溶，披衣蹑履杖青筇。
楸枰世道无容覆，琴瑟云门有相逢。
静伫曹溪阳岫淡，微醺刘酒露华浓。
随心行到山穷处，鹈鴂三声吊艳踪。

7

驹阴卌载合曾经，闻道东风起末萍。
花萼相辉容灼灼，阳春异蕴鬓星星。
衔泥旧燕寻王巷，弄调新莺出柳扃。
叵耐心情麻似乱，青衫辗转步闲庭。

8

满川逝水晦明流，朝挽青丝暮白头。
日影共飞花逐梦，晴光同薄絮登楼。
浮生点检言难尽，笛管歌吹咽未休。
暂寄敝庐何所似，悠悠天地一沙鸥。

当代诗人朱秋月

【作者简介】

朱秋月，女，诗词爱好者，广州市海珠区作协会员。作品散见于《孤山》《大西北诗人》《靖江日报》等报纸杂志，并入编《中国诗歌名家》《芙蓉国文汇》等书籍。

诗词20首

1. 五绝·又到扬州

思量梅子雨，忽忆藕花风。
昔日板桥路，昨宵又一逢。

2. 七绝·风

一夜春风吹酒冷，总催东主不鸣琴。
人间多是寂寥处，且共桃花赴散心。

3. 七绝·花

漫漫芳径寻踪迹，绿柳拂堤春水平。
河岸早樱迷客眼，浮云游子两痴情。

4. 七绝·雪

寂寞山林人迹荒，寒宵风起雪花狂。
飞琼入画诗醅酒，一曲清箫慰夜长。

5. 七绝·月

片片清辉入碧池，万千人世共谁痴？
秋江长夜秋情满，只许庭花与月知。

6. 七绝·闹春

门前流水时时清，屋后杨花日日笑。
枝上黄鹂双迭鸣，连翘朵朵惹春俏。

7. 七绝·不问经年

但求花影年年俏，不问今朝人可好。
唯有门前一水流，春风未改旧时道。

8. 七绝·水仙花开

陌上沉香独自开，云鬟雾鬓喜阳来。
一身素朴尘无染，湖畔翩跹任水栽。

9. 七律·雪夜与友人论诗

山林寂寂松枝落，几树梨花吐玉丹。
院内谈诗一宵短，堂前煮雪两心宽。
弦弦丝管抚明月，款款棋文伴大寒。

细数世间今古事，韶光胜却意相欢。

10. 七律·金陵怀古

江南佳丽芸芸地，六代帝王更替州。
数片松楸遗冢尾，几朝烟雨覆城头。
降番一面出深土，铁锁千钧枕急流。
橹桨摇空身后事，秦淮古巷又逢秋。

11. 七律·雪（新韵）

寒风冷月煮茶乐，胜日佳节把盏香。
昼唤夜呼邀雪舞，魂牵梦绕等梅芳。
守得玉霰乾坤散，待到琼花四海狂。
岁暮至迟应不悔，明朝化去又何妨?

12. 七律·雪

岭南月季已初放，塞北冰凌吐玉弦。
蜀道青山迎大雪，秦关水殿候云天。
纤纤瑞叶神州舞，朵朵琼花宙宇翩。
永忆江湖归白发，欲回沧海入扁船。

13. 七律·梅花

不畏严寒独自开，花香淡淡透窗台。
隐居墙角凭谁问，绽放枝头任雪裁。
亦有柔肠悲落日，终因傲骨化尘埃。
胸怀坦荡从容去，携手东君入梦来。

14. 七律·春节（新韵）

钟声杳杳一春少，岁岁年轮又复横。
幸有朱梅摇晚月，偏无古瑟抚寒灯。
红尘墨客歌难尽，沧海明珠梦不成。
淡却轻狂酬雅志，唯诗寄兴度深更。

15. 清平乐·别来秋晚

别来秋晚，满目黄叶散。
昨日兰花形渐乱，半紫半弯半卷。

都语桂子拿乔，姗姗不去近郊，
待得秋风过半，夜夜香梦难销。

16. 望江南·江南好

江南好，冬亦不空寥。
千里江堤烟渺渺，红梅一片已含苞。
茶瓣更妖娆。

17. 西江月·叹春

寂寞心情难耐，无人续写春宵。
门前柳弄绿梅梢，燕子重回梁绕。

桃李遍斜村野，嫩樱欲绽新娇。
秀红春水与云朝，几度韶光过了。

18. 行香子·思旅人

别绪绵绵，又是经年。忆相逢、情意无边。
君吹丝管，汝捻琴弦。
唱云中月，雾中影，水中莲。

闲庭独院，琼花银字。念清宵、月已婵娟。
莫思身后，且饮樽前。
愿花常开，人常好，月常圆。

19. 西江月·春梅

点点楼头烟雨，重重梅底仙风。
幽香浓郁探芳丛，惊起几番好梦。

莫说一园旧色，且生满目新红。
此花清馥更纤秾，最怕撩人心动。

20. 沁园春·盼春

又值寒冬，独临湘水，静倚岳楼。
望大江南北，花凋叶落。楚堤前后，风止林休。
鹤凌长空，鱼潜水底，一片茫茫任自由。
风波起，引诸帆竞渡，群舸争流。

还思春雨如油，几番落，麦苗更密稠。
有菜花浓馥，枝芽嫩绿。觅朋邀友，郊野闲游。
莺唱梧桐，蜂嬉杏李。旭日常临新蕊头。
驱云散，恰千山吐翠，万物含羞。

当代诗人任四维

【作者简介】

任四维，男，现年56岁，赤壁市大田畈村人。湖北大学中文系本科毕业，是湖北省诗词学会，中华诗词学会会员，爱好古诗词，作品散见全国诸多报纸杂志。

诗词5首

1. 七律·题孟晚舟回国

强加之罪借缘由，羁押三年阶下囚。
苏武坚贞持汉节，木兰慷慨挂吴钩。
太平洋奏还乡曲，明月辉随孟晚舟。
璀璨灯光三更秀，红旗招展遍高楼。

2. 七律·访赤壁古战场

苍松蔽日晚风临，幽观依稀庞统吟。
且借东吴半轮月，但凭凤雏一张琴。
安邦有赖兵家术，称霸还随策士心。
可叹藤枯银杏老，连环妙计哪方寻？

3. 七律 · 遣怀

窗前独坐黄昏后，一曲离骚几度吟。
日丽登山抒壮志，宵沉沐露洗禅心。
年芳易逝犹追梦，月满难逢且抱琴。
莫笑红尘惆怅客，人生逆旅有知音。

4. 七律 · 国庆颂

仲秋甘露润诗心，国庆欢歌雅士吟。
拔地高楼香雾绕，环湖小馆贵宾临。
风摇桂树怀佳梦，地种梧桐引瑞禽。
火树银花天不夜，升平四海酒同斟。

5. 西江月 · 碧桂园

碧水云生峻谷，锦楼林立重霄。
丰财 * 试比看谁高，犹似天宫丽俏。

庭竹随风曼舞，陆溪逐浪欢嚣。
闲情尽赏伴松涛，情满家山大道。

注：丰财，指丰财山。

当代诗人纪宪洲

【作者简介】

纪宪洲，字中原，号三径草堂主，山东日照市莒县人。自幼酷爱文学艺术。现为山东书法家协会会员，炎黄书画院画师，日照市诗词协会会员，日照市莒县中学教师，风采中华诗社副社长。

诗词30首

1. 五绝·咏春

野草侵三径，春堂啄雁泥。
清池横翠柳，莲动日迟迟。

2. 五绝·雪松（新韵）

长风催雁阵，大雪漫中原。
琴响千山静，松鸣一水寒。

3. 七绝·春游

人海花山相映红，同窗又聚玉门厅。
东风唤醒池边柳，笑问客官哪里行？

4. 七绝 · 紫燕春泥

岁岁归来识旧园，春堂细语舞翩翩。
东风唤醒池边柳，啄燕新泥又一年。

5. 七绝 · 归燕

堂前几案落烟尘，小院蓬蒿石径皴。
归燕不知前世远，隔窗依旧唤时人。

6. 七绝 · 咏松

雪漫云岗涧水横，冰心傲骨阅苍生。
春归不入垂杨岸，依旧深山听鹿鸣。

7. 七绝 · 迎客松

虬枝疏展迎宾客，抱得云崖独自吟。
不似江湖垂岸柳，唯存傲骨卧山林。

8. 七绝 · 题黄山迎客松

雾漫黄山一径秋，虬枝飒飒竞风流。
他年若是化龙去，借问孤舟何处游。

9. 七绝 · 过蒙山春树沟

片片山红挂玉阶，云泉幽处漫徘徊。
长亭瀑布依稀在，不见皇姑掬水来。

10. 七绝 · 过陵阳马家桂花园

桂府门第有千金，豆蔻年华气韵新。
千里芳香迎旧客，花开时节喜逢君。

11. 七绝 · 过蒙山皇姑庵

西风一夜狂欢去，十里蒙山满地秋。
借问皇姑何处是？白云庵里化千愁。

12. 七绝 · 过日照浮来山定林寺

寒云白雾漫亭楼，雨打空门水自流。
佛法无边缘造化，钟声敲落一山秋。

13. 七绝 · 题台儿庄古城

台城石阙落长空，翠柳朱亭映水红。
一自横刀催烈马，漕船依旧与君同。

14. 七绝 · 题洛阳石门窟

自古龙门多造像，佛光普照济苍生。
伊河滟滟千秋远，赢得金身万世荣。

15. 七绝 · 题洛阳龙门石桥

伊水中分两岸清，龙门户对洛阳城。
一桥飞渡连天际，万丈佛光映帝京。

16. 七绝 · 赤壁怀古

乱世风云震汉宗，临江横槊赋从容。
兴师莫问周郎事，铜雀秋寒锁卧龙。

17. 七绝 · 夜观广场舞

凤鸣袅袅隔云烟，恰似瑶池出水莲。
借问天宫仙子事，乘风一夜落人间。

18. 七绝 · 秋韵

自古龙门石径新，苍崖次第见嶙峋。
登临鸟瞰层林晚，露染秋红万里春。

19. 七绝 · 中秋寄怀

半轮素月照苍台，又见寒英默默开。
雨燕双飞无觅处，低声问月几时回。

20. 七绝 · 暮秋

一川烟雨落重阳，柳外残荷入梦乡。
借问王孙何处去？东篱月夜吐芬芳。

21. 七绝 · 深秋

野旷苍苍漫九州，西风猎猎撼江楼。
寒潮一夜三千里，叶落红尘满地秋。

22. 七绝・蒙山红叶

寒潮昨夜入沂蒙，雪落千山万木空。
岭外依稀含翠影，东坡唯见一枝红。

23. 七绝・长风送雁

叶落霜飞白露生，长风送客雁归鸣。
凭栏望断秋鸿远，唯见枯荷一水横。

24. 七绝・咏梅

群芳三月竞妆台，嫁与东风带笑开。
唯有梅花不辞远，顶风冒雪报春来。

25. 七绝・初雪红梅

春落春归空寂寂，秋风送雁几时还。
君思白雪牵幽梦，我等梅花又一年。

26. 七绝・岁末寄怀

霜晨腊日漫徘徊，柳外山阴旧雪堆。
落落东风何日至？窗前细问一枝梅。

27. 七绝・腊八粥

腊月经年冰雪飘，今朝日暖露春潮。
一门煮醉三江水，万缕清香入九霄。

28. 七律 · 访龙山桃花园

诗人幸会走天涯，梅落春归问杏花。
石径通幽牵旧梦，桃林露笑映新霞。
龙山一脉清溪远，雨燕双飞玉柳斜。
陶令不知何处去？绿荫十里有人家。

29. 七律 · 迎新春

腊日梅园石径幽，平川卧雪映亭楼。
一门瑞气苍山远，万里和风碧水流。
虎啸龙吟腾骏马，莺歌凤舞弄轻裘。
夕阳入梦烟花起，恰似春红闹九州。

30. 七律 · 迎春节

岁末年初喜气临，红梅卧雪报清音。
归舟载酒携乡梦，故国闻歌润子衿。
风雨金牛耕月冷，关山铁马踏春深。
凭栏漫看灯花舞，一缕诗怀落玉琴。

当代诗人杨福平

【作者简介】

杨福平，笔名尚悟道。中国诗歌学会、世界汉语文学作家协会、中华文艺学会、全球汉诗总会、画稿溪诗歌走廊文学流派、中国诗歌网、中华诗歌网等会员，《西南作家》杂志社签约作家，经典文学网、中华文艺微刊、世界汉语文学作家协会签约诗人（作家）。近百篇作品选入《中国当代诗歌大辞典》《新时代诗人作家文选》《当代文学百家》《木棉花的春天》等书籍。先后著有《尚悟道》《杨福平诗词选》等并由四川大学出版社、团结出版社出版发行。

七律 29 首

1. 七律・秋色

此雨细绵烟色暗，纷飞落雪待微消。
漫云不道何秋意，芳草谁言可朽凋。
一叶牵情无旧叙，半坡思绪弄新潮。
常吟花韵轮回至，郢曲笙诗赋黛骄。

2. 七律・梅花

山外几时风雪止，花魁从不作偏怜。
顽童摇落窗前纸，老妪添加炕上绵。

眼里银装皆素扇，心中红线待朱弦。
暗香疏影谁追忆，玉骨何曾系鬓烟。

3. 七律 · 雪

飞雪相期至故乡，秋鸿渐远向南方。
山林雾缕红绫艳，屋顶炊烟清酒香。
柳港枯条春自发，荷塘残叶夏狂洋。
谁言决眦韶华去，笑了寒霜笑遁荒。

4. 七律 · 太阳神鸟

镂饰殊奇尘色落，欲于释惑赴郊畿。
轮回四季崇神鸟，变换千年拜日辉。
浅道何能容我影，深坑自是伴君围。
金沙不可贪终久，古蜀留人难再归。

5. 七律 · 独酌

恨别征途路陌生，孤鸿难弃海南情。
阳春总是掀寒露，茅舍时常弄犬鸣。
独坐礁磐风浪起，悠然薄酒笛歌声。
谁言万里无归日，月影窗前读我卿。

6. 七律 · 题六君子

正是张灯破五时，弟兄相聚长为师。
丹心一片情真切，金卷千言意不迟。
礼典庄重珍藏照，禅香勤恳万芳滋。

欣然家壁添新汉，年有兴欢敬酒辞。

7. 七律・思友

去年正月孤身外，今日相逢可在川。
凡事苍苍难自料，深冬黯黯独成眠。
故乡佳酿歌高唱，边海炊烟荡斗船。
问道归乡相面讯，长叹残月几回圆。

8. 七律・小渔村

海王独自在何方？汹涌狂浪断石梁。
原野无时不落雁，阳春哪处少尘扬。
手摇船桨谋生计，心念鱼仓满福昌。
冷落孤舟终向海，谁怨白发尽沧桑。

9. 七律・登高

又是黄花舞陌阡，恰逢娇媚染婵嫣。
岚峰霁月红潮涌，青樾深林墨色颠。
锦绣河山无限美，风光旖旎尽其娟。
此时绝顶无言语，惟愿凡尘化紫烟。

10. 七律・花水湾索道望月

半块冰轮坠峡沟，满眶青翠起寒流。
斑斑铁链摇风月，灿灿红枫挂竹楼。
把酒独斟孤影碎，抚琴单曲落花愁。
重来旧梦游沧海，可把秋鸿化信鸥。

11. 七律·在重庆云阳长江边上

茫茫云雾锁山岗，阵阵鸡鸣到客房。
一叶轻舟摇桨去，半桥身影守鱼仓。
双眸映满江河水，脑际殷盈粟米粮。
我欲横空为驿马，赢来天下是隆昌。

12. 七律·正值鸟语林菊花盛开

野菊随缘为客艳，难成美誉植轩檐，
生相润色争华灿，秉性霜花染指尖。
自在无忧常弄巧，从然清简将枝添，
日升月落来年见，冬去春回总玉纤。

13. 七律·为鱼叹

鸡鸣狗叫无晴爽，鱼友铅钩落当央。
无畏险滩求锦鲤，又添燃釜煮夭殇。
清晨本是空园静，傍晚凄然满地霜。
我欲疾呼除饵钓，姜翁自叹葬幽荒。

14. 七律·游华清池

幼晓骊山筑瑾瑶，姝姿千载比今朝。
温泉合浦残脂在，冷雾珠还断凝憔。
日葬云烟寒雀起，月含长恨素枝消。
良缘天假前生遇，小鸟依人落艳娇。

15. 七律·楼顶言语

正秋独自上高楼，何止为了览碧流。
远望直言抛旧物，静思稳步迈从头。
轻轻无数轻薄语，淡淡几多淡重忧。
极虑殚精驱坎坷，强身健骨笑诸侯。

16. 七律·再度嘉州

凄瑟秋风裹雨凉，三江低黯向何方？
缅惟仙鹤依慈母，心愿西天伴吉祥。
孤雁嘉州椎桂树，豪雄笼篋泄汪洋。
楼台相隔无言别，素带嫦娥尽痛肠。

17. 七律·双廊春色（藏头诗）

双曲之间诗梦岛，廊桥深处正歌谣。
洱河湛湛轻舟泛，源浪清清重采潮。
梨白膏脂桃色艳，园林翠绿角梅妖。
春光满目不留客，早起炊烟过石桥。

18. 七律·恨别家猫

万物终身一世悲，家猫十四化离辞。
随由光霁融残岁，何怨因缘废雅规。
常道花开花落事，难言话后话前知。
生生野火埋尘梦，处处青山葬祭诗。

19. 七律·乘船游记

众人纷至无时尽，等候长龙水上游。
山顶钟声随客雁，树间蝉唱助眠休。
祖孙放线鱼虾钓，姑嫂摇肢手脚悠。
船靠浮桥飞步走，此兴未逮三回头。

20. 七律·小憩成县

穿越云梯又石桥，躬身岩处必弯腰。
一弯竹径扬甘露，半道钟声落雅韶。
西陕摩崖临洞壑，少陵古刹近笙箫。
登高何处寻花艳，满眼青云似海潮。

21. 七律·再临三道堰

闲庭信步堰河旁，远望农田正紧忙。
晒坝秋粮归谷廪，卧床竹席卷东房。
半途泥泞生寒露，两岸梧桐落杏黄。
青袅炊烟添暮色，高悬灯笼照何方。

22. 七律·寒秋桂花

古月残阳九里香，冽风冷语到茶房。
昨看还是青枝绿，今望全然委叶黄。
言巧有佳多盛誉，神伤哀怨恰荒茫。
谁人依旧常相盼，窗外寒冰已落霜。

23. 七律·那年深秋

云雾浓浓羞晚月，红墙楼外落琴声。
屏山西麓孤鸿起，石径南坡薄雾生。
本是掌灯仙客散，何来举烛牧童耕。
把樽觞咏三人可，乱影湖边听古筝。

24. 七律·早春三月

老人口挂倒春寒，岂料冬棉不落单。
秋冻春捂人间传，晚归早起汗中摊。
中庭楼外春来早，盆景花丛蝶更欢。
看那春芽生乱石，青阳应律敢遮拦。

25. 七律·致川师大

惊蛰之时摊玉翠，黄昏有意彩云追。
匆匆花间春燕舞，隐隐山丘柳叶眉。
花酒不为轻舞动，清茶只是赋诗随。
秋来春去皆时节，少女琼妃有聿斯。

26. 七律·驻足老旧院落

老妻老夫丝发白，平房小屋少人来。
一声吆喝边窗唤，两手慌忙旧货抬。
花落花开言不败，情深情浅话常来。
看那远去收荒匠，又将炊烟染灶台。

27. 七律 · 再驻七里坪

落脚岩腰七里坪，轻风细雨闻蛙鸣。
灯笼小镇挑檐下，酒幔雷鼾震石惊。
沟壑远山长水漫，花丝近舞秀冠缨。
攀延不晓身何处，松竹涛声醉爱卿。

28. 七律 · 与 90 后户外行散记

霜鬓惭羞行蜀川，漫山梨白染园田。
负重挑担羌乡出，笑语欢歌激峻边。
遥望卿云山间起，近依桃李暗潮癫。
枝头喜鹊常春梦，独处空灵对紫烟。

29. 七律 · 东湖山游记

清明时节踏青山，东角摇船到浅湾。
一阵翠岚浮绿水，两行柳色落花间。
任凭甘露山宗涧，沾尽花香醉意还。
不待轻灵榕树下，唯携欢笑染童颜。

当代诗人袁玉刚

【作者简介】

袁玉刚，字庆得，号皓寒，又号蚕雪，别号高枧居士，大学本科文化、中共党员，政工师；贵州省诗词楹联学会会员、中国诗歌学会会员、贵州作家网、经典文学网、中华文艺微刊等多家媒体签约作家，贵州省习水县袁世明世家历史文化研究会副会长兼副秘书长。诗文多散见于报纸、杂志和网络媒体，部分作品入选《当代文学百家》等多部文学选集。

诗词28首

1. 五绝·元日

巴蜀春光泄，云闲碧水悠。
田园油菜艳，元日惠风柔。

2. 五绝·庚子冬晨霜景

菜园霜满面，浓雾锁亭轩。
远处山峦隐，风追落叶掀。

3. 五绝·春盈景福

景福微风拂，龙潭碧水粼。
绝岩奇壁秀，桃李竞争春。

4. 五绝·故乡春景（新韵）

故乡春意盎，新寨赞歌扬。
苗绣蓝图绘，初阳照碧江。

5. 七绝·风

落叶迎风尘满面，鸣蝉催日倦憔归。
空灵幽谷云霞逸，斑鬓丝丝映彩辉。

6. 七绝·花

万里云天红日照，青山秀水绕康庄。
鱼虾欢逐清波醉，灿烂花枝满故塘。

7. 七绝·雪

雪花惊起冬枝舞，摇摆寒风绪乱掀。
汽笛声穿清影远，指尖滑落万千言。

8. 七绝·月

轻风又惹流萤乱，落叶翩跹向月追。
满地银辉染桑梓，谁人今夜念归期。

9. 五律·反恐尖刀中队

铁骨丹心淬，忠诚护大同。
国歌嘹亮起，浩气贯长空。
仪仗军姿壮，初心矢志崇。

勋旗迎日展，荣誉授英雄。

10. 五律 · 人间净土色达

白雪千峰裹，晴穹映碧波。
梵音萦耳畔，天路荡欢歌。
香殿真言诵，苍生祷佛陀。
经幡扬万里，净土醉心窝。

11. 七律 · 故乡

窗外北风催骨冷，闲庭梅怒把春邀。
长空无语群峰寂，大地苍茫落雪飘。
四处流离倾酒尽，一生意气弄琴萧。
昏灯照影霜华染，远眺家乡万里遥。

12. 七律 · 梅花

大雾迷茫红日掩，北风凛冽啸山冈。
田园撒满银花瓣，小径倾身落叶凉。
一朵寒梅墙外笑，两双飞鸟树头昂。
严冬数九今朝始，独步闲庭赏韵芳。

13. 七律 · 九州星汉灿

迎面北风寒刺骨，千枝万叶染冰霜。
神州勇士江河护，赤子雄心天地匡。
大雪封山前路阻，征衣带雨远峰茫。
援朝作战丰碑耸，璀璨繁星耀国纲。

14. 七律 · 题新疆石油工人

千里胡杨冰雪裹，无边戈壁尽风霜。
红衣出塞长缨缚，热血萦怀大漠芳。
战鼓声声震天地，征帆片片舞苍茫。
远辞故土能源献，不畏严寒壮志昂。

15. 七律 · 儒溪怀古

天帝挥琴暗香动，玄冥思绪落凡尘。
缘何大地万枝冻，自是长空千念沦。
碧瓦红墙梵音远，瑶阶玉蕊逸名醇。
龙潭滚滚东流去，往事云烟染袖巾。

16. 七律 · 献给长津湖战役英雄

浩瀚天空星汉烁，光辉柔曼雾云茫。
江河无恙忠魂护，岁月长存故土芳。
冰影关情风骨傲，青山相忆战功煌。
丰碑耸立万民敬，不朽英名耀玉堂。

17. 七律 · 冬夜

山谷无声催夜寂，临窗而立倍寒凉。
稀星点点坠杯盏，残月依依盈草堂。
小院深冬沉岁事，陋庭浓墨浸诗章。
忽闻远处拂风影，一缕馨香满壁廊。

18. 七律·雪

峻谷今晨披素裹，巍巍钻塔换冰装。
琼花迎面英姿傲，玉树扬眉疏影芳。
大地茫茫寒色远，长空寂寂赤心彰。
西风凛冽催人奋，决战年关夺产忙。

19. 西江月·辛丑冬末偶感

黄叶漫山飞舞，斜阳临水低徊。
残庭闲看落英飞。何管风狂云坠。

好梦随风飘散，征程带雨奔驰。
再披戎服鬓丝稀，历尽冬霜无悔。

20. 行香子·冬夜吟怀

庭舞飞花，窗映银辉。待春风又绿千枝。
昏灯摇曳，浅墨依稀。
望夜星里，繁星闪，万星追。

功名利禄，终皆尘土，又岂言谁是谁非。
云烟散尽，鬓发凋衰。
但初心磐，忠心赤，壮心随。

21. 生查子·大漠胡杨

红日染黄沙，万里长风荡。
过旅叹景奇，大漠胡杨壮。

黄叶舞清秋，千缕相思漾。
古道尽霜华，驼铃醉声往。

22. 浣溪沙・秋观胡杨

霜染胡杨叶舞秋，黄沙依旧尽无头。
孤烟望断乱边愁。

烽火楼兰终不语，苍茫戈壁把名留。
驼铃声远满荒丘。

23. 浣溪沙・凭吊先烈袁咨桐

赤壁丹霞映翠峰，虺江奔涌浪掀空。
关山万里荡长风。

兴国救民怀少志，此生不悔斗顽凶。
雨花台下血从容。

24. 浣溪沙・黄河入海

万鸟高飞芦苇扬，旭阳辉映浩波茫。
风云际会业同襄。

浊酒一杯苍昊敬，惠风千缕韵芬芳。
海河起舞弄霓裳。

25. 浣溪沙 · 稻穗花香

稻穗花香伴梦眠，群松苍翠映君颜。
谷神归位耀仙坛。

禾下乘凉终世愿，长风悲唳抚琴弦。
九州千载念恩绵。

26. 捣练子 · 柿子红了

梦寐里，觅乡音。龙井香兰染袖襟。
红柿满枝秋意尽，远山幽谷逐风吟。

27. 捣练子 · 黄昏

秋叶灿，暮阳归。万里松波浪涌推。
啼雁抚琴欢律起，醉渔唱晚妙音飞。

28. 渔歌子 · 永燊风光

烟波点点竞浪翻，群峰绵延接碧天。
霞韵灿，境如仙。谷幽林翠秀水欢。

当代诗人朱益标

【作者简介】

朱益标，1958出生，先后任江苏省灌云县政府办副主任、侨办主任、县招商局局长、县体制改革办公室主任等职。中华诗词学会会员，著有《漫步流年》诗集。现任伊甸园诗话社社长，《伊甸园诗话》主编。

诗词20首

1. 七律 · 秋游大伊山

脚重惊花花一山，枫林掩没涧溪潺。
悬崖古刻龙蛇动，彩塑天成龟石闲。
身若流风游物外，影连歧路向云间。
开襟当与天争笑，莫负秋光到故关。

2. 七律 · 秋游潮河湾

水涵疏影鸟飞低，杨柳翻晴绕古堤。
九曲回廊连碧渚，一朝游客踏花泥。
登楼疑似云霄近，放眼岂唯乡土迷。
更恐秋光留不住，好诗尽向浪潮题。

3. 七律·春游伊芦山

峰似芙蓉濯絮泥，春风袅袅燕莺啼。
草花娇媚香沾袖，梵乐悠扬曲绕梯。
一水如龙穿沃野，群山若马试轻蹄。
故乡千古蓬莱地，自得逍遥醒早鸡。

4. 七律·访李汝珍故居

镜花每读总缠绵，期盼闲时访硕贤。
古屋青砖依买市，新雕白玉展胝肩。
身怀八斗疏封相，墨浪三更荒诞篇。
有义有情石榴树，沧桑几度笑霞烟。

5. 七律·观大伊山神女像有思

鱼降江河雁降空，如松如竹立苍穹。
饱尝尘世沧桑事，看惯人间冷暖风。
月坠溪干留影迹，日长春去俏岩丛。
千年有梦容常在，博爱山西又复东。

6. 七律·游花果山

宽阶蹊径猴家近，竹茂木高山顶平。
青鸟殷勤坡路带，玫瑰娇媚客宾迎。
梵歌袅袅穿林绕，瀑布滔滔越涧鸣。
三十年前曾拾翠，今朝游玩景光明。

7. 七律・贺伊甸园诗话年会召开

飞云霭霭澍霖逢，小草摇身土亦融。
影落杯中千叠岭，声来梦里几归鸿。
会邀诗友歌盛世，舞绿山河流煦风。
更喜壬寅年味近，家家辞旧贴新红。

8. 七律・虎年抒怀

依时澍雨抵千金，万物萌萌织锦心。
观景登山一舒啸，戏波玩水几行吟。
窗前枝瘦花衔月，柳上莺啼春好音。
胸有初衷何惧老，周情孔思正追寻。

9. 七律・初春闲吟（1）

句芒一夜抖精神，小草有无明见春。
雨润垂丝抛柳眼，风裁疏影点梅唇。
吟诗自爱多闲客，泼墨应怜放唱人。
林中信游心地爽，偶携好友醉芳晨。

10. 七律・初春闲吟（2）

纱窗轻拍妙声同，昨夜楼台漾暖风。
刚见黄莺穿柳浪，又欣紫燕建巢宫。
人逢好事精神爽，酒遇兴时俗虑空。
期望三春开泰运，业成冠灭百花红。

11. 七律·次韵陶兴亚会长《石棚山》

似有似无潜瑞龙，骚人雅士乐山中。
气寒一剑辟天地，佛照三烽漾晓风。
古杰灯昏吟诵处，今庠声亮击长空。
更欢故里生机勃，杯约石苏酬老翁。

12. 七律·赞北京双奥会

常年正月雪茫茫，今日京畿喜气扬。
滑道游龙飞健将，冰丝飘带*系群方。
夺金自有拿云女，争冠奚无效国郎。
待到赛场升赤帜，万民齐唱颂华章。

注：滑冰场设立冰丝带。

13. 七律·赞冬奥健儿（新韵）

几分甘苦几分拼，昨日雨霜明日新。
金柳风摇梳雾鬓，紫梅含笑敞衣襟。
冰刀铸就十年梦，雪杖撑出一片春。
高举红旗同瞩目，国歌齐唱醉芳辰。

14. 七律·年夜饭

一夜烟霞竞向荣，万家灯火万家明。
红包催饮消残酒，微信遥思不闻更。
梅馥沁生帘绮梦，桃门骀荡柳扬晴。
人于佳节精神爽，远近聆听笑语声。

15. 七律 · 虎年抒怀

依时澍雨抵千金，万物萌萌织锦心。
观景登山一舒啸，戏波玩水几行吟。
窗前枝瘦花衔月，柳上莺啼春好音。
胸有初衷何惧老，周情孔思正追寻。

16. 七绝 · 贺速滑混团摘冬奥首金

剑刃刚开展翅飞，青春闪耀虎生威。
今天敢问谁极美，红帜飘金带笑归。

17. 醉太平 · 歌边防战士

梅开丽晨，疏枝骨峋。
乐于空谷安贫，笑风霜苦辛。

疆防至亲，情长志新。
奉忠魂与青春，绣蕊红卉茵。

18. 西江月 · 敬和蔡大营老师《喜贺北京冬奥会开幕》

冬奥新春新焰，赛场斗艳争芳。
迎宾水光接山光，健将神高情亢。

昨日翻成陈迹，今天再创辉煌。
十年一梦逐京张，红帜胸中激荡。

19. 减字木兰花·惜春

啼莺剪燕，一夜欢歌风景变。
鬼斧神工，十里长堤绿映红。

青丝霜鬓，金寸光阴当始紧。
墨水淙淙，万岳千津仍从容。

20. 满江红·敬和陶兴亚社长《海州白虎山》

以虎为形，色斑白，是谁巧辟。
几潮汐，渐移市邑，人弦难寂。
泉汩千年风雨事，碑存百世兴亡迹。
古贤远，梦里共谈经，同倾膝。

神压百，争相一；筋骨壮，非当乙。
恨桑榆已晚，岁月催逼。
牛岁已赢惊世句，虎年再执挥天笔。
从头越，砥砺入云峰，东方立。

第三部分　散文随笔

当代作家孙淑香

【作者简介】

孙淑香，女，笔名香儿，天津人，著名诗人、作家、文学评论家。中国诗歌学会会员，中华诗词学会会员，中国楹联学会会员，经典文学网副总编。

曾任《新时代诗人作家文选》《"当代影响力"诗人作家文选》《实力派诗人作家文选》《"蝶恋花杯"国际华人文学大赛获奖作品精选》《"华语杯"国际华人文学大赛获奖作品精选》等18本书籍主编及《当代文学人物大典》《当代文学先锋人物大典》《当代影响力诗人作家文选》《中国当代知名诗人诗选》《中国当代知名作家文选》《中国诗歌名家》《中国诗词名家》《中国散文名家》等100余本书籍副主编。

树经典文学，创文学经典

——写在陶士凯先生生日之际

"树经典文学，创文学经典。"这是经典文学网的宗旨，也是经典文学网主编陶士凯先生持之以恒的追求。

陶士凯先生在《新时代诗人作家文选》的序言中写道："文学是中华文明的主线，从诗经到楚辞汉赋，到唐诗宋词，到明清小说，文学一直是中华民族的根。中华文学可谓博大精深，但良莠不齐，堪称文学精品者有之，堪称文学糟粕者有之。任何时代都不缺文学，但任何时代都呼唤经典文学。树经典文学，是中华文明的追求；创文学经典，是中华文明的渴望。”

我理解陶先生的追求和渴望。我相信，树经典文学，也是无数文人的追求；创文学经典，也是无数文人的渴望。因为有了文学的追求，中华文学才得以传承，得以发展；因为有了文学的渴望，中华文学才会精彩纷呈、人才辈出。

经典文学网只是一个小小的网络载体，在官办的报纸杂志和出版社面前，身份卑微，不值一提。但就是这样一个小小的网络载体，却打起了“树经典文学，创文学经典”的旗帜，承载着会员的文学之梦，培育了数以千计的诗人作家。

经典文学之路是坎坷的，可谓一路颠簸。数不清有多少报纸杂志，拿着财政拨款，却难以为继，大街小巷的报刊亭，早已消失在一代人的记忆里。而经典文学，却一直在孤独中前行，如茫茫大海里的一叶扁舟。当无数的人麻醉于微信、抖音和五花八门的头条，当无数的人痴迷于棋牌、追剧和形形色色的游戏，却依然有一些人守候着文学，守候着孤独。

陶先生就这样守候着自己的文学，自己的孤独，并期待着文学在孤独中开出花朵。这需要执着，需要毅力，也需要隐忍。

记得多年前，陶先生说过：“文学是不是我的命，而是我的根。”当我第一次听到这句话，仿佛触电一般。我曾经无数次地叩问自己：嗜爱文学如命，虽拼尽全力，却并无所成，文学真的可以托起文人的梦吗？我无数次问自己，却又不能回答。因为文学的爱好让我远离人情世故，远离灯红酒绿，也远离尔虞我诈，只想守着人类的本真，呵护文学的初心。因为爱，所以梦。多年来，我曾有无数个文学之梦，一波未平，一波又起，涤荡着早已不再青涩的人生。早年的文学梦，在事业沉浮中几度搁浅，而今的文学梦在沧桑岁月里开出了鲜花。这让我终于明白：文学的确不是我的命，也承载不起我的梦想，但文学是我的根，长满了年少的希冀和青春的渴望。文学是根，没有根的人，无论走多远都是迷途的浪子；没有根的民族，无论走多远都是漂泊的浮萍。一个民族不能没有根，一个家族不能没有根，一个人也不能没有根。根的深处是民族的信念、家族的信仰、个人的初心。

我相信，陶先生就怀有这样一颗初心。

早年在城市达人里,陶先生开设了“现代诗歌点评中心”“古体诗词点评中心”，义务为文学爱好者点评作品，受到了数万文学爱好者的赞誉。这几年，陶先生在经典文学网设立了“诗歌学院”“诗词学院”“散文学院”，会同资深版主，继续为文学爱好者点评作品并答疑解惑。但是点评作品，总是零散的，达不到专业学习的效果。为此，陶先生又举办了“每周一诗”“每周一词”“每周一文”活动，邀请资深人士出题、点评或鉴赏，引导了文学创作,规范了创作取向,提升了创作品位。遗憾的是,“每周一文”活动没能做起来，成为陶先生难以释怀的歉疚。

“每周一诗”活动，深受现代诗歌爱好者的喜爱，真是可圈可点；“每周一词”活动，因为专业性较强，成为格律诗词教学的一面旗帜，在网络文学界影响甚广。而对于需要系统学习的文学爱好者而言，陶先生还开设了现代诗歌高级研修班和格律诗词高级研修班。研修班采取网络教学的方式，手机在手，即可上课，不受区域限制，为海内外诗歌爱好者、诗词爱好者搭建了专业化、系统化的高端学习平台。通过学习，现代诗歌高级研修班已有 100 多名学员加入了中国诗歌学会，格律诗词高级研修班已有 300 多名学员加入了中华诗词学会、中国楹联学会。

研修班在晚上讲课，每节课 2 小时，陶先生经常顾不上吃饭。学员们说，陶先生讲课很精彩，一是因为陶先生学识渊博，传授了大量的书本上学不到的内容；二是因为陶先生讲课深入浅出，声音抑扬顿挫；三是因为陶先生点评作业相当精准，令人茅塞顿开。

对于研修班，陶先生也有遗憾。他说，格律诗词是中华文化的瑰宝，诗词的书籍很多，却没有一本系统的自学教材，让无数的诗词爱好者无从下手。现代诗歌则更糟糕，诗歌流派鱼龙混杂，诗歌理论严重缺失，更谈不上有一本系统的自学教材。他说等有时间了，要编写 2 本书籍，一本是《格律诗词创作实务》，另一本是《现代诗歌创作实务》。我知道这 2 本书籍的分量，也知道这 2 本书籍可能将对中国诗歌教学、诗词教学带来里程碑式的影响。

说到书籍，陶先生主编了 100 多本书籍。他说，优秀的文学作品需要展示，需要传承，不能被抛弃于报纸杂志的门外，也不能沉没于抓不住的网络。

为了文学，陶先生辛苦了。高山仰止，景行行止。我羡慕陶先生渊博的学问，敬佩陶先生高尚的情操，更感动于陶先生一颗诚挚的文学之心。

时值陶先生生日之际，我谨以此文祝陶先生生日快乐，并以一组拙作《九张机》，表达对陶先生的敬仰。

永远的香儿。

附：

九张机 · 天涯寄相思

一张机。陌阡芳草着春衣。蜂飞蝶舞花间戏。
芭蕉翠展，柳丝垂线，鸿雁几时归？

两张机。梦回寒暑共相依。书声笑语心相系。
赋诗共趣，荷塘咏唱，文墨荡涟漪。

三张机。残红欲尽别难离。更长漏短双心碎。
今生默许，泪倾无语，夜半子规啼。

四张机。他乡夜雨解相思。枕边难锁千行泪。
几杯浊酒，满怀思绪，情尽最浓时。

五张机。清风晓月映疏篱，万千絮语无由寄。
眉间轻锁，更深难寐，屈指数佳期。

六张机。千山难隔两心痴，天涯望断云中字。
芳心不改，此生不弃，贫贱共相依。

七张机。秋风瑟瑟柳丝垂。千帆过尽空留水。
佳期又误，愁思再起，无语伴灯帷。

八张机。梨花曼舞似蝶飞，数梅点点情相对。
凭栏凝目，频频远眺，心切盼君归。

九张机。几番旧梦赋新词，两情一缕相思寄。
春来春去，相濡以沫，白首不相离。

当代作家梁春云

【作者简介】

梁春云，湖北省作协会员，中华诗词学会会员，中国楹联学会会员，出版有散文集《惟孜》《楷瑞》《岩·臻锦》，有散文在湖北省委宣传部等部门开展的“书香农家，全面小康”喜迎建党一百周年读书征文活动中获三等奖，有数十篇（首）散文、诗歌、诗词入编书籍中，有诗歌在“学习强国”上线刊发，有多篇散文发表在省地市报刊、杂志。担任《当代文学百家》《当代影响力作家文选》《中国作家文选》《关庙山故事集》等书籍的副主编。

难忘有情构树

几年前的夏天，我在所驻社区做调查。一天早上，蓝天高朗，絮云朵朵，微风轻拂，很是惬意。我看时间还早，便决定步行去。背对阳光而行，仰面欲伸手摘云。当行至每天往返都要经过的一段围墙时，发现那围墙里的构树已高出围墙好几米，交错的枝丫，蜿蜒伸向人行道，似乎在向行人招手致意。愈接近此地，愈觉得气温陡然低了一两度似的，感到格外凉爽。

“咦，橙红色球形花！”太阳穿过构树锯齿状叶片缝隙，照在橙红球花上，花朵如鲜红的印泥，发着光，渗出油，我顿时眼前一亮。

这橙红球花，却是一根根奇异的小柱由白渐红，从圆心呈现放射状伸出，外延亮晶晶。倒是这一朵朵挺招惹人的球花吸引了我，我立马瞅住摇曳的枝条、摇曳的花朵在风中起舞稍稍停顿的一刹那，“咔咔咔”地趋光而拍，并违背自己“惜花”的原则，顺摘一朵，想让一起驻点的队员欣赏和辨认。

当手持橙红球花走进社区大厅时，几位工作人员齐声说道：“这是构树花耶，现在开得正艳。”

该社区为“村改居”，工作人员都曾经是农田耕作的“一把手”，这生长在自家地盘上的花，自然再熟悉不过了。

城里来的年轻人，则只是欣喜，叫不出花名儿。因为他们上下班都开着小轿车，却错过了很多别样风景。

一直都是紧张地工作着，我写构树的文字开了头便搁置了。这一搁便是整两年，但那些靓丽的橙红球花，却在我的空间大放异彩，有好友为之惊诧:“这么普通的树，竟然开出如此瑰丽的花？”

终于又见构树满身春晖，花缀枝头。

正如“万物有时”，与构树没有陌生感，没有距离感，一切都是那么自然相拥。我经常独自在内心与它对话，好像它时时在我身边，时隔几十年一直都在，我只是远行一趟，现在回来了。

自家老屋建在一座高台子上，房屋西北角有一棵高大的构树，高约 10 米。它恣意生长的枝条，遇到刮大风时，便狠狠地锨挂着房屋西侧的小瓦。有一次暴雨“哗啦啦”地倾盆而下，小瓦“哐哐哐”地落下，而父亲在单位上班不能回来，母亲毫不犹豫地搬着长梯，手持利刀，头戴斗笠，冲入雨中。经暴雨冲刷后的地表非常湿滑，只见母亲将长梯顶部搁在树干的大枝丫处，梯子两脚杵在台子斜坡处，我一眨眼，母亲就“蹭蹭蹭”地爬到了梯子上端，我赶紧扶住梯子下部。母亲在上部狠狠地用劲砍树枝，梯子就一直摇晃着。就在母亲“蹭蹭蹭”地顺梯而下的一瞬间，几根巨大的分枝顺应“哗啦啦”的水流声倒下了，屋西侧的瓦暂时安全了，我的心却“突突突”地跳了好一会儿。

历经几十年的风雨，好多事情都健忘了，可母亲当年被暴雨淋湿后，衣服紧紧裹住瘦弱身躯的“鲜活”一幕，至今仍然印在脑海里。

雨后放晴，母亲下地干活了。猪圈里的黑毛猪，会定时一阵儿赶着一阵儿地叫得起劲，边叫还用它那翘起的拱嘴拼命地拱猪圈门。母亲收工回来，当然要先去喂猪啊，只有去刷构树叶了。只见母亲从构树枝条的上部使劲，向末端刷叶，一个细分支上可以刷一把叶。一会儿工夫，母亲的围腰包袱里已满，赶紧回屋倒在地上，“咚咚咚”地剁上几刀，再装在竹篮里。

黑毛猪自听到熟悉的“咚咚咚”地铿锵节奏，一下子安静了许多,乖乖地等候在猪槽边,还不时地从鼻腔里冒出“嗯”“嗯”的中音来。

用构树叶及南瓜叶、白菜叶、萝卜叶、莴笋叶及土豆、红薯喂猪，猪生长缓慢，肥膘不大，肉质紧密。到了年底，我家黑毛猪毛重也只有 200 来斤，可黑土猪身上任意一个部位的肉，用任意一种方式烹饪,都是满屋飘香。这就是“农家妈妈的味道”。

那时，农田、沟渠、道路两旁都是“二面光”，少有野菜。所以，构树叶愈发贵气。在构树花还是青涩的绒绒小果时，就已经下到猪肚里了，只有够不着的树顶端，会摇曳着几朵橙红球花，那便是构树至高无上的荣耀了。

构树地表根部，或是枝枝丫丫被砍后，留有深褐色“瘤巴”，遇有潮湿的气候，便生出一圈一圈的木耳。待木耳生长成熟后，母亲便会摘下，用白索线串起，吊挂在厨房门旁，慢慢积攒，以招待客人或过年食用。

回老家路过知青大楼，这坐北朝南的 3 层楼房已几易其主，院门锈蚀，满地青苔，砖墙裸露，风化严重。倒是楼顶上“居高临下”的构树，给斑驳、沉寂的楼宇徒添了几分生机。据了解得知:鸟食构树籽儿拉到哪里，这构树籽儿便在哪里落地生根，日渐茂盛。可见，鸟是构树绵延不绝的传播者。

记得我和驴友登上长阳县境内的兰草谷，想一睹兰草尊容时，居然令人大失所望，山上山下居然不见兰草，但我们邂逅了随性生长在山巅沟壑、在民居前后、在绵延步道长廊的构树，构成了兰草谷别样的美景。那天的风很大,构叶被风儿翻了个身，一片灰白盖住了叶正面原有的绿色，整座大山一时间摇身一变为灰蒙的世界。长期生活在钢筋水泥围城里的驴友，那时一扫欲见兰草未果的沮丧，感叹着“不虚此行”。

我在城区的房屋，其围墙根部生长了两棵构树，开始只是细枝嫩叶随风摇曳，渐渐地分发数根侧枝，且有无限递增之势。我担心它的根深扎会影响围墙，便像当年母亲一样，拿利刀，砍主干，砍侧枝。可是，到了次年，它又长出了新枝干，新叶片……

眼前的构树，“如竹苞矣，如松茂矣。”

在建筑设计师、园艺师精心构筑了生活的绿荫后，城市的某个角落，依然有构树闪亮、妙趣的身影，它走进了我的心里，它在构筑着我心里的绿荫。

当构树的主干在有着无数个充足理由被砍掉后，只要根在，则会以超强的忍耐，生发侧枝，傲立世间，守护广厦。

难忘有情有义的构树，难忘吃构叶的黑毛猪，难忘浸润着妈妈汗渍的味道……

当代作家赖维斌

【作者简介】

赖维斌，深圳市工业和信息化局综合法规处调研员，深圳市作家协会会员。1962 年 12 月生于福建龙岩，1984 年 7 月毕业于厦门大学中文系，2018 年 3 月开始创作。20 篇散文已刊《工人日报》、中国散文网等 4 个媒体，被人民网、新浪网等 119 个媒体转载，并上今日头条。入编《“中华情”全国诗歌散文作品选集》（2018 年卷）（2019 年卷）（2020 年卷），《相约北京·全国文学艺术精品集》（第六卷）（第七卷）（第八卷），2019 年、2020 年、2021 年《中外诗歌散文精品集》，《“华语杯”国际华人文学大赛获奖作品精选》《当代文学百家》《“当代影响力”诗人作家文选》《“盛世中华杯”国际文学创作邀请赛作品精选》《中国作家文选》《岁月之歌——全国青年作家优秀作品选》等 20 部书。

云雾三清的秋天音画

在金沙索道起点，仰望三清山，群峰耸翠，浓雾连天，令人浮想联翩……

缆车飞离稻谷飘香、芦花放白的谷底，穿过款款相依、心手相连的峰隙，节节升至高坡，这座江南名岳渐渐向游客揭开神秘的面纱。

栈道如虹，高悬在群山之间，流线型护栏随峰回路转，不时显现曼妙身段。旅行团步入南清园景区，行走一程后，云雾升腾，山峦隐没，转瞬间天地苍茫，松石难辨，行人如进幻境。此时此刻，唯有平坦的栈道，给人踏实之感。抚摸溜圆的栏杆，呼吸清凉的空气，我仿佛信步天庭。此栈道规划半年，施工半年，一年余竣工，为中外游客纵览三清山世界自然遗产提供了便利设施，因此跻身全国样板。周筱松导游披露此讯时，我感到昔日造出悬空寺的中国人民，新时代又铸崖壁工程精品。

笔者曾在一个春日行此栈道，山上天气瞬息万变，眼看雨点生自各树，霎时汇成一个雨网。蒙蒙山雨落在伞上，“吧嗒”“吧嗒”，像雨打芭蕉，清脆入耳，浓浓白雾弥漫林间，数米之外不见人影，前行有路，拍照无景，因此，走了几公里，到了五指峰，就不再前往。五指峰上，杜鹃花多处盛开，鲜艳夺目，成为那次旅游唯一可望景点。然而，由于绿叶掩饰，雨雾遮盖，其花容玉貌并没有看清。而今，萧瑟秋风伴我重登此山，已然雨点不再，但若浓雾不褪，三清美景仍无从领略。

明媚的阳光没有盼来，乳白的浓雾忽然褪去。墨绿的松树集聚成林，蔚然于栈道上下，成为景区最壮观的植物群落。松林的颜色使人忘了“时维九月，序属三秋”。一路前行，松树或从高崖上横空出世，或在山顶处昂首天外，或自丛莽间脱颖而出，或于栈道里砥柱中流，都显英姿勃发。蓦然回首，山麓丛林向上延伸，每升一处就托起一棵青松，几棵青松间隔有度，遥遥相望，在远处山坡上茫茫白雾的映衬下，或主干亭亭玉立，或枝叶旁逸斜出，或树梢浓密若云，使人遐思绵绵。猛然间，一簇乌云惊现天空，凝重得像要下坠，定睛一看，它原是深绿如墨、郁秀似丛的松枝松针。在它的下方，多处青松伸展枝叶，汇聚拢来，像千军万马前来集结，聆听将令，又像远方游子回归家园，仰望高堂。莫道青山多冷峻，“一枝一叶总关情”。植物也有组织，也有情义，或聚集而共生，或分处却照应。人类应增进对植物的认识，提升对植物的尊重，学习植物风雨同山、和衷共济的精神，密切合作，共享资源，加快打赢新冠肺炎疫情防控阻击战，并同构生态文明，共谋社会和谐，敦促睦邻友好，维护世界和平，永葆地球美妙之青春。

峡谷曲曲折折，伸向远方。远方云山渺茫，近处坡岭葱翠。虽已深秋，山气凝重，各种树木仍在茂盛生长，似波涛漫涌峰巅，如瀑布倾注谷底，覆盖群山众壑，催生近雾远云。凛霜打压，其主干依然茁壮；寒气萧森，其枝叶依然蓬勃。兰树绽出光滑的绿叶，枫叶铺开烂漫的赤霞，灌木丛分枝通透秋风，馒头石连理崛起蒿莱。万山丛中，最醒目的是青松：或英挺超迈，枝条若垂天之云，或屈曲盘旋，松针如映日之花，或参差错落，主干像守山之兵，或缠绵悱恻，树梢似倾情之侣，都别具风采。松针多呈墨绿，少数则呈葱绿，显示秋霜的不同效应，或在延伸的枝条展示瑰丽，或在挺秀的树梢释放磅礴，熠熠生辉，独领风骚，堪称三清山魂。三清山植被繁茂，满目葱茏，云雾弥漫，遍山朦胧，内因土壤保肥，花岗岩矿物成分多，外因邻近东海，易接太平洋暖湿气息，并得益于国家生态建设、世界自然遗产保护。栈道中间，时常挺立一两棵青松，供给游客可触摸景观。面壁一侧，松枝不留，通行无碍，匠心自显；邻崖一侧，枝繁叶茂，层层叠叠，清秀可人。当我凝视栈道中间松树，脑海浮现劲歌劲舞的景象:独舞潇洒，双人舞整齐，征衣在秋风中飞扬，激情在峰峦上澎湃……

秋日登临三清山，飞瀑鸣泉依然现。一道发自高麓的瀑布，似雪耀眼，流经石缝，时分时合，潺潺而下。一处瀑布如一丝银线，挂在石块砌成墙面的前方，过半处遇到微凸的石块，溅出伞状飞流，落入方正水泥池中，水泥池面映现水晶般的清流。透过一条崖壁间的缝隙，另见一帘瀑布贴着崖壁飞流直下，冲出沟底几处急湍。照片放大后，我才知道那帘崖壁飞瀑已成冰帘，那片沟底急湍已成雪晶。几处瀑布周围草木都抖擞精神，格外青翠：水汽浸润，枝叶纷披，山光辉映，叶绿如兰，在长满青苔的石墙上簇拥银练，在褐黄相间的崖壁上摇曳秋风。秋天是枯水期，山间雨水减少，经过夏天的蒸发，山体蕴含水量也已不多。因此，游客不能奢望这一季节青山飞瀑势大如洪，声震长空。像黄果树、德天那样气势磅礴、水量丰沛的大瀑布毕竟鲜少，如长白山、庐山那样高悬崖壁、层层跌落的长瀑布也为数不多，而且，它们也在秋天缩小规模，收敛声势。瀑布最隆盛之景，一定出现在夏季；瀑布最式微之象，一定出现在冬季。春瀑适中，秋瀑次之。季节决定瀑布规模，政策也影响瀑布水量。封山育林，涵养水源，有益瀑布壮其规模；乱砍滥伐，水土流失，有害瀑布保其水量。曹操诗云："盈缩之期，不但在天；养怡之福，可得永年。"说人如此，说山亦然。人类期望青山富氧洗肺，翠林悦目，瀑飞泉鸣，鸟语花香，就要精心养护它。青山给予人类高贵的母体，人类当以敬爱之情感恩回馈；青山施与人类宏大的宝库，人类当以节俭之德谨慎取用。

一到高山，遂入清凉世界，再登峰巅，空气愈发清冽。三清山的崖壁陡峭、唯美，或袒露、光滑，或葱茏、清秀，常年仙气氤氲，草木点缀其间。崖壁如削，头顶青天，足立幽谷，阳刚与阴柔兼具，壮丽与秀美并存，尽展这座江南名岳鲜明的性格特征和丰富的美学内涵。磴道似梯，辗转五指峰麓，当我攀登其上时，高高的崖壁飞出片片红艳，空谷幽兰掩映其间，飞雾流云缭绕其上，使我一时以为那是丛丛红花，但觉得深秋时节山花难开，就极目仰望，终于看清片片飞红，原是树树枫叶：

枫叶如花盛开，在万绿丛中绽放点点殷红；

枫叶如霞飞掠，在崇山峻岭璀璨片片天空；

枫叶如火燃烧，从霜冷深涧送来股股温热；
枫叶如日喷薄，从云遮雾罩透出浓浓曙色。

在崖壁飞红的召唤下，我一鼓作气，登上三清山最好观景台之一——禹皇顶（海拔1580米）。在这高可摩天之处，我原本期冀放眼四面江山，没有想到置身白雾茫茫。曾登无数名山之顶，俯瞰多少壮丽景色，即使在莽山之巅，山风强劲使我不敢直立，也摄得锦绣幽谷美景；即使在长白山上，寒风凛冽呛我眼泪直流，也拍到旖旎天池风光。因此，这时我略感失望，然而，忽见身边挺拔松树上一面五星红旗，迎着山风猎猎飘扬，顿时喜从心生！山风大时，国旗"呼呼""呼呼"劲舞，舞出碧霄一束火红；山风转时，国旗"噼啪""噼啪"脆响，奏起山巅声声天籁，遂成三清新美音画。

有诗赞焉：

云雾凌峰栈道绕岩，青松挺秀明晖耀峦。
崖壁飞红枫叶流丹，磴道通顶赤旗漫巅。

画意桂西南 边陲有洞天

车出绿城南宁，西去边城崇左，渐至与越南毗邻的大新县。

沿途风光旖旎，岩溶地貌明丽，使人如穿童话世界：峰丛葱茏，山峦连绵；峰林挺秀，平野开阔，在五月的阳光朗照下，格外郁郁葱葱！这里的峰丛、峰林保存完好，颇具原生态的自然、优美，比不少地方的喀斯特地貌通透、空灵，使人心旷神怡。花季已过，群芳渐褪。然而，油菜花花期较长，热风吹送，它犹迎风起舞，花蕊把春的画意带进夏天，映得田野金光灿灿，引来蜂蝶光顾频频。村落端庄，炊烟袅袅，或依翠峰，或起青野，小河、田垄、民宅、树林、峰峦、云朵，由低而高，逐层呈现，引人浮想联翩。芭蕉舒展宽大的绿叶，河床喜迎欢腾的雪浪，老牛踱步乡间的小道，群鸭戏水幽静的深潭，桂西南尽展“世外桃源”祥和景象。

“看！这是我国硕龙口岸，近期升为一级口岸；那是越南里板口岸，相信也在升级之中。两个口岸同步建成后，将分流友谊关大批人员、物资。”来自北海的黄吴伟导游对此地机构如景点般熟悉，三言两语道出其地位、作用。

硕龙口岸是大新县唯一一级口岸，也是崇左市5个一级口岸之一。由于该市地处华南、西南、东南亚三大经济圈交汇点，硕龙口岸与其兄弟口岸遂成我国开放前沿、中越交流通道、南（宁）新（加坡）走廊北端、丝绸之路节点。中越界河——归春河款款绕过里板口岸、硕龙口岸，串起两国绵长的友谊。

在硕龙镇前，旅游车待检。上来两名警察，逐一审核游客身份证，使我想起在新疆公路接受两名特警登车验证的情景。边疆省区敏感度高，对外来人员身份查验历来严格。值此停车时刻，我瞭望归春河畔两国口岸的雄姿：大楼都显英挺，风采都透绿叶，使人肃然起敬；差别在于硕龙口岸墙体白色，里板口岸墙体黄色。郭沫若说：“衣裳是文化的表征，衣裳是思想的形象。”我认为，建筑亦然。那么，两国口岸墙体色差，表征什么不同的文化？形象什么不同的思想？当我看到里板口岸迥异于硕龙口岸的格调、色彩时，我确信已至边境，异域风情始呈眼前。然而，差别仅在建筑而已，彼山彼水与此山此水并无二致，“越南中国山连山水连水”（杜润：《越南—中国》），于此已得印证。

穿过房舍较密的硕龙镇，一片平原展现出南国稻田的广阔，使乘客心境豁然开朗。公路从平原中间穿过，蜿蜒伸向无尽的远方。碧绿的田野，绕过明镜般的水塘，沿着悠长的沟渠，往左右两边远远的峰丛、山峦扩展。峰丛、山峦怀前的民宅，远望像疏星点缀在青绣之上，近看如碧玉镶嵌在绿衣之中，透出农家特有的安逸。难怪东晋诗人陶渊明情倾桑梓，喊出“归去来兮，田园将芜胡不归？”也理解解放初甘祖昌将军功成身退、解甲归田之举措。广袤的农村，诗意的家园！在您看似简单质朴、实则丰富清新的世界里，有物产的丰饶，也有风情的魅惑；有自然的云烟，也有人文的底蕴。城镇化的浪潮不能淹没您的原生形态，现代化的步履不能踩掉您的淳朴民风。未来中国应该是生态大国，绿满华夏；泱泱中华仍应是文明古国，和溢神州。

车行 1 小时，终抵名仕河上游码头。本团游客分乘两筏，顺流而下。河道平缓宽敞，清流婉转曲折。筏工动作娴熟，竹排并行不悖。茂林修竹连岸，山光水色相映。时见虹桥飞渡，时闻山歌悠扬。

当竹筏有如风行水上时，我的思绪飞至阳朔遇龙河。遇龙河面比名仕河宽，但风比名仕河大。2015 年正月初九，我与团友同游遇龙河，至下游时，凛冽的风越吹越劲，吹得我们不想再游，遂弃筏上岸。但名仕河清风徐徐，使人留恋。

在游客兴犹未尽时，竹筏漂至该河下游码头。但见两岸青峰，一河如带，在葱茏河岸上，一座展示馆壮族风情浓郁，《花千骨》剧照在展示馆四壁光彩照人，风车等娱乐设施笑迎游客，奇花异卉盛开在多处丛林。往里走去，更见屋顶高尖的餐厅、爬满青藤的驿站、棕榈挺秀的园景、树木葱翠的山峦和九曲回廊的水上通道、篝火中烧的文艺广场、波光潋滟的巨大湖泊、白云缭绕的远山群峰……《祖国边陲风光》特种邮票之一《桂南喀斯特地貌》，电视剧《酒是故乡醇》《花千骨》等，都取景名仕田园的秀峰丽水、古道长桥。

沐浴夕阳余晖，游客遍搜美景。九曲回廊式水上通道，数十个石柱中凿圆孔，许多游客面对柱孔蹲身拍照，近湖远峰化成一幅幅圆框山水画，平添名仕田园魅力，呈现祖国边陲别有洞天景象。南北朝诗人谢灵运的名句“池塘生春草，园柳变鸣禽”“春晚绿野秀，岩高白云屯”，恰为此时名仕田园风景写照。夜幕降临时分，名仕田园餐厅华灯璀璨，屋外绿叶茂盛，簇拥出题写“翠山堂”的悬空木牌，使人感受到了如杏花春雨般的盎然诗意。稍事休息以后，游客穿过流光溢彩的水上通道，登上壮族博物园，参加篝火晚会。悍勇的八桂战舞，明快的壮族山歌，燃向夜空的篝火，传至四野的鼓声，引爆众多游客的热情，使之不分男女老少，踊跃加入与壮族演员携手前行的圈舞，展现社会主义大家庭各民族大团结的动人场景。当游客都回到驿站，以为一天的行程已告结束，忽然，名仕田园餐厅之前炮仗不时炸响，夜空频闪火树银花……

名仕田园位于大新县堪圩乡，西距越南 10 公里。边陲祥和，得益于中越睦邻友好。祝愿两国永久和平！

当代作家张荣

【作者简介】

张荣，退休教师。近几年以写回忆录来打发时间，作品有《沧桑老人的童年故事》60 篇，以及其他散文、小说 40 篇，其中，有些参加过全国散文比赛获过大奖。

沧桑老人趣谈往事

摘月亮

"摘月亮"是德高望重的伯公给小字辈们出的一道难题。他是破落的封建大家族的长老，对我们的管教依然是老一套。平时啊，他总是拿着一杆长烟管，端坐在大厅的椅子上，正色庄容，不苟言笑，一见到不守规矩的孩子，就用烟管敲打他们的屁股，甚为严厉。这样的封建老人，一般是不会放下尊长的架子，和孩子们坐在一起聊天的。那么，是什么样的良辰美景，能让他一反常态呢?

那是一个中秋节的夜晚，一轮满月像玉盘一样，镶嵌在墨蓝墨蓝的夜空上，显得格外皎洁、清爽。每逢佳节孩子们都显得特别高兴，时而相互追逐嬉戏，尽情泼洒快乐；时而和长辈们一起赏月，共同享受节日的乐趣。那晚，醉意未消的伯公，也和孩子们一样兴奋，不是吟诗作赋，就是给我们讲《嫦娥奔月》的故事。他吟毕"海上生明月，天涯共此时"的诗句后，就乐呵呵地把孩子们召集到身边说：“今晚的月亮犹如一个玉盆，谁能把它摘下来，我就奖励谁一支铅笔。”这是一道什么样的题目？我们全都像丈二金刚摸不着头脑。大家面面相觑了片刻，便七嘴八舌地议论起来：“月亮高悬中天，我们怎么摘呢？”“我们又不长翅膀，怎么飞上去呢？”……就连叔伯们也都觉得不可思议。伯公是个才高八斗学富五车的老学究，他给我们出的是“脑子急转弯”的题目。由于我们都是第一次接触到这样的问题，因此大家都一头雾水，无法作答。

我是个既机灵又好表现的孩子，就爱在长辈面前露一手，于是便积极地动起了脑筋。突然间，曾经让母亲啼笑皆非的“我捉住了月亮”的故事，跳入了我的脑海，让我眼睛一亮，明白了“摘月亮”的办法。

这个故事发生在 6 年前，那时我才 5 岁。一天夜晚，银白色的幽静月光，透过窗户射进了屋子里，我正在院子里数星星，忽然看到水槽边盛满水的脸盆里有一轮圆圆的月亮。“月亮掉进我的脸盆里了，大家快来看啊！”我欣喜若狂地大声叫起来，可是没有一个人过来看这“奇观”。我想，“可能他们都没听到，我这就去叫母亲来看。”为了扣住月亮，我用锅盖把脸盆盖住，赶忙跑进屋子里，对正在做针线活的母亲神秘地说：“娘，我捉住了月亮。”

母亲不以为然地说：“月亮你怎么会捉得住？你这小精灵又在骗我了。”

“不……没有……没有……不信，你跟我去看。”我边说边扯着母亲的衣襟往外拉。

“好，好。”母亲被我缠磨得受不了，就跟着我走到了水槽旁。

我怕掀开大口子让月亮跑了，就轻轻把锅盖挪开一条缝让母亲看。母亲俯下身子，认真地凑着盆沿朝里看，好半天才说：

"月亮躲到哪儿了？娘老眼昏花看不见呀。"

我连忙蹲下身子，也往盆里一瞧，"哎呀，真的，月亮没有了。"我说着，并急忙打开锅盖，"还好，还好，月儿在盘子里睡得正香哩。刚才可能是它害羞，躲了一阵子。"母亲听了我的话，认真地看了一会儿，笑着走开了。我又轻轻地把脸盆盖上。

第二天，我起了个大早，又去看月亮，只见锅盖被母亲拿掉了，盘子里的水也没了，月亮不知所终，我焦急地号啕大哭起来，后悔自己昨晚没有存放好。母亲看我哭得那么伤心，急忙安慰我说："别哭了，你看到的是月亮的倒影，娘今晚一定给你找回来好吗？"母亲的承诺，才让我破涕为笑。果不其然，当天晚上，母亲"依样画葫芦"，为我找回了月亮。

回忆到这里，我想，"捉月亮"' 不就是"摘月亮"吗？胸有成竹了的喜悦，涌进了我的心中，让我高兴地眼笑眉飞，赶忙跑到厨房里，端出一个装有半盆水的脸盆，走到月光下，高声喊道："大家来看啊！我把月亮摘下来了，它就在我手上的脸盆里。"如梦初醒的叔伯们，为排解尴尬，都不断地赞扬我"是个聪明的孩子"；其他小孩子看了以后，有模仿我拿脸盆装水的，有拿镜子来照的，有拿笔来画的，每个人都"摘"到了月亮。伯公对每个孩子的答案，都予以充分的肯定，并发给每人一支铅笔，我们都乐了，大大增添了节日的欢乐气氛。

在众多长辈的面前，我之所以有那"神来之笔"，是因为我曾经有过"捉月亮"的经历，否则也不会想出这个办法来；堂兄弟们之所以有创造性的发挥，懂得用笔、镜子，把月亮"摘"下来，是因为受我"摘"月亮的启发，激发了他们的灵感。不然的话，他们一时也想不出什么好办法。

"摘月亮"的故事，蕴含着一个显而易见的道理，孩子的个人或集体活动，都有利于他们知识的增长。为父母者，培养孩子不应该像培育盆景那样，限制了他们自我发展的空间，阻碍了他们天赋的成长，影响了他们才智的形成，而应该让孩子们多经历一些事情，那些本该属于他们自己的事，就由他们自己去完成，尽量让他们自己去体验生活，感受生活，从而适应生活。

捡钢笔

小时候，钢笔于我而言是奢侈品，每当我看到用钢笔写作业的同学，都会打心眼里羡慕他们。孩子也爱赶时髦，我恨不得也有一支钢笔，成天哭着闹着要母亲给我买钢笔。一个清贫如洗的家庭，给孩子买钢笔谈何容易，所以，我每次的讨要，都是背鼓上门——讨打。后来，一个亲戚知道了，送我一支蘸水笔，并教我泡制蓝墨水的方法，我喜出望外，就像心里倒上了一罐子蜜，止不住地想笑，上学也特别勤快，更喜欢写作业了。然而好景不长，我还没高兴个把月，蘸水笔和蓝墨水都被老师给拿走了。那是因为，蓝墨水把我的书和作业本都弄得脏兮兮的，甚至把我的脸和手都变成蓝色了，当然免不了老师的批评。尽管如此，用钢笔写作业的想法，我依然挥之不去，无日不想有一支钢笔。

常言道，日有所思夜有所梦。有一天晚上，我果真梦到了捡钢笔的高兴场景。一个周末的早晨，刚刚起身的太阳，精神抖擞，红光四溢，把整个大地照得通亮。我独自一人踏着灿烂的阳光来到了河边，见到岸边堆放很多外皮尚未剥掉的杉木。我心想："今天运气太好了，这些树皮让我剥回家，母亲一定会很高兴。"于是，我便高兴地跑回家拿柴刀和篮子。那杉木堆里真的有秘密，让我惊喜连连。我每翻动一根杉木，里面都有一支钢笔，翻动得越多，钢笔捡得也越多。这下子我心里乐开了花，拼命地剥啊捡啊，树皮剥了一篮子，钢笔也捡了一口袋。"捡到的东西，看者有份。"平时总是和我过不去的小奇同学冲着我喊道。我捡到那么多钢笔，本来就怕被人看到，可突然冲出这么一个"杀星"，吓得我心口紧缩，好像冰凉的蛇爬上了脊背，一下子惊醒了。原来，我做的是"黄粱美梦"。

无巧不成书，第二天傍晚我果然梦想成真了。在放学回家的路上,我在水沟旁看到一支乌黑发亮的钢笔。这可把我吓坏了，整个人战战兢兢的，心仿佛要飞起来一样，在胸膛里乱窜。我紧紧张张地环顾四周，确认无人后，赶忙把书包压在钢笔的上面,然后连同钢笔拿起来,迅速地把它塞入书包。我此时的心情，和梦中捡钢笔的喜悦，截然相反，满脑子全是紧张和恐惧。毫无疑义，对于没见过大世面的小孩子来说，捡到他梦寐以求的钢笔，当然不是一件小事，怎能心安理得呢?

我怀揣着这支钢笔，心神不定地回到家里，平时多嘴多舌、天真活泼的我，变成沉默寡言、泥塑木雕的样子，让全家人都感到莫名其妙。弟弟的好奇心特强，在他的再三追问下，我和盘托出了"捡钢笔"之事。谨小慎微的父亲，担心孩子没教育好,将来不会有出息,便给我讲述了"诚实是为人之本"的道理，并叫我"把钢笔交给老师"。这让渴望有一支钢笔的我犯难了,"交给老师"或"留下自用",像走马灯似的,在我的脑子里轮番出现。我经过反复思忖，还是让私欲占了上风，把它占为已有，而且还编造了"钢笔已交给老师"，以及自己如何"得到老师的表扬"等谎言，瞒过了家里所有的人。

从此，这支钢笔让我生活在谎言之中，成天折磨着我。写作业时，我总是提心吊胆，偷偷摸摸的，在家里担心被家里人发现，不好交代；在学校害怕同学问起钢笔的来历，不好回答。这哪里是一支钢笔,简直就像一条毒蛇,不断地啃啮着我的脏腑，给我带来的是致命的痛苦。

是福不是祸，是祸躲不过。有一天，语文老师在班上给同学们展示了我的作业本，并表扬说，“张龙同学，现在改用钢笔写作业。你们看看，页面整洁，书写工整，字迹清楚。”平时得到老师的夸奖，我都会高兴得眉飞色舞，可这一次却把我吓得魂不附体，不断问自己，“这下糟了，我用钢笔写作业之事，被老师披露了，怎么办？”“如果同学们问起钢笔之事，我该怎么回答？”……我的思想像烟雾缭绕，乱纷纷的。

人一旦做了一件不光彩的事，即使用再多的谎言也无法掩盖，只会给自己带来无法言喻的痛苦。一些少见多怪的同学，对我的那支外表黝黑发亮的铱金钢笔特感兴趣，只要是课余时间，就纷纷来问这问那。于是乎，我便编造了很多谎言来敷衍他们，时而说是“姐姐送的”，时而又说是“母亲给我买的”，我仿佛是一只闯进火堆里的老鼠，搞得焦头烂额。我知道，“谎言是掩盖不住事实的真相的，总有一天会被揭穿。”因此，我精神恍惚，惶惶不可终日，心里有一种难言的苦涩。一个忍饥挨饿的孩子，本来就是面黄肌瘦的，经过这次的精神折磨，更加显瘦了。姐姐发现了我的“隐私”，把我带到老师那里，让我把钢笔交给老师，并承认了自己的错误。我得到了老师的表扬，心里的疙瘩解开了，心灵的“病毒”清除了，心病也就痊愈了。很显然，诚信是美白心灵的良药，它让我再也不敢做亏心事了。

祸福相依，虽说“捡钢笔”给我带来了诸多的痛苦，但它却让我明白了“诚信是为人之本”的道理，给我的人生之路增添了不少鲜花与掌声。

学写字

小时候，我的好奇心很强，见到什么好玩就想学什么。那时，我家很贫困，根本无法满足我的好奇心，但我会哭着闹着向父母讨要。大凡父亲自己会做得来的，他都会亲自动手给我做。我曾玩过他给我做的笛子、洞箫、二胡等乐器，但每一种我都没玩多久，就把它束之高阁了，所以乐器演奏，我都只是“半桶水”，从来不敢登大雅之堂。倒是学写字，我还算有点收获，尝到了一点甜头。

记得，我读小学低年级的时候，每一个周末，都有看到高年级的同学在校门旁写黑板报，字写得特别漂亮，围观的同学很多，赞美声不断，让我羡慕不已。我常想，“什么时候我也会像他们那样，为学校写黑板报，让同学们都知道我，喜欢我，不再欺负我了呢？”思想是行动的指南，这种想法让我有了努力的方向。从课堂上学到的每一个字，我就会到黑板报上去找。找到以后，我把手放在裤袋里，用食指在自己的大腿上，模仿他们的字形结构来写，回家后再继续练习。

我曾听过父亲指导姐姐写字时所说的话，“练习写字，不但要观其形，而且要悟其神。”我当时只理解为“记住字的形状”，因此，每天上学或放学，我都会瞧一下黑板报；每次和同学嬉闹时，也要寻找机会瞥一下黑板报，不断熟悉字形。时间对于学生来说，就是知识与技能。久而久之，凡是我模仿过的字，它们那漂亮的字形结构，都印在我的脑子里，每当写作业的时候，就会在脑子里浮现出来。随着时间的流逝，我写作业的字形，酷似黑板报上的正楷字，每次的作业都得到老师“书写端正，作业工整”的好评。从此以后，我的自信心就更足了。

时间如白驹过隙，转眼间我也上高年级了。那时，原来写黑板报的同学即将毕业了，学校拟挑选两个学生来接替他们。机会属于有准备的人，我果然美梦成真，被老师推荐给了学校，达到了“出风头”的目的，心里美滋滋的，胜人一筹的感觉油然而生。

父亲知道孩子有了“出息”，便开始教我学毛笔字。他是个老学究，写毛笔字是顶呱呱的，当时乡政府对外的“布告”什么的，基本上都是出自他的手。常言道，有其父必有其子。在父亲的影响下，我对学习写毛笔字就有了动力，每天都能挤时间，按他的指导学写字。他给了我两本字帖，毛笔字临摹“颜真卿字帖”；铅笔字临摹“硬笔正楷字帖”。我就是按照他的安排，一笔一画地认真练习。由于读小学低年级时，我就喜欢学写字，具有“书写端正”的良好基础，所以，父亲所教的读帖要点、正确坐姿、执笔方法、用笔诀窍，等等，都学得比姐姐快，写得也比她的好看，便自鸣得意，故步自封，而且还常常取笑姐姐。我骄傲自满的情绪，没有少挨父亲的批评教育。

有一天，父亲以古人练字为例教育我说：“相传我国唐代著名书法家怀素，他受前人‘蕉叶题词’的启发，专门种了许多芭蕉，每日以蕉叶代纸练字，长年不断。写秃的毛笔就堆在外面，累如坟堆，被人叫作‘笔冢’。这样，他终于练就了一手飞动流转、如疾风暴雨般的‘狂草’。这故事告诉我们，冰冻三尺非一日之寒，你想要有一手好字，就必须坚定信心，勤学苦练，持之以恒，才能成功。学习是无止境的，像你这样刚刚开始练字，还没入门的孩子，怎么可以骄傲自满呢？”我崇敬父亲，他的话让我羞愧难当。从此之后，我端正了学习态度，只要脑子里有了厌学或自足的一闪念，我的耳畔就会响起父亲教导我的声音，敦促我坚持练字。我就这样，一直练到小学毕业，一般能写一手清秀漂亮的好字了。

俗话说，字如其人，它既可体现你的文化底蕴和内涵，又能反映出你心灵的内在美。如果你从小就练写了一手好字，在以后的中学阶段，乃至走上社会，都会给自己带来诸多好处，增添许多光彩，因为美观的字迹会给人以好的印象，可以在各类升学或招聘的考试中，给自己加分；可以在学习与工作中，脱颖而出，受到尊重。我是一个从小就爱学写字的受益者，这种感触特别深刻。

然而，近年来，由于电脑的普及使用，很多小朋友都认为没有学写字的必要了，甚至连一些家长也有这种想法。殊不知汉字是中华民族智慧的结晶，它复杂的间架结构和方块形状，构成了中国汉字在书写时的形体美。这种特有的书法之美，是我国的传统艺术，在国际上是绝无仅有的，我们必须一代一代地传承下去。再说，学写字有益于开发孩子的智力，提高他们的理解与记忆能力，有什么不好呢？我希望小朋友们，从小就应该要刻苦学写字。

赞美无花果树

有一年冬天，我做客于姐姐从教的小山村岩头坳。

在那里，我见到一个学生的劳动基地，面积大约有两三亩，除了种菜之外，还栽了很多无花果树。我好奇地问：“姐姐，像桃子、梨都很好吃，你为什么都不栽，而只栽无花果呢？”姐姐微微一笑，胸有成竹地说：“无花果树有顽强的生命力，极易生长，很好栽。另外，其果实香甜可口，营养丰富，又有药用价值，深受大人小孩的青睐。更重要的原因是，无花果树的性格内敛，从不在他人面前炫耀自己开花的绚烂。这对学生有一定的教育意义。”听了姐姐的这番话，我对无花果树的敬意油然而生，只要有机会，就会跟姐姐到那劳动基地，欣赏它们的风采。

虽然无花果树的外表，既不像松树那样高大挺拔，也不像柳树那样婀娜多姿，但却能引逗人们的眼球。你看那一棵棵身段柔软，线条清晰的果树，宛若一个个体态丰盈，窈窕俏丽的美少女，给人以柔美飘逸的感觉；它们在和风的吹拂下翩翩起舞，相映成趣，那轻柔曼妙的舞姿和“哗——哗——”的欢笑声，无不美得让人心醉；它们的宽大叶子，虽然被凛冽的北风吹落了许多，那些还挂在枝头上的零星果子，业已干瘪了，随时都有掉落的危险，但它们依然魅力不减，还是那么兴高采烈地泼洒快乐，仿佛是在展示它们的另一种美——敢于直面风刀霜剑的抗争精神。这样美丽的景观，如果给田园诗人见了，必将诗兴大发，佳句连连。

我移步换位欣赏时，发现后排有一棵无花果树，主干的外皮剥落了不少，枝干都有些枯黄了，好像已经死了，心里觉得很难过。这时，姐姐笑着向我走过来，抚摸着我的头说：“弟弟，你别难过了。也许它的确不行了，但过了冬天，它可能还会萌芽抽枝，说不定它正在养精蓄锐哩，一旦时机成熟了，依然会露出它的勃勃生机。”姐姐的安慰，让我对它心存希望，不至于太难过了。打那以后，我特别关爱那棵果树。在姐姐那里的个把月里，我几乎天天去探望它，时而轻轻地抚摸它，时而温柔地拥抱它，时而深情地吻它，希望它马上恢复“健康”。

第二年春天，我再次来到了姐姐那里，迫不及待地去探望那棵无花果树。果然不出姐姐所料，它居然已抽出黄绿色的嫩芽。几天之后，一场毛毛细雨，使嫩芽渐渐地变成蜷缩的叶子，然后又慢慢地伸展开来；果树的表皮恢复了健康的颜色，树干的“伤口”也长出了“新肉”。我兴奋不已，心里好像涌进了喜悦，快活得跟天使似的，并决意留下来看它开花结果。

夏天到了，它和其他棵果树一样，枝繁叶茂，果实累累，景色宜人。我惊叹不已，不断地啧啧称赞它那旺盛的生命力。

当我流连于果树下指指点点，不时惊讶于“这个最大”“那个最红”的时候，脑子里突然冒出一个问题，“我始终没见到无花果树开花，怎么就结果了呢？”这时姐姐走了过来，我便急切地问道：“姐姐，无花果树根本就不会开花，哪来的‘不在他人面前炫耀自己开花的绚烂’呢？”姐姐明白我的意思，便故作神秘地解释说：“无花果树不是不开花，而是——”姐姐略停一下，故意卖个关子，让我着急后才接着说，“它们的花是开在果实里，只是你看不到而已。”

好奇是孩子的天性，姐姐刚刚帮我解开了一个疑团，接着我又萌生了一个疑问，便跑到姐姐跟前，仰起头嗲声嗲气问：“为什么同一棵果树，但果实的颜色不一样，有黄绿、淡红、深红、紫色呢？”姐姐毕竟是老师，她又不厌其烦地给我解释说：“无花果树的品种很多，我们的这一品种，因果实有不同的成熟期，所以颜色也就不同了。我们可以根据颜色来判断成熟与否。那些呈黄绿色的说明尚未成熟，呈紫色的说明已成熟了。这样，在挂果期间我们都可以吃到新鲜的无花果。”姐姐的话音刚落，我就朝她做个鬼脸并立马又问了一句，“那无花果树不就是和好人一样，也会想别人所想吗？”这句话可把姐姐给乐坏了。她蹲下身子，把我搂在怀里，不断地夸奖说：“我的弟弟真聪明。无花果树的这一风格，我还没想到，倒是让你给说了。弟弟真棒！”

对无花果树，我已有较多的了解，加之姐姐的表扬，使我愈发敬佩它们，欣赏它们，尤其是曾经害过一场大病的那棵果树。

感情都是相互的，那棵已恢复健康的果树，可能是出于“知恩图报”的缘故，对我热情有加，或把果实掩藏在绿叶丛中，不时探出头，对我频频点头微笑；或让红得发紫，垂挂枝头的果实，不停地向我挥手致意，以表它的感激之情。我垂涎欲滴，真想品尝一下，看看它的果味是否和其他棵的一样。

姐姐知道了我的心思，特意从那棵果树上摘了几个成熟的果子，同时又摘了几个其他棵同样成熟的，分别放在盘子里，让我做对比品尝。那棵曾经犯过一场大病的果树，它的果实大小、表皮颜色、味美程度，我觉得与其他棵没有什么不同。这时，我似乎又悟到了一个道理，但又说不出来。了解弟弟莫过于姐姐，她略有所思地说："这棵绝处逢生的无花果树，告诉我们一个生活的哲理——人生难免会遭遇挫折，但只要我们不气馁，不沮丧，就一定会像它那样，受到生命的垂青，照样会开花结果。""对对对，我就是这个意思。姐姐真了不起！"我欢呼雀跃，不断拍手赞扬姐姐。

生活处处有学问。在姐姐那里，无花果树不仅让我品尝了美味的果实，而且还给我以智慧的启迪。我要高声赞美无花果树！

偷吃生鸡蛋

小时候，我家很贫穷，一天只吃两餐饭，因此，成天饥肠辘辘，特别想吃东西。母亲常说我，"死猪死狗都要吃一大腿。"就是这个馋嘴，让我做了一件极不光彩的事。

有一天夜晚，我在睡梦中，突然觉得肚子疼得厉害，且大便很急，想找个地方方便一下。我东走走西瞧瞧，怎么也无法找到厕所。那时，我像无头的苍蝇到处乱窜，好不容易在一个旮旯里找到了厕所，可每个蹲位都有人，只好无奈地离开，继续寻找。内急让我"锲而不舍"，终于在短时间内，我又找到一个厕所，可谓"柳暗花明又一村"，甚感高兴，但那厕所的卫生极差，到处都是大便，臭不可闻，脚根本不敢踩进去。此时，我实在憋不住了。"怎么办？"我边想边跑，正好跑到了一个没有人的地方，想偷偷地在那里方便，然而"船迟又遇打头风"，不管我怎么拨弄，裤带就是解不开。在情急中，大便迫不及待地喷然而出，我一下子轻松了许多。可这美妙的感觉，犹如鸟飞兔走，瞬间即逝了。

我似醒非醒，在蒙蒙眬眬中仿佛嗅到一股股臭气，觉得肚子还有持续钝痛感，睡裤里面包裹着许多黏糊糊的东西，而且流得满床都是。这可把我惊醒了，赶忙用手去摸摸裤裆，然后又拿到鼻子闻一闻，吓得我号啕大哭起来，吵醒了和我同床共眠的姐姐。

姐姐很爱干净，她闻到大便的臭气，又看到自己裤子上也有弟弟的“杰作”，急忙跳下了床。她左手捏着鼻子，右手拎着裤子，边跑边叫，“娘，你快来呀，弟弟大便拉了一床，臭死人了。”睡在外间的母亲,一听到姐姐的喊叫声,很生气地跑了进来，把我拎到水槽上，冲洗干净后，抱到哥哥的床上，然后安排姐姐到她的房间睡觉。

我的肚子依然疼个不停，没过多久，又吵着要拉大便。母亲让我坐在马桶上,用手轻轻地拍打我的后背,不断安慰说,“大便拉干净，肚子就不痛了。”

“娘，我想拉但拉不出，肚子还很疼，现在怎么办？”我哭着对母亲说。

“可能是中暑了吧，我马上给你熬解暑药。”母亲说着，并叫姐姐来照顾我，她立马去给我熬“鱼腥草”。可是，我吃什么就吐什么，母亲熬的草药根本不起作用。

我疼痛难忍，发出阵阵的哭喊声。那声音把左邻右舍的叔伯婶娌们都请过来了，可大家都束手无策，只能眼巴巴地看着我那痛苦不堪的样子，一直熬到了下半夜。伯母心疼地敦促母亲说，“还是叫医生来看看，不然孩子可能会有危险了。”尽管我家一贫如洗，但母亲也实在不忍心看孩子受病痛的折磨，只好摸黑去请医生了。

医生详细地向母亲询问了我的病情之后，给我打了止痛针，并在我的肚脐旁边插了几枚银针，疼痛慢慢地缓解了。医生很温和地对我说："小朋友，你能告诉我，你吃了什么吗？不然，我不好给你用药。"我是个爱撒谎的孩子，骗人是我的拿手好戏，但已病成这个样子了，岂敢骗医生，只好和盘托出自己的丑事，"我下午放学回家，看到伯婆的母鸡在鸡窝旁'咯咯哒'地叫个不停。我探头一看,原来它生了一个蛋,我就把那鸡蛋给吃掉了。"医生听后，笑着对我说："可能你听人说'吃生鸡蛋有营养'是吗？可是你不知道，生鸡蛋难以消化吸收，有些生鸡蛋还含有细菌、寄生虫，一旦吃进去，就会使人得病。如果得了寄生虫病，那就更麻烦了。你听懂了吗？"我羞愧难当地点点头，觉得自己很对不起伯婆,不敢正眼看任何人。医生给我留下三包药，说了一些安慰的话后就离开了。

在门外，医生又叮嘱母亲说："不仅不能吃生鸡蛋，用开水冲鸡蛋也不能吃，因为鸡蛋当中的细菌和寄生虫卵不能完全被杀死，容易引起腹泻和寄生虫病。"母亲谢过医生，回到屋内，并没有追究我偷吃鸡蛋之事，只是反复交代说："以后不能乱吃东西，防止吃出病来。"

做事拿捏有度的母亲，当然不会放过这次教育我的好机会。她当时没有批评我，是为了让我安心养病，能早点康复，可在我病愈后，她就"絮叨"起来了。首先，她以"童养媳偷吃芋头，在慌乱中整个吞下而噎死"的故事为例，对我的小偷行为，进行了严厉的批评教育，希望我做一个诚实的孩子；而后，她就不断地给我灌输母亲版的"吃文化"。尽管她说的不是很有条理，但还是让我明白了，食物没经过加工煮熟不可食用、水没有煮沸不能喝、食物变质了不能吃，以及饭前要洗手、餐具要清洁、不暴饮暴食等饮食卫生的常识。

遭一蹶者得一便，经一事者长一智。我偷吃生鸡蛋而得病的教训，深深地铭刻在我心里，像是老师的启示，提高了我“注意食品卫生，预防食物中毒”的防范意识，对我未来的人生，也很有警示的作用，多次避免了因食品问题的疾病。就在前不久，我们同学聚会的时候，不知谁点了一碗腌螃蟹，结果有很多同学，都不同程度地患上了急性胃肠炎，折腾了一个晚上。在第二天的座谈会上，那些患过病的同学，一个个都像霜打的茄子——蔫啦，同学聚会的那种浪漫与狂热，都打了一个大折扣。我是过来人，明明知道腌海鲜之类的食品，不适合于每个人食用，而我并没有加以阻止，心里感到非常愧疚。

诸如此类的病例，不管是自身的经历，还是耳闻目见的，都无不告诫世人，有的疾病是防不胜防的，但饮食起居的健康钥匙，却掌握在每个人自己的手里，只要你能关爱自己，珍惜健康，在衣食住行等方面，养成良好的卫生习惯，就一定会避免很多疾病的发生。

偷吃西红柿

食不果腹的我，小时候有多款偷吃的“版本”。我的这些经历，倒是让我明白了许多事理。比如上一篇的“偷吃生鸡蛋”，让我明白了“病从口入”的道理，而本文“偷吃西红柿”却让我悟出了一个人生的哲理。

有一天，我看到一个小朋友，手里拿着一个红得像一盏小灯笼的西红柿，不断摩挲着，有点舍不得吃的样子。我馋涎欲滴，暗暗地想道：“这玩意儿一定很好吃。可我从来没有吃过，不知什么味道。如果能让我咬一口，那该多好啊！”打那以后，为能吃上西红柿，成了我的“奋斗目标”。我经常趁机跑到菜摊去看那红中带亮、圆润可爱的西红柿，但又不敢问“一个要多少钱？”一个偶然的机会，我见到一个老人买一个给两分钱，这才让我知道了它的价格。于是乎,“两分钱”使我变成了一个小偷。

父亲在街道边摆了一个卖香烟的小摊子。有一天中午，他要去办事，叫我帮忙看一阵子。这下子机会来了，我偷偷地拿了两分钱，装入了自己的小口袋。父亲回来时，我就反复高声叫嚷：“上课来不及了。”并拎起书包，迅速地离开了……

我买了一个西红柿放在书包里，就像在心里倒上了一罐蜜，甜丝丝的，止不住地想笑。有什么能比“实现梦想”更让人兴奋呢？课没去上，又有什么了不起呢？于是，我就跑回了家，躲在房子的暗角里，等家里人都离开了，就偷偷地溜出来，开始享受美味。

我坐在饭桌旁，小心翼翼地拿出西红柿，用手擦擦几下，然后吻遍了它的全身，再反复看了好几眼之后才开始享用。“我的天呢，怎么这么难吃。”一股让我恶心的腥味，直呛我的鼻子，使我脱口叫了一声。我心想，“这西红柿是花两分钱买的，丢掉它怪可惜了，放点糖看看味道怎样？”于是，我便弄到了一小勺白砂糖，抹到它的上面，然后又咬了一口，还是一样的难吃。现在怎么办，扔到哪里去呢？此时，有一只老鼠在它家门口探头探脑的，我灵机一动，就把只咬过两口的西红柿塞到老鼠洞里，提着书包，准备跑到河边去躲一躲。但心里总有点忐忑不安，万一被老鼠拖出来，让家里人知道了，怎么办？我中途又返回家里，拿了一块石头，堵住老鼠的洞口，这才心安理得地跑到河边去避“风头”。待放学时间到了，我佯装从学校回家，骗过了家里所有的人。

经一事长一智，“偷吃西红柿”虽说是我小时候羞于启齿的秘密，但它是我获得一次很有价值的尝试，让我长大后更加透彻地理解“看事物不能只看表面”的道理。

记得，我念高中的时候，政治老师在课堂上提出一个理论

联系实际问题 :“哪个同学能用自己亲身经历的事例来阐析‘你要知道梨子的滋味，你就得亲口尝一尝’的哲理?”当时，我以“吃西红柿”的切身体验和感悟来回答，不仅新颖贴切，恰到好处，而且让师生们笑得前俯后仰，活跃了课堂气氛，得到了师生们的一致好评。这应该是得益于第一次“吃西红柿”吧。

一次生活的体验，让我又聪明了一点。我想，生活处处是课堂，只要你用心学习与观察，就一定会不断扩展你的知识面。

当代作家经纶

【作者简介】

经纶，汉族，1964 年出生成长于内蒙古土默川。1987 年毕业于内蒙古警官学院，一直在内蒙古警界工作，曾被国家《法制日报》聘为特约通讯员。现为呼和浩特作家协会会员，中国阴山作家网作家、副主编。目前，已有近百万字的诗歌、散文、小说在各种刊物和网络媒体发表。2020 年出版新书三部曲《回望阴山》。

糜子情

阴山南麓的土默川有种农作物，叫作糜子。表皮有黄紫二种颜色。此作物颗粒外表光滑，攥在手里有滑溜溜的感觉。其粮食属性介于黍子和谷子之间。黍子里面包的是黄米，土默川的特色产物“黄米糕”就是由黄米做成的。这种糕是耐饿型的食物，因为它的比重大。所以，在土默川有句民谚 :“三十里的莜面四十里的糕，十里的荞面饿断腰。”

而谷子里面包的是小米，小米可以熬粥喝。小米养人，土默川女人坐月子，有人送小米红糖。有了米汤，哪怕是瞪眼米汤，女人在月子里就会养起来。米脂的女人绥德的汉，说的就是陕北地区过去旱地多，种的多是抗旱的作物谷子。谷米熬粥后有一层米油浮在粥的上面，这层米油也称米脂，女人吃了滋润养颜，男人吃了结实有力。而这个盛产谷米的地方，就被称呼为米脂县了。

糜子介于它们中间，它既不能吃糕，熬粥也不如谷米，那么它该怎么吃呢？说来也怪，真是一方水土养一方人。土默川南部地区到黄河两岸，人们偏偏爱吃一种饭，叫作酸捞饭，也爱喝一口粥，叫酸粥，这种糜子米做这种饭应该是一绝。土默川北部、东部地区用它来焖米饭，和稻米焖出来的味道之香不相上下。过去计划经济的时候，全国产稻米的地方调不进来稻米。就是调进来也轮不到农村人去吃些稀罕物。土默川人一般人家吃不上大米，想吃米饭就是用糜子米做，有巧手女人的家里，能吃上一顿麻糊糊焖糜子米饭应该是特别惬意的了。如果孩子们给从村旁的河里偶尔捞回几条小鱼来，那鱼汤糜子米焖饭就是故乡的美味佳肴了。

我们祖先神农尝百草，给他的后代子孙开辟了一条生存下去的千古之道。所以，我们这个民族对“五谷”的信奉程度可以用“民以食为天”来形容的。稻、麦、黍、稷、菽这五种谷物就是中华民族的生存之本。

五谷救了一个部落的生存，这个部落开始叫华夏，后来发展壮大了，被称呼为中华民族。可是五谷中的一谷种——糜子，也救了故乡当代的一个伟人，那时候，自己虽然很小，但别人说的话我未必信，可是从故乡村里二红大爷嘴里说出来，我就深信不疑了。

那年，生产队里秋天正好收秋打粮。糜子用碾子碾好后，准备扬场。扬场是一个农村劳动名词。词典里未必能找到。就是趁着有风吹来，风要不大不小，有经验的老农用木掀将粮食趁这股风扬在半空，然后让风把粮食和杂质在空中自然分开，落下的时候，粮食一堆，杂质一堆，井水不犯河水。这是技术活，一般人干不了。自己感觉奇怪，瞅见有点兴趣，就想学学这扬场的诀窍。二红大爷是庄稼人里的好手，啥活都干得好。自己就缠磨二红大爷教教这一手。可巧了，那天晴天万里，没有一丝风尘尘。二红大爷说：“扬场没风，瞎误人工。咱们歇歇吧。”他坐下后看着场面里的一大堆打好的准备扬场的糜子突然深情地说：“这糜子可真是好东西啊！你们没见过，额见过，半天还能救人命了！有人就说，甚吃的哇不能救人命？五谷就是老祖先给咱们留下救命的！”二红大爷说：“不是说它能焖米饭，熬酸粥，额是说它有灵性，能救人命呢！额亲眼看见的，就这光溜溜的糜子救了咱们土默川最大的一个官儿。”啊？众人都面面相觑：救了咱们土默川最大的官儿？是谁了？莫非是塔布赛村的？这糜子又不是人，咋就能救人？二红大爷坐在场面不说话，转头问我说：“龙龙你截后生听说挺能念书，详情念的书也不少了哇？你就没在乃书本本里看见糜子救人的事情？”我说：“二红大爷，小人书刻多看了，学校里的语文书也可多看了，糜子救人还是头一回听你说！”他说：“猫吃了菜了——日了怪了！这么大的事情没人知道？就在咱们村南塔布赛发生的事情你们莫非都不知道？”所有人都丈二和尚摸不着头脑！都想听他的下文，他说：“唉！额以为你们都知道了……闹了半天都不知道。”说完他又不说话了，这下，人们越奇怪，全放下手里的农具围上来听他说原委了。因为这个二红大爷一辈子没说过一句假话，故乡的人都知道。

人围的多了，干活都不干了，都众星捧月地围着他准备听他再说说一些真实的故事。糜子能救人？咋救的？救的谁？怎么回事？

看见人们停下手里的活都来听了，他就慢言踏语说开了："额（土默川方言：我）四几年在塔布赛附近的一家场面里也是帮人收秋打场。糜子、黍子都上了场。勤快的人家已经入了粮仓。额正歇下来抽一袋烟呀，亲眼看见有一个穿衣打扮像个老师一样的大个男人，急急忙忙地走在场面附近一个四合头大院子，他从大门进院，门吱扭响了一声，额看见了也听见了，就问同村帮工的人说这是谁家了？他们邻居说这是云泽回来了。额还没抽完两袋烟了，有几个警察署的警察就骑马来了，都带着长枪短枪。额们好几个做营生的人吓得都不做营生了，就在门口胆战的看他们！他们进院后就搜查，听见翻箱倒柜地一边搜一边骂人：'他妈的，刚回家就跑了？消息走得这么快？'正房家里搜完，院子里搜，院子里搜完，又去东厢房的粮房里搜，菜窖、水井、马圈里……快挖地三尺了，搜了刻大时辰也没搜见人，才骂骂咧咧地走开。搜的时候额们都操心，捏着一把汗呀！额们知道大个头的云泽他没走出这个院，就是不知道他藏在哪里？他要是被逮住，结果肯定是好不了！他们搜了半天没搜住，额心里不知道咋了还挺宽心。几个警察出了门还问额来，看见个大个男人从这个院里进个又跑出来没？额说额只顾打场扬场做营生了，没注意进没进个大个小个人，也没看见出来个人……"

二红大爷和我们说："额的脸定的平板板的（面无表情），心跳的咚咚的，他们瞅端了额半天也没瞅端出来额个子丑寅卯！想从额的眼里头看额说假话没？哼！瞎了他们的狗眼！日他祖宗的！"我们正听着他的下文，他转头和我们说："额就是看见哇额给他们说了？"我们一群人就揶揄他："谁说你老实人不说假话？载对上人家警察也日哄人了哇？”载老汉也灰了哇？人们都笑的哈哈哈的，把二红大爷逗的也笑了，他笑的时候两嘴角向上弯曲，两眉尾向下弯曲，加上眼睛边上皱纹也跟着弯曲，笑开的时候就像两个半圆的绽开的花朵扣在一起，合成了一个圆圆的大花朵。花朵中的眼睛本来就小，这一笑就眯成了一条缝和眉毛都弯了下来。他长年累月就是这种笑容、给人以和蔼，厚道的舒心。

他说 :“额就是不想说假话，不过乃看是甚事情了？是个人不能不讲良心哇？咋也得分清个黑白了哇！额在黑河两岸的村子当长工做营生多年了，早就听人们都悄悄说云泽是共产党的人，额知道共产党的部队是好部队，贺龙的部队在清水河南山抗日，还派出李支队的队伍又来大青山北山抗日，又在打土匪。咱土默川二德子的土匪倒厉害，一进咱们村就让村里人伺候，个泡（骂人的方言话，相当于私生子）们要 : 人吃饺子马吃料，搂住闺女睡大觉！额小时候给人家还放过马，个泡们听说来队伍就跑，嫌额没喂饱他们的马，劈肚就踢了额两脚，把额踢倒了疼的绕地打滚儿。他们那么厉害还不是见了共产党的队伍跑的比兔子还快呢！你说是额心里头没个数？咱们分不清个大事哇，还不知道个谁好谁赖？”

我们都沉默了。确实，二红大爷不傻不愣，他就是一个庄稼人，一个老农，一个能知道好歹的诚实厚道的苍生百姓。

我们要听这故事的结尾呢？就问二红大爷，那后来呢？

二红大爷说 :“这帮个泡家伙一走，身高树大的云泽从东厢房出来了，荡了一身土，就走就拍打。甚话也没说离开自己的家走了。他一走，额们就去东厢房里看看究竟，他莫非会变戏法儿了？有隐身术呢？看看他到底藏在了甚地方？咋回事儿警察搜了半天也没搜出来？

东厢房也没有放粮的地窖，就有三个一人高的粮仓子！西边的是个黍子仓，黑溜溜的堆满了仓沿子。中间的是个糜子仓，再靠边是个谷子仓，都是刚刚收秋入仓的。大概看不出来个甚！仔细一看，才看见糜子上面乱了堆，额们才共见（土默川方言：猜到）他原来在糜子仓里藏身来。糜子皮滑溜溜的，估计是他把身体崴进去然后再盖住头，搜查的人谁也没有想到糜子堆里能藏下一个人，云泽这才躲过这一劫啊！载就是额说的‘糜子救人’啊！”

听的人都奇怪地说："这一招他是咋想起来的？"二红大爷说："云泽没去呼市和北京上学的时候，也是庄稼人。他急中生智，知道这糜子堆里能藏身啊！不过话又说回来了，那是天上有星宿的人，大江大海都过来了，哪能在一个牛蹄卜子里窝死呢？"

有个后生听完后，将信将疑地就往场面的糜子堆里钻，果不其然，三钻两钻就看不见人了！糜子滑溜溜的流着流着盖住了他的身体又恢复了堆着的原样。看不出一顶点人工的痕迹了。二红大爷又笑着说："狗日的不信额的话？还要试当试当了？你不听老人话，手背朝了下！"刚说完了，来风了，二红大爷说："扬场有风，不误人工！赶紧扬哇！"一堆糜子被几个老农一会儿就扬出了成品堆。看着这糜子堆，糜子救人的事情让我深深记住了。

1981年去塔布赛读高中的时候，知道了云泽就是乌兰夫的原名。乌兰夫的故居还没有像今天这样修缮。听说是乌老不让修。就有两间快要倒塌的旧房，自己极力发挥自己的想象也想不出来这个院子是什么样的？糜子仓是啥样的？直到乌老去世后，故居才修缮恢复原貌。后来我和同事有幸去参观，找见东厢房靠墙的粮仓后，我是认认真真地看了半天，还用手摸了半天。同事问我摸什么？我说我在摸从小到大对伟人的感受呢！

我想这段历史为什么就没有人知道呢？是乌老从来不居功自傲和别人说起这段事吗？还是二红大爷一个庄稼人不善言谈呢？如果诚实厚道的二红大爷没看见这糜子触景生情，我当时不在场，这段故事就会被湮没在土默川的历史中了，或者被扬场的风给吹走了。

二红大爷今年 90 多岁了，是村里最高寿的老人了。每次我回故乡都能看到他，他经常从野地里背着一背柴火回村子。看见我就笑了，笑开还是那样，满脸皱纹像两枝熟了的糜子，合起来后就是土默川的一朵无名花。花里藏着那段糜子救人的真实故事。

当代作家杨柱

【作者简介】

杨柱，男，笔名遥远的雷声，经典文学网会员。早年执教，现任项目工程师。

信仰之旅

2021 年 5 月 21 日，我参加了单位党支部组织的“四史”学习培训班，从盐城市大丰区乘车辗转至上海南站，转乘火车一路行驶 1400 余公里，到达中国革命的摇篮——井冈山革命根据地，开启了我们的信仰之旅。

信仰之源。培训班在井冈山紫金宾馆举行了开班仪式，培训老师在开班仪式上，提出了“我们的信仰是什么？从现在开始，就去寻找我们的信仰”。带着这个问题，培训班专题学习《井冈山斗争与井冈山精神》，参观井冈山博物馆、毛泽东同志旧居，了解井冈山斗争的历史，回顾了井冈山革命根据地在创立的各个时期发生的重大事件和经历的曲折发展，重温了英雄的故事和革命精神。

“好在苦惯了。而且什么人都是一样苦，从军长到伙夫。”

——《井冈山的斗争》

其实，红米饭没有多好吃，南瓜汤也没有多好喝。我们乘车翻过了一座山，步行走过了几条小道，亲身体会、感悟那段艰苦生活中的达观和烽火岁月里的豪情，耳熟能详的政治故事和话语，分外有力。回忆跨越时空的井冈山斗争和井冈山精神：“从斗争中创造新局面”的创新气概，“艰难奋战而不溃败”的优良作风，“为主义而牺牲”的奉献精神，“唤起工农千百万”的群众观点，“星星之火，可以燎原”的坚定信念。通过这些回忆和感悟，不难发现，我们选择的信仰不是抽象的，它是从艰苦中、行动中，在共同的事业中实践体现出来的。我们应向历史致敬，向坚定信仰为主义挥洒汗水的革命英雄致敬。

信仰之力。培训期间，我们还前往北山烈士陵园学习英烈忠于理想无私奉献的精神，向革命烈士敬献花圈；前往黄洋界哨口，瞻仰黄洋界保卫战胜利纪念碑；重走了朱毛红军挑粮小道，学习老一辈无产阶级革命家身先士卒、率先垂范的高风亮节；到达小井红军烈士墓，向小井红军伤病殉难烈士致礼，学习曾志“为主义牺牲亲骨肉”的革命精神。

井冈山是生命的氧吧，是信仰的熔炉。短短的3天时间，我们聆听泥腿子县长王次淳的县长故事、温习《朱德的扁担》、肖劲塞肠大战等无数英雄的事迹，深切感受他们为主义献身的坚定信念。我们的心灵接受洗礼，大家情感上受到了极深的震撼，一路行程，一路感动，我们亲身感受到中国革命的艰辛和不易，感受了这片土地所承载的厚重历史，不觉中被带入了那段令人难忘的岁月，如亲眼目睹了那惨烈的斗争场面，这是思想的激烈交锋，是精神的提炼和升华，是共产主义信仰的力量。

当代作家张文娟

【作者简介】

张文娟，籍贯北京市，北京市通州区作家协会会员、金牌阅读推广人、高级朗诵培训师、北京市语言学会朗诵研究专业委员会会员。作者在有温度的文字中，立足家乡这片沃土，传承通州文化和大运河文化，展现了女性的温婉和男性的豪迈情怀。近年，作品散见于《工会博览》《中国旅游》杂志《北京纪事》《新时代文学人物作品精选》《2020 全国抗疫诗歌作品选》《“华语杯”国际华人文学大赛获奖作品精选》《精品散文佳篇选粹 2019》《新时代人物作品精选》《中国诗人诗选》等书籍、杂志。

运河赏荷

盛夏的季节，烈日中天，趁着周末休息我带着一个“不情愿”的妈妈跑到运河边赏一赏夏日里最美的景色。说“不情愿”，是因为妈妈习惯了宅家的生活，总是陪伴在行走不便的父亲身旁，像一个“跟班儿”无微不至地照顾着一次次从鬼门关“闯关”

的父亲。父亲因为身体原因不爱出门，但妈妈不能总闭门不出，难道还要成为“现代闺秀”吗？所以，闲不住的我时常拽着妈妈逛逛热闹的万达，感受一下烟火气儿，但我最爱带着妈妈看运河四季的美景，因为妈妈才是真正在运河边长大的通州姑娘。

沿着运河西岸行走，我时不时牵着妈妈的手，流连在垂柳依依的岸边，此时已然骄阳似火，运河水明净毕透，湖畔的浓绿缓解了滚滚热浪，还有内湖里满湖的莲叶，也都留下大片的清凉。阵阵清风撩拨着莲叶，使河水荡漾开来，一身微汗的我顿生凉意。运河水星星点点泛着波光，楚楚动人的荷花，俨然成了这一季运河边最美的代言。在层层叠翠的叶子中间，一朵朵荷花挺立着粉色的嫣然，有的如出浴的红粉佳人，羞羞答答地躲在叶子的后面;有的调皮地歪着小脑袋，半露着妩媚的小脸，似乎在同我一道欣赏这如诗如画的风景。一阵风儿吹过，但见绿叶迎风弄姿，红荷穿破碧波，那吐艳的花瓣，弹出了嫩黄的蕊丝，仿佛在吐露着荷的语言，荷的芬芳，还有荷的清丽，荷的纯朴，荷的高洁，给人一种灵性的豁然。恰恰应和了“灼灼荷花端，亭亭出水中，一进孤引绿，双影共分红。色夺歌人脸，香乱舞一风”的别样景色。

走了一路，妈妈擦着汗说要歇歇，我们就在河畔柳荫下驻足下来，好多游人纷纷拿着手机各种姿势的美拍，还有很多摄影爱好者，或拿着长枪短炮，或架起三角支架，不停地摁着快门;而荷花仙子们，或扶摇莲步于绿波，或三两簇拥于瑶池，摆弄着婀娜的身姿，闪烁间定格了美的灵动。宋朝诗人杨万里的“接天莲叶无穷碧，映日荷花别样红”的词句，或许正是对此情此景恰到好处的赞叹吧。

妈妈忍不住走过来也要拍照。我偷笑，调侃着老妈，“不是一脸不情愿的时候了？”妈妈因为从小在北大街胡同里长大的，出家门向北 100 米就是运河大堤了。但过去，运河满目的萧条和曾经的臭气烘烘，给运河边曾经居住的人们留下了极不美好的印象。我一说去运河边走走，妈妈就是一脸的不屑一顾，她总是说：“有什么好看的？再好能好到哪里？我从小儿看多了。”是啊，一个世纪的萧条给记忆贴上了封条。我看到过同龄的孩子在河边嬉戏，也有亲戚二姥爷网鱼的小船忽悠悠在水中荡漾。这是我的童年模糊的记忆了，但妈妈的记忆恐怕留下的印象就是污秽的河水和那些被家所累，上一代人几乎都是各种难以名状的艰辛而各种的不愿谈及。

我拉着妈妈在岸边一通的美拍，妈妈很配合，但为什么总是一脸严肃呢！我笑着调侃老妈：“妈，您别绷着脸，该显老了！”“本来就老了嘛！不用显了，受累一辈子了，笑不起来了。”我无语地看着妈妈发着牢骚，我知道父亲病了 20 年，妈妈也辛苦地陪伴、照顾了 20 年，她累了，需要情绪的一个出口儿。我边拍照，边逗乐妈妈，但凡看到这样的美景怎能不留下美好的瞬间呢！说完就好啦。

我指着远处，“妈，快看！那边又有一大片的荷花呢”。若是从白石拱桥一路走到森林公园西门处，赏荷的美景也是目不暇接；最佳观赏的地方就是森林公园西门草亭处的景致了，草亭与湖水相得益彰，随着景色来搭配绿植，成为游人观赏荷花的另一处最佳观赏点。周末人非常多，我拉着妈妈溜达着，帮她挡着孩子们戏耍时的冲撞，突然有了儿时的恍惚，恍惚间是爸爸妈妈拉着我和弟弟奔走在烟火般的生活里，没有时间驻足，任凭各种琐碎的辛劳、困扰，也没有松开彼此的手……相依相偎中抗拒着时间的侵蚀，就像这些相伴的荷花，一同开花，一同凋零，第二年它们又互相衬托着展开最生动的美颜给予人类。

到了太阳快落山的时候，仿佛世界安静了许多，河边也少了许多闲逛的游人，我带着妈妈在河边坐下来静静观赏这份夕阳下的宁静，借着水雾的微朦，远望河岸边高楼林立，近看凌波浩渺涟漪，荷花亭亭玉立于水中，形香并趣，荷花清丽雅致的气质，美在丽质天性，雍容脱俗，与运河的自然秀美珠联璧合。唯此，杨万里诗誉荷花美似佳人，“恰如汉殿三千女，半是浓妆半淡汝”，也似东坡，“欲把西湖比西子淡妆浓抹总相宜”。夕阳斜照时分，一轮红日悬挂在半空，晚霞流彩，在河边赏荷也别有风情，构成了待到半轮夕阳娇羞嫣红时，依稀可见万家灯火阑珊处，这时，秀丽的运河就开始沉浸在另一种静谧的斑斓中了……

妈妈看着我还兴致盎然不肯回家，不断地催促着我……让我不禁想到千百年来有那么多赞颂荷花的诗句，就像夏日星空上的繁星璀璨夺目，让人眼花缭乱。但也正因为如此，越是赞誉，越是不能陶醉其间，芸芸众生的倾慕没有让它迷失自己，而更加洁身自好；因为它知道，自己承载了太多的爱与责任。

而花，亦如人……

当代作家杨平

【作者简介】

杨平，男，网名皖平，安徽寿县人。江汉油田退休职工，中国石化作家协会会员，中国诗歌学会会员。

重逢在微信

当我们年轻的时候，总感觉人生漫漫，来日方长，不知光阴的珍贵和不可再生；当我们不再年轻的时候，感到人生苦短，所剩无几，才会爱惜时光，并在冥冥中懂得去做那些应该珍惜的事情。

我是当过兵的人，在40余年的事业打拼之旅中，有10年军旅生涯。10年的岁月呵，从班到排到连，年年花开花落，岁岁新交故别，留下了无尽的战友情谊。

离开部队30余年，除了本县的同乡时而能见上一面外，和连队的战友们皆是音信全无了。情同手足的情义呵，因无法联络，因俗事缠身，渐渐断了念想。但到了离岗退休，梦里梦外思念战友的翅膀又常常舞动起来！眼睛只要稍稍一闭，就像又回到了那孔老夫子晒书的山岭下，回到了桃花掩映的营房，回到了火箭炮老连队。看到一张张亲切熟悉的笑脸，一幅幅操炮弄枪紧张火热的画面，像放电影般在脑海中翻来覆去。

湍流的人生长河，曲折的生活小径，各奔东西的战友再次相遇，是多么的不容易啊！在互相无法找寻的时候，我们只期待机缘巧合，偶然相逢。可现实是冷峻的，带给我们的是一次次的失望：近在咫尺，而无法找到；擦肩而过，却来不及相认。有时已来到你所在的乡镇，甚至工作的单位，群猫抓心似的急着想与你相见，可惜没有直接联系方式，东问西问，不得要领，只好放弃。有时与你同在一座城市，按门牌号地址一步一步找到门口，却是偌大一个住宅大院，只得将见面的希望还给渺茫的梦乡。有时似乎已见到了你熟悉的面容，赶快下车找时，却又不见影踪。

一次次燃起希望的火苗，一次次熄灭失落的火种。一天天过去，日月星辰在天河里转了一圈又一圈，战友们的身影却渐行渐远。有一天，找出当年连队的合影照，忽然发觉，有的战友的名字，不能随口叫出了。再过一些时日，又有惊人发现，本来某地某年的几位战友，如数家珍般存在脑海里，怎么一下子说不出谁是谁了呢！

压在箱底的记忆，随时都有破碎消失的危险，越发显出珍贵，越发需要美好回忆的滋润和修复，越发急迫寻找到暗自老去的战友。只有将过去纯真的友情与今天的现实生活连接，才能在有生之年，不留下太多的遗憾。

带着这些念想，2016年，我的花甲之年，刚办完退休手续，就回到故乡安徽寿县，和袁绪升、陶世阔、刘怀忠等几位有着同样念想的战友一拍即合，一起踏上了寻友之路。我们以转业安家在老部队驻地肥城泰安地区的柴中修等战友为依托，自己驾车，方便灵活，哪里有音讯，能见到阔别的战友，我们就到哪里。一周多的时间，我们周游安徽、山东、江苏三省六地，沉浸在战友真情的大河里，就像摇着思念的双桨，从一叶快乐相见的幸福之舟漂向又一叶幸福之舟。

但时间精力毕竟有限，还有各自家庭琐事的牵绊，我们在享受幸福之旅的同时，只能留下遗憾，不能接着一一去寻找、去看望更多的老战友了。见我意犹未尽，依依难舍，泰安战友徐建闽提议在微信上建立老连队战友群，发挥他已建炮团群、参战连群的优势，开启新的寻友模式。毕竟是一个锅里喝过小米粥，一个阵地发射过火箭弹，一个山坡打过石头，一个窑里烧过石灰，一个屋脊铺过瓦的人，30多年的时光飘逸，移不走心有灵犀一点通的默契。说干就干，他当即在手机上发起群聊，先把已有联系的平邑、宁津、济宁、南通、常州等地的老战友拉在一起，搭建了滚动找人，跨越时空重逢，畅叙离别情的平台。

告别战友，从泰安出发，一路驾车南行，一路微信铃声清脆入耳。第一天就喜讯连连，而后短短一周、一月、一季的时间，超越了三四十年且跨过世纪的寻友路。60多位老战友，在撤销连队甚至营团师军的建制，无从凭借的情况下，从天南海北四面八方，聚集在连群。一个个惊喜从梦中飞出，一个个战友重逢的青春长梦，亦真亦幻的飘来。

老了，老了，赶上了科技发达通讯便捷的时代，只要我们脑袋不是冥顽不化，学着搭上网群的顺水船，顺风车，就能利用现代资源和工具的强大功能，享受到很多的方便，把不可能变成可能，在无中生出有。过去像大海捞针一样找人的艰难之事，现在通过网群辐射，成了小菜一碟。

虽然岁月把大家从矫健的雄鹰，变成老迈的白头翁了，但在群里，我们重新叫响刻印在脑海里的火箭炮连队建制的番号，让现实中早已不连续、不存在的老十一连，在我们的心坎上再次建起，让我们曾经火红的青春，找到了归宿。文字或口语聊天，语音或视频交流，新老照片混杂，情与景、时与空、回忆与现实重新组合，勾勒出一轮新的记忆。战友情遇到了微信这个现代载体，得到了淋漓尽致的发挥和崭新的演绎。既可以私密交流，只限二人世界；也可以畅所欲言，高度透明，公开公示。两位战友初找到，彻夜谈心聊天，想把几十年的时空距离一下子拉回来，而群里的其他战友都可旁听插话。在群里和人说话，还不怕你忙他忙，错过机会，因为语言可以流动，也能固化等待，可以把时光倒回去，重复听，重复看，找回被耽误的召唤和留言。而且感觉和当时没什么区别，只要发现后及时回复就可以弥补时差的延误和遗憾。

分别几十年，相隔几千里的战友，一朝相逢在微信，可以直接交流学习，可以萝卜青菜各有所爱，也可以聚焦一个话题深入探讨。战友们在群里的表现依然是争强好胜，流光溢彩，秋色平分：有才华横溢出口成章吟诗对歌的；有木讷憨厚实话实说的；有治家有方发财致富的；有平凡勤劳家境殷实的；有成长进步快，在社会上露头露脸的；有默默无闻踏实肯干，闯出一番事业的；有的入城住入高楼大厦，享受着都市生活；有的仍守着三亩田园风光，难舍故里故乡。

微信的旋风一波波刮过，使得人们的生活习惯，社会交往，甚至工作手段，都悄无声息地发生着巨大的改变。单个的微信群，有无数桥梁般的网络连接着，被海洋般的信息包围着。知识经验侧耳可听，精神快餐唾手可得。入了群，上了网，必然会受到海潮般信息的冲击。好在我们是老战友群，加入者都已过了知天命或不惑的年龄，而且是实名制，大家彼此熟悉了解，有感情纽带，且微信群是半封闭半开放的空间，信息全靠圈内人辛勤传播，外界的人是不能随意进来的。所以，群里乾坤虽大，还是不像论坛、微博、博客那样的公众平台，大广场，导致舆论爆棚，脑袋装不下。

但社会上也流行着老同学、老战友“相见不如思念，把美好永留心间”的说法。在群内，离散日久的老战友们，历经世事沧桑，加之地域、文化、城乡、行业、地位、贫富，等等的差异，会遇到心灵的碰撞，交流的障碍，给朝思暮想的友谊友情,带来一些考验和精神的洗礼。热心的战友们及时升华群文化，注重心灵不同层面的细微交流，达到情感的涌动融会，冲破世俗的魔咒。大家都像爱惜眼睛一样珍惜这枯木逢春的战友情谊，让这杯在风雨中存放几十年的战友情老酒，在微信群的平台上分享共饮，越喝越浓，越喝越悠长，越醇厚，群里群外都飘香。

在群里，可以把别人的观点拿来，汲取思想营养，补充自己的能量，填充空虚的心灵。久而久之，大家的心底都会长出属于自己的嫩芽。还可以追随战友在人生的曲径同行,同渡难关，同喜同悲，同欢同乐。真是未曾见面，胜似见面啊!

进了群，就可以寻回记忆，寻回情义，寻回峥嵘岁月，寻回火红的青春。小小的微信群，成了我们心灵的家园，精神的归宿。有人说，“群里乾坤大，虚幻不如无。”而我们的老战友，在按下键的瞬间，找到了群，找到了老连队的群体，好像回到了家里，觉得一下子年轻了好多岁，觉得大半辈子的思念之情得到了释放，得到了生根发芽的土壤，得到了升华生息的空间。现在若几天不上网，在群里没有动静，就会有不少远远地记挂你的战友呼唤你了！真个是，一日不见，如隔三秋啊!

几个月与老战友在微信平台的相处，身体像是注入了一种新的生命力，心胸亮堂堂的，走路气昂昂的，心劲成倍地增长。清晨问个早，晚上道声安，会使大家的心像触电似的回到那朝夕相处的军营院落，身心笼罩在年轻时才有的圣洁光环里。会不由自主地想起：你曾在夜间为我掖好了被子，他曾在大雪天为我多站了一班岗，生病想家时老班长为我端来了一碗香喷喷的鸡蛋面。当年我们来到部队初相逢,是从面貌相识到心灵相知，留下了终身难忘的情义；这次在微信重逢，是从心灵的相融再慢慢回忆起相貌，让温暖温馨永驻心间。微信群将过往的老连队群体，建成了心心相印、真情永恒的精神团队。在这里，我们无高无低，无名无利，无俗无雅，无拘无束，心灵平等，身心放松，自由自在！正如有"美国的孔子"之称的爱默生所说："除了扔掉你的虚伪装饰，与人披肝沥胆、推心置腹、言而有信之外，其他的在那里都不够资格，都不能让你成为那个圈子中的一员。"

经过一段时间亦真亦幻的相处，大家更盼着实实在在的重逢相见，回到那魂牵梦绕的老军营。牵挂老军营，不仅仅因为那里山清水秀，果香诱人，更是因为那里有我们洒下的青春汗水、留下的奋斗脚印、凝结的战斗情谊，那里是我们共同珍惜的人生第二起跑线。无论后来我们的人生怎样的辉煌和精彩，或者怎样的孤寂和潦倒；无论成了为国自卫反击的勇士，国防建设的栋梁，工农业改革的先锋，市场竞争的弄潮儿，或者老实巴交的干活，养家糊口，围着老婆孩子转。都忘不了，我们曾经一起在那里启航。我们的头上，总是闪耀着那颗不灭的红星，眼前总是有两面飘扬的红旗指引，胸中总是装着军人不屈的情怀，脚下总是留下战士不停的足迹。

饮水思源，我们总是想回去看看院中的那口井，再品尝一次那解渴的甘泉。我们相约在明年春季，桃花盛开的时候，相聚在曾经朝夕相处的老军营。到那时，就不用隔空抒豪情，邀月畅饮一杯酒，延时高歌半生情了。

当代作家齐洪珍

【作者简介】

齐洪珍，河北省张家口市怀来县人。闲暇之余只想用文字弥补大脑的空白。作品散见于《怀来文艺》《白鹭文苑》《雪绒花原创文学》《星辰有声微刊》《茶香漫话》《中微诗刊》等报纸杂志和网络媒体。

医德医术

这是一个真实的故事，是我妹妹的看病经历。妹妹又托关系又送礼，好不容易找到了北京的一家大医院，却被告知无法做手术，后来却被另一家名气没那么大的医院给治好了。看病不要磕破头皮往大医院挤，有时候大医院还不如小医院。

——题记

2019 年 12 月 25 日，是我们姊妹们最揪心的日子。

这一天，是我老妹在北京航空总医院做第一次开颅手术的一天。也是老妹最焦心、最害怕的一天，因为不了解自己的病情，只知道手术风险大。在去手术室的前一刻，老妹的双腿一直发抖。

这天上午，我们眼睁睁地看着剃了光头的老妹被护士推进了手术室，姊妹们焦急万分地守候在手术室外。一会儿扒着门缝往里看，一会儿又来回走动，坐立不安。

我们煎熬地等了 5 个小时后，手术室的门终于打开了，老妹被推了出来。我们快步上前随着护士一起把老妹七拐八拐地送进了重症监护室。我们在监护室外艰难地守候了3天，而我的老妹一个人躺在重症监护室里，想必此时她最担心看不到家里人和孩子，听不到亲人的安慰，还得忍受着术后的疼痛，酸楚的眼泪不由自主地顺着眼角流了下来……一门之隔，同样的揪心。

漫长煎熬的3天总算过去了，各项指标也基本稳定下来，老妹这才转进了普通病房。此时，姊妹们一直悬着的心这才放下了一半，手术终于成功了！

早在1年前，老妹就感觉到头晕、头疼、眼前发黑，也不敢回头,一扭头就会失去意识。头就像顶了个大锅似的发沉发蒙，有时剧烈的头疼会使老妹一头栽倒在地，不省人事。于是，妹夫赶紧带着老妹去北京一个著名医院检查。可是去了十几天也住不上医院,自然也就检查不上了,只能在楼道里天天排队等候。这样等下去肯定要耽误病情的。于是，妹夫回到旅店就打电话托朋友找关系,朋友又托朋友的朋友才联系上了一位专家。随后，见到了这位专家，这才慢慢的安排了检查。但还是没能住进医院，就只能往返于家和医院之间，来回这么折腾就又是1个月的时间。好在通过这位专家终于轮到了检查。

经过一系列的检查排查，最后确定老妹得的是烟雾病。

烟雾病是一种罕见的脑血管病。主要是大脑动脉环双侧分支血管慢性狭窄或闭塞，继而导致颅底穿通动脉代偿性增生，形成细小脆弱的小血管网，在脑血管造影时呈现一团一团烟雾状的影像，所以，这病被形象地称为烟雾病。

老妹就是后一种慢性双侧脑血管闭塞。

这期间,老妹焦急地、满怀希望地期待着专家们的治疗方案。

1天，2天，3天……一个星期后，那位专家对老妹说："经过我们研究，你这病如果手术的话，我们做不了，非要做的话也行，只是做与不做对你来说都一样，起不了多大作用，你还是回家养着，等脑出血了再来吧。”老妹当时就蒙圈了，期待了这些天就等来了这么几句不负责任的“宣判”话，这不是让我等死吗？脑出血了再来还来得及吗？老妹神情沮丧、绝望地瘫坐在椅子上，眼泪抑制不住的啪嗒啪嗒掉了下来。两腿都不知道是怎么挪出了医院。

离开了医院，老妹和妹夫心灰意冷地回到了香河自己的家。

不难想象老妹在家这段时间是怎么熬过来的。由于经济条件有限，加之家庭的拖累，可怜的老妹哪里也没出去旅游过，现在只想着尽快去旅游一次，好好玩玩……

死过一回的人了心中一定有悲伤，有绝望，有挣扎，更有心不甘——老妹还不到 40 岁，不能每天以泪洗面，更不能让自己就这样白白的没了呀！

1 个月后，老妹在网上查到了北京航空总医院能做这烟雾病联合血管搭桥手术。老妹对自己的病又有了一丝希望！于是，马不停蹄地就去了这家医院。找到了中国医科大学神经外三科主任、主任医师、神经外科专家、硕士研究生导师金永健教授。金教授很快就安排了老妹住进了医院。每天做着各项的检查，待全面检查无误后，才确定做手术。

当我们得知老妹的病能做手术了，姊妹们都欣喜若狂地说：我们的老妹有救了！高兴之余又不乏担心；不做吧，随时都有生命危险；做吧，有危险但还有生还的一线希望。姊妹们下定了决心，让我们的老妹去拼一次吧！

我们坐了两个多小时的车赶到了航空总医院。当第一眼看到了老妹一头浓厚的披肩长发被剃了光头，姊妹们都忍不住哭了，连一向坚强的大哥大嫂也泪眼模糊……

就这样金教授带领着他的团队，在经过仔细、认真地研讨了治疗方案后，给老妹做了第一次左侧开颅搭桥手术。因为左侧血管儿比右侧血管儿脱落严重。手术非常成功，医生、护士一分钱红包也不收，这就是北京航空总医院高尚、廉洁、自律的院风！这是人所共知的医德！

金教授慈眉善目，和蔼可亲，急病人所急，着病人所想。有一次，金教授要去韩国开一个重要的学术会，可有个病人同时也急需手术，如果再耽误几天就会加重病情，甚至危及生命，很有可能引发其他的病变。金教授果断地说："先给病人手术，推迟去韩国的行程。"术后金教授才去韩国。

时隔不久，医院又来了一个年龄才 1 岁的孩子，要做血管联合搭桥手术。孩子的父母泪流满面地找到了金教授：求求您，救救我的孩子吧！望着这么小的孩子，看着那么细的血管，风险比成人不知要高出多少倍，危险会更大，难度可想而知了！名医治病较之常医难呀。正因为知其难则医者固宜慎之又慎。金教授安慰着孩子的父母说："我们一定竭尽全力，救助每一个病人是我们医生的天职。"又是金教授带领着他的团队成功挑战了一个年龄最小的血管搭桥手术！

金教授不但医术过硬，医德高尚。对待每一位患者就像对待自己家人一样，始终是微笑着轻声细语，嘘寒问暖，温情暖意地接待着来自全国各地的患者。

半个月后，老妹一切正常，出院了。主治医生告诉老妹：3 个月后再来做右侧搭桥手术。可因为疫情严重，老妹推迟了手术时间，在 2020 年的 6 月，也就是半年后才去做第二次手术，耽误了最佳时机，以至脑梗塞了。老妹心里很难受，欲哭无泪，心中有说不出的滋味。

好在有了第一次手术的经历，第二次就没那么紧张害怕了。手术时就老妹和妹夫两个人，疫情防控不让多人陪护，我们也只能回家提心吊胆地等待着老妹传来好的消息。

果然，在 6 月 6 日这天，我们接到了妹夫打来的电话：手术再次成功！

我们姊妹们喜极而泣，庆幸我们的老妹劫后余生，终于挺过来了。感谢金教授带领他的团队给予了我老妹第二次生命。

医者，无论您身在何方，无论您在何处，只要您身穿白色的工作服，您一直保持着微笑。不论辛苦，不论忙碌，您的微笑就是一剂最好的“良方”。生命因为有了您的微笑会变得更加坚强，生命也在您的微笑中不断创造奇迹。您用微笑诠释了生命的价值和意义。感谢航空总医院所有的白衣战士们！

感恩的心

在母亲节这天上午，我接到了老妹打来的电话：“二姐，有人给你打电话你可要接呀！”因为平时来电不显示名字的电话，无论是谁打来的，我都不会接的。

几个小时后，有电话打过来：快递，有捧鲜花送给你。我心里纳闷：谁会送给我鲜花呢？

一想明白了，是老妹送的。

老妹嫁到了香河，鲜花自然也是从香河快递过来的。下了楼，还没走到超市代销店门口，就有一股浓浓的花香扑鼻而来。从快递员手里接过这情深义重的鲜花，一时间，感觉鼻子酸酸的，赶紧双手捧在胸前，一路低着头嗅着花香就匆匆忙忙地上了楼。进了家门，我就把鲜花放在茶几上，认真地看着它，心里暖暖的，甜甜的。其中，有康乃馨、大月季，还有不同颜色的玫瑰、百合花，等等，满屋子都飘散着浓郁的芳香。

望着这满满都是爱的鲜花和一双绣着“幸福平安”图案的

十字绣红鞋垫儿，我心里是既温暖又难受。

我的老妹在一年前做了开颅手术，虽说我们姊妹都力所能及地出了些钱，可老妹他们自己还是花了十几万，这对于像我们这些工资不高的家庭来说无疑是个天文数字，更何况是对于没有经济收入的老妹。后续的治疗、保养还得长期靠吃药来维持，生活是捉襟见肘。而手术也只能是延缓生命，并非痊愈。由于家庭氛围及经济条件差，老妹的身体至今也没恢复好。可老妹就是在这样的一种状况下，而且是在母亲节这天，给我送来了这么贵重的礼物！难以想象老妹是怎样忍着头疼，一针一线的绣完了鞋垫，这是何等的情义！这真挚的情感是用金钱也难买来的呀！这岂止是一双鞋垫，是老妹千针万线付出的心血呀！

之前，老妹说过：二姐，今年是你的本命年，你的眼睛疼，不能绣，我给你绣双“幸福平安”的红鞋垫吧！因为老妹头部两侧的缝针伤口处还没完全愈合，最怕低头了，当时就被我拒绝了。我以为说完就过去了，没想到老妹还是坚持给绣上了。我的心里沉甸甸的，有种说不出的滋味，只觉得喉咙间噎涩涩的。

也正在此刻，老妹发来哽咽的语音说：“二姐，谢谢你这么多年来对我的关心，在爸妈去世的这些年里，在你也有困难的情况下，你还是一直在惦记我，我心里感恩，特送鲜花表示一下我的心意啊！”此时我的眼泪再也控制不住了。

父母在世时，老妹是爸妈的掌上明珠。可自从爸妈去世后，老妹就一个人嫁到了香河，身边一个娘家人也没有，无论受多少委屈、有再大的难事再多的不如意也只能把泪往肚里咽，因为“路”是自己选择的，再艰难坎坷，咬紧牙关也得走下去……还好有个心疼她的老公，把老妹一些无力再承担的事情担当了下来，使得老妹惊悸的心才得以安慰。

而我只是尽了一个当姐姐应尽的义务和责任，也只是替九泉之下的爸爸妈妈尽了点关心照顾而已，受之有愧。是的，感恩未必是轰轰烈烈，惊天动地。相互间点点滴滴的关心足以让人铭记在心，足以慰藉爸妈的在天之灵。

人这一生需要感恩的人或事有很多。我们首先要感恩的是父母，是他们给予了我们生命。感恩父母在飘雨落雪的时节，给我们撑起一把温情的伞，就像小草感恩那沉默不语的大地；是爸爸妈妈用纯洁的父爱母爱为我们遮风避雨，给了我们一片洋溢着爱和温暖成长的原野；感恩我的老妹为我忍着病痛一针一线绣鞋垫的可贵情义；感恩亲朋好友在老妹病痛之时给予了安慰和鼓励。我们也要感恩自己，感谢自己拥有一个懂得感恩的灵魂和一颗感恩的心……感恩我们身边的每一个人和我们身边的一草一木。

让我们怀着感恩的心感谢这社会人生，这将会给我们留下美好而温馨的回忆！就让亲情让友谊让关爱与我们一起踏着幸福平安之路走下去吧！

当代作家杨庆丰

【作者简介】

杨庆丰，女，笔名墨雨，河北省赤城县人，曾荣获第二届“蝶恋花”杯国际华人文学大赛优秀奖。

幸福的人

开着红色的轿车，安娜小姐回家了。

今天是父亲博恩先生和母亲米罗女士的银婚。她特意订制了一套婚纱送给父亲……

博恩先生是公司职员，他送给女儿第十九个生日的礼物是一辆红色轿车，第二十个生日的礼物是一张六位数字的银行卡，这张卡一直由博恩先生保存着。

博恩先生很感谢美丽的妻子米罗，带给他天使般的女儿。遗憾的是自己无法继续陪妻子度完余生，他悄悄地把化验单塞进了书柜，那是一张死亡通知书。为了弥补对妻子的爱，博恩先生给妻子定做了玫瑰金首饰。

每年的这一天，他都会准备一束红玫瑰对妻子说爱你。

妻子在他心中永远是美丽的。正如妻子所说爱情是神圣的。当他看到癌症两个字的时候，整个人崩溃了。妻子经常被他的烟味呛醒，父亲的秘密是写在脸上的心事。安娜发觉父亲脸色苍白，询问哪儿不舒服，父亲说工作累的，可是父亲最近根本没有去公司啊?

父亲除了工作大部分时间是在书房度过的。自从体检回来书房的门竟被父亲锁上了。为了打开房门，安娜趁父亲睡熟的时候悄悄偷走了钥匙，她来到书房，打开抽屉翻着每一本书，终于在一本日记里找到了父亲的体检报告。父亲在日记里写着一行小字：我唯一的遗憾就是委屈了我的妻子，不能陪她度过余生。

父亲的遗憾是愧对母亲的爱，他把所有的财产都给了女儿，留给妻子的只有一束束鲜红的玫瑰花。安娜咬紧嘴唇，心碎了。她因为父亲深爱母亲的缘故，私下订制了一套婚纱……

车子停在了门口，父亲走过来迎接女儿，苍白的脸，消瘦的身影，一个经历着磨难的生命，带着辛酸的历程。如果……如果父亲在事业上不那么辛苦，或许站在面前的应该是一个更加潇洒的身姿。"爸，这是我送给你的婚纱，等会儿给妈妈穿上。""好，回来就好，走喽，咱们回家。"

母亲米罗抿着嘴笑，桌子上摆满了饭菜，一股热气腾腾的味道。"你还说女儿会忘了今天是什么日子，你瞧瞧，连礼物都准备好了！""每年的今天，我和你妈妈会出去逛街，今年特殊一点，来吧老婆，歇一会儿，先看一看老公给你订制的礼物。"博恩先生跑遍了县城的所有珠宝店，为妻子订制了这套玫瑰金首饰。显然是意外的惊喜，米罗女士满脸堆着笑容说道："都是老夫老妻了，买啥礼物呀？""怎么，夫人不喜欢吗？"博恩先生微带惊愕地问道。"不是，浪费钱。"米罗打量了一下说。"夫人，你辛苦了大半辈子，我没有给你买过值钱的东西。"父亲解释着，在一边的安娜很快取来了镜子，她让母亲坐下，把母亲松弛的头发弄了一个漂亮的发型。"爸，妈，今天是你们的银婚，女儿给你们拍几张婚纱照。""婚纱？"母亲吃惊地问道。博恩先生接嘴道：“我怎么没想到，我还真没有买过婚纱给你妈妈。”米罗夫人说道：“还是女儿心细，我今天呀，好好打扮打扮。”博恩先生给妻子戴上了首饰，抚摸着妻子的秀发说道：“委屈我的夫人了，结婚的时候没有钱给你买婚纱，现在女儿送了一套，来吧夫人，穿上它。”美丽的白纱是安娜送给父亲的礼物。博恩先生笑吟吟地望着漂亮的米罗女士，两只手握在了一起。他牵着妻子纤细的手指，女儿安娜举着相机“咔嚓”就那么一刻，两张面孔凑在了一起，他们的眼睛里竟是幸福的微笑。“咔嚓，咔嚓”他们的心紧紧地贴在了一起。

“夫人，我是最幸福的人。”博恩先生从对面的镜子里望着美丽的妻子说道。

当代作家李玉堂

【作者简介】

李玉堂，笔名布衣顽童，大学毕业，共产党员，副主任医师。现为山西省作家协会会员，天津散文研究会会员，中国散文学会会员，稷山县作协主席，稷山县诗联学会会长。

我陪慈恩享天年

“金秋气爽好时光，田野黄红粮果香；菜绿瓜甜民众喜，党恩赐福万家康。”

国庆节大喜之日，我将久违的母亲接到了我在故乡的家里，敬亲孝老，奉养慈恩，陪伴母亲生活一个月，因为母亲相信，这才是她应有的家，去敬老院她不乐意，去别的地方她更不愿意。

三弟送来母亲的生活用品后，电话向我咨询，他想带着他两个孙孙去红色教育基地参观，为孩子们传承红色基因，赓续红色血脉，树立文化自信，增强特色社会主义新时代的坚定信念。我向他提供了马趵泉、马家巷、北阳城、上王尹几个基地的基本情况和现实意义。

陪伴母亲的日子，是一份细致的忍耐性工作，需要认真对待和努力做好，有时候只能听她一个人摆布，按她的要求去做事，因为她记忆力减弱，还患有神经性耳聋，听不见别人说话，你说东她道西，总是时不时地和别人打岔，有时候她不爱听的话就借口说我耳朵聋，听不见，惹得人哄堂大笑。

年龄逐渐进入高龄以后，勉不了有生理性缺陷或者生活中具体问题，需要在理解中体贴和生活上给予帮助。有时她要下厨做饭，有时我做饭她站在旁边认真地看着，甚至吃饭时她还要帮着端碟端碗，洗锅涮碗，你不让她动手，她还唠叨不休。在养老院她说人家不生火炉，在家里又嫌炉火太旺，温度太高，一时让人琢磨不透她的心思。

我们每个人小时候都要靠母亲一个人一把屎一把尿的抚养成长，在农村，还要兼顾生产队里的劳动，等到我们兄妹四人拉扯成人后，母亲缝补浆洗，为我们付出了很多的辛苦。现在，我们一个个都已是将近或超过六十岁，我已六十五岁了，而且是有了孙孙的人，还有老妈妈在身边呵护冷暖，应该感到甜蜜和幸福。如今她老人家已年届高龄，进入耄耋之年，我们这些做儿女的有什么理由不能照顾她老人家生活快乐，颐养天年呢。

每顿饭后，老妈要自己服药，有倍他乐克，每顿半片；小剂量阿司匹林片，每天一片；珍菊降压片，每次一片；异山梨醇酯片，每次一片；还有三七片、甘草片、氟哌酸；等等，要降压，要保护心脏，要消炎，要活血化瘀，久而久之，她积累了经验，成了半挂子医生，知道了什么症状要用什么药。在她自己服药时，头脑非常清醒，连半片也都不多吃，很珍惜自己的身体。

吃药时我坐在老妈身边检点，用完药后老妈跟在我身后行走，我走一步她跟一步，走到那儿她跟到那儿，从屋里跟到客厅，又从客厅跟到院里，再从院里跟着回来，有时我有事出门了，老妈宁可坐到北房门口等候，也不出门去聊天，直到我回来后她才可以放心。

老妈住到了我家，邻居们关切地来看望，问问家长里短，聊一聊闲天，她有时也到巷口街头和乡亲们聊聊天，话话家常琐事，不玩牌、不打麻将，不搅是非，在外边坐一会儿就回家来了。她不爱串门，也从不串门。不挑闲话，不谈论是非，老妈一生就是这么一个人。年龄大了颐养天年，活动身体，也可能就是这么一回事。

老妈年届八十有五，她一生勤勉、善良、节俭、朴素，治家严谨。我们兄弟三人每个人在自己家里照管生活一个月，由于我爱人长期在外地照管孙孙，我在家里义不容辞地承担了老妈的照料生活任务，每到由我照管的时候，尽管我妹妹总是不时地来家里做饭，帮助老妈缝补浆洗，前后奔忙，但她老人家传统古板，觉得她应该由儿子们照料生活。这也似乎是我们家里几代人留下的传统或家风，一代一代地传承到现在。

当代作家魏炎城

【作者简介】

魏炎城，男，现年72岁。1968年毕业于武汉第一师范学校。1969年至1982年在湖北恩施县教书。1982年至2009年在武汉市服装工业公司工作。2009年退休。现旅居滇西古镇喜洲。

一张记账单

1970年，恩施县大集区筹备办高中。领导在全区教师中选派了五名又红又专的老师到恩施地区师范学校集中培训。那年，华中师范学院（现为华中师范大学）在那里举办了一届"高师培训班"，为期三个月。专门解决恩施地区筹办区级高中的师资问题。我有幸被领导选中，参加培训学习。时间是9月至12月。

最近，整理书籍，偶然翻到当年用过的笔记本，发现有一张学习期间的"账目清单"夹在中间保留至今：

1970年10月6日，收汇款10元。

10月13日，收汇款20元。

支出：买《智取威虎山》剧本，0.20元。

看《智取威虎山》电影，0.10元。

买肥皂火柴，0.22元。

买饭票2斤，3.00元。

买菜票，2.00元。

买《沙家浜》剧本，0.18 元。

买《新华》牌香烟 2 包，0.50 元。

寄信，0.27 元。

药费，0.30 元。

帮何明军老师买肉，7.00 元。

10 月 18 日上街买线粉丝 2 斤，1.10 元。

买讲义夹，0.80 元。

给饶良涤老师买面条，2.00 元。

一张记账单，细细读来，回味无穷，感慨万千。往事悠悠，就像印象极其深刻的电影，一幕一幕展现在眼前。

当年，我在县城里恩施地区师范学校参加培训学习期间，正值小儿即将出世。虽说我们工作的大集区距离恩施县城尚不足六十公里，但交通并不便利，每天只有一趟班车当日往返。我们这一期培训班时间短、内容多，要想适应今后的教学工作，必须集中精力，全力以赴投入学习，完全无暇照顾身怀六甲的妻子。妻也只能在做好本职工作、完成教学任务之后，方才自己照顾身子，甚至还得惦念我在城里的学习和生活。10 月份的两次汇款给我，都是妻在放学以后从安乐屯学校赶到盛家坝（两地相距约 3 公里）邮电所办理的。

从账单上看，我买了八个样板戏中的两个剧本，《智取威虎山》和《沙家浜》。1970 年还处在特殊事情，举国上下都要宣传和普及八个样板戏。我们教书的自然要走在前面。首先自己要学，然后教学生。除了要会唱，还要组织学生排练、演出。主要目的就是大力宣传英雄人物，宣传革命的英雄主义，以此教育学生，教育群众。记得当年负责文艺宣传的老师，看中了我的身材高大，声音洪亮，适合饰演剧中的英雄人物。要我出演《红灯记》中的李玉和。我虽然也还喜欢音乐，但却不会唱戏，更加不会演戏。

那时排演革命样板戏不光是一种文化娱乐，更重要的是一项政治任务，是必须接受并且必须完成好的。于是，我便在教学之余，认真学习唱腔，模仿动作，一点一点慢慢学。演出也是由简到难，从上台清唱到演出片段再到演出一幕、几幕，直到后来演出全本。当然，唱是唱了，演也演了，甚至山区的人们看了也还喜欢，而且报以热烈的掌声。可我自己清楚，京剧的唱腔艺术，我是始终没有弄明白的，我也没有打算弄明白。京剧可是中国的国粹，不是人人都可以登堂入室的。不过，那个时代让我们有幸参与了，也算是一种荣光。用时髦的话说，重在参与嘛。

买肥皂火柴，0.22 元，用 1 个月基本上没问题。

买饭票、菜票一共是 5.00 元，这是 20 天的伙食费。

看电影《智取威虎山》0.10 元。那时在电影院看电影，最好的座位是 0.20 元。

买《新华》牌香烟 2 包 0.50 元。“新华”牌香烟是武汉卷烟厂生产出品的，在武汉本地零售是 0.24 元 1 包，到恩施加运费 0.01 元，即 1 分钱。我不怎么抽烟，两包烟可以管 1 个星期。而平时在学校，经常抽的烟是“圆球”牌，也是武汉产的，0.20 元 1 包。

药费 0.30 元，不记得了，大概有点感冒。

何明军老师是教数学的，我的同事，恩施本地人，家在城关舞阳坝。他和我一起参加了这期高师培训班学习。帮他买的猪肉有十多斤。当时，恩施的猪肉价是 6 角多钱 1 斤。

饶良涤老师是我的师范同学，一同毕业分配到恩施的。我们分到大集区的条件要好一些。他是分到沐抚区的，条件更艰苦（现如今，恩施著名的大峡谷风景区就在沐抚区内。当年的穷山恶水，现在已是旅游胜地），2 天才有一趟班车往返。当年他生病在恩施县医院住院。10 月 18 日，我趁星期天休息上街买了面条去医院看望他。

买 2 斤细粉丝花了 1.10 元，是准备带回去妻坐月子吃的。

这一期在恩施地区师范学校（现在早已升格成大学了）举办的高师培训班，我最终还是没能坚持学完。因为妻的受难日提前了。本来预产期是在 11 月下旬，因为教学任务重、工作忙，还得参加生产劳动——既有生产队的劳动，也有学校集体的劳动（学校有菜地，蔬菜自己种，基本可以自给）。由于过度劳累，加上摔了一跤，动了胎气，所以产期提前了。11 月 12 日清晨，区卫生院的刘医生到我们家，给妻接生……

1970 年，我和妻都从盛家坝中心学校调到了安乐屯学校。我教初中班，妻教小学五年级毕业班（当时小学五年制）。安乐屯是一个生产大队。名曰“安乐”，确实地如其名。中间是一大片平坝，全是水稻良田。这在“天无三日晴，地无三尺平”的恩施山区是难得一见的。平坝四周则是高低错落的大小山峰。山上山下是或分散或集中的大小屋场。安乐屯学校就坐落在坝子西边的山下田边。这是一所有两个初中班的“戴帽”小学，它由一座寺庙改建而成。安乐屯离盛家坝（盛家坝是区政府所在地的小镇，所有区直机关比如供销社、粮管所、邮局、卫生院都在镇上）有近 6 里地。路不远，也不难走。从安乐屯到盛家坝有一条清冽的沟渠贯通，渠水引自上游的小河和山泉。渠水既可以灌溉田亩，也可以直接饮用。渠边是一条平缓弯曲的小路，宽处有 1 公尺多。小路与沟渠沿山势蜿蜒盘旋。山上绿树成荫，鸟语花香；山下水旱良田，稼禾茁壮。一路山乡风光，美不胜收。盛家坝集上每隔三、五天便有一天热场。每逢赶场，安乐屯的人们，还有远处麻茶沟的村民，甚至更远更高处离盛家坝 20 多里地的关口人民公社的人们都经过这条小路到盛家坝赶场。只要是赶场天，我们在这所由寺庙改建的学校里，便可透过窗棂看到三五成群背着背篓挑着箩筐的人们，往来不断，热闹非凡。走累了，口渴了，人们便会找个宽敞一点的地方坐下来歇歇脚，抽袋烟，摘一片又大又干净的桐子树叶，弯成不漏的圆锥形，舀起水渠中潺潺流淌的清甜的山泉喝上几口，又解渴又解乏，舒坦极了。金秋时节，对于山区来说是美好的季节，是收获的季节，也是欢乐的季节。

然而，1970 年美丽的秋色，妻却完全无暇顾及，无暇欣赏。随着预产期的越来越近，她感觉工作越来越吃力，生活越来越不方便，行动也是越来越困难……妻是那种既坚强又能干的女性。尽管有着诸多的困难，妻却没有耽误一天的工作，始终坚持在教学第一线。一直到分娩的前一天，还在教室里上课。

因为头一天摔了一跤，妻感觉不对劲，立刻收拾必须的物品，一个人赶往盛家坝。在盛家坝学校，托领导照顾，给我们留了一间约 10 平方米的小屋，这就是我们的家。经过刘医生的仔细检查，嘱咐妻不能再回安乐屯去上课了，就地休息，等待分娩。好在我们还有一位名叫万良玉的女同学仍然在盛家坝学校任教，有她帮忙，妻总算有了一些依靠。

第二天，也就是 1970 年 11 月 12 日，清晨，坚强的妻生下了我们的儿子。虽说有医术高明的刘医生亲自接生，但她忙完了一切就要赶回卫生院上班坐诊。虽然也有师范同学万良玉在一旁帮忙，但上课铃声一响，她就要立即走进教室上课。剩下刚刚分娩的妻和刚刚来到这个世界的儿子，由于我的不在，母子俩是那么的无能为力。妻永远不会忘记，因为饿，才万般无奈敲响了隔壁王老师家的板壁，向她们家要了一碗苞谷米饭充饥。王老师的丈夫是盛家坝小学原来的校长，在特殊时期是当地受批判的对象，当时正在参加学习班写检查。也许王老师出于好心不愿意我们受牵连，所以从不主动接近我们。

我得知儿子诞生的喜讯已经是第二天（11 月 13 日）的中午了，使我万分着急。

由于交通和通讯的闭塞，等我请好假，从恩施师范赶往城关，去汽车站买车票，在县城的小旅馆熬过一个不眠之夜，然后回到盛家坝，见到憔悴无力的妻和已经睁开双眼看世界的儿子，已经是妻受难的第三天了。

这 3 天的时间，对妻来说，不知何其漫长！漫长！儿子平安降生的喜悦，初为人母的喜悦，丝毫都没有减轻妻的痛苦、饥饿、无助和对丈夫望眼欲穿的盼归。而这无比漫长的 3 天，我却不能在妻的身边陪伴、照顾、帮助和鼓励，既不能分享妻的喜悦，更不能分担妻的痛苦。这是我一生中永远的愧疚！永远的自责！

当代作家于成艳

【作者简介】

于成艳，笔名米薇蓉，湖南人。有散作见于网络平台。

栖居

依柔骑着出租电动自行车，深秋的冷雨很快淋湿了她的头发、衣服和布艺包，她感觉到了冷。

路上行人稀少，偶尔会有车辆从她左侧飞驰而过，溅起一些细小的水雾。在经由一条偏僻的路时，她一不留神连人带车摔了出去。发现周围没有人，只有郊区的一些空置的田野，这些田野上长满了芦苇和野草。依柔索性躺在路面上，恨不得就那么死去。一想到艰难处，她又失控地哭了起来，越哭越伤心，越伤心便哭得越厉害。慢慢地哭够了，度过这一阵情绪崩溃，就当是死过一回，又复活了。她小心翼翼地翻转身子爬起来，再扶起电动车，继续骑着车回家。

回家，其实是回出租屋，一室一卫的那种。依柔的梦想不大，就是有一房一卫一床一桌。这个梦想，虽然靠租房子实现，但总算有个栖居之地。她可以蜷缩在那个窝里，熬过每一个空寂的夜晚。当然，在那个窝里，可以大哭，可以大笑，可以自言自语，没有人知道，也没有人在乎。平时，她怕见到同学、熟人、亲友，他们都混得风生水起，而她只是到处找些零工做做。见到他们，依柔会本能地觉得自卑。虽说衣食温饱过得去，但在腰包鼓鼓的人群里，她还是看到了自己的落魄。

终于到家，穿衣镜见到了她雨中淋了一个半小时后狼狈的样子。她匆匆淋了个热水澡，穿好休闲衣服，吹干头发，把摔破皮的膝盖简单包扎了一下，然后吃点面包就着白开水当晚餐，就开始追剧。对于她来说，只有沉于剧中时，她才可以忘却烦心的事，不去一遍遍感受那些不可言说的伤痛。

夜晚很美，台灯很亮。电视剧中的吵闹令房间显得热闹，剧情也吸引人，她常看到凌晨两点。对于依柔来说，这样的日子习以为常。也曾想过改变，但生活展现给她的，似乎依旧是毫无起色。她也曾想，平平淡淡、简简单单过一生，原来也并不容易。无论人生际遇如何，生活都会推着每个人往前跑，不允许你停下，也不会为你停留。

当代作家余桢旎

【作者简介】

余桢旎，1996 年生于湖南长沙，现为商务部国际贸易经济合作研究院硕士在读学生。湖南省诗歌协会会员，著有个人文集《晨曦梦录》《迷途》，个人作品散见于各类杂志、作品集。

当归

一路总拿新疆与青海做比较。

同样是嶙峋的高山、辽阔的草原、湛蓝的天幕、震撼的星空、清澈的湖水、异域的口音，它们有着那么多相似的地方。但若要用几个字来概括它们不同的美，我想于青海最贴切的是“人间仙境”，而新疆则是“童话故事”。

新疆的美是如梦似幻的。满城金黄的白桦，炽热的光打在每一片叶子，璀璨得心惊，偶尔透过叶间的罅隙打在梦里，便是一场有着牛羊、有着南瓜车、灰姑娘的童话邂逅。

在禾木的村落里住了一夜，古朴的木屋，晚上整座村落都沉浸在虫鸣风声之中，轻轻地打开门，院落里的草在月光下招摇，远处白桦在山间朦胧摇曳，漫天星辰闪烁，连成片片星带，坐在屋前的木道上，看星星从暗淡到明亮，又从明亮回归暗淡。清晨赶着太阳升起前到村落外的半山腰，遥望禾木小村被一条雾带掩映得面貌隐约，坐在山腰任凉风拂面，花上数个小时等一场日出，当金黄的光撒亮整座小村落，村中的人家也开始伴着一道道炊烟醒来。待天大亮，踏着木栈道下山，牛羊也开始在村中闲庭信步，青绿的小草，素净的木屋，金黄的白桦，成群的牛羊，有时候就想在这样的小村落里无忧无虑的活一生，劈柴放牧，做一个童话里简单美好的牧羊姑娘。

那拉提草原去得并不是最合适的季节，空中草原的青草已经开始凋零，但似乎是为了迎接远方的客人，依然保存着些许的油亮。一直说虽然我是个南方姑娘，但骨子里有颗策马扬鞭的北方的心，于是一直对那拉提草原纵马奔腾有着莫名的向往。马倌小哥带我们从马道上山，身侧的牛羊安静地啃食青草，一行几人在马背上唱起"身骑白马"，错开高峰出行，广阔的空中草原安静得仿佛我们的主场，一路除了我们的歌声和哒哒的马蹄，便只有偶尔几声牛羊叫声算作回应。到了半山，不满足于马儿带着我们悠闲踱步，便跟身后的马倌小哥提出要求，想骑着马儿跑起来，小哥告诉我身下的马儿刚训练 15 天，还算得上一匹野马，这却更增添了我的几分喜爱，毕竟从来不是个循规蹈矩的姑娘，鲜衣怒马的狂野才是我的喜爱。小哥到底没能拒绝得了要求，跃到我身后带着在山间来来回回几趟奔腾，当马儿全速奔跑，风声和游人的惊叫入耳，我却感受到睽违已久的酣畅淋漓。下山之时小哥带我换了一匹白马，依然共乘一骑，在我身后用当地语言唱起一首"我等你回来"，偶尔聊着些当地风俗，突然觉得人生不过如此，如果有心爱的人，我一定要与他一起策马扬鞭，我一定要穿着最鲜艳的红裙，趁着阳光正好，招摇地闯进他的视野，然后让他坐在我的马儿上，一起接受牛羊的注目礼，驰骋在天地间。离开时马倌小哥看着我的眼睛认真地说了一句再见，一瞬间笑眯了眼，再见啊，热情的异族人，再见啊，我未被驯化的马儿，再见啊，美好的草原。

想起有人说我是个游子，一生浪迹，一生飘浮。其实还是因为浮生贪玩，若是将脚步困囿在方寸之间，总怕辜负了这一生的美好。于是选择山南海北的游荡，去见证那些未知的感动，去认识那些陌生的人，去经历属于自己的青春，去感受那些独有的心动。我知道终有一天我会困囿于厨房与爱，那在之前我想给予自己动荡与不安，在极致之后再去安放那颗动荡的心。

一趟出门近 10 天，算是给自己放个假，每趟出门都说是对这段时间的了结，那这次便不算做了结，而是一个全新的开始。千里之外的城池里还有很多牵挂，那些爱我或是我爱的人们，还在等一个游子的回家，他乡风光无限好，离家游子总当归。

当归，当归。

当代作家王文松

【作者简介】

王文松，出生于黑龙江省林区，退休于河南省濮阳市。经典文学网、中华文艺微刊签约诗人、作家；2020 年度经典文学网“十佳精英作家”；《“华语杯”国际华人文学大赛获奖作品精选》编委；多篇（首）诗歌、诗词、散文在全国文学大赛中多次荣获二、三等奖，并入编书籍。现为中国诗歌学会会员、中华诗词学会会员、中国楹联学会会员。

美丽的兴隆林业局，可爱的家乡

兴隆林业局，位于黑龙江省松花江北岸，小兴安岭南麓，东起通河县乌鸦泡镇，西至巴彦县兴隆镇，横跨通河、木兰、巴彦三县，施业区面积 30 多万公顷。自 1948 年建局以来，累计为国家输送了 2155 万立方米优质木材，上缴利税 4 亿多元，更新、植树造林，双超百万亩。

兴隆林业局伐区内盛产水曲柳、黄菠萝、核桃楸三大硬阔，是世界著名的优质树种，而小兴安岭红松，更是闻名遐迩。林业局所属的富乡林场（二甲沟），是国内外闻名的人参之乡。在 1985 年秋，富乡林场退休工人王玉珂，带领几名年轻人，在采伐迹地上挖出了一苗重达 1.2 斤的老山参，一时轰动全国，《人民日报》曾发表文章进行报道。而且此人参从形体上来看，酷似人的形态，具有明显的男性生殖器官，属于雄性人参。史上有“七两为参,八两为宝”之说,此参堪称历史之最,世界之最。

在南环公路中段，白杨木林场南部，有一处由林业局旅游局开发的一条旅游景区，“鸡冠山”国家地质公园，非常靓丽。它以独特的地形山貌，吸引着国内外游客前来观光游览。鸡冠山是黑龙江省八大名山之一，满语为“笼屉山”“佛斯亨山”，后因其山峰呈鸡冠状而得此名。鸡冠峰由大小鸡冠山组成，自然景观独特，景区内遍布着原始森林，巨石耸立，奇峰险峻，怪石嶙峋。站在山上远眺，东西北三面是雄伟壮观的高山林海，而南面则是碧波荡漾的千亩水田，景色四季分明。

在施业区东部，距通河县城北 70 多公里处，有个白石林场。林场北依白石砬子，因山顶呈漫圆形，也叫平顶山，高 1429 米，是小兴安岭的最高峰。山顶大部分时间是积雪覆盖，山上遍布着小矮人似的偃松，奇形怪状的岳桦，如茵的小草，嶙峋的怪石，组成了一道美丽的风景线。山头白云飘飘，山下松涛阵阵。站在山顶，可远眺松花江水滚滚东流。转身回望，小兴安岭一望无际，莽莽林海，松涛翻滚，波澜壮阔。顺山而下，半山腰处听泉水叮咚，如聆听一曲优美的音乐。山林间小松鼠窜来跳去，给宁静的山野平添一点活跃的气氛。路边，有时会突然蹦出一只傻狍子，吓你一跳，然后逃进山林，你再喊它一声，它会停下奔跑的脚步回过头来，和你四目相视。过去猎人打猎时，往往会抓住这个瞬间举枪射击。而现在早已封山育林，不再允许猎人们进山狩猎了。马鹿、狍子、野猪、黑瞎子等野生动物，都已得到了很好的保护和繁殖。叮咚的泉水一路跳下山来，扭成几条飞瀑，如一条条洁白的丝绸悬在山间飘舞，而后便唱着歌汇成一条大河——岔林河。

岔林河，它是兴隆林业局施业区内第一大河，长 77 公里。它一路奔涌、咆哮，或逶迤蜿蜒，最终流经通河县城西，并入松花江了。如今的岔林河已经被开发成了又一条旅游项目：岔林河漂流，更是吸引着无数游客。岔林河，穿林而过，环山而下，西岸重峦叠嶂，景色迷人，风光无限。在河的水崴子处，激流会形成一朵朵旋涡，很是好看。细鳞鱼、山鲶鱼、沙钻子等悠闲自得，随性的游来游去。

那一丛丛一片片，从春到秋盛开着的叫不出名字的野花儿，更是鲜艳夺目，美不胜收。而秋天的阳光洒在群山上，更是万山红遍、层林尽染，如一幅幅美丽的画卷，铺展在你的眼前，在岔林河流往万宝山之前时，河水一改往日桀骜不驯的性格变得温顺起来，河面宽阔舒展，水流平缓。在通往小东、红旗林场的铁路桥下，浅水滩里游动着许多小龙虾，那时候的我没记住它们叫什么名字，只见它们张着一对老虎钳似的前爪，用力向后伸展，似乎时刻都在保护自己的领地，与来犯之敌决斗，从来没有见过这种小动物它是倒转身体，尾部向前游动的。少年时代的我，曾跟邻居哥哥们从故乡向阳川来到这里玩耍，捉鱼、摸虾。因为胆子小，没有勇气动手捉虾，害怕被它夹伤手指，只好无奈地看着它们从我脚下游来游去，显着它们的威风。我也不会水，只能站在河边或浅水滩中，看着哥哥们在水中嬉戏、畅游。无奈的时候拾几片薄薄的石片打水漂玩，打得好时，石片在水面上连成一线，打得不好时，只有三两个水花而已。

从向阳川走出来，步行 12 华里来到和平小火车站。在这个小火车站里，每天都有两列东西对开的混合列车通行。所谓混合车，是由一个蒸汽机车头，牵引着六七节绿皮的载客车厢，后面再挂一节行李车厢和几节装载货物的敞篷斗车，我们把它称之为混合车。在这个火车站，每天还会有不定时间的运输木材的列车通过。木材车上装载的全是整棵的原木条，远远望去，就像一条长龙，行驶在深山老林里。在那个交通不发达的年代，和平火车站很是繁华、热闹。是附近林场职工的家属和学生们，还有人民公社的社员们，进山出山、到县城探亲访友的必经车站。站外还有一个车马店似的招待所，一个国营商店。站内设有一个上煤台、一个高高的水塔，专供来往的蒸汽机车加水、上煤用。那时候我们就会利用等车的闲暇时间，站在火车道旁边，看机车加水、上煤，听它呼哧呼哧的喘气声，听它冲天的鸣笛声。有时也会跑到机车的身边,在它吐出的白雾中眯上眼睛，屏住呼吸享受它的抚摸。当列车进站时，列车检验员，蹲在小火车道旁边，用心凝听、仔细查看车辆运行情况，如发现有异常，及时检修;车站的调车员则在列车进站前几分钟到站外接车，白天手持红、绿两色的信号旗示意列车进站停车或通行，晚上值夜班时会换上红、绿两色的信号灯，就像京剧“红灯记”里李玉和手持的信号灯一样。

经过和平小火车站的这条森林窄轨铁路，东起通河县的乌鸦泡镇，西至巴彦县兴隆镇，主干线长 188.14 公里，加上逐年修建的支线、岔线，总长为 514.14 公里，轨距 762 毫米，每一米的距离需要铺设三根枕木，而每一根枕木需要钉四棵枕木钉用来固定钢轨，而每一公里铁路需要铺设近两百根钢轨。兴隆林业局的这条森林铁路，至今为止，是世界上最长的窄轨铁路，曾入载吉尼斯世界纪录。

该铁路的建设先期由东北林业工程公司第六工程队设计、施工。1953 年后，由中国人民解放军林业工程部队第三师“简称林业三师”第九团第三营承建。林业三师第九团第三营，六百余人在团长乔思安的率领下，于 1953 年 4 月来到原通河林业局（兴隆林业局前身），开始修建这条铁路，历时 12 年，全线贯通。1954 年 6 月 1 日，林业三师全体官兵，成建制地转业为林业工人。而第九团第三营的全体官兵转业为林业工人后，相继在此安家落户。在这条钢铁运输线上，他们承担了修建和修建后的养路工作。在开辟青岭的战斗中，战士谭书彦为掩护战友，壮烈牺牲，将自己的青春永远定格在这条铁路线上。他为新中国的林业建设献出了年轻宝贵的生命，他的遗骨就安葬在青岭车站旁。时光流逝，他的名字或许早已被人们忘记，但他和他的战友们为铁路建设付出的精神，随着列车的运行一直在延续。而这条铁路运输线的建设者们，大多数官兵是来自祖国的南方，而湖南籍的官兵占了大多数人，他们原属湖南省军区暂编第二十团，后改编为中南军区水利工程部队独立第十团，参加过荆江分洪建设。后调入辽宁彰武地区整训。1952年朝鲜停战后，调入黑龙江省。这是一支光荣的队伍。作为新中国的建设者们，他们把人生最美好的青春年华献给了东北的林业事业的开发和建设，建成了这条英雄的铁路，为新中国建设和繁荣富强做出了巨大的、无私的贡献。他们从温暖的鱼米之乡，转战到冰天雪地的北国，白山黑水间，战严寒，斗风雪，经历了常人难以想象的艰难困苦，走过了人生最辉煌的历程。他们默默的坚守信念，不忘初心，甘当无名英雄，是党的好战士，人民的子弟兵。时至今日，当年的铁路建设的英雄们都已经是白发鬓染的老人了，有些人已经作古，但他们艰苦奋斗的光荣传统，大无畏的奉献精神仍然在闪光。他们的子女们，接过父辈的铁锤、尖镐，辛勤地工作着，为林区新时代的建设，继续发挥着先锋作用。而这条森林铁路，在今天林业产业转型的新征程中，仍然发挥着不可替代的历史性的作用。

沿小火车道西行70多公里后，有个太平林场，是兴隆林业局木材生产的主伐林场之一，最高年采伐量达到9万立方米之多，相当于一个小型林业局全年的总产量。在这个林场，年年都会涌现出一大批劳动模范、先进工作者、先进生产者，有着许多动人的先进事迹和故事。王同胜，就是这些先进个人的一名模范代表。他在队友们的协助下，曾经创造了 7 天 7 夜不下车的光荣事迹。饿了，啃上几口窝窝头；渴了，捧几把雪吃；困了，就在拖拉机上打个盹儿。就这样，他和他的队友们一起，为早日完成木材生产任务，多快好省地建设社会主义祖国，做出了表率作用。在那激情燃烧的岁月，兴隆林业局各场、所，涌现出来的先进事迹数不胜数。拖拉机手、油锯手、绞盘机手、集材员、装车工、优秀共产党员、共青团员，等等。更令人敬佩的是，在冰天雪地的茫茫林海中活跃着的几位女拖拉机手、女油锯手、女绞盘机手。在一棵棵参天大树下，随着头戴狗皮帽子的女油锯手的一声“顺山倒”的呼喊，一棵棵大树轰然倒下；女绞盘手全神贯注，在绞盘机的轰鸣声中，将一棵棵原条吊装在铁台车上。这些场景，无不震撼着人心。而在木材储运场上，头戴鲜红围巾的女检尺员，正在认真的检验拖拉机拖进楞场的每一根原条。姑娘椭圆形的脸颊被冷空气冻得发红，红色的围巾与地上洁白的雪相映成趣。富乡林场的 3 位女集材员，和小伙子们一样，肩扛捆木锁，手拉着钢丝绳，脚踏着 1 尺多深的积雪，向前爬行，将一棵棵伐倒的原条拴牢、串紧，然后像一个战场上的指挥员一样，指挥着拖拉机作业，将一棵棵的木材集结在一起，运往山下的储运楞场。冬天的太阳有些冷艳，迟迟的把目光升起来，皑皑白雪被晨光照亮，姑娘们的脸颊泛起一朵朵的红云，她们开心地笑着，就像初春盛开的冰凌花儿一样美丽。

70 年来，兴隆林业局各行各业近 2 万名职工，生活战斗在林海雪原，白山黑水间。他们三代人，都把人生最美丽的时光，献给了青山，献给了祖国。他们是光荣的林业工人，他们是最可爱的林业工人。

建局 70 多年来，在共产党员、共青团员、劳动模范的带领下，在兴隆林业局全体干部、职工、家属、学生们的共同努力下，全局上下齐心协力、团结共进、积极奋战，年年提前、超额完成上级交给的各项木材生产任务，多次受到上级党组织和政府的表彰。兴隆林业局曾先后荣获黑龙江省先进小城镇建设单位、平安建设局、十佳和谐企业、国家精神文明建设先进单位、全国绿化模范单位、全国“五一劳动奖章”等荣誉称号。

时光荏苒，70 多年过去了，兴隆林业局从小到大、从弱到强，经历了无数次风雨考验，历经两、三代人的不懈的努力和奋斗，走向今天的辉煌。

深秋的太阳，越来越光亮了，比往年的更加灿烂辉煌。蓝天上飘动的白云，更显得轻柔。白石山上，青松苍翠，岔林河水潺潺，浪花朵朵；夕阳下，炊烟袅袅，小火车道旁，山丁子树硕果累累；五角枫叶，如火如荼；兴隆镇上，一片艳阳天。

美丽的兴隆林业局啊，可爱的家乡，正以崭新的姿态，昂首阔步，走向伟大的新时代！

当代作家程秀华

【作者简介】

程秀华，男，1958年生，汉族，高中学历。上海市青浦区人。

曾在青浦区某镇文化站工作，后下海经商。上世纪八十年代创作的故事《坟墓里的情人》、小戏《九里亭》曾获上海市青浦区文艺创作百花大奖赛一等奖、二等奖。

情路

坟前萋萋草，思亲日日泪。墓边久久立，迟迟不愿归。今天是清明节，我给大家讲一个真实的故事。

民国初年，上海郊区的一位中年男人名叫仲良，他在上海城里打短工。一日工余，他走在租界的一条马路上，只听旁边一幢小洋房内传出一片哭声，抬头一看是一个“育婴堂”（就是孤儿院）。因为哭声很多,久久不停,他就走了进去。大堂比较大，堂内坐着的，站着的，躺着的，满满一屋都是些孩子。有几个月大的婴儿,也有几岁的,最大的也不满十来岁。个个面黄肌瘦，衣衫褴褛，有的甚至身有残疾。自知无力相助，仲良正要离开之时，一个小女孩走近他的身边扯住了他的衣襟，哀求的眼神凝望着他，紧紧的不肯松手。想到自己不久前因为生病夭折的小女儿,仲良内心一阵痛楚。自己的女儿要是活着也就这般年龄，三四岁了。他抱起小女孩，亲了亲，看看她虽然很瘦，但长得眉清目秀，五官端庄，与自己女儿有几分相似，甚是爱怜。这时，一位修女走了过来，双手合十对着仲良深深地作了一揖，说:“先生，这个孩子好像与你有缘，如果你喜欢就带上她吧，权当给她一条生路。”“可是，我没有钱，也赎不了孩子”，仲良说。“不用钱赎的，先生。我们是收养所，只要你给她一口吃的，让她能平平安安地活在世上就好了”。说完，修女又作了一揖。这不仅是相送，分明是托孤嘛。仲良想，不花钱白白的捡了个女儿，这是好事呀。他忙不迭地谢过修女，掏遍了全身，拿出了仅有的几个铜钱给了她,逃也似的抱着女儿离开了“育婴堂”。一路上，孩子紧紧地搂着父亲的脖子，那份欣喜，那份依恋，好像自己真的找到了亲生的父亲，从此有了生命的依靠。

短工结束后，仲良带着女儿回到了青浦老家。

农村的生活同样是苦难的。仲良是一个农民，家里仅有几亩薄地，况且自己已经有了 5 个孩子，其中 1 个大女儿，4 个年龄相差不到二三岁的男孩，老婆身体长年不好，生活的艰辛可想而知。当他把小女孩抱回家时，妻子的责备是理所当然的了。“5 个孩子都吃不饱穿不暖，再添 1 个，这，这生活怎么过呀？”妻子说。

“我知道的，可是因为你失去了小女儿，整日的思思念念，因想成病，我，我这是想给你添个女儿，让你病好！”妻子看了看小女孩已经不分陌生地与哥哥姐姐们玩在了一起，也就默默地应允了。从此，家庭的生活在小女孩无忧无虑的成长中慢慢地延续着，他们给她取名叫“小梅”。

尽管生活平静，但苦难的日子一刻也没有远离贫穷的家庭。因为战乱，民不聊生，灾祸四起。当小女孩长到十二三岁时，仲良的家再也撑不下去了。妻子病重，孩子们还没有成年，生活一下子陷入了绝境。与其让孩子们饿死，不如给他们找出一条生路。

因为古时候的习俗，哪怕家里再穷，大儿子也是万万不能离家的，须要顶门立业。于是，仲良把还没到结婚年龄的二儿子做女婿送给了人家，把三儿子过继给了自己的弟弟。当大女儿出嫁以后，病床上的妻子又与他商量起把小女儿送人的事。

那一夜，夫妻俩抱头痛哭，默默相坐床前。纵有万分不舍，却也无可奈何。送人也是给孩子一条生路，一条至少能活下去的路。

过了几天，来了1位青年汉子，名叫小金生。他自己说是住在昆山的金家庄，经常在江浙沪一带贩牛。仲良见他面善心良，就问起他家乡的事。闲聊中仲良得知，金家庄一带是水乡良田，虽然不善种植经济作物，但粮食充足，鱼菱满荡，十足的鱼米之乡，虽然少有闲钱，但温饱绰绰有余。仲良听后有了私心。一日再见小金生时就与他说起找个好人家替女儿找婆家之事，小金生一口答应。又过了几日，小金生带来了好消息，说是找到了一户好人家，有个近10岁的儿子想找个童养媳。二人一拍即合。

于是仲良瞒着儿子们，谎话骗上女儿，带上她踏上了去江苏的路程。一路上舟船颠簸，日夜劳顿，两日后来到了金家庄一带。小金生也没有骗人，实实在在地带仲良父女来到了那户的“好人家”。仲良一看，这户亲家家境着实不错，有良田数亩，水牛1头。只是小女婿不敢恭维，初见身材瘦小，还有点病恹恹的。但既然是为女儿找生路，也就顾不上女婿身材貌相，这年月，能活着便是幸事。亲家见过儿媳自是满心欢喜，当晚酒肉款待。仲良二人吃饱喝足，瞒过女儿，怕她不随，或将来逃回，趁夜悄悄的一走了之。走时，仲良也是一步三回头，三步泪儿流。几天后跌跌撞撞跑回家，向儿子们说起送走女儿之事，儿子们满口责备，哭着喊着要妹妹！仲良肠子都悔青了，真想不顾一切地去把女儿要回。但想起自己的承诺，加上家里实在是一贫如洗，即使接回了女儿又如何能养活她呢？况且，再养她个三年五载的，女儿大了终究还是要嫁人的呀。"对，等过后十年八载的再去找她，一定不能断了父女这份情。"仲良想了想，心里也就释怀了。

日月如梭，时光荏苒。尽管风雨交加，北风寒霜，旷野里的小草也一样长大，只是有点枯萎和瘦弱，但经过风雨的洗礼它以坚韧的性格面对苍生。

若干年后，仲良的大儿子也成家了。转瞬之间小儿子也顶门立业。多年后隆隆的鞭炮声宣告了人民政府的建立。解放后，仲良的生活慢慢有了起色，但医疗落后，仲良的妻子终究没有享受到一丁点幸福的生活就远离了人世。在孤苦和思念中，他的身体也每况愈下，渐渐的一病不起。弥留之际，他向大儿子托付了寻找女儿小梅之事，嘱咐他，如果找到了小梅就到坟上告诉父母一声，他们会终得欣慰的。大儿子名叫庆芳，已近而立之年，他也异常想念妹妹。尽管不是嫡亲，但从小俩相扶携，同吃同住，他们所拥有的那份亲情是深入骨髓的，只是有碍于父亲的阻挡才没有去寻找。现在父亲在临死之前万般嘱托，岂有不寻之理？不管小梅现在的生活过得如何，做哥哥的一定要找到她看个究竟，以了却内心多年的思念之苦。于是，在埋葬父亲之后，庆芳踏上了寻亲之路。

寻找妹妹小梅应该是不难的，因为只要寻到父亲说的金家庄小金生就可以了，有名有姓有地址。但当庆芳踏上寻亲之路后，他才感到经过了几十年的变迁，这路已经是非常难走，不说充满荆棘，也是异常坎坷。首先，他要寻到昆山金家庄，那时基本上没有路，有的就是泥泞小路，或者是水路摇船。因为小路到不了金家庄，坐船没有公交轮船，只有私家小船。而金家庄位于昆山市淀山湖镇（古名洋相泾）的西北角，在淀山湖内，与青浦商塌镇隔水相望，属于淀山湖中的一个小岛。岛的面积不大，但岛上住户众多，有4个大队，约有五六百户人家，二三千人口。岛上河道纵横，大河小溪有七八十条。岛上有商店、肉铺、茶馆、理发屋、棋牌室等。最最难走的是，岛上大街小巷数百条，来往入口处交叉缠绕，穿插绵延。陌生人进入后根本找不到出路，只能在街巷内反复转圈，如没有熟人带路，根本出不了金家庄。比电影《地道战》里的高家庄还要复杂得多。高家庄日本鬼子是打进去了，但金家庄日本鬼子一辈子都没有进去过，因为他们知道进去后是出不来的，所以根本不敢进。据说改革开放后，大约是1992年时一个日本鬼子的后代为了了却他爷爷当年的心愿，来金家庄看看。来后方觉犹如迷宫，他想依托淀山湖风景投资开发金家庄旅游业。

当然这是后话。

再说，为了找到妹妹，庆芳在腊月二十出门，几经辗转，历尽艰辛来到了金家庄。一入庄内，便感到庄上生机盎然，民风淳朴。当问起小金生这个人，他名气很大，庄上无人不知，无人不晓。有村民热情带路，圈圈绕绕，兜兜转转来到他家，只见大门紧闭。有热心村民传话带口唤来了他家人妻儿，说是出门贩牛已有些时日了，大概近二三天内就回。既来之则安之，庆芳把寻找妹妹之事和盘托出，请求帮忙。小金生妻也是个热心婶婶，只是听说有过这事，其他详情一概不知，须当面问他。说你不妨安心待上2天，省得来回奔波。庆芳想想也是，如回去再来少则1周，多则半月，于心也不安。索性安心地住了下来，谁知这一等就等了1个星期。

1周之后，也近年关，小金生回来了。叔侄见过，说起父亲嘱托寻找妹妹之事，小金生感慨万千。因为当初说好了互不来往，所以这些年他也从无过问，再则忙于生意，几十年来也没有时间前去探望小梅，真的不知道小梅究竟过得如何。庆芳也说出了自己内心的不安和牵挂，不管小梅生活过得如何，自己只是想找到她，看看她，以再续前缘，无意把她带走。再说了，她如若安好恐已经有了儿女了吧？做舅舅的也总得见见亲外甥呀。二人彻谈半夜，反复权衡，觉得无论如何有见上一面的必要。于是相约明天一早共同前往。当夜无事。

第二天，朝阳未升，晨光微露。庆芳与小金生踏上了寻找小梅之路。还是走走歇歇，半日时辰二人来到了小梅婆家。但见那屋残墙断壁，门倒檐断。院内棚塌树歪，杂草丛生。不要说鸡鸭满圈，就是炊烟也无从升起。分明是许久没有人居住了。惊讶之余，二人四处寻找。确认人无踪影后，急急询问隔壁邻居。一位老婆婆详细地诉说了这户人家十几年以前的变故。原来，小梅十二三岁时来到婆家做童养媳，起初几年，公婆比较善待。后来她丈夫的身体每况愈下，越发病重，在年仅 15 岁时一命呜呼。公公婆婆因为唯一的儿子身亡，了无生念，也无心打理田地。按理说，十六七岁的儿媳已经能顶门立业了，但公婆认为她有克夫之命，况且知道她命运多舛，女流之辈难撑家业。在公婆俩人都患病之时，将小梅转卖给了他人。

"卖到哪里啦？"庆芳急急问。

"听说是卖在周庄、锦溪那一带，具体哪里我也不知道。"

"那她公公婆婆呢？"

"死了，都死了。"

到此，线索又断了，而且这次断得如狂风中的风筝不知飘到了何处。垂头丧气中，庆芳与小金生走在了回家的路上。一路上庆芳不停地流泪，小金生不停地安慰。俩人商量着如何再寻找小梅，究竟到哪里去寻找小梅。小金生说："在我们这个地方寻人是很困难的，因为公路不通，全是水路。没法骑车或步行，摇船一天也摇不了 20 里，况且兜兜转转不知到了哪个村、哪个庄。小梅十二三岁到这里，现在长大了，成了大姑娘了，你见了她也不一定认得了。转了婆家，她也不知道自己童年的事了，恐怕也不认得你这个哥哥了，再说你们也不是嫡亲的。我看还是算了吧。”

庆芳听了，说："不，我一定要找到妹妹。我们虽然不是亲生但胜似亲生。这份情是万水千山也隔不断的。我回去后再想办法吧，但还是要谢谢你！再见。”说完，头也不回地大步走了。

回到青浦家里后，庆芳与妻子商量后想了个办法。他知道昆山一带近几年粮食歉收，村民吃不饱，常常到上海近郊一带，特别是青浦地区买洋大头（一种长在泥地里的菜,形状似大萝卜）渗在米里充饥。所以，他种了好多地垄，到冬天收成后摇来一只小船，装了满满一船，穿过大盈江，顺着淀浦河一路摇到了淀山湖，再穿过淀山湖摇到洋相泾、大市、周庄、锦溪、陈墓一带。到一处，一边卖菜一边打听。闲余时上当地茶馆，卖菜时问当地村民，今年卖完了明年再来卖。长年累月，年复一年。他说，只要小梅活着，就一定能够找到她。

皇天不负有心人，终于在第三年，庆芳又摇了一船洋大头，一路卖到了大市乡的清水湾。清水湾是一条河湾的名称，位于淀山湖北滩岸的一处小江进口处，河面比较宽，足足有 300 多米。水面清澈，河深近十米。看似河面平静，实则河底急流涌动。大鱼大虾蹿上跳下，河滩岸边惊涛拍岸，河洲中心有几座小岛，岛上田野开阔，稻浪翻滚，实实是一片鱼米之乡。因为当时国力薄弱，农民虽然粮食丰收，鱼虾满仓，但大部分交公粮，支援国家建设，至于温饱只求紧束裤腰带，经常吃了上顿没下顿，也是无可奈何。

这天，庆芳将船摇进了清水湾，他将船慢慢地泊在一户人家的石岸边。因为清水湾边的村民住房傍河而建，户户门户临江，出门行走均为水路，果河滩上来了一条陌生船，左右邻居便已知晓。今又见来了一船洋大头，大家纷纷拎篮挎筐前来购买。庆芳一边卖菜一边详细观察来往客人。空闲时不忘与人打听。

“这位婶婶，你是不是听说前几年有一位东头（昆山人称上海）嫁来的姑娘，名字叫小梅？”

老婶婶说：“偶诺勿清爽（苏州话），问这小干（小孩，又称小乌鬼）。”昆山人称小孩为小乌鬼是喜欢，但上海人理解是骂人，不开心了。

因为口音的关系，有时候讲名字往往造成了误听误解。譬如，上海闲话“伲”，昆山人讲“偶啱”，“小梅”，昆山人说“要命”（音）。所以，要打听一个人相当困难。打听来打听去，打听了半天还是没有着落。正在惆怅之时，突然一个小男孩的出现使事情有了转机。这个小男孩约莫八九岁，拎只小篮也来买洋大头。但从他急匆匆一步跨到船上的架势一看就是生长在水乡的孩子，稳稳的，不摇不晃，眉宇间透着闲怡。

庆芳一看小男孩，心头有些一惊。只见小男孩圆形脸蛋，下巴有点微尖，眉毛细长后尾略略下弯，特别是一双眼睛似曾相识。

他试探着问他：“小干，你家在哪？爸爸妈妈在家吗？”

“在”，小孩答。

“爸爸几岁？妈妈几岁？”

“一样岁数，三十几岁。”

“妈妈叫什么名字？”

“不知道”，小男孩不知是警惕，还是真的不知道，反正答得很干脆。

庆芳知道再问也问不出什么，于是心生一计。说："小干，买这么多洋大头，你拎勿动，伯伯给你送家里去好吗？"

"好的"，小男孩求之不得，蹦蹦跳跳地走在了前面。二人一前一后来到小男孩家，刚到场角上，小男孩就高声说："姆妈，洋大头买来了，拎勿动，伯伯送来的。"门内应了一声，只见走出一位三十开外的年轻妇女，模样端正，清爽干练。尽管岁月的磨炼让她显得面色微枯，且有些疲惫，但难掩她眉宇间的不屈和与贫穷生活抗争的精神。她利利索索地走到庆芳面前。庆芳一看，这，这不是小梅吗？对，她就是自己的妹妹——小梅。庆芳不由得大喊一声："小梅，依还认得我吗？"

小梅大惊，愣了一下，睁大眼睛走近了再仔细一看，止不住大放悲声："哥哥啊，你哪能寻来的呀？"

"我寻了你 3 年多了。"

二人相拥而泣。哭声引得江水呜咽，百鸟噤声。左邻右舍听说后纷纷走了拢来，当得知事情的经过，纷纷为他们历尽艰辛，艰难寻找，最终兄妹相认而庆幸和祝福。

小梅接着带丈夫与哥哥相认。小梅丈夫约莫 1.6 米左右，身材不高大，长相也一般，而且性格深闷、木讷。见了大舅子虽面有欣喜之色，但局促拘谨，不善言辞。二人交谈需你问一句他才答一句，你若不问他便不答。整天不说一二句话，属于沉默寡言的人。经过交谈，庆芳得知，小梅十几年前因为原来婆家的灾祸被卖到了清水湾一户贫穷人家。虽然家境清苦，但因为公婆善良，丈夫忠厚，日子还勉强能过得去。几年之后生了二男一女，使得她全身心操劳于家庭的日常生活。但闲暇之余总是思念起东头（青浦）的娘家，特别想念哥哥姐姐，常常坐在河滩边望着遥远的淀山湖东面发呆。她蒙蒙眬眬记得自己的家在那个方向，但总无法记起故乡的确切地址，况且感觉自己自打小被亲父抛弃，即使寻到了养父养母又能如何呢？但她不知道哥哥为了找到自己，连续3年多摇船漂泊在淀山湖一带，寒冬腊月，受饥受寒，落下了腰疼腿酸的毛病。如果找不到自己，哥哥这条寻亲之路何年何月才能走到头啊！

“如果今年找不到你，我决意明年再来的。”庆芳说，“因为只有在冬天农活不忙时才有空外出寻找，而且卖洋大头也只有在冬季。现在终于找到你了，我也心安了。但我要带你全家去娘家好好的聚一聚，看看你的嫂嫂侄子，看看你的另外几位哥哥姐姐，他们盼望你真的是望眼欲穿，日思夜想呀！”

“要得，要得！”小梅高兴地说。于是，一家人杀鸡宰鹅，捉渔摸蟹，盛情款待，其乐融融。

光阴似箭，一转眼过了几天。小梅一家欢欢喜喜地坐上哥哥的小船来到了青浦娘家。

一听说找到了妹妹，哥哥姐姐与嫂嫂们喜极而泣，拉着小梅嘘寒问暖，大嫂嫂更是拉着小梅同床而睡，整夜言语。仿佛要把几十年失落的亲情一夜补回。第二天，一大家子又来到了父母的坟前烧香祭奠，在坟前小梅把多少年的恩怨与委屈和着眼泪尽情倾诉。她感谢父亲的患难相救，感谢父母的倾情养育，更是感谢大哥哥的执意寻亲，如果没有大哥哥，这份儿女之情、兄妹之情恐怕再难相续了。爸妈呀，你们安息吧！

…………

多年以后，大哥哥因病离开了人间。妈妈带着幼年的我延续着父亲千辛万苦寻找来的这份亲情。俗话说，亲不亲娘家路，虽然小姑姑有时前来，但因为路途不便，一年也不来个一二次。妈妈因想见姑姑便一年也要前去一二回。这条路虽然不断，但走这条注定是漫长而又辛苦。春来暑往，岁月更替。虽然年幼无知，但想见姑姑的欣喜始终萦绕着我，只要听说妈妈要去看姑姑，不管路途遥远，我总是要迫不及待地紧紧跟随。无论是羊肠小道，还是泥泞沟渠，我幼小的身形总是跑在妈妈的面前。当早晨太阳刚刚升起时从青浦起步，到太阳落山时才能到达清水湾，一路需要走过白鹤港长长的河滩边小道，再走过胥沟泾十几里的垄沟渠道，穿村过巷来到大盈乡的一个名叫“天福庵”的小镇。走在镇上虽然感觉街道不宽，但临水依江，幽静中自有几分喧嚣。妈妈说，这个是千年古镇。当年比我们旧青浦镇还要闹猛。村上一位叫仲秋的新娘子嫂嫂的外婆家就在这里。我听后若有所思，仿佛见到了一个很大的世面，懂得了世间不单有人间的亲情，还有那份古时候遗留的物质存在，时时唤起人们对古往的依恋。思绪万千时，腿酸脚软，走过了十几个小时，当看到姑姑家门前那棵弯弯的槐树时，一天的辛苦一扫而光，欢天喜地地扑进了姑姑家门，那份心情自觉比爸爸历时 3 年才找到姑姑时更欣喜万分。

又过了若干年，公路通了，汽车可直达淀山湖镇了，路程只有半小时车程了。但妈妈走了，姑姑也老了。

我们虽然生活好了，物质也丰富了，但小一辈之间的亲情淡了，平时走动也越来越少了。当 5 年之前听到姑姑逝去的消息时，犹如石破天惊。虽然她活了 90 多岁，但她的离去还是深深地刺破了我内心深处的那层薄薄的包衣。那份疼痛，那份依恋，失去了包衣的索裹仿佛满腔的鲜血喷涌而出，浸湿了身心，浸湿了衣物，浸湿了看不见的一切。我知道，这份情断了，一辈子再难延续。姑姑呀，你在天堂过得好吗？你是否与你的亲哥哥嫂嫂重续前缘，永久相随了？

注：以上的故事是真实的我的经历，仲良是我的爷爷，庆芳是我的爸爸，我就是我。

当代作家吴伟平

【作者简介】

吴伟平，出生于黑龙江省林区，退休于林业局，爱好文学，作品散见于中华文艺期刊、江山传媒等报纸、杂志和网络媒体。

记忆中的胜利青年点

1977 年 7 月 24 日，刚刚高中毕业的我，和同学刘玉伟、周连芳、张元平、谌登高、张和生、隋万臣、姚元朝、陈立华、高淑兰、张淑清一行 11 人，响应党的号召，上山下乡，怀揣着憧憬与美好，在和平小火车站登上了列车，驶入乌鸦泡至兴隆的长达 188 公里的窄轨火车道。

呜呜，呜呜呜，吭哧，吭哧，吭哧，小火车缓慢地起动，在连绵起伏的群山之间，跨过由铁轨焊成的 20 多米长的铁架桥，绕过万宝山，一路伴随着清澈见底、鱼虾随处可见的岔林河，弯弯曲曲地开往 20 多里外的胜利火车站。

到了胜利火车站，我们走下车厢，映入眼帘的是依山不远处，坐西朝东的一间 30 多平方米的板夹泥土房。

在车站北面铁轨岔线上，自东向西，一步一坡，弯弯曲曲延伸到深山沟里的胜利青年点。

我们扛着行李，手拎各种日用品，堆放在平车上。这种平车，就是由四个铁轱辘和多块木板组成的无动力平板车。

同学们艰难地一步一步推着平车，向林中4公里处的青年点推去，累了，热了，就把平车用石块或木块，牢牢地卡在铁轱辘下，坐下来休息一会儿。我们走到铁轨旁潺潺的溪流中，捧起清澈见底的溪水，尽情地解渴。铁道边如茵的草丛中，各种野花争奇斗艳，散发着芳香，小蜜蜂们也闻讯赶来，穿梭在花草之间，忙碌着采蜜。两旁重峦叠嶂，草木葱茏，景色迷人，树枝上的各种小鸟，“叽叽喳喳”唱着好听的歌，像是在赞美迷人的7月。

一路上，铁道两边不时出现一块块耕地，这些都是青年点100多垧地中的一部分。我们终于到达了群山环抱的目的地。

站在铁轨上向南望去，是一大片农田；向北望去，是1个依山而建的大四合套院。走进四合院内，东、南、北3栋，是由拉合辫盖起来的，房盖是油毡纸和沥青。拉合辫，就是在地上挖一个长方形的坑，四周立上木板，放入水和黄土，搅拌成糨糊状的泥浆，在长方形坑的两侧，挖出齐腰深的小圆坑，人站在里面，把1米多高的洋草，也就是长在塔头甸子里的野草，放入泥浆中，扭成绳状，在木头立起来的房架上，墙的两面摆压拉合辫，中间的空间用黄土夯实。

西面的一栋是由木刻楞盖成的，就是用一段段木头叠起，中间的空隙用黄泥和草拌好的泥浆抹上，房盖是油毡纸和沥青。

南面的这栋房，东西走向，紧邻小火车道，东头1间独立的泥土房，是女知青满淑华专用的豆腐房，中间有1个四合院向外的出口过道，过道西侧这1栋的东面是办公室。书记谌宽祥、队长张德玉、妇女队长刘桂芝，以及后期的张宝莲、姜玉梅，领队干活的队长任桂深，机械队长魏得才，团书记王宝，财务组成员王邦仲、庄善平、孙文海，赤脚医生袁白茹，都在这里办公。袁白茹，1个白净、漂亮、体型娇小的女孩儿，说起她，就让我想起了电影《林海雪原》，只是不知道少剑波忙什么去了？西面是食堂，工作人员有刘文花、尤淑清、周连芳。

四合院北面这栋房，东西走向，西数第一间是一班的，是机械技术耕犁组的，该组有东方红链轨 75，带篷大胶轮 55 拖拉机，手扶 12 拖拉机，还有牛 10 多头，马 6 匹。司机有陈民江、王殿全、赵立军、王伟恒、刘广志等 10 多人，在 1974 年一班的宿舍里，有一位知青叫张洪才，23 岁，爱好文学，经常写一些诗歌，人称“小秀才”。

西数第二间是二班宿舍，拉开门首先看到的是一个南北走向，用砖泥砌成的小火炉，一个长长的火墙与小火炉连成一体，用于冬季取暖，火墙下半部，两侧是木桩，上面铺成两长条木板，放上两排洗脸盆，用于每天的洗漱。东西两侧靠墙处，用土坯搭成的两排土炕，南北走向，每个大土炕能睡 10 多人，北面这栋房的男女宿舍，屋内结构基本都是这样。二班成员 20 多人，有何德森、于连文、陈立华、曾有强、陈国宾，等等，我们同学把行李搬到二班，然后去食堂吃饭，吃的是烀苞米、炖茄子，都是自己种的绿色食品。

西数第三、四、五间是三班姑娘们的宿舍，有 50 多人，人员有姜玉梅、曹淑芹、邬兰英、田凤娥、赵亚杰、袁白茹等，我现在都在纳闷儿？第四间姑娘们的宿舍，为什么叫“妖屋”？它的典故由何而来？姑娘们个个青春靓丽，心地善良，勤劳认干，怎么会和“妖屋”扯上关系呢？

四合院的西面这栋房，南北走向，南数第一间的里间，住着喂牛马的饲养员老冯头、老谷头，还有放养员魏元宝，一个个子不算太高，精瘦干练，脸色微黑的小伙子。外间是水房，砖砌的炉灶上架着一口大锅，每天全体知青早晚到这里打水洗漱，水房的外面贴房根处，有一口老式乌拉把水井，有一个水槽直接通到屋内水房的大锅处，打上来的水，直接顺着水槽流入锅内，水井深5米左右，由小圆木镶嵌而成。

南数第2间，是十几头牛马的饲养间，屋后不远处的西南角是猪圈，饲养员肖亚芹。牛马棚西北角是公厕，由石头打底座，板皮钉制而成，房顶铺盖油毡纸。往北不远处，在西北角有1栋木板房，是木工间和养鸡场，木工师傅是邹金奎、饲养员是姜冰莲。再往里面不远处的山坡上，挖有1个大菜窖，是由木刻楞盖成的。

四合院东面这栋房，南北走向，是1个大仓库，里面装着各种农用工具和物资，中间是4个大粮仓，里面设有粮食加工设备，仓库保管员叫徐振国，一个60多岁的慈祥老人。

仓库房后面，靠铁轨建有4栋木刻楞家属房，东西走向，每栋住两家，靠铁路这两栋，东面住着魏队长、张队长，西面住着王会计和老王头，后面那2栋，西面那栋住着谌书记和老安头，东面那栋房，住着一个姓卢的人家和尹队长。

尹队长的隔壁就是胜利青年点的小学校，学校大约30平方米，2个小屋，一进门算是学生的第一个教室，不到10张桌子和几个长条板凳，墙上立着两根长方木杆，架着一块不大的黑板，里屋是第2个教室，也是教师的住宿和办公备课的地方。1977年之后学校的教师有李艳云、王凤琴、高俊雅，没有校工和其他人，自己掌握时间，冬天自己点炉子取暖。学生不多，只有八九个的样子，但年龄参差不齐，当时任教有2名教师。从一年级到五年级的学生都有，叫复式班，每个老师最少教两个年级，每当上课时先要给一个年级学生讲课留作业，然后再给另个年级的学生上课。同一个教室两个年级上课，不免会互相受到影响和干扰。但也有好处，就是可以面对面教学。

我们的人民教师，在这样偏远的山区，简陋的教室，完成了孩子们的小学学业，在这里奉献出了她们的青春和大好年华，培育了一个个祖国的花朵，为林业局的教育事业，谱写了一曲动人的乐章。

青年点的丁淑英，在 1977 年、1978 年兴隆林业局举办的运动会上，在篮球、田径两项比赛中，双双夺得第一名，为青年点夺得了荣誉，争了光。

顺着青年点办公室前的小铁轨，往西走 1000 米左右，右侧有 1 个小型木材加工厂，再往里走 500 米左右小火车道的右侧有 1 个小型采石场，1 个不太高的石头山，供应着铁路用的碎石头和建筑用的大石头，后来碎石就由曙光石场供应了，大石头则装满两个平车子，顺坡一气放到胜利火车站，卸下石块后，人力推回空车。

顺着采石场的小火车道往里走 100 多米的山坳中，人工清理出了一块长 100 米、宽 40 米左右的木耳种植地，场地旁的溪流边，长满了山丁子、臭李子树。粉红色的山丁子花，洁白的臭李子花，散发着芳香，小溪岸边的草丛中，还生长着老山芹，就是野生的芹菜，味道非常鲜美，在山坳的树林里，生长有一架架的五味子、野生葡萄，偶尔会在小树杈上看到鸟窝，小鸟不停地张大嘴巴，等待鸟妈妈送到嘴边的虫子。

团书记王宝，到经营站学习木耳种植技术，回来后教大家怎样种植木耳，人员有丁淑英、李玉梅、那丽萍、李新华、田风娥、代美荣等。

每天早上起床，先上山，把木耳段扛到种植场，然后回来吃早饭，用圆形、空心有侧孔的小刨锤，在新鲜的椴树、核桃楸树段上，横竖间距大约五厘米，深度大约 3 厘米左右，刨下一个小洞，把木耳菌放入小洞中，盖上木塞拍实。种有 12000 多段木耳段，大家每天去小溪边给木耳段浇水，木耳喜获丰收。

青年点平时的工作生活，夏天以农田耕种为主，每月预领工资30元，年底按工分分红，还能分到每天5毛钱左右，每年总计100多块钱。每个月定量28斤粮票，其中包括5斤细粮。食堂对外出售，1碗汤2分钱，三两重的窝头或大饼子，每个3分钱，大馒头半斤1个，每个1角钱，青年点会不定期的补助，每人每天4两自产粮，说实话，那也不够吃，没办法，只能是均匀的每天吃多少。如果每个月的前期可劲吃的话，可能很多人也就活不到现在了。那时候就想啊，以后天天吃细粮大馒头，天天可劲地吃，这辈子就不白活了。时过境迁，真到了这一天，并没有感到当初渴望的那种幸福感。

我们会不定期吃到免费的鸡肉、鸭肉、猪肉、牛肉等，是青年点自己饲养的，尹队长身背1杆猎枪，每天晚上都会去苞米地里守护庄稼，经常会有成群的野猪祸害苞米，尹队长枪法好，经常会打到野猪，我们吃野猪肉是经常事，也会吃到自己种的免费香瓜和西瓜。

业余生活，食堂餐厅内有1个乒乓球台，孙文海、关国忠、何玉山等人会在闲暇时间经常去那儿玩。四合院的场地内，有1个半截篮球场，知青们也会在业余时间去那儿打篮球。我们二班的曾永强吹得一手好口琴，还有于连文弹得一手好琴。每天闲暇时间，听到战友们弹奏好听的歌曲，看着女生宿舍的姑娘们在吃饭洗漱生活中，多次经过男生的窗前，非常惬意，那是世界上最美的风景线。

胜利车站北面1里多地的胜利屯，晚上有时放电影，我们知道后也会放平车子下去，看完电影后，只能是一步一步地推着平车子回来，到宿舍的时候，已经是半夜了。有时孙文海也会代表青年点，把电影队请进来，散场后再用平车子送回去。

转眼到了20多天的夏锄大会战，进入大会战，全体总动员，60多岁的老人除外，后勤、医疗、财务等部门全员上阵。

起床啦！起床啦！四合院内的场地上，妇女队长刘桂芝高声喊道，有时会是尹队长喊，各班的小伙子和姑娘们，会很自觉地从蒙眬的睡意中起来，快速穿好衣服，洗把脸，拿起各自的锄头集合，走向田间地头。在地头排好队，有领头的和收尾的，领头的和收尾的，都是铲地又快又好的人员担任，团书记王宝、孙文海、王伟恒都是打头和收尾的人员，谁在第几号位置，到地头再往回排队时，还是几号位置，一天位置不变。铲地到 7 点左右，收工回宿舍，打水、洗漱、吃饭，休息半小时，然后集合，继续去田间锄地。中午饭自带，在田间地头吃，两个窝窝头，空心处放上咸菜，就是一顿饭，吃完饭休息半小时，继续锄地，干到下午 3 点多钟，食堂会派专人把饭菜送到地头，吃第三顿饭，休息半小时后继续铲地，干到天快黑时才可以收工，洗漱吃饭。

那是一个激情燃烧的岁月，男女青年都非常善良和纯真，人人奋勇向前，不甘落后，铲地时手脚磨出了水泡，累得腰酸腿痛，却没有一个人叫苦，刚刚毕业就参加这么繁重的劳动，说不累是假的，每次先铲到地头的人，无论男女都会主动去帮助落后的人铲一段，互相帮助，纯真的友谊，天天都在上演。

在胜利小火车站的南面铁路旁 1 公里处，有 1 处依山自然形成的泡子，大约 3 亩地。在泡子边的高岗处，建有一个 200 多平方米的泥板房，有鸭舍和猪圈，知青张玉和是那里养鸭子的饲养员，田风娥和一个姓魏的姑娘是养猪饲养员，房子的旁边是青年点的农耕地，青年点在这里养了 800 多只鸭子。我们一伙男女知青，坐着平车子来到这里锄地，中午休息的时候，想要吃鸭蛋，只要在泡子四周的草甸子里转上一圈，就会捡回很多的鸭蛋，头几天做饭喝的开水，都是泡子里的水，是又腥又臭啊。试想，几百只鸭子天天在泡子里拉屎玩耍，泡子的水又是死水，水底下长着一层青苔，那水还能好喝吗？后来孙文海向领导提议，去岔林河里拉水吃，这样才结束了喝腥臭水的历史。

秋天到了，队长刘桂芝，带领韩桂玲、赵淑荣、徐亚军、高桂香、李新华、杨淑芝、肖雅芹等人来到地头，看到自己种植的大片土豆、白菜、胡萝卜、大萝卜、大头菜、倭瓜喜获丰收，供应着森铁整个沿线的秋菜，大家心里非常高兴，为自己所做出的贡献而感到自豪。

他们来到距离宿舍几百米外的土豆地，在牛拉犁桦的深翻下，把黄乎乎的土豆翻到了土外，大家戴着手套，紧张地忙碌着，用土篮捡起装入麻袋中，忙到中午，食堂送来了馒头、菜和汤，一上午的劳动，虽然有些疲劳，但看到秋收的果实，收获满满，心里美滋滋的。下午提前完成任务，很多人回到了宿舍，李新华、杨淑芝、肖亚芹也兜揣几个土豆回到宿舍中。

韩桂玲、徐亚军、赵淑荣三个人商量，咱们去山里采葡萄吧？有说有笑地拿着土篮走入树林，突然，不远处的徐亚军惊恐地大叫一声“哎呀”，浑身哆嗦地看着一条蛇，被吓哭了。三人都想转身回家，等徐亚军缓过神来说，我们还没采到葡萄呢。几人壮着胆子继续向山里走去，在密集的树丛中穿行，树枝刮得脸好痛。看到不远处有一大架葡萄秧，不知道有没有葡萄，走近一看，哇！晶莹剔透的葡萄，一串串挂满树枝，在阳光的照射下，葡萄透出紫红色的光泽，让人垂涎欲滴。最后由胆大的韩桂玲爬上树，小心翼翼地踩着细树枝，摘下一串又一串的葡萄，递向树下的二个人，三人边吃着边摘着，酸中透甜的葡萄太好吃了。摘完了，吃够了，她们带着大半筐的葡萄，开心地回到宿舍，天也黑了，宿舍的姐妹们高兴地分享着她们采来的葡萄。第二天，有位姐妹回家探亲还带走了一些葡萄。采摘葡萄这件事，虽然很小，却让姐妹三人至今难忘。

烧炕的袁白茹来了，望着炕洞里通红的炭火，李新华、杨淑芝、肖雅芹把从地里带回来的土豆，埋在炭火中，过了一会儿，把烧得焦黄的土豆从炭灰中扒出来，散发出了土豆的清香，宿舍里的姐妹，愉快地分享着烧好的土豆，纯绿色食品，真香!

冬季到了，胜利青年点每年都会承接兴隆林业局600米到800米不等的木材生产任务。在王宝的带领下，薛永军、田淑娟、曾有强、李文等人，来到了李宝珠沟，在山上采伐小径木，伐倒清除枝杈后，把树干的大头搭在肩上，树尾拖在地下，向山下楞场走去，最后由75链轨拖拉机拖到火车道边的楞场，等到中午吃饭的时候，知青们饮用烧开了的雪水，晚上回到宿舍，已累得筋疲力尽。

粗大的树干，是在外单位找来的油锯手放倒的，陈明江、刘庆年，开着链轨75马力拖拉机，王伟恒等人赶着牛马套子，把打完枝杈的原木，从高山上拉到了铁路旁的装卸场。

王宝带领着装卸组成员魏昌颂、李文、李斌、古延平、李新华负责归楞装车，八门子在前，魏昌颂、李斌第一杠，王宝、古延平、李文、李新华第二杠，在北国的冬季，白天零下20多摄氏度的寒冷天，帽子、头巾都挂满了雪白的冰霜，小组成员干得热火朝天，李斌喊着自编的号子，激起了成员们的一片欢笑，在愉快的气氛中，沿着两条搭入铁板车上的跳板，迈着整齐的步伐，装走了一车又一车的原木。

装卸组里六人中，唯一的一位姑娘叫李新华，年方二十，青年点很多男人都不敢干的活，也包括我，她却上演了一出现代版的"木兰从军"加入了装卸组，惊得余下的男知青们目瞪口呆，巾帼不让须眉，和膀大腰圆的小伙子们一样的抬蘑菇头，给装卸组平添了一幅最美的图画。

胜利青年点，是我人生路上的第一驿站。逝去的青春，抹不掉的回忆，将永远伴随着我走完人生的最后旅途。

当代作家陈福金

【作者简介】

陈福金，笔名清扬婉，中学高级教师。爱好文学，散文、现代诗和古体诗词散见于《三明日报》《三明侨报》《三明诗词报》等报刊和网络平台。

一路上的善良

福建漳州云洞岩风景区内有大小洞穴40余处，历代各体书法题刻200余处，历来有“闽南第一洞天”“福建第二碑林”之美誉。云洞岩因隋开皇年间，有潜翁养鹤修道于此不时鹤鸣于山里，故得名鹤鸣山。据地方志记载：山上石室，天将雨时白云从洞中飘出；雨霁天晴，白云又收归洞中，故又名“云洞岩”。云洞岩不高，最高处海拔只有280米左右，有左右两条路径，蜿蜒盘旋，拾级而上，途中有一线天、千人洞和风动石等风景。我和先生也慕名前往游览，虽然山不高，但在这炎热的天气里登山，还是气喘吁吁，大汗淋漓。沿途看到几个挑担的阿婆，她们年纪看上去有六七十岁，光着脚，挑着有几十斤重的货物，走在我前面。我心想：她们可能是住在山上的居民或是守庙人，到山下采购生活用品吧！年纪这么大，还能独当一面，对她们的敬意油然而生。云洞岩和别的景区相比，可谓是小巧玲珑，但幽深险峻。站在“老君岩”顶，可以俯瞰到大半个漳州城，坐在倾斜的岩石面上，总感觉随时会坠入崖底。休憩片刻，就原路返回。下山时，我看见刚才的那几个阿婆，她们已经在沿途路边间隔开来坐着，面前摆着各类饮料，还有茶叶蛋、煮玉米等小点心。这时我才恍然大悟，原来她们是小商贩，担子里的货物就是她们向游客兜售的物品。突然内心有种莫名的感伤涌起，她们年纪这么大，本应该在家和儿孙享受天伦之乐，安享晚年，可如今还要赚钱谋生，真不容易啊！正想着，只见我先生走向离我最近也是离山顶最近的一位阿婆,买了2瓶可口可乐。我很诧异，说背包里自备的保温杯里还有温水，足够喝到山下，再说他是从来都不提倡喝碳酸饮料的，正想阻拦，他向我直眨眼睛，我明白了他的意思，连忙替他付钱给阿婆。接下来我们又向其他几位阿婆分别买了些东西，上山我们是轻装上阵，只背了1个双肩包，包里放着两瓶水和手机，下山时，包里装得满满的，当然我们的心也是满满的。

作为外地人到一个陌生的城市，出行基本靠打车，尤其现在有滴滴打车，出行就更方便了。由于滴滴公司对滴滴驾驶员也有严格管控，所以，乘客的评价对司机就十分重要，如果给的差评多了，他的生意就会受影响。那天我们要去万达，照例叫了滴滴车，可是我们等了近20分钟，都未见来车，而且滴滴页面显示车就在附近。先生特地走到路边，最显眼处，边与他通话，边引导他。25分钟，我们叫的车终于来了，开车的司机是个小年轻，我们一上车，他就大声责怪起来，说："你们怎么搞的，定位都不准，乡巴佬，手机都不会用，害得我晕头转向，找了半天。"丈夫解释说："出发地定位是自动生成的，不是我们不会用手机，再说我跟你电话沟通也说明得很清楚啊。听你口音，不是本地人啊，漳州你也不太熟。"他愣了几秒钟，然后声音小下来，说:"我是四川的，来这里有3个月了。"我和先生相视而笑。到达目的地，先生问我给他评价几星，我应道："你说呢？"我心想，冲着刚才司机的表现，怎么也给个差评吧。先生笑了笑说：“就给个五星吧，年轻人也不容易，给他一个鼓励。”不知怎的，我心里暖暖的，刚才上车的不快就像根本没有发生一样。

城市出行除了打车、坐公共汽车外，现在政府又推出“共享单车”，只要注册当地达达通 App，就可以在有共享单车停放点扫码取车，骑到目的地，到附近停放点还车。1 小时内免费，超过 1 小时 5 角钱，既省钱又锻炼身体，被大众所喜爱。爱好骑行的我们当然不会错失机会。那天，我和先生决定沿着河滨公园快走锻炼，一口气走了 5 公里左右，可以说是精疲力竭。返回时，决定骑共享单车回来。找了一通，终于在 1 个亭子边找到共享单车停放点，奔过去，有零星三四辆，检查一番，发现有 2 辆车胎没气，庆幸有 2 辆可以使用。正当我们准备扫码，1 个年轻女孩奔到跟前，伸出手来阻止道：“叔叔阿姨，我有急事，能把车先让给我骑吗？”抬头看到她一脸着急的样子，先生脱口而出：“行，你骑走吧。”这个地方确实不好叫车。只剩 1 辆可以骑行的车，我们夫妻俩只好另寻他处。没想到的是，沿路共享单车停放点很少，一走又是半个多小时，好不容易才找到一处，骑回家，已是深夜 12 点左右。

人在旅途，善良是本分。很小时候母亲就告诉我：“能帮人，就尽量帮人，这会有福报的。”那时，我还不知道“福报”为何意。长大读书了，书中告诉我“人之初，性本善”，善良是与生俱来的。现在人到中年，我明白，善良是我们为人之根本，是一种包容、理解和涵养。它像回向镖一样，使出多少力，就会反弹回来多少。正如我们常说的好人有好报，赠人玫瑰，手有余香。

也许是我们的善良，爱好旅游的我们，一直以来都很顺利，旅途中我们总能遇到许多好人。也许在别人看来，我们有点傻，但我们愿意一直傻下去，因为“傻人有傻福”。

当代作家许海龙

【作者简介】

许海龙，山西大同人，国企职工，爱好文学，偶有发表获奖。现为中华诗词学会会员、中国楹联学会会员、四川省散文诗学会会员。

我和父亲的爱（外1篇）

我出生在一个家长制的家庭，所以对于父亲的惧怕，似乎是与生俱来的。小时候，父亲就是我的整片天空，时刻保护着我，却又高不可攀，于我来说，对父亲只有畏惧。

直到一次与父亲的同行，始让我有了被关爱的感觉。当时近视的我需要配眼镜，而县里并没有眼镜店，得去市里。父亲带着我乘坐一种叫"依维柯"的公共汽车进城，那时也是唯一可以去往市里的车。上车坐好后，父亲教我把座位扶手按下去，说这样在过盘山路的时候，不会被甩出来。那一刻，感觉是父亲离我最近的时候。

小时候，我以为父亲是无所不能的，直到高考后的那次远行。我报考了天津的大学，于是父母和我踏上了那仅停着一列绿皮火车的孤零零的站台。那扑面而来的压肩叠背，于我们这从未出过远门的三人来说，猝不及防，父亲只来得及把我和母亲推上火车，便被挤了下去。透过移动的车窗，只看到父亲眼中的焦急与无助。从那时起，我开始懂得了父亲的爱。

后来渐渐长大，长大到我以为不再需要父亲的时候，长大到爷爷去世时父亲悄然落泪的时候，长大到我的女儿也会叫爸爸的时候，我才惊觉，原来父亲早已两鬓花白。

所幸，父亲母亲无灾无病，爱有归处，我亦有归处。

闲话吃喝

吃喝有度，行健康之道。苏东坡的“已饥方食，未饱先止”，说的就是这个度。细嚼慢咽且定时定量，才能让身体的各处机能保持在最佳的状态。而现代都市忙碌的生活节奏和过度的工作压力，却常常让我们把这个度抛之于脑后，等到行至医院才会想起。

于我而言，而立之年已成医药铺之常客。出于工作社交亦有喜好缘故，下馆子撸串儿总能把饭桌撸到无奈，喝酒亦是酒过三巡又三巡，尤美其名曰交朋结友。正应了叔本华那句话:“人类所能犯的最大错误就是拿健康来换取其他身外之物”。

有个叫沙乌林的法国人这样描述科学的一日三餐：“要像国王一样用早餐，要像平民一样吃中餐，要像叫花子一样吃晚餐”。这也正是我们常说的“早吃好、午吃饱、晚吃少”。如吃喝无度、暴饮暴食之流，抛开身体器官的负荷不谈，于家庭和社会之风气，亦满是负能。

“有规律的生活才是健康与长寿的秘诀”，巴尔扎克如是，我亦如是。我们当为自己、家人、社会，行健康之道。

当代作家柳兆义

【作者简介】

柳兆义，笔名冷言，男，回族，1985 年出生，宁夏海原县人。本科学历。热爱阿拉伯哲学，喜欢读书、写作、音乐、翻译等。作品散见于报纸杂志和网络媒体。

孤儿的眼泪

你的孩童生活是不是快乐美好？我，非常快乐。起码我在父母亲的呵护下长大。

就单说我们的吃饭就知足。每日的三餐还可见肉丝，有西红柿、鸡蛋、韭菜等，菜品并不单一，且美味可口。可是没有菜、肉的三餐，半锅水中勺子一舀，盛到碗里，能看到碗底，没有一粒米菜，这能吃得饱吗？

孩子正是长身体的时候，吃不饱饭饿着肚子，能长好身体？在我的家乡有很多这样的孩子，并不稀奇。他们在过节时能吃得上几顿饱饭，就是一年的夙愿。有些小孩是家里穷，但能粗茶淡饭勉强温饱。但有一个小孩，没有父亲，只有母亲，结果就开水锅里煮水泡，喝水充饱。

我记得那时候他最怕两件事：一件是拿着空碗串门，一件是秋收季节夜偷。

"今天这个'干头'*又来了。""今天我们一定要活捉这个

‘干头’。”邻居和庄稼汉总是这么说。他们可不会对他留情，更不会施舍他一点，只有深深的嫌弃和恶毒的咒骂。这场景深深地刻在我的脑海，至今想起都会感到心痛。

我的儿时伙伴伊德里斯，他在 9 岁时父亲去世，他和母亲住在一处土窑里，家里没有劳力，一日三餐就是清水锅里煮开水，能见到几粒米就如获珍宝。一直到现在他也是勤俭节约，衣服、鞋袜补丁套补丁，能堆出一朵花。

我们很难想象到，勤俭节约、珍惜粮食乃至思想骨子里的观念，大多缘于小时候的生活与环境。大家心中对“慷慨”的概念，往往是四处交友，花钱大方，认为这才是成大事者。

孩子广交好友，这是父母眼中最骄傲的，是乡里乡间茶余饭后的话题，也会公认地说，谁谁家的孩子是“人才”。

因为这是他们衡量“人才”的标准。谁家的孩子是“干头”，没人管；谁家的孩子没本事，坐吃山空；谁家的孩子交友广，能力大。这些共性的衡量，判定了他们的终生。这是丑陋的心态和扭曲的思想。

不要责怪穷人家的孩子没本事，更不要咒骂没爹的孩子没出息。当你们摸着良心从另一个角度看看，他们只不过是由于出生和环境的限制，输在了起跑线上，当他们有个梯子时，不需要扶一把也能攀爬到顶上去，他们也可以是真正人才。

哪有做父母的不希望自己的孩子有个好的前途，整日的祈祷遇见一个贵人来扶持一把，让孩子成为社会的栋梁之材，给家人幸福，给乡村增光。这难道不是全村人的期望吗？

现在的人为什么不去想想这些肮脏的咒语和低俗的嘲笑淹没一个成长的人？就因为身不由己的失去父亲成为了孤儿遭人唾弃？反而是当初的他虽终日偷偷流泪，生怕被母亲看到伤心，但终修成果，为她增光添乐。

如今很多父母为什么这么多愁善感？如今很多孩子为什么对父母不孝？这不仅仅是生活环境的后果，值得我们深思。

注：干头，宁夏西海固的方言，即没父亲或母亲的孩子。

当代作家柳燕梁

【作者简介】

柳燕梁，女，中学教师。出生于湖北通城，上海师范大学汉语言文学本科毕业，现居上海。从事教育事业多年，爱文学，爱诗词，尤喜现代诗。不追名逐利，书写生活中感受到的诗的意境。

母亲

人生是一首歌，历经悲欢离合，走过繁华，走过低谷，走过荆棘，不断成长，不舍追求！在漫漫人生路上，当你彷徨迷惑时，在夜深人静的时候，从记忆深处走来，给你力量前行的人是谁？

"慈母手中线，游子身上衣。临行密密缝，意恐迟迟归。谁言寸草心，报得三春晖。"无论世事如何变迁，有关母亲的记忆总是不变的温暖，是心灵深处永恒的牵挂，是人生路上远航的灯塔，就像爱尔克的灯光，指引我们不会迷失方向。母爱，是爱之源！

临近新年，这让我想起小时候母亲忙忙碌碌准备年货的情景：火炉上面挂着很多香喷喷的诱人的腊肉，还炸了很多又大又香的油豆腐，摆在家门前太阳底下晒，还蒸了很多糯米粉做的饼带，家里的火炕上摆了很多劈好的木柴……下雪天，我们围着火炉烤火，母亲则坐在火炉旁做针线，缝缝补补。勤劳乐观的母亲把生活过得红红火火，有滋有味！

有一种记忆，是刻骨铭心的感动。我永远记得那年冬天，由于我长时间感冒，日复一日，母亲背着我去石坪那边医生家看病，小路弯弯曲曲，中间要翻过一座山，我趴在母亲的背上，感觉很温暖，母亲粗重的呼吸声声传来。那时我已经 7 岁了，背在身上很沉，母亲累得气喘吁吁，那天快到医生家了，母亲对背上的我说："你下来走一会儿吧！"我就下来，当我踩在地上时，就像踩在棉花上，感觉身子轻飘飘的，然后我栽倒在地……不知过了多久，迷迷蒙蒙中，我听见母亲焦急地大声喊医生，随着母亲一声声呼喊，我逐渐醒来，远远地只见医生和他的夫人已经走出了家门。"她已经醒了呀，她已经醒了！"母亲才舒了口气！打针时，医生叮嘱我要不怕疼，打完针，母亲又问我："疼吧？"在回去的路上，经过石坪小学时，传来响亮的读书声，母亲问驮在背上的我："你会读吗？"我说："会！"母亲会心地笑了，看到旁边小卖部，她问我是否想吃麻花，我说想，母亲就赶紧从衣兜里拿出钱来买给我吃。走过一段路，母亲还背着我弯到她的朋友秀珍阿姨家玩，秀珍阿姨热情地烧了火，说炒花生米给我吃，还连声说："四牙长得很好啊！"母亲望着我说："她不舒服！"我看着母亲关切的眼神，感觉她是那么爱我，那么关心我，我至今仍清晰地记得她那满含疼爱的眼睛！快到家门时，路过大伯家，大娘看着母亲艰难地背着我就说："那么大了，多重呀，你让她下来自己走呀！"母亲说什么我已经不记得了，只记得她是一步一步坚持着把我背回了家！

我的爸爸是个军人，后来去了武钢工作，很少回家，我们几姐妹是母亲带大的，她以她坚强乐观的精神熏陶着我们几姐妹渐渐成长。母亲勤劳善良，每天忙着干活，还照样把我们照顾得很好，她很重视我们的学业，看着我们学习成绩好，捧着奖状回家就是她最开心的事，我家墙壁上贴满了奖状！后来姐姐考上了师范学校，母亲觉得无比欣喜而自豪！她常对我们说："你们要好好读书，将来为国家做贡献！"

到现在，我仍记得温暖的冬夜母亲打开一瓶橘子罐头给我们几姐妹分吃的情景，记得一家人围坐火炉边的温馨，记得大雪纷飞的山村美景。夏夜，一家人搬了凉床凉凳到院子里乘凉，爸爸拉二胡，唱军歌，姐姐讲学校里的趣事，围着竹子转圈，我们几个孩子追逐飞来飞去的萤火虫，妈妈给我们泡了香气扑鼻的芝麻菊花茶。我们几姐妹都喜欢唱歌，白天唱，晚上唱，歌声悦耳动听，母亲很高兴，很自豪！看着我们快乐，她就很开心！

母亲崇拜父亲。每次村里的人有喜事请父亲写对联，父亲经过一番思索，得意地在火炉边把自己的对联念给我们听的时候，母亲总是很自豪地说："你爸爸是很有才学的！"她经常给我们说到爸爸的一些事情，说到爸爸是怎样有魄力，怎样口才好，舌战群雄，为大家主持公道，让所有人对他心服口服！说到这些事情，母亲总是绘声绘色，眉飞色舞，很敬佩的样子！

我家是一个大家族，有很多亲人，母亲对长辈很孝顺，家里每次有好吃的或来了客人，她总是叫我们把爷爷请来吃饭，还给奶奶端去一碗。她和几位婶婶以及父老乡亲们都相处很好，能帮到忙的都力所能及地帮助别人，无论谁到我家，她总是先泡上热乎乎的茶，热情地和别人交谈。母亲对孩子们也很爱护，每次孩子们来我家玩，只要家里有零食，她总是高兴地拿出来分给孩子们吃。

我一直坚信母亲能活到90多岁，我认为这是理所当然的，是必定的，我就是肯定她能活到90多岁！2014年母亲因心脏病住院了，我当时非常难过，但我还是相信她很快就能好，她理应活到90岁以上，可是我没想到她那么突然逝世了，我心中万分难过！那时候母亲心脏病复发，姐姐送她到武汉医院住院了一段时间，有所恢复之后，住进了家乡的养老院，我当时以为没事了，放心了，以为她的心脏病会像以往那样至少要再过几年才会复发！“五一”放假3天，我是想过要回去看她的，可我是老师，不方便请假，当时认为3天假期太短，回去住不了多久，我想着等放暑假时再回去多照顾她一段时间，多陪陪她。5月2日，母亲给我打了电话想见我，我说:“3天时间太短，我想暑假再回去照顾您1个多月。”“等不了那么久！”我感觉到了母亲声音的迫切，就立即说:“我明天就回来！”可是，我没想到就在那天下午，母亲突然心脏病发作晕过去了。当我千里迢迢从上海赶回家，我看到她躺在那里，我怎么也不相信她去世了，我总觉得我叫一声“妈妈”，她就会回应我，坐起来和我说话，可她没有，我连叫了几声，她也没有回应我，任我悲天呼地也没有叫醒她，她是真的离我而去了，再不会有回应了！想起母亲打电话想见我，我没有及时回家，想起她打电话时说她的手在发抖，想起最后一次相见时她异样的不舍的执着的目光，我心中悲痛万分，有留恋，有后悔，有遗憾……妈妈，我回来了，我已经回来了，我还记得您关心我的点点滴滴，还记得在我身处困境时您对我殷切的期待，还记得我生病时您背我走在崎岖的山路上气喘吁吁的情景，还记得您在家门前大声呼喊我的名字，还记得您给我们做的香喷喷的瓦罐饭……回想往事一幕幕，回想母亲的音容笑貌，我泪如泉涌！

我敬爱的母亲，您是那么好的一个人，我希望上帝会让您得到永生，希望您在天堂一切安好！我的母亲，世界上最好的妈妈，她应该永生，她永远活在我的心中！

母亲，我敬爱的妈妈，谢谢您给了我生命之初最真的爱！因为有您，我对人世保有希望；因为有您，我的生命不会枯竭；因为有您，人生路上，我不会畏惧任何风雨，我会让您给我的生命绽放光彩，我会努力前行，我会迎来光辉的未来！

当代作家刘启艳

【作者简介】

刘启艳，笔名叶子，湖北五峰人，曾任中学英语教师，后入行政机关工作。简简单单，平平实实。喜爱诗歌、散文，作品散见于报纸杂志和网络平台。热爱生活，勤奋上进，立志将自己的余生献于笔耕。

母亲的聪明（外二篇）

那天，海涵在客厅给母亲打电话，宏亮从厨房出来，听见是丈母娘的声音，忙从海涵手中拿过电话问岳母：“我给您买的炉子蛮好吧？蛮好用吧？蛮好发火吧？再不大烟爆爆的吧？”只听得母亲在电话那头说：“都好，都蛮好，你们买的也好，友志他们原来买的也好，都没得话说。”宏亮与母亲的对话，海涵都听得清清楚楚。听完母亲这些话语，海涵立马就知道母亲身边必定有“耳目”，有“炸弹”。

此前些天，海涵和老公宏亮回家过元旦，适逢雨雪，寒气逼人。母亲怕海涵宏亮他们冻着，赶忙往炉子里加柴火，不加不打紧，一加柴火，烟火大冒，满屋的黑烟，满屋的烟灰，眼睛直流泪，烟尘落满身，不仅烤不暖，还得赶快往外跑。

那是前两年弟弟买的炉子，是铁铸的简易炉，低矮、盖小，不久就烧坏了，父母常常是在烟熏火燎中度日。女婿宏亮看到这个情况后，不声不响就给父母买了一个新式的大圆盘的烤火炉送了回去。平时女婿宏亮就经常给岳父岳母买这买那，什么油肉米面呀，零食水果呀，衣服鞋帽呀，蚊帐床被呀，等等，想到的，需要的，都给买。

那天，宏亮问岳母这番话，是想岳母对炉子肯定满意，肯定也蛮开心，且他自己当时心情也不错，觉得好玩，当然也想得到岳母的肯定。哪想到，他的话，被聪明的母亲给带跑了题，他没听到岳母开心爽朗的笑语，也没得到岳母对他特有的赞誉，这都是因为母亲不想引爆“炸弹”，不想招人“耳目”。母亲一贯是牢牢攥住那根“安全绳”，从没松懈过。

海涵最佩服母亲的聪明了，也多亏母亲的聪明。海涵有兄弟姐妹 6 个，就自己和妹不与父母住在一起，还有 4 儿子 4 儿媳及孙儿们 10 多人，长年累月与父母共住一个屋场，共用一个道场，如果不是母亲的聪明，有可能早就天翻地覆、鸡飞狗跳了。

母亲的聪明，首先表现在她的度量。这么大一家子人，自然人多嘴杂，但她从来不听小言小语，如是哪个子媳有不恭或怠慢，她也从不计较，有些老人蛮在意孩子们弄了好吃好喝的，是不是邀请老人一起共享，但海涵父母把这个看得很淡，孩子请了就高高兴兴去吃，不请也不生气。自己的柴火，自己的农具，自己的米面，自己的盐油，孩子急需就随便拿、随便用，也不跟孩子们扳斤扣两的算钱算利；其次是表现在她善于平衡关系。

今天帮老大扯草，明天帮老二剥玉米，后天帮老三捡苕，大后天帮老幺刮洋芋，虽然孩子们也没有要求母亲做这些，母亲也虽然像流水一样源源不断地付出，但她看到孩子们开心，她也快乐。还有，就是连她在山上拾到一荷包野板栗，回家也是每人分几颗，这让大家感觉到母亲的公平。然后就是善于运用赞扬法则。儿子媳妇孙儿，但凡有一点儿好，她就会大表扬特表扬，对邻居张山念叨一番，对隔壁李四也歌颂一遍，等海涵回去了，还要重三遍四的宣扬，儿子媳妇们听到了自然欢喜。再就表现在她的斡旋能力，也是她做得最有成效的。过去经常听人说，婆媳是仇人，亲不到一块。可想日积月累，朝朝夕夕面对 4 个媳妇，如果没有几把刷子，不闹得鸡犬不宁才怪。可自从父母接第一个媳妇到现在 40 多年，载着近 20 来人的帆船，从没有发生过大的倾斜。这么多人各有各的性格,各有各的脾气，说三道四，磕磕碰碰，在所难免，偶尔还有火药味浓烈的时候。为了山田地界，为了猫狗鸡羊，时不时就出现一些纷争，有的时候还把父母也牵扯进去，但母亲处理这些问题，她总有她独特的一套，她左右打圆场，都说对方的好，如大媳与二媳有矛盾，母亲就对大媳说二媳是如何称赞大媳的；对二媳就会说大媳是如何夸奖二媳的，这样一来二去，双方的气也就逐渐消去了。诸如此类的情况不计其数，海涵把母亲形容成“灭火器”，一点不为过。母亲还会机智地处理一些敏感问题。姑娘女婿经常给父母买吃的喝的用的享受的，父亲出于感激，总忍不住在嘴上念及，母亲听见，立即制止，免得引起他人不悦。每每这时，海涵都能从心底理解母亲。

海涵是由衷地佩服自己的母亲，在无数惊涛骇浪中，每次都能把这么一艘大船撑得稳稳当当，每次遇到暴风骤雨，她都能“化险为夷”,每次遇到一触即发的“炸药包”,她都能及时排爆。

说母亲是“船长”“舵手”，准确；说母亲是“消防员”，恰当；说母亲是“排爆专家”，形象。

母亲虽是一个普通的农村妇女，也没念过书，不识一字半文，但她却用她简单质朴的道理，用她海一样的胸怀，用她流水一般的付出，用她过人的机智和聪明，成就了一个大家庭的和睦，成全了一个大家庭的团结！海涵深深地感叹：“母亲真伟大！”

渔关街头即景

车，车来车去，南来北往；

人，来来往往，三三两两。白车、黑车、的士车、麻木车，摩托车不时从眼前飞过，一会儿又过来一辆公交车，虽然公交已运行几年，但新鲜感却还仍未从心里消退。

道路两旁，地摊毗连，大篓小篓，大堆小堆，有卖辣椒、茄子、南瓜、白菜的，有卖洋芋、苞谷、粑粑的，还有炕土豆烤红薯的，桥上更有一处风景，那便是算命的，三两个人围着算命先生抽签看相。桥头有一卖麻糖和推销柑橘的，吆喝声不断，此起彼伏，不怠不倦，坚持着自己的音频和节律。

迎面过来一个面白眼大的漂亮女子，兜着娃，不是背着，是将背篓挂在胸面前，这样，孩子可以时时刻刻都在妈妈的视线里。背篓里的娃，白白胖胖的，胖嘟嘟的小手伸向外面做着抓东西的动作，他在抓住什么呢？疑惑是个梦想吧。

再往前走，就是正儿八经的街道，街道两边，商铺林立，服装店、鞋店、水果店、蛋糕店、咖啡店，还有美容坊、黄金屋、餐饮美食店，等等，应有尽有。

店前，人来人往；店里，人进人出。一药店前，又现一抹风景，那便是七八个统一身着金黄色衣服的美团外卖小哥，或背靠与他们一起日夜兼程的“宝马”，或手扶与他们风雨同行的“爱骑”，他们在一起说说笑笑，分享各自的收获和喜悦。远远望去，他们就像几片秋日里的大枫叶，这些大枫叶，一会儿飞到东，一会儿飞到西，一会儿飞到南，一会儿又飞到北，他们装点着渔洋古镇的大街小巷，装点着渔洋街的圪圪拉拉。

一处家纺店门前，两个穿着橘红色外套的中年妇女正在打扫卫生，衣服背后醒目地写着“五峰环卫”，他们所过之处，地面不见一片落叶，不见半点纸屑。他们的付出，让渔洋街清新亮丽，处处芳香。

渔洋街虽小而纤瘦，但却古老文明；虽不甚喧闹繁华，但也逸静安详，虽不够灯红酒绿，但却尽显祥和之气。身在渔洋，如临福地，渔洋关虽不是慢城，却是慢城之享受。

飞跃的梅二冲

早前，我和姐姐约好，择一个暖和的日子，一定到我老公驻村之地去看看。老公得知后高兴地表示：你们哪天去，我专程接送。

今天惠风日丽，还碰巧赶上了感恩节，真是个良辰吉日，心情倍爽。

我和姐坐上老公的车，沿着崎岖逶迤的乡村公路前行：初冬盛景，尽显眼前，远山近林，质朴冷峻，遍山以黄绿为主色调，偶尔见到几片火一样的红叶。一看望去，那山山岭岭，就似一幅巨大而凝重的油画。

我与姐一路欣赏着沿途美丽如画的山景，观赏豪华如别墅的民房，心中畅快而又感叹不已！姐姐说，她过去到这些地方来演出，根本没有这么好的路，这么好的房，变化真的是太大了，大到已经找不到从前的痕迹。

盘山公路，弯弯曲曲，可以直行的道路很短，时时要注意前方弯道来车，开车人须得小心驾驶，不得开小差。到底弯了多少弯，翻了几座山，我们不知道，坐在车上，我们只看到，弯接着弯，山连着山，弯绕着山，山顺着弯，悠悠盘山而上。

上了一个山顶，再沿路缓缓而下。老公说，马上就到了。几分钟后，就到了一个四面环山、中间有十多栋白粉墙房子的地方。老公直接把车开到了他所驻的村委会门前。

村委会楼房是暖黄色的墙面，有些古风的栗色花格窗，衬着大门旁竖挂的“五峰自治县渔洋关镇梅二冲村支部委员会”“渔洋关镇梅二冲村村民委员会”等四块门牌，铜色黑字，大气而醒目。大门正上方约5米高的位置，“党员群众服务中心”八个铁红色大字，清新亮眼，屋顶一面鲜艳的五星红旗，迎风飘扬。一楼，有群众进进出出，笑容满面。这里不仅是党员群众服务中心，更像是群众温暖的家！

我们走进村委会大厅，整洁干净，座椅摆放井然有序。小坐片刻后，老公便带我们上楼看村委会会议室。先看小会议室，说小，其实一点也不小，约30平方米的空间，10张会议桌，宽宽敞敞，明明亮亮，会议室正面墙上“党建引领、乡村振兴”八个红色大字，引人注目。从会议室的布局，可以看出村委会一班人的工作理念和工作作风，以及服务党员、服务群众的决心。接着，来到大会议室，老公推开大门，我和姐姐不由眼前一亮，棕红办公桌椅，光彩亮丽，会议室面积大约60平方米，约30张会议桌，摆放整整齐齐，一尘不染。会议室正前方两边，竖立着鲜艳的党旗和国旗，显得严肃庄严，又感觉温馨祥和。姐姐看后，不禁连声感叹，这哪像村会议室，比原来机关会议室好上十倍不止。

“走，看看新村发展，开个眼界。”老公说着，带我们坐上车，没走多远，便有一道光景闯入我们眼帘，那是新修的通往家家户户的水泥路，老公介绍说，这都是今年村里出政策筹资金，帮农民修的。姐姐看到这般新貌，竟即兴成诗：“政策好，变化大，为民谋利不浮夸，白路悠悠连农家！”我们都哈哈大笑，称赞姐姐有才。

没走多远，眼前一幕，让我们惊叹不已，好多的垱！好长的垱！都是新修的，都勾了水泥花格！这里更多的是田间保垱，阶梯形的，一墩一墩的。保垱的一侧是白墙瓦屋，一侧是红黄绿相间的树林，左看右瞧，酷似一面宽幅美丽的风景画。老公说，村里出资出力做这些保垱，是为了避免大水冲垮农田，他指着保垱的一处说，那里原先不是田，是被洪水冲得稀烂的路，村委会为了保田保粮保农舍，决定改路造田。为了把这个工程做好，村干部筹集资金，协商调解，安置补偿，做了不少工作，花费了不少心血。姐姐听后不禁又出口成章：

国家政策好，干部决心大。
农民得实惠，干群乐开花。

我也是由衷地敬佩村干部为村民实事实办的精神，也感受到老公两年的驻村工作，还是真真切切为该村的发展，付出了努力。

说话间，我们看到一农户，屋旁修建了高高的防水田垱，稻场前修了一条近百米的排洪沟，水沟足有 40 厘米宽、60 厘米高，水泥抹面，端端直直，棱棱正正。老公说，这也是村里想办法帮忙修的。正说着，房主人迎了出来说：“哦，是向书记啊，到屋喝茶，感谢您和村委会的同志，帮我们修路造田，为我们造福！”老公说：“我们应该做的，你们要记得政府的好，记得党的恩，自己要勤奋致富。”耳听为虚，眼见为实，我们真切感受到国家“三农政策”的优越以及扶持的力度，也真切感受到村干部的不易！

刚一下车，在鹌鹑养殖场就听见一段悦耳的歌声，走进门一看，原是一靓女，边挑拣蛋，边唱着歌。靓女立马出门迎见。姐姐原在文工团工作，欣赏她的歌喉，便夸赞她优美的歌声，靓女竟也大方，随口即唱起了“我的祖国……”看来，祖国随时在她心中。

随后，老公把我们带到一个缓坡地带。下得车来，只见大标牌上写着“全国果菜茶有机肥替代化肥示范县”。接着入眼的是那似乎直上云霄的台阶，端端直直，方方正正，台面清一色的清石板。台阶，我走过好多，但这台阶，却给我另一种感受，说它“高大上”似乎也并不为过，标准，漂亮，踏在上面，甚为享受。台阶旁是宽阔笔直的排水沟，水沟两旁是大如山宽如海的茶园，碧绿青翠，望不到边，看不见岸。老公充当导游解说员，告诉我们：“这个茶园称之百亩茶园。”原来这么大呀，难怪觉得无边无岸呢！我们顺着台阶往上爬，茶园的美，将我们诱惑得不时停下脚步拍照，不舍放下每一处每一角，恨不能将全园美景尽收手机。来到半坡腰，一个平台展现眼前，平台上似用白油漆画着图案，老公介绍说，这是老支书的创意，说此地形与八卦图起源之地相似，故给此茶园取名“百亩八卦茶园”。我和姐姐听后，不由心生佩服：老支书，真有文化！

登上山顶，又是一片迷人的新天地，空气清新，视野辽阔，站在观景台上，平眼望去，可观十里百里，俯视脚下，满眼绿的世界！茶林四面环绕，不似茶园，而是一座伟岸的茶山！这景象充分印证了老支书“八卦茶园”命名的贴切。还有那清石台阶路，也不止一条，而是四方都有，条条笔直，条条标致！这规划设计堪称一绝！我特意将一处茶、路、林美为一体的胜景拍了照，录下视频。下坡的时候，仍流连不舍。

在一农户用了午餐，约莫 30 分钟后，老公将车在一宽大的场地停下。我和姐惊呆了，这是什么地方？这么豪气？老公说：“这是贫困户安置点。”“啊？这是贫困户住的？”我们既疑惑又赞叹。房子清一色的白墙青瓦，清一色的飞檐翘脊，清一色花格古风窗，清一色的棕色大门，白色的墙面，还用棕色涂料做了线条装饰，真一个漂亮！真一个大气！真一个豪华！当即就把我和姐姐羡慕得想当贫困户了。房子分前后两排，每排房挨房，一线拉开，每排可以住 10 多户，共计可以入住 20 多户，操场边缘有布局美观的宣传栏，宣传栏前面是一长排健身器材，操场的一头，竖着篮球架。说它是贫困户安置点，倒不如说它是山中公园，是林中别墅！我们应邀到 1 住户入座，房内设计，家具摆设，不逊一个机关干部的家庭。户主应是一个懂得感恩的人，反复说，这都多亏共产党，多亏国家，多亏村干部对我们的关心和照顾！

这是一个正在修建的农庄。农庄的设计装配，可能要羡煞所有到过此地的人。我们到楼上楼下一一观赏，真心佩服主人的思维，佩服主人的审美观。房外环境，正在抓紧建设。主人说，原先这里被挖矿的挖得千疮百孔，大坑深沟，有的矿坑深过百米，安全隐患严重，附近农户都不敢在此居住了。见此境况，他决心改变这恶劣的环境现状，恢复山林地貌，消除安全隐患，他在村委会的资助下，耗巨资运石运沙铺填，才有了现在这个平坦的样子。他还说，他将在山顶建一个避暑休养区，到时恭请城中贵客来此养生休闲。姐姐听到主人这个构想，当即开玩笑说：“这设想太妙了，那你可得给我预留 1 个名额。”主人笑着说：“那没问题，到时我接您。”

在车上，老公说，他前几年还很落魄，这几年，他看到国家形势这么好，社会发展这么快，他觉得自己也应跟上时代步伐，干一番事业。于是，他开足马力，艰苦创业，现在已是村里成功人士，被评为“新乡贤”。

这次梅二冲之行，解开我一直留存心中的一个疑团。老公驻村后，偶与其聚餐，但每一落座，他和几个村干部就开始聊上村里发展规划的话题，始终不离此主题，我插不上嘴，说不上话，冷坐一边。我就奇了怪了，过去那么多年，我也随他一起聚过餐，席间多是荤段笑话，少有谈到工作的。如今老公驻村了，倒像变了一个人，整个席间，无工作不谈，而且每每如此！他不仅在外面谈，回到家还要谈，这个时候，我成了他唯一的听众，我不懂村里工作，只能点头附和，以不扫其兴，而他却谈得兴致勃勃。我笑问他：“以前机关工作，你好像没有这大热情，现在对村里工作，怎么这么上心？”他说是受村干部的感染，他们工资那么低，干起工作来，却那么卖力。谁说村干部不是在一心一意为村民着想？不是在实实在在为民谋利？那如画的保挡、那白悠悠的水泥路、那如山如海的茶园、那如公园别墅的村民安置点，还有那村民的笑容和热情，就是答案！就是见证！

当代作家方福顺

【作者简介】

方福顺，1962年12月出生，本科学历，湖南衡阳县渣江人。喜爱读书，与书结缘，卖了40年书。童年、少年住过部队营房、大院。当过工人、经过商。生于农村，骨子里流淌农民的血液，下乡驻村工作20多年，生活追求平平淡淡才是真。

南城记忆

世上有一种醇美的酒，能让人终身回味；世人有一些珍贵记忆，也许一辈子难以忘怀。而我就时常对江西南城这个小小的山城，念念不忘，梦回萦绕。在江西14年，除了童年的黎川、抚州，南城几乎占据了我整个的童年记忆。

从抚州迁到南城，我依然清晰地记得，那是一个炎热的夏天，知了沿途叫个不停，汽车在将近4个小时的颠簸后停在1棵古老硕大的樟树下，这古樟树干粗壮到4个大人围抱才够得着手。古树50米开外一座庄严的天主教堂耸立在目。自那天起，天主教堂成了我童年的家，古树成了我的邻居，在南城的童年记忆就是从这里开始。教堂是俄式建筑风格，建筑前面有1块很大的空地，屋顶正中带尖塔拱形结构，屋内有大大小小11间房，这宽敞的新家让我们兄弟姐妹六个欢天喜地好一阵子。父母亲时年40出头，带着我们兄弟姐妹开荒种菜好不快活。夏有苦瓜、南瓜、西红柿、空心菜、辣椒、豆角，秋有花生、红薯，冬有红萝卜、白萝卜。那段快乐的童年时光成了我珍贵难忘的人生记忆。

清晨出了教堂的后门，沿围墙大约走 50 米，向左拐进一条不宽不窄的路 200 多米，可以看到三五人在左边 1 口四眼井挑水洗菜，井水清澈照人经常引起我的好奇心，有时上学来回路过也会向叔叔阿姨讨上一口清甜的井水解渴，那是一种什么样的童年渴望！有着一股清新淡爽的南城味道。

平静的日子总是过得飞快，小时候的快乐来去匆匆，夏日傍晚的风仍带着热气，只有大门处穿堂风格外凉爽，我们兄妹几个坐在堂屋乘凉，只听“呼”的一声，一条粗如草绳、长一米的赤练花蛇从屋梁上落在堂屋中，突如其来的一幕令兄妹尖叫，惊慌失措、四处奔逃，而蛇却蜿蜒着花身快速游走，不一会儿就窜进墙缝里无影无踪。从那次起一直到秋末从屋梁上掉下来的蛇至少三四起，听父母讲湖南老家的规矩，家蛇是不可以打的。秋去冬来，隆冬腊夜寒冷而又漫长，半夜三更有嘤嘤的哭声吵醒全家，父亲胆大拉灯开门出去查看，回屋时与母亲耳语几句，母亲进厨房忙了一会儿，端出一锅热腾腾面递给父亲，父亲出去好一阵子才进屋去睡。父母怕惊吓到儿女们，只到许多年后父母才向我们兄弟姐妹讲起那个不眠之夜的事情。原来，斜对面就是县人民医院，那一夜是对苦命的乡下夫妻由于夜深医院又不接医，把已经奄奄一息的老婆婆临时安放在我们家门前走廊里。父亲问清情况得知他们饿着肚子，才与母亲商量煮面让他们暖暖身子。为此，父母为我们兄弟姐妹担惊受怕，只得向武装部申请搬家。

没有了古樟树上鸟儿每夜回巢憩息前的热闹，也没有了兄弟姐妹争着摘菜浇水的乐土，失去了住大房子的惬意舒适，我不知道以后还能否过上如此童话般的生活。

春暖花开季节，我们随父搬进武装部大院，庆喜之余发现一个更大的惊喜！邻居是我们在黎川武装部、抚州地区军分区时的黄伯伯、黄伯母，在黎川同住一个大院，在抚州也是如此，厨房连着厨房，来南城不仅住在一个小院子，而且还是邻居。记得是另一位邻居厨房失火，我们俩家才分别，父亲去了军分区农场，没想到我们家竟会与黄伯伯家结下不解之缘，两家皆大欢喜，由此奇迹般的境遇也结下深厚的情谊。小院人家过年过节你请我邀包饺子做年货甜糕，不知道有多亲密，多欢喜，多热热闹闹。

小院兵哥、三毛，我们星期天或暑假相约乡下钓鱼，下盱江戏水、竹排下捉迷藏，扎猛子，水底闭气穿竹排成了我童年备修课。去上游的小竹林偷竹子做鱼竿,把用小钢锯锯来的竹子,修去枝叶用手捉紧悄无声息地从上游顺水而下直到码头才爬上岸，小院姐妹相约偶尔也带我去红卫摘桑葚果吃，回家两嘴乌黑把爸妈吓得两眼瞪得如铜钱大小，那种乐趣是如今的 70 后、80 后不曾享受过的！疯狂快乐后的代价免不了一顿板子、瓜箕条——父母为儿子常备的成长见面礼。

进入初中，少年之成长的烦恼挥之不去，不招自来。班主任的家访、家长会、每一次的考试，都会给我带来惶恐不安！每星期的体育课和课外劳动都会令我喜形于色。但这些远比不上一年一度的“双抢”快活！4 点半起床的军号吹响，我被父亲叫醒与大人们在操场上集合，天麻麻黑睡意蒙眬中发现还有其他上初中和高中的大小伙伴排在队尾，不一会儿队伍向万年桥方向出发，天蒙蒙亮到达目的地——武装部农场，早餐后，趁着太阳还没出来，大人们割禾，小伙伴们给打谷机抱禾递禾，高中生争强斗狠抢着踩打谷机，田野一片轰鸣声。

晨曦初起，东方一线鱼肚白后，通红的朝霞托起朝阳光芒四射，阳光洒在金色的稻田里一片金黄，好一幅美丽的人生画卷呀！感恩父辈为我们献上的一份宏伟壮观的成长洗礼！阳光下繁忙的“双抢”景象，令我终生难忘，那一刻心中别说有多自豪，此后，每年的“双抢”都留下过我们少年的身影。

岁月静好！每个人都有一个不一样的童年故事，孩童般的梦想伴着金色年华逐渐成长！如今两鬓斑白的您，还记得曾经童年少年经历过的人和事，以及自己童年少年的模样吗？而这就是我难以忘怀的南城记忆。

麻姑山砍竹

我之所以征得同意，实名真实的用文字还原42年前我们在南城县中学读初中时，这段少年时代美好经历，是因为今年7月1日，同学们天南地北聚首南中，赴约40周年聚会。一起砍竹的老同学聊起这段冒险经历，当年12岁的小伙伴，都到了奔六的年纪，还对那段麻姑山砍竹经历，印象深刻，无比怀念。致平凡的我们！致青春！

——题记

（一）

清晨5点，天还没亮，模糊的看不清脸，7名同学在南中集结，领队吴小威老师简单叮嘱过后，队伍开始出发。

出校门往左，西郊一段厚厚的残垣断壁——古城墙遗址渐渐在身后远去，我们沿着公路往株良方向疾步行进，目的地——麻姑山。除向导江文龙在黄家围等外，领队吴小威老师在前，班长连福文、红卫兵分队长陈琦、体育委员张德武、劳动委员罗银根、方福顺、曹年发、欧富高紧随其后，任务砍毛竹，为我们初二（五）班的菜地做豆角架和打瓜棚。

浓浓的晨雾，湿气中带着点点寒意。沿途两旁的田间用来沤肥的猪牛鸡鸭粪发酵的腐臭在空气中弥漫，这是乡村特有的泥土气息。堆积家肥也是农民春季备耕时节的必备。

春末夏初的田野空旷宁静，远方麻姑山的轮廓朦朦胧胧，散落的村庄有雄鸡接力式的报晓。

“东方红，太阳升，中国出了个毛泽东……”晨风和着远处公社广播播出的歌声在原野上空回荡。大家一路无语，如奔袭中的军人。经过 1 个多小时的急行军，我们在黄家围村口与等候已久的江文龙汇合，在他的引导下直夺麻姑山方向。

不一会儿，村庄远离了我们的视线，不知不觉有一条羊肠小道在眼前蜿蜒弯曲向麻姑山上延伸，小道的左边是一道峡谷，右边地势起伏跌宕，大家顺着小道，到了麻姑山主峰右边一座山峰的山脚，小道尽头无路可走，再往上山势陡峭，竹木杂草丛生。“快看！”江文龙伸手指着脚边一张带黑色花纹的蛇衣，不看不知道，一看吓一跳！小伙伴们面面相觑，刚刚进山时的勇气瞬间减了不少，一下子对麻姑山有了非常的敬畏之心，“这条蛇是扁头风，有一米五长，锄头把粗！”江文龙用肯定的语气说，他身后惊魂未定的伙伴们更加增大了心中的恐惧。

稍许停留，大家四面环顾，发现峡谷中有潺潺溪流自上而下泻入山下潭中，欢快的泉水叮咚，给寂静的山谷带来无限活力。

（二）

天蒙蒙亮，麻姑山似乎还在沉睡。向导江文龙扯开嗓子大声喊道 :“麻姑山——我们来啦！”大家精神抖擞放开嗓子齐声高喊 :“麻姑山——我们来啦！啦……啦……”顿时，悠长的回音在空灵的山间峡谷声声回荡！气势如虹、心灵为之震撼！惊得栖息的山鸟四处飞散……这气氛像山民喊山的场景。山民祖祖辈辈靠山吃山，把山敬尊为神来供奉。每年开山采药、采茶、采菇、采参、伐木、狩猎，山民仍保留古老的风俗，举行盛大祭祀活动，叫祭山神仪式，也叫拜山。俗称：喊山或醒山。回音过后，欢畅流淌不息的泉溪伴着群鸟清脆的欢叫，大山分明在这群少年的呼唤声中苏醒。

山风拂过，耳旁隐隐约约有悠扬的军号声在响起，这是人民公社民兵营司号员为生产队集体出工吹响的号角。江文龙右手执砍刀，一边左右开弓挥刀劈棘斩刺奋力开路；一边仔细寻找攀爬的路口，大家艰难前行，彼此的喘息声显得急促。到了半山腰，展眼望时，满山毛竹碧绿如手指粗细，茂密疯长成林，阵阵山风过处，竹子随风摇曳，竹叶沙沙作响，像是与我们这群不请自来的少年兴高采烈地打着招呼。

此时，天已经放亮，清晨的太阳光芒四射，瞬间大地披上一层金色。

居高远眺，视野开阔，东方的地平线朝阳似火，蓝天白云、村落、田野、山川融为一体，一副壮丽的自然风景山水画卷映入我们的眼帘。

“同学们！抢在早上凉爽，抓紧时间砍竹子！中午太阳晒人，干活也累！”在吴老师的催促下，大家无暇欣赏美景，两人一组分四组，每组一人砍竹劈枝，一人用绳索绑紧成捆，每组负责完成 8 捆。

江文龙、罗银根挥舞砍刀，嘴里不停地吆喝，其他几个不甘落后，脱衣赤膊上阵。

气温逐渐升高，个个汗流浃背。中午太阳爬到山顶，或许是我们的惊扰，有老鹰不时地在头顶的天空盘旋。吴老师查看了一遍劳动成果，召拢大伙围坐在一块吃午餐。伙伴们纷纷从军用挎包里掏出自带的干粮，有馒头、葱花烙饼、饼干、煮红薯、煮鸡蛋等。罗银根拿出一个装满白米饭的铝制饭盒和一个装着萝卜干、剁辣椒的玻璃罐头瓶，炫耀地拿起军用水壶往饭盒里倒水，原来他开始享用井水泡饭、萝卜干、剁辣椒的美味佳肴呀！看得小伙伴们不停地咽口水。

午间休息，吴老师要求每个同学表演节目：唱歌、讲故事、表演小魔术、讲笑话都可以。班长连福文先唱了一首《红星照我去战斗》；张德武唱了军歌《打靶归来》；陈琦唱的是最拿手的《弹起我心爱的土琵琶》；罗银根喜欢潘冬子，唱了首《夜半三更盼天明》；我和江文龙、曹年发、欧福高几个五音不全，江文龙来了一曲地方味十足的江西采茶调，我与剩下两个抓耳挠腮，扭捏半天才肯唱了首流行儿歌《我在马路边捡到一分钱》，欧福高也唱了首幼儿园小朋友玩游戏才唱的《丢手绢》，待曹年发皮笑肉不笑的讲完一个冷笑话，张德武笑得前倾后仰，欧富高捂着肚子笑出眼泪，我笑的歇斯底里直拍大腿！吴老师为了缓和气氛，拿出一副扑克牌开始表演魔术：他随意选一人洗牌，然后，每人依次从中抽出一张牌并记住各自的牌面，还回到他手中；为了证明魔术的奇妙，老师再一次洗牌并依次每人从中抽出一张用手掌捂住，他能变戏法般猜出每人捂住的牌和先前所记下来的牌面是同一张牌。整个过程小伙伴们看得目瞪口呆，惊讶无比！最令人期待的是听老师讲惊险侦探故事《福尔摩斯探案集》《基督山伯爵》，两个故事惊险刺激，情节曲折离奇，令人毛骨悚然！直到老师讲完许久，同学们还沉浸在故事里不能自拔！

午休结束，大家分头整理好成捆的竹子，准备下山，只听得曹年发“哎哟！哎哟！”痛苦的叫声不止，只见竹签穿透他左脚解放鞋底。大伙惊恐地围着他细看，殷红的鲜血已染红了半边袜子。罗银根连忙接过吴老师自备的急救包，用药棉帮忙擦拭脚上伤口止血，倒上消炎粉，垫上止血棉用纱布包裹紧。意外受伤的曹年发只得由众人搀扶着下山。

（三）

午后的太阳越来越炎热，好不容易下得山来，衣服都被汗水湿透，经过潭溪瀑布大家忙着拿军用水壶灌水。江文龙、罗银根、欧富高已经脱得一丝不挂，待一泡热尿洒在手心，来回在肚脐上涂抹几下，然后光屁股一头跳进潭中。吴老师被他们突如其来的举动吓得频频挥手阻止，见潭水只平齐胸深，也只得选一块岩石看护着，任其放肆戏水。见老师默许，我和张德武迫不及待地穿着短裤跃入潭中，犹豫中的陈琦和受了伤的曹年发在潭边激情观战，陈琦一不小心滑入潭水如入虎口，顷刻之间成了众人攻击目标，潭中恶战难分胜负。先是敌我对垒，既而各自为战，岸边观战的吼着嗓子助战，水中开战的嗷嗷发威。有狗爬式的狼狈而逃，有溃败如鸭落单潜水的。一阵热闹过后，水中的勇士筋疲力尽，出得潭水，身上都起一层鸡皮疙瘩，冰冷的泉水泡得人直打哆嗦。小伙伴们余性未尽，带着一脸的满足和自信，快乐地踏上归途。

东江湖看雾

来湖南旅游，张家界必是游客的首选，其次是湘西凤凰古城。随便哪个季节，都能让你收获满满。春来春意盎然，夏至绿水青山，秋去满山红叶，冬有银装素裹。除此之外、你不可不去东江湖观雾。无论是黎明前的晨曦微露；还是落日余晖下的暮色烟云，东江湖一天中的良辰美景，春宵一刻都会令你欣喜若狂！

每年 4 月至 10 月，每日中的 6:30—8:30、17:00—19:00 是东江湖看雾的最佳时间。东江湖湖面 160 平方公里，平均水深 51 米，东江大坝至小东江二级水电站全长 12 公里。来自湖底最深处 157 米的地下水，水温常年保持 4~12 摄氏度。由于大坝梯级开发，大气层的空气与江面上的水，在温度分界点的作用下，蒸发形成旷世奇观——雾漫小东江。

8 月 10 日上午，我们爬上高椅岭，欣赏完奇幻的丹霞地貌。下午 4:30，大家刚入住东江大坝往清江方向 1.5 公里处的金玲农家，晴朗的天空突变，一时乌云密布，大雨滂沱，直到吃晚饭时，雨过天晴。盛夏的雨,来去有影无踪。我们遗憾地错过了身临“落日余晖下的暮色烟云”中的春宵一刻。

第二天早晨 5 点，雾蒙蒙的江边，栈道游人如织，结伴的朋友在雾中走散。沿岸芦花弄姿成影。垂柳依依，如晨姑娘遮住双眼未睡醒时的缕缕青丝。眼中的江面空旷而凄美……

小东江的雾是有灵魂的。山水之间能聆听到蕴藏着的生命；在酝酿中涌动的气息，乳白色的精灵又如同纯净圣洁的奶酪在缓缓的蠕动。自江的深处，由远及近，层层裹住江面，江天一色尽收眼底，游人仿佛痴迷在白嫩酥香的温柔之乡！我触景感叹：“空气与水的结合会产生如此奇妙的共鸣！”。古诗词有很多咏雾的篇章名句，我无论如何也找不出一首与小东江雾竞相媲美的意境。

静悄悄的江面无声无息。此时，一叶扁舟闪烁着点点渔火，穿破苍茫的浓雾，在游客的期盼中，姗姗来迟、款款而至。厚重的雾气随着黎明之光，渐渐散开成一层薄纱。于是、小东江一天中最经典的一幕——渔翁撒网，在晨雾缭绕中开启。只见渔翁拢在手臂上的网，瞬时抛向江中，张开时的力度起落有致、掌控自如。渔翁就在神话仙境般的江面反复张网之时；无数的游客也享受着瞬间的感动！蓝天白云、湖光山色、树木游人融为一体，好一个天地人合一。

顷刻，日出云开雾散，视觉豁然开朗，此情此景构成人与自然和谐相处的美好画面。随着渔翁张网的律动，观景台照相机"咔嚓咔嚓"的快门声响成一片。五湖四海摄影爱好者接踵而至，对雾漫小东江的良辰美景情有独钟，情到深处如痴如醉，难怪这方热土成为世界摄影圣地也就不足为奇了！

我调好连拍，抓住时机拍下一组组动感十足的照片。这珍贵的照片至今珍藏在我的电子影集里，闲暇之余翻出来看一看，开启尘封的记忆，收获感触蛮多！观雾散云开，看渔舟在雾的诗韵里演绎出怎样的优美旋律和动人故事？

那一天，我沉醉在小东江……

凤凰游记

今年3月去了一趟凤凰古城，这是我第3次重游。

第1次是30多年前，记得是五四青年节单位团支部活动，几个青年男女走遍了古城的经典景点，当然少不了虹桥和沱江边的拍照。第2次是与同事结伴去的凤凰古城，30来个伙伴跟着导游边走边听，走马观花把古城遗址游览了一遍。第3次是今年6月在微信群报名跟团。3次游玩，分别相隔10年左右，印象最深的就是这一次。因为我在30、40、50多岁，人生的不同年龄、不同的年代，游玩古城，算是见证了古城的发展和变化。心里所思所想不同，心态的变化和感悟也就不一样，收获自然颇多。

凤凰有我最喜爱的文化名人沈从文（1902—1988）、黄永玉

（1924— ）。初识凤凰，是在高中时，读过沈从文散文《边城》《湘行散记》；然而，最令人感动的是《小船上的信》。记述他在回湘西探亲后，坐小船从沱江一路向东返程的心路历程，一段 20 里的水路"小河的两岸全是美丽动人，我画得出它的轮廓，但声音、颜色、光，可永远无本领画出了"，"……我坐的是后面，因为船后的天、地、水，我全可以看到。我就这样一面看水一面想你"。从小船上看天上的白云、飞鸟；地上两岸的风景、民俗；水上的过往行舟、艰险滩涂；水下清澈见底的鱼儿、水草、石头；两岸的远山近景，无不寄予了作者对思念中的爱人张兆和绵绵的爱恋。文学大师从小船特定的环境，只用了短短的两句，全方位观察和描绘出一幅大自然全景图。正值风华正茂的我，对神话般美丽的凤凰古城充满了向往。

第二次来到凤凰，我的人生步入不惑之年。对于这片神奇的古城，我有了更深的了解，特别是画家黄永玉的漫画作品所表现出来的喜怒哀乐，皆成文章，妙趣横生，令人忍俊不禁，富有深刻的人生哲理，极具感染力、创造性，引起了我强烈的好奇心。沈从文与黄永玉是表叔侄，一个是文学大师，一个是国画大师，两位分别是中国文学界和国画界举足轻重的人物。黄老设计的邮票"猴票"堪称佳作之经典。他们的作品对世界各国影响极大，让游客纷至沓来，探究其传奇的人生。他们不仅热衷于沈从文文学作品、黄永玉不朽画作的发掘，而且对湘西边城凤凰风土人情和养育了两位文化巨匠的神秘土地产生了浓厚的兴趣。

这次重游，我们到达凤凰已经是下午 1 点。农历端午的连日暴雨，沱江一场洪水刚退去不久，古城地势低洼的沿江街道、店铺留下被淹没的痕迹。天气多云转晴，大家随导游参观了沈从文故居、黄永玉的万荷堂、北门古城楼、石板老街、万名塔等主要景点及名人故居。原来湘西凤凰历史悠久，厚重的文化底蕴名人辈出。

不知不觉中，沱江两岸的灯火在古城黄昏时分的余晖里次第点亮，夜色渐浓，梦幻般的沱江令人心动，两岸吊脚楼层层叠叠闪烁的灯火，在欢快流畅的沱江水里波光荡漾，时而变幻莫测、时而光怪陆离，江水两岸融为一体，给游人带来极强的视觉盛宴和心灵震撼！夜色朦胧、灯火阑珊处游人如织，此情此景郭沫若一首著名的现代浪漫主义诗歌《天上的街市》涌上心头："远远的街灯明了，好像闪着无数的明星。天上的明星现了，好像点亮着无数的街灯。我想那缥缈的空中，定然有美丽的街市。街市上陈列的一些物品，定然是世上没有的珍奇……"灾难深重的中国、外侵内乱，郭沫若在诗歌中所表达对美好生活的向往，不正是中国人民在苦难挣扎中的追求和渴望么？如今，日盛强大的中国，人民过上美好、幸福安康的生活，不正是成千上万的中华儿女抛头颅洒热血换来的么？

午夜古城天空，淅淅沥沥下起了小雨，沱江两岸的歌声、店铺的叫卖声、游人的欢声笑语不绝于耳，人们游兴未尽、流连忘返。凤凰古城有情有义，有声有色，有香有味，是一个充满希望和蓬勃生机的地方。远近的盏盏景灯是一个个灯谜，让游客猜不透千年古镇的过往，沱江潺潺流淌的河水声，仿佛在向游人诉说着凤凰古城不朽的历史和远古的传说。

有人说凤凰古城商业气息十足，失去了她原生态淳朴的民风、民俗，少了浓浓的人情味，而我却不这样认为，如果凤凰古城仍保持原始的样子，你怎么也想象不出来，她会是一种怎样的落寞孤寂、颓废与无奈。比如，破旧的民宿，年代久远失修的桥梁不重新修葺，每天不断增加的游客数量，使得原本狭小的景区空间，日显拥挤而让游客敬而远之，不再向往、留恋。

那岂不可惜和令人遗憾？

400年历史的凤凰古城是一个有故事、有传说又神奇的地方。未来，我还会在10年后的某一天，再一次重游凤凰古城。把凤凰古城的昨天、今天和明天，在我的人生记忆中，串成一款款精美的宝珠，镶嵌在我的灵魂深处……

当代作家杨成勇

【作者简介】

杨成勇，羌族，1975年出生，阿坝州理县人氏。四川省散文学会会员，文学路上的蜗行者。用文字记录生活，用心灵感悟人生。

春天的眼睛

沙沙沙……

耳边不停传来敲打窗户的声音，睁开蒙眬睡眼不禁让人惊喜，断了线的雨湿透窗台。

哇！下雨了，雨到春回万物生！

高原的春天来得迟些，尤其去年的冬天比往年格外漫长。幸好昨夜的雨滋润了昨冬的寒，然而惊扰了一场旧梦。

淋一场雨，透一透气，享受一下春天送来的珍贵礼物。

尝闻春天有眼睛。那么春天的眼睛里究竟装载着什么呢？满怀疑虑小心翼翼地迈向田野。

碎步轻盈，目光跟着脚步慢慢移动。泥土里冒出一些嫩嫩的小草，密密麻麻地努力向上生长。不知名的虫子，藏在草丛中慢慢蠕动。像我一样刚从冬眠中苏醒来，一副无精打采的样儿。

站在田野上空气清爽。风，裹挟着淡淡的芬芳迎面扑来。喔！是杏花的香味。

不远处粉白的杏花挤满了枝头。你紧挨着我，我挤弄着你，谁也不让谁，好像在争艳斗媚。

山脊上鲜红的桃花，东一簇、西一簇，开得那个热闹。

枯萎了一个冬季的大山变得鲜活了，像一位粉了妆，描了彩的姑娘，挠眉弄姿。

这边杏花争艳，那边桃花怒放，在春的视野里竞相争宠。

蜜蜂也很忙碌。从这朵花飞到那朵花；从这棵树飞到那棵树；从田野飞向山脊。

赶趟儿似的，忙个不停，还嘤嘤嗡嗡闹腾不休，好像在唱一首春天之歌。

清瘦的河流变得浑浊雄壮。奔腾着向东流，一路欢歌笑语激荡起千层浪花。

岸边杨柳翠翠绿绿、柔柔美美，在风的簇拥下舞动曼妙的舞姿。

唯独燕子迟迟未归。该不会，冬天的雪冻住了飞行的翅膀，启不了航？或者返航途中秀丽的春色迷了眼，忘了归期？

无论怎样燕子还是会到来。因为春天有一双动人的眼睛，那夜的雨就是从她眼眸中流淌出来的深情泪水。

感动了冬天，感动了人间万物。春的季节里都不约而同地赶来，跟随季节的步伐蓬勃发展，努力绽放生命的光芒。

雾缠着山，云伴着天。相信燕子不会忘了春的约会。

燕子归来，春潮如海，风光无限。

对于人而言眼睛是心灵的窗口；对于春而言眼睛是生命的窗口。

春天的眼睛里，有嫩嫩的小草，娇艳的花朵，翠绿的杨柳，忙碌的蜜蜂，欢腾的河流，迟来的燕子……

包罗万象，欣欣向荣。

俗人眼里是方寸之间，春天眼中是朗朗乾坤；俗人眼里是黑白基调，春天眼中是五彩斑斓；俗人眼里是红尘琐事，春天眼中是季节轮回。

一波云烟千般姿态，一汪春水万般精彩。春的眼睛里，盛载了一个生机盎然的大美世界。

当代作家李结实

【作者简介】

李结实，笔名油城之春，男，黑龙江大庆人，油气田开发高级工程师，中国石油学会会员，中国科学技术协会会员，中华诗词学会会员，中国楹联学会会员，经典文学网会员，中国散文网会员。经典文学网签约诗人、作家，经典文学网 2020 年度十佳经典诗人。

铸腾飞翅膀，托明天希望

——读《远山的牵挂》有感

人间有爱，大爱无疆。爱能长成一棵树，根深叶茂；爱能流成一条河，碧水奔腾；爱能凝成一座山，峰峦滴翠；爱能聚成大海洋，辽阔澎湃。

因着爱，我怀着一颗敬佩的心，循着淡淡的墨香走进心灵的伊甸园，一口气读完了《远山的牵挂》一书，在“左手烟火，右手诗意”中触摸了文字的温度，轻嗅了生活的味道，领略了生命的精彩，聆听了心的浅吟低唱。

心有多净，魂有多香，字就有多醇。该书图文并茂，香染流年，是心的阡陌开出的一朵圣洁的花。全书写满人间大爱，爱得深沉，爱得通透，爱得山花开，爱得流水长。作者是大庆油田退休干部——金萍女士。她有善良的心、丰富心灵、高贵的灵魂。上天赐给人类的精神能力在她身上生根、发芽、开花、结果。

因为青涩年代的一个梦，退休后，她一页页的梦想生出了翅膀，飞向遥远的广西都安瑶族自治县保安乡上镇小学。她把支教见闻、纪实照片编辑成册，以原生态的特色，用朴素的语言和镜头记录孩子们的成长经历，每一页都写满孩子们的泪水和欢笑、坚韧和成长，每一张纪实图片都见证了他们从脆弱的小生命，在一年又一年成长中，蜕变得更加顽强和自立。也见证了她和来自天南海北的志愿者老师们，彼此用温暖的灵魂，去点燃孩子们对知识的渴望。薪火相传，微光成炬，言传身教，不畏山高路远。生命的暗香在远山中盈盈绽放，成为大山里最动人的风景。他们像漫漫黑夜中的一束光，让追梦的孩子们在仰望星空中寻找到方向和力量，在尘世的历练中，用朴实无华的行动挥洒着无悔和厚重，不枉岁月，不负人生。

志愿者老师一个学期为一个接力，他们怀揣梦想，为了一个共同的目标勇往直前。生活上克服没有网络、没有电视、洗不上热水澡、饭菜单调，等等困难，坚守诺言，奋起接力，奉献青春、奉献余热、奉献爱心、奉献智慧和力量。他们在厚积中蓄锐，在沉淀中生香，心中有暖，眸中有善，行中有节，品中有贵，与孩子们一起上学，体验走在崎岖山路上的艰辛。他们每天都在用爱播撒着纯真和善良，播种着梦想和希望，用心血和汗水浇灌，灵魂的芬芳在远山校园里弥漫，人性的光芒在岁月的洗礼中纯粹而温暖。

2015 年秋季学期，上镇小学一年级是复式教育，同一间教室里有幼儿班、学前班、一年级，共计 28 个学生。每天要保证课堂纪律，课下的嬉笑、玩耍、苦恼、告状等状况比比皆是，金老师用近 10 个小时陪伴孩子们学习、生活。功夫不负有心人，上镇小学一年级语文成绩在期中考试全乡 38 所小学排名第三，全部优秀。成绩单上每一个名字都是一张笑脸，金老师激动万分：感谢我的一年级孩子们！是你们成就了金老师的梦想！

志愿者方慧林老师，用青春砥砺德行，以奉献洗礼人生。“我愿用我的生命托起你们，托起你们去实现明天的梦想”。还有湖北宜昌的游贤芳老师、大庆的李尚真老师、周春老师、朱忠利老师、赵松华老师、广东的林亚平老师、熊远老师、余强华老师、哈尔滨的邹纯苓老师、吉林的甄珠老师、北京的于老师、福建的郑老师，等等，他们为爱传承接力，用双脚丈量孩子们求学的漫漫长路，让爱传递无穷的正能量，温暖大山里的人家和孩子们。

2016 年暑假期间，李尚真刚刚毕业于大庆石油学院，志向做一名志愿者老师。他接过金老师传递的接力棒，到上镇小学教二年级语文、担任班主任。他以极大的勇气，克服在贫困山区小学所经历的重重困难，传承大庆精神和铁人精神，传承志愿者精神，发起青春的倡议，在网上众筹为学生们解决床垫子，用爱心把青春的旗帜铸就成火一样红，照亮孩子们漫漫求学路。

吉林甄珠老师 2013 年 3 月到上镇小学支教，当年的条件更艰苦，学生没有宿舍，晚上挤在教室里住宿。她和同事陪伴着孩子们学习、生活了1个学期。福建郑老师，家里不同意他支教并且扣了身份证，他偷着跑了4次才成功，出发的时候趁家里人走亲戚，他拿行李就出来，没有身份证，一路坐客车到的南宁，身份证是后来家里人见郑老师态度坚决，没办法才邮过去的。大庆周春老师，看到有的孩子吃不上早餐，就把自己的早点给他们吃，还经常给孩子们改善生活，有时包饺子、做小点心。

爱心涌动，处处可为。金老师的同学和朋友了解到山区学校的情况，经常给孩子们邮寄学习用品和衣物。大庆老年大学的领导和学员也纷纷伸出援助之手，为学校图书室购置新书柜，还捐赠新书近百本。学员汪春艳因为心里牵挂，将关爱装满行囊，带上许多礼物去看望大山里的孩子们，体验了贫困山区孩子们求学的艰辛；她两次给两位小姐妹邮寄衣物和食品，还给孩子们买月饼。另一位学员宫炬焱为上镇小学邮寄了200件短袖衬衫。

志愿者老师身体力行奔赴大山支教的善行告诉人们一个道理：就是要用教育去帮助贫困山区的孩子们掌握知识，改变命运，只要孩子们有出息了，未来就有希望。试想无数爱心呵护成长的童年记忆，会让孩子们坚实踏向人生的每一程，伴随他们成长，并激励他们插上梦想的翅膀飞得更高更远。

爱在孩子们的心中绽放，每当期末考试结束，孩子们都捧出真挚的童心，献给亲爱的老师。女生韦飞凤在信中写道：金老师您虽然不教我们了，但是，您永远是我的老师！希望您每年都回来看我们，可以吗？这种幸福是如此的真切！原来，幸福莫过于被需要、被感动！

我非常欣赏金老师这句金言：自己的初心，就是在所有的愿望和梦想当中，离自己本心最近的那颗心。这颗心最开始是简单朴素的，但是它会慢慢长大，就像一颗种子发芽、长成树苗，才能长成参天大树。就像远山的每一次呼唤，会激发我的生命力，促使自己的脚步前行，每年回到大山里，都将一颗颗爱的种子深埋在孩子们的心间。

金萍老师啊，你让更多人知道了幸福是什么：幸福其实很简单，当你懂得珍惜当下的时候，你就是幸福的。志愿者老师啊，我要为你们歌唱：润物无声教化功，凌云壮志贯长空。远山一抹霞光灿，桃李芬芳烂漫红。

人间有善，善德永存。志愿者老师们一棒棒接力，义无反顾前行，一路关爱一路歌，坚定地走在支教的公益路上，将行走过的每一寸土地都写满爱。山里的孩子们像山花一样，朝着阳光的方向自由生长，芬芳在祖国的大花园里。远山的牵挂，爱心永远。远山的鲜花，四季盛开。

与志愿者老师们相比，我很惭愧。我退休已经 5 年了，并没有像他们那样舍小家顾大家，不远万里去边远山区做公益。他们的奉献精神将时时鼓舞着我，激励着我，鞭策着我，使我不懈努力，身在哪里，就在那里奉献爱心。我坚信：没有比脚更长的路，没有比人更高的山。小路走尽就是大路，只要不停地走，就有数不尽的风光。

理想和信念是力量的源泉

在人类社会中，每一个人都在努力追求自己的生活目标。然而，怎样才能达到预想的目标呢？理想很丰满，现实很骨感。要想实现理想，就要努力追求理想。坚定的信念，执着的追求，不懈的奋斗，才是通往理想彼岸的桥梁。在中国特色社会主义进入新时代的今天，坚定的理想信念依然是我们前行的精神动力和不竭源泉。

就我个人来说，自幼的理想就是当科学家。可实际上，直到现在这个理想也没有实现。值得庆幸的是，自己一直没有忘记坚定自己实现美好理想的信念。所以 1977 年恢复高考，已高中毕业做了 4 年民办教师的我考取了石油院校，毕业后成了一名油田科技工作者，在东北油城这片热土上一步一个脚印地走过了从采油工人到油气田开发高级工程师的从业历程。在大庆精神、铁人精神的鼓舞下，在领导和同事们的大力支持帮助下，我始终坚定自己的理想和信念，不忘初心，牢记使命，发扬团队精神，理论结合实际，解决生产难题。

从"小"字入手，日积月累见真功

脚踏实地，步步为营。在工作中学习，在学习中提高，长久见真功，实践出真知。所有的成功都是水到渠成，没有侥幸和投机，无论办企业，还是投资，都需要日积月累的知识和经验沉淀。记得铁人王进喜说过"我学会一个字就像搬掉一座山"。这句话深深地印在我的脑海中，因此我认为，无论干什么工作，只要持续不断地收集资料，积之十年，必有所获。

1985 年，江苏油田曾有人提出了抽油井最佳检泵周期的概念，并从理论上给出了证明，但始终没有人按照抽油机井产量递减类型，建立相应的计算模型。1989 年，我通过对大量单井资料的整理分析和研究，按照抽油机井产量递减类型，建立了抽油机井合理检泵周期计算的数学模型。实际应用时，只要知道了某井产量下降后有关参数，并知道了产量的下降确是由于泵或管柱漏失所造成的，便可直接算出哪一天检泵可以获得经济效益最佳的最大累计产量。使用此方法，使确定抽油机井合理检泵周期有了一定的科学依据，由此而写成的"抽油机井最佳检泵周期的定量计算”一文在 1989 年省石油工程学会上发表，被评为优秀论文二等奖，同年 12 月，该成果通过局级技术鉴定。

1988 年 9 月，我在《油田地面工程》上看到了一篇题为“优选法在油田开发中的应用”一文，很受启发，文中介绍了用优选法确定自喷井清蜡周期的方法。当时我想，优选法是前人的一大发明，在大规模的工业生产和科学试验中已被广泛应用，而用于油田开发和油田管理上，有文字介绍还属首次。能不能进一步扩大优选法的应用范围呢？这时我想到了抽油机井合理套压的确定是否能用优选法来解决。从事油田开发的人都知道，对抽油机井来说，产量和套压存在着一定的对应关系，但究竟定多高的套压产量较高又稳定呢？换句话说，能使抽油机井获得高产的合理套压值是多少呢？我决定用优选法来解决这个问题。

于是，我将这一想法写成实施方案，并选一批井进行现场试验，通过总结和提高，于 1989 年 5 月写出了“用优选法确定抽油机井最佳套压值”一文，使确定 1 口井的合理套压从四到五天提高到二至三天，而且不会漏掉最佳点。2001 年，我们又用双因素优选法确定了敖包塔油田抽油井合理加药周期和合理加药量。

从“细”字着眼，持之以恒见规律

“骐骥一跃，不能十步；驽马十驾，功在不舍。”同样，成功的秘诀不在于一蹴而就，而在于你是否能够持之以恒。只有充分发挥你的创新思维从细节入手，才能创造出精彩并发现规律！“讲干劲要猛如老虎，讲细劲要细如绣花”。

1988 年 6 月，我到井上调查产量，在观察井口压力时，我突然想到放套管气时套压的下降速度与放气时间，套管闸门关闭后套压的恢复速度与恢复时间肯定存在着一定的对应关系，但书本和有关文献中一直没有确定它们之间定量关系的文字记载和数学描述，何不亲自试上一试。于是我在井上开始了试验，放气时每隔 2 分钟记录 1 次套压值，直至套压与干线回压平衡。之后再关闭套管闸门，每隔 5 分钟记录 1 次套压值。就这样，我在烈日炎炎的井场上，一待就是 6 个小时。曲线绘制出来了，果真很有规律，第二天又试 1 口井，结果一致。我很高兴，在试验一批井之后，我写出了“抽油机井套压恢复规律及最佳放气周期的确定”一文,在 1989 年省石油工程学会上发表并获奖。

1989 年 7 月，我陪工程技术大队工艺室的同志到葡 74–66 注水井测指示曲线，这是该井第二次测，因为他们在头一天测出的指示曲上翘，不合格，需复测。为了弄清曲线上翘的原因，我们在测试时，先用上流阀控制，当注水油压从 8.0 兆帕下降到 6.0 兆帕时注水量一点也没减少，再继续关，则水表指针不动、水量突然下降为零，绘制出的指示曲线出现了明显的拐角，接着用下流阀控制注水测试，上述现象消失，指示曲线为一直线段，当把两条曲线绘制在同一坐标时，两条曲线在 8.0 兆帕以上接近重合，在 8.0 兆帕以下围成一个封闭的三角形，利用测取的数据，可以计算水表计量误差在油、泵压差为多少时出现，最大计量误差是多少。

这以后，我又来到了 2#–3 和 4#–1 计量间有目的的试验 5 口井，结果都和葡 74–66 井相同。因为当时正赶上出月季报，白天根本没有时间写，我就利用晚上时间把这些资料整理出来，写出了“谈谈注水井上流阀控制注水对水表计量误差的影响”一文，印发厂属各采油矿和基层采油队，为准确录取注水资料做出了自己应有的贡献。

从“真”字做起，刻苦攻关勤实践

精益求精是工匠精神的精髓，具备工匠精神的人，对工艺品质有着不懈追求，总是以严谨的态度，规范地完成好每道工序。勤奋是智慧的摇篮，思想与认识每提高一步，理论与实践就会得到提升。“干工作要为油田负责一辈子，经得起子孙万代检验”。我一直把它作为工作的标准。在完成了“用优选法确定抽油机井合理套压值”这一成果之后，当时的油田总工程师王德民院士又提出了更高的要求：能否用公式直接计算抽油井合理套压值。当时对我来说这可不是个简单的问题，因为以前我查阅了所能查到的所有专著、教科书和科技文献资料，没有查到任何有关的计算公式，必须从头做起。我知道，任何成果的取得都靠勇于实践的精神和不懈的努力。于是我开始查找有关书籍，决定用多元回归的分析方法建立葡萄花油田抽油机井合理套压计算的经验公式。

要用多元回归，首先碰到的就是解大型线性方程组，不但计算工作量大，运算步骤繁多而容易出错，而且在我们葡萄花油田，利用多元回归的方法建立经验公式还是首次。为了尽快拿下这个课题，我一边在现场搞“用优选法确定抽油机井合理套压”的现场试验，一边整理资料，同时又买来了《数理统计》一书刻苦学习。

在彻底弄通了多元回归分析方法以后，完成了“抽油井合理套压值的定量计算”这一科研项目，并制作了葡萄花油田抽油机井合理套压计算标准图版。该成果于 1990 年 11 月通过局级技术鉴定，撰写的论文在《石油钻采工艺》1991 年第 2 期上发表。本成果还与“抽油机井合理检泵周期的定量计算”一起入编《中国实用科技成果大词典》和《中国八五科技成果选》等书，同时被中国期刊全文数据库收录，并推广应用到长庆、辽河等油田。

这一科研项目完成之后，我又投入了“抽油机井套管合理放气周期的定量计算”的研究。有了上一个项目的成功，干起第二个来就顺手得多了。在完成了现场试验和对试验资料的整理分析与研究之后，又完成了全部计算公式的推导，建立了合理放气周期计算的数学模型，还同时制作了“葡萄花油田抽油机井合理放气周期计算图版”。该成果在省石油学会发表并获奖。之后，“葡南四断块注采系统调整现场试验”“敖包塔油田注水开发调整改善开发效果试验”等局级项目都是在上述思想指导下完成的。

从“新”字突破，善于创造出成果

创新往往是互相启发的结果，是多视角审视、智慧与智慧碰撞产生的火花。在岗位上，同事既是工作伙伴，又是集思广益、解决问题、产生创见的最好来源。“困难面前有我们，我们面前无困难。”每当遇到技术“瓶颈”想放弃的时候，我总会想起这句话。在学习的基础上，结合葡北四断块提高排液量试验，我和同事们一起分析、研究了四断块全部 24 口采油井的水驱曲线，并对每口井的开采动态进行了深入分析。1989 年 11 月，写出了“应用水驱曲线法分析采油井开采动态”一文，把水驱曲线的应用范围由油田、区块扩大到单井，为抽油机井的生产和开采动态分析了一种可靠的方法。1993 年，又把这种方法推广应用到葡南地区，用于指导采油井开采动态分析，为油田挖潜增产提供依据。这一方法在省油藏工程学会发表，被评为二等奖。

以往评价油田注水开发效果，预测油田动态，一般使用驱替特征曲线的方法，但这些方法所考虑的是采出量油和水之间的关系，这样，全面评价和预测油田开发效果受到一定限制。

1999 年，我们在对水驱曲线交会法进行修正的基础上，考虑油田注水、采油是一个统一的系统，把两种方法统一起来，提出从油田注入量和采出量的统计关系进行评价和预测，完成了“用无因次注入、采出曲线法评价预测油田注水效果”的专题研究。为油田开发效果的评价预测了提供了一种新的方法，同时也有助于油田开发方案和规划的编制。这一方法在省油藏工程学会发表，被评为一等奖。

从“超”字实践，不断探索勇开发

人类从来不缺想象力，在资源并不丰富的古代，人们看见天上鸟儿飞翔，便幻想着有朝一日人也能够飞向蓝天；在遥远的原始社会，人们对自然一无所知，没有电视、电影，但是依然想象出了许多诡谲多彩的神话与传说。他们因为对生活充满好奇，从未停下探索的脚步，不断发现和创新。“超越权威，超越前人，超越自我”是我们科研人必须具备的精神。油田合理注采比问题一直是一个比较敏感的问题。过去有不少学者研究过，但各类油田由于地质特点都有较大差别，不可能有一个适用于一切油田的“合理注采比”。因此，根据我们油田的实际地质特点与开发状况，有的放矢地调节注采比，对地层压力水平进行能动的控制，是实现整个开发注采系统最优化的一个重要方面，对油田的科学开发具有重大而深远的意义。

我厂所管理的敖包塔油田，在全厂老区四个开发区中注采比是最高的，在投入开发后的几年中也进行过几次调整，但注采比多少为合理始终没有定论。2000 年初，我就带领地质队有关人员把解决敖包塔油田合理注采比问题作为三矿当年地质工作的一项重点工作，选题立项，进行攻关。通过半年的努力，建立了敖包塔油田合理注采比计算的数学模型，并制作了敖包塔油田合理注采比计算标准图版，确定了敖包塔油田合理注采比的范围，下半年油田注采比调到合理范围内，油田地层压力上升，产量、含水均较稳定，初步说明以理论研究成果为指导编制的调整注采比试验方案是可行的，成功的。所写论文在省油藏工程学会发表获一等奖，并在《大庆石油地质与开发》2002 年，第 2 期上发表，2003 年入编《黑龙江省石油学会首届学术年会优秀论文集》一书，同时被百度文库收录。

1999 年，葡南地区开始逐年打扩边井。油田开发管理工程中第一条就强调以经济效益为中心，油田打扩边井更应讲经济效益。因此，如何做好经济评价，控制投入、产出平衡，使经济效益最佳化，是一个非常重要的课题。在这一思想指导下，2000 年我又将确定葡南地区扩边井合理经济界限作为当年地质工作的另一重点进行立项，带领地质队有关人员应用折现现金流量法、盈亏平衡图、敏感性分析等方法对葡南地区扩边井合理经济界限进行了研究，通过评价分析，确定了当时葡南地区扩边单井合理经济界限产量应为 2.5 吨 / 日。这一成果在省油藏工程学会发表获二等奖。

油田开发永恒的主题就是“认识油层和改造油层”。葡南地区 2000 年已进入中高含水期开发阶段，随着油田含水的不断上升，产量递减有加快趋势。如何采取有效的方法减缓产量递减，是当时葡南地区油田开发中亟待解决的问题。要解决这一问题，首先应对全区稳油控水能力进行综合评价。

2001 年，我组织地质队动态人员从分析和认识油层入手，对葡南地区的产量变化趋势、变化原因进行了认真分析，并做出了“葡南地区稳油控水能力综合评价图”，对全区各断块的稳油控水能力作了综合评价，以改造油层为手段，以挖掘剩余油为目的，提出了减缓产量递减的主要措施，为进一步减缓葡南地区产量递减，提高开发效果提供了依据。

在实践的基础上，又有 2 篇论文在国际石油会议发表，两项成果获省部级科技进步奖。本人早期发表在国家级刊物上的论文手稿就保存在“葡萄花油田历史展馆”里。

多年的工作实践使我深深感到，学习是无止境的，自己掌握的点滴知识还远远不能满足油田发展的需要，还有许多新知识、新技术需要我们去学习，还有许多新问题需要我们去解决，许多新课题需要我们去攻关。一位哲人说过“只有热爱科学才能不屈不挠，百折不回”。热爱是最好的老师。前进的道路上，什么困难都会有的，但并不可怕！有理想就有希望，有希望就不要放弃。让我们每个人都点燃智慧的光芒，放飞明天的希望，为理想插上翅膀，在湛蓝的天空自由翱翔！

当代作家周勇

【作者简介】

周勇，男，1955 年出生，江苏扬中市人，现为扬中市作家协会会员。曾在陕西铜川煤炭基建公司第五工程处工作，在井下干了 10 年的掘进工。后经公开考试，从井下调到处党委办公室做秘书。1987 年调回扬中县工业局做文秘工作。1990 年任县有机化工厂党支部副书记。1996 年任市江阳实业总公司总经理兼党支部书记。2009 年企业改制，继续担任市江阳电器设备有限公司总经理兼党支部书记，现已退休。

点蚊香

梁志成自当上西北矿业集团第五工程处工程科科长之后，15 年来一直就固定在了这个位置上，从未动弹过。眼下，机会还真的来了。总工程师刘仁智调到总公司任副总经理，这工程处的总工非梁工莫属了。更何况刘总走之前给处党委建议，总工由小梁担任为宜。非但如此，还把总工程师办公室的钥匙直接交给了梁工。

这天上午，梁工利用星期天到刘总工程师办公室整理图纸，由于上身穿着背心，下身穿着大裤衩子，大白天竟然被蚊子叮了好几口。于是，梁工叫综合部整点蚊香来熏熏蚊子。接电话的小贾不敢怠慢，赶紧驱车去采办。结果跑了好几家商店都没有买到，后来还是跑到西王村，赶了一趟庙会才买来两盒蚊香和一盒火柴，梁工接过蚊香之后不容分说，拆了一盒从中取出一盘关上门随即点了起来。可是这蚊香点了灭，灭了又点，折腾了半天，一盒火柴快划完了，还没有点着。梁工火急火燎地从西楼径直跑到东楼找到办公室匡秘书：“老弟，我点蚊香点了老半天,怎么也点不着。你是南方人,请你过去看看,是咋回事？”

匡秘书跟着梁工来到总师办，只见火柴棒扔了一地。匡秘书问：“蚊香呢？”

“在这里。”梁工将熏黑了的蚊香递了过去。

匡秘书一瞧“扑哧”一声笑了：“梁工，就你这蚊香，怕是永远也点不着！”

“咋了？”梁工急切地问道。

匡秘书说：“你看这蚊香看似一盘，实际上是两盘，你要把它从中间分出一盘来，然后再点就好点了。如果你不分开，像煤饼一块，是点不着的。”说罢，从中间分出一盘，只用了一根火柴便点着了。

“噢，原来如此！”梁工若有所思地笑了。

送走了匡秘书，梁工仍然蹲在地上，一个劲地还在想这件事。猛然，他想起了什么，急匆匆地又跑到东楼办公室，听见里面有人说话，探着头把匡秘书叫出门外，悄声说道：“老弟，刚才那事，千万不要声张出去！”

“老兄，你放心，这事我是不会说的！”说完，两人郑重其事地握手道别。

匡秘书笑嘻嘻地进了办公室，组织部干事小赵问道：“你俩在楼道里嘀咕什么呢？”

匡秘书道：“嘿！梁工刚才不会点蚊香，请我过去帮他点着了。为这事他还专门过来叮嘱我，不要把这事说出去。其实这也不是什么难为情的事，像你们老陕人不会点蚊香的多的是，大可不必在意，你说是不是？”

小赵没吭声，只是点了点头。

没过几天，处长从外地出差回来，党委书记要求组织部通知党委成员，上午 11 时到小会议室开碰头会，讨论梁志成担任总工程师的事。本来这个会议只是走走过场，有半个小时足够了。谁知会议有了不同的声音，副书记兼组织部部长突然冒出一句：“梁工前几天点蚊香竟然不会点，这提任总工程师的事，是否再认真考虑一下？”顿时，会议陷入僵局，眼看中午饭的点都过了，也没有一个结果。书记发话：“大家还是先吃饭，吃过饭后继续讨论。”

下午的会议终于有了两种不同的意见：一种意见是梁志成科班出身，加上这么多年的工作实践，矿井工程无所不精，仅在专业刊物上发表的论文就有 10 多篇，当总工肯定够格。至于不会点蚊香，只是生活常识类的小事，不影响他的提升；另一种意见是总工程师是单位的一张名片，如果一个连蚊香都不会点的人提拔为总工程师，有损单位的形象，就连外面的人也会笑话咱们，这个面子咱可丢不起。两种意见相持了好长时间，最后还是面子重要而否决了梁工的提拔。

会议一结束，机关里很快议论开了：“梁工也算是个有学问的人，怎么连蚊香都不会点了呢？”也有人质疑：“梁工不会点蚊香，工程处里的领导是咋知道的？”更有人惋惜：“这梁工啊，点蚊香没把蚊子熏死，倒先把自己给熏死了！”

正当人们喋喋不休地议论这件事时，总公司突然下来调令，直接任命梁志成为总公司总工程师，要求 10 日之内报到。

这一下，人们又多了一个话题：“文化人那就是‘贼’得很，不会点蚊香，恐怕就是故意的！”当然了，这样好的结局，真的让人始料不及。梁工调走的那天，人们争先恐后到楼下送别。

梁工发现人群里少了一个人，赶紧跑到楼上，看到窗口旁站着匡秘书，两人一见面直接相拥。匡秘书既紧张又兴奋，含着泪喃喃地说："老兄，我……我没有勇气见你啊！"

梁工道："忘记吧，就当你我一唱一和、自导自演了这场戏呗！"

匡秘书笑了笑应道："是该忘记了，忘记才是我们俩感情最好的释然……"

当代作家宫久生

【作者简介】

宫久生，新时代作家，作品《巨人的足迹》入编《新时代诗人作家文选》，并聘为经典文学网、中华文艺微刊签约诗人。《内蒙古作家大辞典》入围者。现为内蒙古诗词学会会员、呼和浩特市作家协会会员。另有 200 余首诗歌、10 余篇散文发表于报纸杂志。

从农民到全国科技工作者

——记一代名医宫正礼

题记：父亲离开我们已经 24 年了，在这 24 年中，很想为他写点东西，他百岁生日之际，我终于拿起笔，为他作传。

宫正礼（1921.2—1998.11），男，汉族，生于内蒙古呼和浩特市榆林镇古力半村。8 岁父亲去世，与母亲相依为命。因家庭困难，只上过 4 年私塾，尽管学习刻苦，酷爱读书，也只能辍学劳动。

他生在一个中医世家，其太爷爷宫福康懂易经，擅医学；大叔宫文江，将五行运用于医学；二叔宫文麟知名中医，妇科有名；三叔宫文璧赤脚医生。他从小耳濡目染，深受医学熏陶。

他不甘心当一辈子农民，于是一头扎在医学的海洋里苦读，立志要当一名医生。为此，通读了《黄帝内经》《伤寒论》《金匮要略》《温病条辨》《医宗金鉴》等名著。靠超常的记忆力，熟背《濒湖脉诀》和《汤头歌诀》等。遍识草药，熟记经方。1955 年以优异的成绩考入呼市郊区医院。由一位种地的农民，成为一名中医师。实现了自己的医学梦。

1957 年，巧报乡卫生院中医门诊大夫紧缺，他被调到巧报卫生院工作，不论门诊值班，还是外出就诊，都能做到任劳任怨，一丝不苟。

1970 年又调入榆林镇卫生院当院长，但他始终定位于一名普通医生，按时值班，及时出诊，为患者解除病痛。呼市地区处处有他的足迹。1981 年退休。退休后慕名而来的患者络绎不绝，医者仁术，普惠世人。

1998 年 11 月 8 日因病逝世，享年 77 岁。

宫正礼院长，一生从不间断对医学科研的探究，擅长妇科和皮肤科。以平时收集的名方、偏方作为依据，结合家传和多年临床实践。研究药方，自制药膏，治愈了数十名皮肤癌、宫颈癌等，使患者尽量延长生命。而且有部分癌症患者得到了彻底康复，为医学事业做出了突出的贡献。这是他一生中最值得骄傲的事情。1983 年 7 月，大寨召开全国科技工作大会，由中国科协、国家民委、劳动人事部授予宫正礼同志全国“科技工作者”荣誉称号。

宫大夫，从医 43 年，不但在医学上有所造诣，而且在思想意识上也是值得学习的。靠刻苦自学，由一名种地的农民，成为呼市地区远近闻名的医生；靠坚持不懈地科研探索，又成为全国“科技工作者”。传承了中医事业，并将其发扬光大。